TRANZLATY

Language is for everyone

Η γλώσσα είναι για όλους

Folk Tales of Bengal

Λαϊκές Ιστορίες της Βεγγάλης

Part One
Μέρος Πρώτο

1 / 2

Lal Behari Day

English / ελληνικά

Published by Tranzlaty
ISBN: 978-1-80572-942-6
Original text by Reverend Lal Behari Day
Folk Tales of Bengal
First published in 1912
www.tranzlaty.com

Life's Secret
Το Μυστικό της Ζωής

Once upon a time there was a king.

Μια φορά κι έναν καιρό ήταν ένας βασιλιάς.

This King had married two Queens.

Αυτός ο βασιλιάς είχε παντρευτεί δύο βασίλισσες.

The two queens were called Duo and Suo.

Οι δύο βασίλισσες ονομάζονταν Ντούο και Σούο.

Both of the queens were childless.

Και οι δύο βασίλισσες ήταν άτεκνες.

One day a Faquir came to the palace gate.

Μια μέρα ένας Φακίρης έφτασε στην πύλη του παλατιού.

The Faquir had come to ask for alms.

Ο Φακίρης είχε έρθει να ζητήσει ελεημοσύνη.

Queen Suo went to the door.

Η Βασίλισσα Σούο πήγε στην πόρτα.

And she gave him a handful of rice.

Και του έδωσε μια χούφτα ρύζι.

The mendicant asked her a question.

Ο ζητιάνος της έκανε μια ερώτηση.

"Do you have any children?"

«Έχετε παιδιά;»

The queen had no children.

Η βασίλισσα δεν είχε παιδιά.

"I wish had children, but I have none"

«Μακάρι να είχα παιδιά, αλλά δεν έχω»

The holy man refused to take alms from her.

Ο άγιος άνδρας αρνήθηκε να λάβει ελεημοσύνη από αυτήν.

In these times there were different traditions.

Σε αυτές τις εποχές υπήρχαν διαφορετικές παραδόσεις.

And the people believed many different things.

Και ο λαός πίστευε σε πολλά και διαφορετικά πράγματα.

Don't take charity from the hands of a childless woman.

Μην παίρνεις ελεημοσύνη από τα χέρια μιας άτεκνης γυναίκας.

Such hands were ceremonially unclean.

Τέτοια χέρια ήταν τελετουργικά ακάθαρτα.

The mendicant offered her a medicine.

Ο ζητιάνος της πρόσφερε ένα φάρμακο.

This medicine was to remove her barrenness.

Αυτό το φάρμακο είχε σκοπό να της αφαιρέσει την στειρότητα.

She expressed her willingness to take the medicine.

Εξέφρασε την προθυμία της να πάρει το φάρμακο.

The mendicant told her how to take the medicine.

Ο ζητιάνος της είπε πώς να πάρει το φάρμακο.

"This is the potion you must swallow"

«Αυτό είναι το φίλτρο που πρέπει να καταπιείς»

"Prepare the juice of a pomegranate flower"

«Ετοιμάστε το χυμό ενός άνθους ροδιού»

"Swallow the medicine with the juice"

«Κατάπιε το φάρμακο με το χυμό»

"If you do this, you will soon have a son"

«Αν το κάνεις αυτό, σύντομα θα αποκτήσεις έναν γιο»

"Your son will be exceedingly handsome"

«Ο γιος σου θα είναι εξαιρετικά όμορφος»

"His complexion will be beautiful"

«Η επιδερμίδα του θα είναι πανέμορφη»

"He will have the colour of pomegranate flowers"

«Θα έχει το χρώμα των λουλουδιών ροδιού»

"And you shall call him Dalim Kumar"

«Και θα τον ονομάσεις Νταλίμ Κουμάρ»

"But he will also have enemies"

«Αλλά θα έχει και εχθρούς»

"They will try to take your son's life"

«Θα προσπαθήσουν να πάρουν τη ζωή του γιου σας»

"But there is a secret to his life"

«Αλλά υπάρχει ένα μυστικό στη ζωή του»

"And I will tell you this secret"

«Και θα σου πω αυτό το μυστικό»

"In front of your palace is a pond"

«Μπροστά από το παλάτι σου υπάρχει μια λίμνη»

"In that pond there is a big Boal fish"

«Σε αυτή τη λίμνη υπάρχει ένα μεγάλο ψάρι Boal»
"Your son's life is connected to that fish"
«Η ζωή του γιου σου είναι συνδεδεμένη με αυτό το ψάρι»
"In the heart of the fish is a small box"
«Στην καρδιά του ψαριού υπάρχει ένα μικρό κουτί»
"This small box is made of wood"
«Αυτό το μικρό κουτί είναι φτιαγμένο από ξύλο»
"In the box of wood is a necklace of gold"
«Στο ξύλινο κουτί υπάρχει ένα χρυσό κολιέ»
"That necklace is the life of your son"
«Αυτό το κολιέ είναι η ζωή του γιου σου»
The mendicant gave her the medicine.
Ο ζητιάνος της έδωσε το φάρμακο.
And they said their farewells.
Και είπαν αντίο.

Soon all in the palace whispered of an heir.
Σύντομα όλοι στο παλάτι ψιθύρισαν για έναν κληρονόμο.
Great was the joy of the King.
Μεγάλη ήταν η χαρά του Βασιλιά.
He had visions of an heir to the throne.
Είχε οράματα για έναν διάδοχο του θρόνου.
A never-ending succession of powerful monarchs.
Μια ατελείωτη διαδοχή ισχυρών μοναρχών.
He dreamt of how they perpetuated his dynasty.
Ονειρευόταν πώς θα διαιώνιζαν τη δυναστεία τόυ.
These ideas floated before his mind.
Αυτές οι ιδέες περνούσαν από το μυαλό του.
It made him the happiest he had ever been.
Τον έκανε πιο ευτυχισμένο από ποτέ.
Many ceremonies were performed for the occasion.
Πολλές τελετές πραγματοποιήθηκαν για την περίσταση.
The people of the kingdom played loud music.
Οι άνθρωποι του βασιλείου έπαιζαν δυνατή μουσική.
The birth of a prince was a truly special event.
Η γέννηση ενός πρίγκιπα ήταν ένα πραγματικά ξεχωριστό
γεγονός.

Soon queen Suo gave birth to a son.
Σύντομα η βασίλισσα Σούο γέννησε έναν γιο.
He was more beautiful than anyone had imagined.
Ήταν πιο όμορφος από όσο φανταζόταν κανείς.
The King saw his son's face.
Ο βασιλιάς είδε το πρόσωπο του γιου του.
And his heart leaped with joy.
Και η καρδιά του χτύπησε από χαρά.
Soon the child ate his first rice.
Σύντομα το παιδί έφαγε το πρώτο του ρύζι.
Mukhe bhaat was celebrated with great joy.
Το Mukhe bhaat γιορτάστηκε με μεγάλη χαρά.
And the whole kingdom was filled with gladness.
Και ολόκληρο το βασίλειο γέμισε χαρά.

Dalim Kumar grew up to be a fine boy.
Ο Νταλίμ Κουμάρ μεγάλωσε και έγινε ένα καλό αγόρι.
There was one activity he particularly liked.
Υπήρχε μια δραστηριότητα που του άρεσε ιδιαίτερα.
He loved playing with the pigeons.
Του άρεσε να παίζει με τα περιστέρια.
However, the pigeons often flew to Queen Duo.
Ωστόσο, τα περιστέρια πετούσαν συχνά προς το Queen Duo.
Nobody knows why they did this.
Κανείς δεν ξέρει γιατί το έκαναν αυτό.
And they flew into her apartment.
Και πέταξαν στο διαμέρισμά της.
So Dalim Kumar often met Queen Duo.
Έτσι ο Dalim Kumar συναντούσε συχνά το Queen Duo.
At first, she happily gave the pigeons back.
Στην αρχή, της έδωσε πίσω τα περιστέρια με χαρά.
But later she wasn't as willing to return the pigeons.
Αλλά αργότερα δεν ήταν τόσο πρόθυμη να επιστρέψει τα περιστέρια.
She gave the pigeons up with some reluctance.
Παράτησε τα περιστέρια με κάποια απροθυμία.

She felt she could use this to her advantage.
Ένιωθε ότι μπορούσε να το χρησιμοποιήσει αυτό προς όφελός της.
She naturally hated the child.
Φυσικά και μισούσε το παιδί.
Since Dalim's birth the king had neglected her.
Από τη γέννηση της Νταλίμ, ο βασιλιάς την είχε παραμελήσει.
And the King idolized the mother of Dalim.
Και ο Βασιλιάς είδωλε τη μητέρα του Νταλίμ.
Somehow, she had heard of the mendicant.
Κάπως, είχε ακούσει για τον ζητιάνο.
She heard he had given queen Suo a medicine.
Άκουσε ότι είχε δώσει στη βασίλισσα Σούο ένα φάρμακο.
She had also heard about what he had said.
Είχε ακούσει κι εκείνη τι είχε πει.
There was a secret to the prince's life.
Υπήρχε ένα μυστικό στη ζωή του πρίγκιπα.
She had heard his life was bound to something.
Είχε ακούσει ότι η ζωή του ήταν δεμένη με κάτι.
But she did not know what his life was bound to.
Αλλά δεν ήξερε τι τον περίμενε η ζωή του.
She was determined to get the secret.
Ήταν αποφασισμένη να αποκαλύψει το μυστικό.

Of course, the pigeons came back to her.
Φυσικά, τα περιστέρια επέστρεψαν σε αυτήν.
And the pigeons flew into her room again.
Και τα περιστέρια πέταξαν ξανά στο δωμάτιό της.
This time she refused to give the pigeons back.
Αυτή τη φορά αρνήθηκε να δώσει πίσω τα περιστέρια.
"I won't just give you your pigeon back"
«Δεν θα σου δώσω πίσω το περιστέρι σου»
"First, you have to tell me something"
«Πρώτα απ' όλα, πρέπει να μου πεις κάτι»
"What do you want, aunty?" the boy asked.
«Τι θέλεις, θεία;» ρώτησε το αγόρι.

"Oh, my darling, do not worry"
«Ω, αγάπη μου, μην ανησυχείς»
"It's just a small thing I want"
«Είναι απλώς κάτι μικρό που θέλω»
"I want to know where your life is hidden"
«Θέλω να μάθω πού είναι κρυμμένη η ζωή σου»
The boy was very confused by this.
Το αγόρι μπερδεύτηκε πολύ με αυτό.
"What is that, aunty?"
«Τι είναι αυτό, θεία;»
"Where can my life be, except in me?"
«Πού μπορεί να βρίσκεται η ζωή μου, εκτός από μέσα μου;»
"No, child, that is not what I meant"
«Όχι, παιδί μου, δεν εννοούσα αυτό»
"A holy mendicant told your mother a secret"
«Ένας άγιος ζητιάνος είπε στη μητέρα σου ένα μυστικό»
"Your life is bound up with something"
«Η ζωή σου είναι συνδεδεμένη με κάτι»
"I wish to know what that thing is"
«Θέλω να μάθω τι είναι αυτό το πράγμα »
The boy was confused by what she said.
Το αγόρι μπερδεύτηκε με αυτά που είπε.
"I never heard of any such thing"
«Δεν έχω ξανακούσει κάτι τέτοιο»
But Queen Duo insisted it was true.
Αλλά η Βασίλισσα Ντούο επέμεινε ότι ήταν αλήθεια.
"Promise to find out from your mother"
«Υπόσχεση ότι θα το μάθεις από τη μητέρα σου»
"Ask her where your life is hidden"
«Ρώτα την πού είναι κρυμμένη η ζωή σου»
"Then I will let you have the pigeons"
«Τότε θα σου δώσω τα περιστέρια»
"Otherwise, I will keep the pigeons"
«Αλλιώς, θα κρατήσω τα περιστέρια»
The boy wanted his pigeons back.
Το αγόρι ήθελε πίσω τα περιστέρια του.
So he agreed to get the information.

Έτσι συμφώνησε να λάβει τις πληροφορίες.
But first she made him promise.
Αλλά πρώτα τον έβαλε να του το υποσχεθεί.
"Promise me you won't tell your mother"
«Υπόσχεσέ μου ότι δεν θα το πεις στη μητέρα σου»
And the boy promised not to tell her.
Και το αγόρι υποσχέθηκε να μην της το πει.
"I promise I won't tell my mum"
«Υπόσχομαι ότι δεν θα το πω στη μαμά μου»
Queen Duo freed the prince's pigeons.
Η Βασίλισσα Ντούο απελευθέρωσε τα περιστέρια του πρίγκιπα.
Dalim was overjoyed to have his birds again.
Ο Νταλίμ χάρηκε πολύ που είχε ξανά τα πουλιά του.
And he forgot the entire conversation.
Και ξέχασε όλη τη συζήτηση.

The next day Dalim was playing again.
Την επόμενη μέρα ο Νταλίμ έπαιζε ξανά.
You can imagine what happened again.
Μπορείτε να φανταστείτε τι συνέβη ξανά.
The pigeons flew to Queen Duo's apartment.
Τα περιστέρια πέταξαν στο διαμέρισμα της Βασίλισσας Ντούο.
And they flew into her room again.
Και πέταξαν ξανά στο δωμάτιό της.
Dalim went in to his stepmother's apartment.
Ο Νταλίμ πήγε στο διαμέρισμα της μητριάς του.
And he asked her for the pigeons.
Και της ζήτησε τα περιστέρια.
Of course she asked him for the information.
Φυσικά, του ζήτησε τις πληροφορίες.
Dalim could not tell her where his life was hidden.
Ο Νταλίμ δεν μπορούσε να της πει πού ήταν κρυμμένη η ζωή του.
"I promise I will ask her today"
«Υπόσχομαι ότι θα την ρωτήσω σήμερα»

"But please can I have my pigeons"
«Αλλά παρακαλώ, μπορώ να έχω τα περιστέρια μου;»
She didn't give the pigeons back so quickly.
Δεν έδωσε πίσω τα περιστέρια τόσο γρήγορα.
But, in the end, he got his pigeons again.
Αλλά, στο τέλος, πήρε ξανά τα περιστέρια του.

After playing, Dalim went to his mother.
Αφού έπαιξε, ο Νταλίμ πήγε στη μητέρα του.
"Mamma, please tell me where my life is hidden"
«Μαμά, σε παρακαλώ πες μου πού είναι κρυμμένη η ζωή μου»
"What do you mean, child?" asked the mother.
«Τι εννοείς, παιδί μου;» ρώτησε η μητέρα.
She was astonished at the question.
Έμεινε έκπληκτη με την ερώτηση.
Why would her child ask her this?
Γιατί να της το ζητήσει αυτό το παιδί της;
"Yes, mamma," replied the child.
«Ναι, μαμά», απάντησε το παιδί.
"I have heard of a holy mendicant"
«Έχω ακούσει για έναν άγιο ζητιάνο»
"He told you something about my life"
«Σου είπε κάτι για τη ζωή μου»
"He said my life is hidden in something"
«Είπε ότι η ζωή μου είναι κρυμμένη σε κάτι»
"Tell me what that thing is"
«Πες μου τι είναι αυτό το πράγμα»
"My child, my darling, my treasure"
«Παιδί μου, αγάπη μου, θησαυρός μου»
"My golden moon," his mother pleaded.
«Χρυσό μου φεγγάρι», τον παρακάλεσε η μητέρα του.
"Do not ask such a question"
«Μην κάνεις τέτοια ερώτηση»
"Cover my enemies' mouths with ashes"
«Κάλυψε τα στόματα των εχθρών μου με στάχτη»
"Let my Dalim live forever," she begged.

«Ας ζήσει για πάντα ο Νταλίμ μου», παρακάλεσε.
But the child insisted on knowing the secret.
Αλλά το παιδί επέμενε να μάθει το μυστικό.
He refused to eat or drink until he knew.
Αρνήθηκε να φάει ή να πιει μέχρι να το καταλάβει.
Queen Suo had no choice but to tell him.
Η Βασίλισσα Σούο δεν είχε άλλη επιλογή από το να του το πει.
Eventually she told him the secret of his life.
Τελικά του αποκάλυψε το μυστικό της ζωής του.

The next day Dalim was playing again.
Την επόμενη μέρα ο Νταλίμ έπαιζε ξανά.
You can imagine where the pigeons flew.
Μπορείτε να φανταστείτε πού πέταξαν τα περιστέρια.
Dalim chased after the birds into the apartment.
Ο Νταλίμ κυνήγησε τα πουλιά μέσα στο διαμέρισμα.
His stepmother told him many sweet words.
Η μητριά του τού είπε πολλά γλυκά λόγια.
And finally, she got his secret from him.
Και τελικά, έμαθε το μυστικό του από αυτόν.
She wasted no time to start her wicked plan.
Δεν έχασε χρόνο για να ξεκινήσει το σατανικό της σχέδιο.
And she gave orders to her servants.
Και έδωσε διαταγές στους υπηρέτες της.
"Get some dried stalk from the hemp plant"
«Πάρε λίγο αποξηραμένο κοτσάνι από το φυτό κάνναβης»
"Make sure the stalks are very brittle"
«Βεβαιωθείτε ότι τα κοτσάνια είναι πολύ εύθραυστα»
Brittle hemp stalks make a cracking sound.
Τα εύθραυστα κοτσάνια κάνναβης κάνουν έναν ήχο σαν τράνταγμα.
The sound is similar to the cracking of joints.
Ο ήχος μοιάζει με το τράνταγμα των αρθρώσεων.
And it sounds like the bones of old people.
Και ακούγεται σαν κόκαλα ηλικιωμένων ανθρώπων.
She put the brittle hemp stalks under her bed.

Έβαλε τα εύθραυστα κοτσάνια κάνναβης κάτω από το κρεβάτι της.
And then she lied on her bed.
Και μετά ξάπλωσε στο κρεβάτι της.
She wanted to test the hemp stalks.
Ήθελε να δοκιμάσει τα κοτσάνια κάνναβης.
The stalks cracked just as much as she wanted.
Τα κοτσάνια ράγισαν όσο ακριβώς ήθελε.
She was satisfied with how her plan was going.
Ήταν ικανοποιημένη με το πώς πήγαινε το σχέδιό της.
She gave more orders to her servants.
Έδωσε περισσότερες εντολές στους υπηρέτες της.
"Tell the King I am very ill"
«Πες στον βασιλιά ότι είμαι πολύ άρρωστος»
"He must come to see me immediately"
«Πρέπει να έρθει να με δει αμέσως»
The king did not love this queen.
Ο βασιλιάς δεν αγαπούσε αυτή τη βασίλισσα.
But he still had a duty to care for her.
Αλλά είχε ακόμα την υποχρέωση να τη φροντίσει.
If she was ill, he had to look after her.
Αν ήταν άρρωστη, έπρεπε να τη φροντίσει.
The King came to her bedroom.
Ο Βασιλιάς ήρθε στην κρεβατοκάμαρά της.
She rolled on the bed in pain.
Κυλίστηκε στο κρεβάτι από τον πόνο.
The King heard the cracking of her bones.
Ο Βασιλιάς άκουσε το τρίξιμο των οστών της.
He ordered his best physician to attend her.
Διέταξε τον καλύτερο γιατρό του να την φροντίσει.
But the queen had thought of this.
Αλλά η βασίλισσα το είχε σκεφτεί αυτό.
She had already spoken with the physician.
Είχε ήδη μιλήσει με τον γιατρό.
"There is only one remedy," he told the king.
«Υπάρχει μόνο μία λύση», είπε στον βασιλιά.
"There's a pond in front of the palace"

«Υπάρχει μια λίμνη μπροστά από το παλάτι»
"In the pond there's a large Boal fish"
«Στη λίμνη υπάρχει ένα μεγάλο ψάρι Boal»
"The remedy is in that fish"
«Η θεραπεία βρίσκεται σε αυτό το ψάρι»
So the king let the physician catch the fish.
Έτσι ο βασιλιάς άφησε τον γιατρό να πιάσει το ψάρι.
Meanwhile Dalim was busy playing.
Εν τω μεταξύ, ο Νταλίμ ήταν απασχολημένος παίζοντας.
He knew nothing of his aunt's illness.
Δεν γνώριζε τίποτα για την ασθένεια της θείας του.
The fish was taken out the water.
Το ψάρι βγήκε από το νερό.
Dalim fell to the ground immediately.
αμέσως στο έδαφος .
He flopped around on the floor.
Σκαρφάλωσε στο πάτωμα.
And he could not breathe.
Και δεν μπορούσε να αναπνεύσει.
The guards immediately noticed.
Οι φρουροί το πρόσεξαν αμέσως.
Dalim was taken to his mother's room.
Ο Νταλίμ οδηγήθηκε στο δωμάτιο της μητέρας του.
And the King was informed of his son.
Και ο Βασιλιάς ενημερώθηκε για τον γιο του.
He couldn't believe his son's illness.
Δεν μπορούσε να πιστέψει την ασθένεια του γιου του.
The fish was taken to Queen Duo.
Το ψάρι μεταφέρθηκε στο Queen Duo.
Queen Duo was being saved.
Η Βασίλισσα Ντούο σώζονταν.
At the same time Dalim was dying.
Την ίδια στιγμή ο Νταλίμ πέθαινε.
The fish was cut open.
Το ψάρι ανοίχτηκε.
And they found the wooden box.
Και βρήκαν το ξύλινο κουτί.

In the box lay a necklace of gold.
Μέσα στο κουτί βρισκόταν ένα χρυσό κολιέ.
Queen Duo put on the necklace.
Η Βασίλισσα Ντουό φόρεσε το κολιέ.
And Dalim died at the very same moment.
Και ο Νταλίμ πέθανε την ίδια ακριβώς στιγμή.

News of the tragedy reached the king.
Τα νέα της τραγωδίας έφτασαν στον βασιλιά.
He was plunged into an ocean of grief.
Βυθίστηκε σε έναν ωκεανό θλίψης.
News of Queen Duo's recovery did not help.
Τα νέα για την ανάρρωση της Βασίλισσας Ντουό δεν βοήθησαν.
He wept painful and bitter tears.
Έκλαιγε με πονεμένα και πικρά δάκρυα.
No one thought he would recover.
Κανείς δεν πίστευε ότι θα αναρρώσει.
He could not bear to bury his son.
Δεν άντεχε να θάψει τον γιο του.
Nor did he allow his body to be burned.
Ούτε επέτρεψε να καεί το σώμα του.
He could not accept that his son had died.
Δεν μπορούσε να δεχτεί ότι ο γιος του είχε πεθάνει.
His death was so sudden and senseless.
Ο θάνατός του ήταν τόσο ξαφνικός και αβάσιμος.
He had the dead body moved to a garden-houses.
Μετακίνησε το νεκρό σώμα σε ένα σπίτι-κήπο.
This garden-house was in the suburbs.
Αυτό το σπίτι-κήπος ήταν στα προάστια.
Here his son was laid in state.
Εδώ τάφηκε ο γιος του.
All sorts of provisions were put there.
Εκεί είχαν τοποθετηθεί κάθε είδους διατάξεις.
Although everyone knew it was unnecessary.
Αν και όλοι γνώριζαν ότι ήταν περιττό.
The young boy did not need food anymore.

Το νεαρό αγόρι δεν χρειαζόταν πια φαγητό.
The house was kept locked day and night.
Το σπίτι ήταν κλειδωμένο μέρα νύχτα.
Dalim had had one very close friend.
Ο Νταλίμ είχε έναν πολύ στενό φίλο.
Only this friend was allowed to visit.
Μόνο σε αυτόν τον φίλο επιτρεπόταν να τον επισκεφτεί.
He was the son of the prime minister.
Ήταν γιος του πρωθυπουργού.
He was entrusted with the key of the house.
Του εμπιστεύτηκαν το κλειδί του σπιτιού.
Once a day he could visit his dead friend.
Μία φορά την ημέρα μπορούσε να επισκέπτεται τον νεκρό φίλο του.

Queen Suo retired after the loss of her son.
Η βασίλισσα Σούο αποσύρθηκε μετά την απώλεια του γιου της.
Now the King spent the nights with Queen Duo.
Τώρα ο Βασιλιάς περνούσε τις νύχτες με τη Βασίλισσα Ντουό.
The Queen wanted to avoid suspicion.
Η Βασίλισσα ήθελε να αποφύγει τις υποψίες.
So she took the necklace off at night.
Έτσι έβγαλε το κολιέ τη νύχτα.
But Dalim's life was tied to the necklace.
Αλλά η ζωή του Νταλίμ ήταν δεμένη με το κολιέ.
And his death was not so simple.
Και ο θάνατός του δεν ήταν τόσο απλός.
He was dead when the queen wore the necklace.
Ήταν νεκρός όταν η βασίλισσα φορούσε το κολιέ.
But when she took the necklace off, he returned to life.
Αλλά όταν έβγαλε το κολιέ, εκείνος επέστρεψε στη ζωή.
And so he returned to life every night.
Και έτσι επέστρεφε στη ζωή κάθε βράδυ.
Every morning she put the necklace on again.
Κάθε πρωί φορούσε ξανά το κολιέ.

And so, he died again every morning.

Και έτσι, πέθαινε ξανά κάθε πρωί.

At night he ate whatever food he liked.

Το βράδυ έτρωγε ό,τι φαγητό του άρεσε.

Because there was plenty of food for him.

Επειδή υπήρχε άφθονο φαγητό για αυτόν.

He walked around in the premises.

Περπάτησε γύρω από τον χώρο.

And he meditated on the strangeness of his life.

Και συλλογίστηκε την παραδοξότητα της ζωής του.

Dalim's friend only visited him during the day.

Ο φίλος του Νταλίμ τον επισκεπτόταν μόνο κατά τη διάρκεια της ημέρας.

So he always saw him as a lifeless corpse.

Έτσι τον έβλεπε πάντα σαν ένα άψυχο πτώμα.

But his body never seemed to change.

Αλλά το σώμα του δεν φαινόταν να αλλάζει ποτέ.

There was no sign of putrefaction.

Δεν υπήρχε κανένα σημάδι σήψης.

The body was lifeless and pale.

Το σώμα ήταν άψυχο και χλωμό.

But there were no symptoms of death.

Αλλά δεν υπήρχαν συμπτώματα θανάτου.

It all seemed too strange for him.

Όλα του φαινόντουσαν πολύ παράξενα.

So he decided to watch the corpse more closely.

Έτσι αποφάσισε να παρακολουθήσει το πτώμα πιο προσεκτικά.

And he visited his friend at night.

Και επισκέφτηκε τον φίλο του το βράδυ.

He was astonished at what he saw that night.

Έμεινε έκπληκτος με αυτά που είδε εκείνο το βράδυ.

His dead friend was walking about in the garden.

Ο νεκρός φίλος του περπατούσε στον κήπο.

At first, he thought Dalim might be a ghost.

Στην αρχή, νόμιζε ότι ο Νταλίμ μπορεί να ήταν φάντασμα.

So he went to see if he could touch him.

Έτσι πήγε να δει αν μπορούσε να τον αγγίξει.
And then he saw it was really his friend.
Και τότε είδε ότι ήταν πραγματικά φίλος του.
Dalim told his friend everything that had happened.
Ο Νταλίμ είπε στον φίλο του όλα όσα είχαν συμβεί.
He told him all the circumstances of his death.
Του διηγήθηκε όλες τις συνθήκες του θανάτου του.
And soon they solved the mystery.
Και σύντομα έλυσαν το μυστήριο.
They understood why he revived only at night.
Κατάλαβαν γιατί αναβιώνει μόνο τη νύχτα.
Every night the king came to see Queen Duo.
Κάθε βράδυ ο βασιλιάς ερχόταν να δει τη Βασίλισσα
Ντούο.
When the King visited, she took off her necklace.
Όταν ο Βασιλιάς την επισκέφτηκε, έβγαλε το κολιέ της.
The life of the prince depended on the necklace.
Η ζωή του πρίγκιπα εξαρτιόταν από το κολιέ.
So the two friends worked on a plan.
Έτσι, οι δύο φίλοι κατέστρωσαν ένα σχέδιο.
Night after night they consulted together.
Νύχτα με τη νύχτα συμβουλεύονταν μεταξύ τους.
But they could not think of any feasible scheme.
Αλλά δεν μπορούσαν να σκεφτούν κανένα εφικτό σχέδιο.

Eventually the Gods must have taken pity.
Τελικά οι Θεοί πρέπει να λυπήθηκαν.
And they decided to free Dalim.
Και αποφάσισαν να απελευθερώσουν τον Νταλίμ.
But we must understand how the Gods work.
Αλλά πρέπει να καταλάβουμε πώς λειτουργούν οι Θεοί.
These things are planned long before.
Αυτά τα πράγματα είναι προγραμματισμένα πολύ
νωρίτερα.
The sister of Bidhata-Purusha had had a daughter.
Η αδερφή του Bidhata-Purusha είχε μια κόρη.
Bidhata-Purusha was a great fortune teller.

O Bidhata-Purusha ήταν μεγάλος μάντης.
He had written something on the child's forehead.
Είχε γράψει κάτι στο μέτωπο του παιδιού.
"This child will marry the dead bridegroom"
«Αυτό το παιδί θα παντρευτεί τον νεκρό γαμπρό»
Her mother was very saddened by this.
Η μητέρα της λυπήθηκε πολύ γι' αυτό.
She did not want this destiny for her daughter.
Δεν ήθελε αυτή τη μοίρα για την κόρη της.
But she could not argue with him.
Αλλά δεν μπορούσε να διαφωνήσει μαζί του.
He never changed what he had written.
Δεν άλλαξε ποτέ αυτά που είχε γράψει.
The child became exceedingly beautiful.
Το παιδί έγινε εξαιρετικά όμορφο.
But the mother could not take any pleasure in this.
Αλλά η μητέρα δεν μπορούσε να βρει καμία ευχαρίστηση
σε αυτό.
Because she knew the destiny of her child.
Επειδή γνώριζε την τύχη του παιδιού της.
Eventually the girl came to marriageable age.
Τελικά το κορίτσι έφτασε σε ηλικία γάμου.
She had to find a way to avoid her fate.
Έπρεπε να βρει έναν τρόπο να αποφύγει τη μοίρα της.
So the mother fled the country with her child.
Έτσι η μητέρα έφυγε από τη χώρα με το παιδί της.
Perhaps she could avoid her dreadful destiny.
Ίσως θα μπορούσε να αποφύγει το τρομερό της
πεπρωμένο.
But what was written was written.
Αλλά ό,τι γράφτηκε, γράφτηκε.
And fate cannot be overruled like this.
Και η μοίρα δεν μπορεί να ανατραπεί έτσι.
Together they journeyed through the land.
Μαζί ταξίδεψαν στη χώρα.
You can imagine how fate was working.
Μπορείτε να φανταστείτε πώς λειτουργούσε η μοίρα.

They wandered past Dalim's resting place.
Περπάτησαν δίπλα από τον τόπο ανάπαυσης του Νταλίμ.
The shade of the evening was approaching.
Η σκιά της βραδιάς πλησίαζε.
"Mother, I am thirsty," said her child.
«Μαμά, διψάω», είπε το παιδί της.
"Sit at this gate," replied her mother.
«Κάθισε σε αυτή την πύλη», απάντησε η μητέρα της.
"I will search for water in the village"
«Θα ψάξω για νερό στο χωριό»
The girl was curious about the garden.
Το κορίτσι ήταν περίεργο για τον κήπο.
And in the garden she saw strange house.
Και στον κήπο είδε ένα παράξενο σπίτι.
She pushed the gate, which opened itself.
Έσπρωξε την πύλη, η οποία άνοιξε μόνη της.
When she went in, she saw a beautiful palace.
Όταν μπήκε μέσα, είδε ένα όμορφο παλάτι.
But she had an uneasy feeling about the palace.
Αλλά είχε ένα άβολο προαίσθημα για το παλάτι.
However, the door had shut itself.
Ωστόσο, η πόρτα είχε κλείσει από μόνη της.
So she had no way of getting out.
Έτσι δεν είχε τρόπο να βγει.

When night came the prince revived.
Όταν νύχτωσε, ο πρίγκιπας συνήλθε.
As usual, he walked around in the garden.
Ως συνήθως, περπατούσε στον κήπο.
But this time he saw a female figure.
Αλλά αυτή τη φορά είδε μια γυναικεία φιγούρα.
The figure was standing near the gate.
Η φιγούρα στεκόταν κοντά στην πύλη.
Soon he saw that it was a girl.
Σύντομα είδε ότι ήταν κορίτσι.
And he saw she was of unsurpassed beauty.
Και είδε ότι είχε απαράμιλλη ομορφιά.

"Who are you?" he asked her.
«Ποια είσαι;» τη ρώτησε.
She told Dalim everything that had happened.
Είπε στον Νταλίμ όλα όσα είχαν συμβεί.
All the details of her little history.
Όλες οι λεπτομέρειες της μικρής ιστορίας της.
"My uncle is the divine Bidhata-Purusha"
«Ο θείος μου είναι ο θεϊκός Bidhata-Purusha»
"He wrote on my forehead at birth"
«Έγραψε στο μέτωπό μου όταν γεννήθηκα»
"This child will marry the dead bridegroom"
«Αυτό το παιδί θα παντρευτεί τον νεκρό γαμπρό»
"My mother did not want that life for me"
«Η μητέρα μου δεν ήθελε αυτή τη ζωή για μένα»
"So we left our house and city"
«Έτσι αφήσαμε το σπίτι και την πόλη μας»
"And we wandered through the country"
«Και περιπλανηθήκαμε στη χώρα»
"We had come to the gate of your palace"
«Είχαμε φτάσει στην πύλη του παλατιού σας»
"After our journey I was thirsty"
«Μετά το ταξίδι μας δίψασα»
"So my mother went to look for water"
«Έτσι, η μητέρα μου πήγε να ψάξει για νερό»
"And now I am standing here before you"
«Και τώρα στέκομαι εδώ μπροστά σου»
Dalim Kumar knew the meaning of the story.
Ο Νταλίμ Κουμάρ ήξερε το νόημα της ιστορίας.
"I am the dead bridegroom," he told the girl.
«Είμαι ο νεκρός γαμπρός», είπε στο κορίτσι.
"It is me who you will marry"
«Εμένα θα παντρευτείς»
"Come with me to the house," he asked of her.
«Έλα μαζί μου στο σπίτι», της ζήτησε.
But the girl wasn't so easily persuaded.
Αλλά το κορίτσι δεν πείστηκε τόσο εύκολα.
"You are standing and speaking to me"

«Στέκεσαι και μου μιλάς»
"How can you be the dead bridegroom?"
«Πώς γίνεται να είσαι ο νεκρός γαμπρός;»
The prince understood her objection.
Ο πρίγκιπας κατάλαβε την αντίρρησή της.
"You will understand it afterwards"
«Θα το καταλάβεις μετά»
The girl followed the prince into the house.
Το κορίτσι ακολούθησε τον πρίγκιπα στο σπίτι.
She had been fasting the whole day.
Νήστευε όλη μέρα.
So the prince gave her wonderful food.
Έτσι ο πρίγκιπας της έδωσε υπέροχο φαγητό.
Meanwhile, the girl's mother had come back.
Εν τω μεταξύ, η μητέρα του κοριτσιού είχε επιστρέψει.
She was standing at the gates of the garden.
Στεκόταν στις πύλες του κήπου.
But her daughter was not there anymore.
Αλλά η κόρη της δεν ήταν πια εκεί.
She cried out for her daughter.
Έκλαιγε για την κόρη της.
But she got no reply from her daughter.
Αλλά δεν πήρε καμία απάντηση από την κόρη της.
So she went looking for her in the village.
Έτσι πήγε να την αναζητήσει στο χωριό.

As usual, Dalim's friend came that night.
Ως συνήθως, ο φίλος του Νταλίμ ήρθε εκείνο το βράδυ.
Dalim was still entertaining his guest.
Ο Νταλίμ εξακολουθούσε να διασκεδάζει τον καλεσμένο του.
He was not expecting to see a stranger.
Δεν περίμενε να δει έναν ξένο.
And the girl retold him her story.
Και το κορίτσι του ξαναείπε την ιστορία της.
You can imagine his surprise when she told him.

Μπορείτε να φανταστείτε την έκπληξή του όταν του το είπε.

He was able to confirm Dalim's story.

Μπόρεσε να επιβεβαιώσει την ιστορία του Νταλίμ.

Soon they had all accepted destiny.

Σύντομα όλοι είχαν αποδεχτεί το πεπρωμένο.

That night they fulfilled their fates.

Εκείνο το βράδυ εκπλήρωσαν το πεπρωμένο τους.

They decided to unite the couple in matrimony.

Αποφάσισαν να ενώσουν το ζευγάρι με το γάμο.

It was going to be impossible to get a priest.

Θα ήταν αδύνατο να βρω ιερέα.

So Dalim's friend performed the hymeneal rites.

Έτσι, ο φίλος του Νταλίμ εκτέλεσε τις υμενικές τελετές.

The friend of the bridegroom left the palace.

Ο φίλος του γαμπρού έφυγε από το παλάτι.

The newly-weds had the palace to themselves.

Οι νεόνυμφοι είχαν το παλάτι μόνο για τον εαυτό τους.

The happy couple did not sleep much that night.

Το ευτυχισμένο ζευγάρι δεν κοιμήθηκε πολύ εκείνο το βράδυ.

So it was long after sunrise that they woke up.

Έτσι ξύπνησαν πολύ μετά την ανατολή του ηλίου.

Of course it was only the young wife that woke up.

Φυσικά, μόνο η νεαρή σύζυγος ξύπνησε.

The prince had become a cold corpse again.

Ο πρίγκιπας είχε γίνει ξανά ένα κρύο πτώμα.

The queen had put on her necklace.

Η βασίλισσα είχε φορέσει το κολιέ της.

And life had departed from him again.

Και η ζωή είχε φύγει ξανά από κοντά του.

You can imagine how the young wife felt.

Μπορείτε να φανταστείτε πώς ένιωθε η νεαρή σύζυγος.

She shook her husband to try and wake him.

Ταρακούνησε τον άντρα της για να προσπαθήσει να τον ξυπνήσει.

She kissed him on his cold lips.

Τον φίλησε στα κρύα χείλη του.
But all her efforts were in vain.
Αλλά όλες οι προσπάθειές της ήταν μάταιες.
He was as lifeless as a marble statue.
Ήταν άψυχος σαν μαρμάρινο άγαλμα.
The young wife was stricken with horror.
Η νεαρή σύζυγος έπεσε θύμα φρίκης.
She smote her breast with her fists.
Χτύπησε το στήθος της με τις γροθιές της.
She struck her forehead with her palms.
Χτύπησε το μέτωπό της με τις παλάμες της.
And she tore her hair from her head.
Και έσκιζε τα μαλλιά της από το κεφάλι της.
She ran through the garden like a mad woman.
Έτρεχε μέσα στον κήπο σαν τρελή γυναίκα.
Dalim's friend did not come during the day.
Ο φίλος του Νταλίμ δεν ήρθε κατά τη διάρκεια της ημέρας.
He did not want to see his friend this way.
Δεν ήθελε να βλέπει τον φίλο του έτσι.
The poor girl did not know what to do.
Η καημένη η κοπέλα δεν ήξερε τι να κάνει.
Time could not pass quickly enough.
Ο χρόνος δεν μπορούσε να περάσει αρκετά γρήγορα.
The day seemed as long as a year.
Η μέρα μου φάνηκε μεγάλη σαν ένας χρόνος.
But the even longest day has its end.
Αλλά η ακόμη μεγαλύτερη μέρα έχει το τέλος της.
The shades of evening were descending.
Οι αποχρώσεις του βράδυ κατέβαιναν.
Her dead husband was awakened into consciousness.
Ο νεκρός σύζυγός της ξύπνησε και ανέκτησε τις αισθήσεις του.
He rose up from his bed again.
Σηκώθηκε ξανά από το κρεβάτι του.
And he embraced his new wife.
Και αγκάλιασε την καινούρια του γυναίκα.
Again they ate, drank, and became merry.

Πάλι έφαγαν, ήπιαν και γέλασαν.
His friend made his usual appearance.
Ο φίλος του έκανε την καθιερωμένη του εμφάνιση.
And the whole night was spent celebrating.
Και όλη η νύχτα πέρασε γιορτάζοντας.

They spent the next seven years this way.
Πέρασαν έτσι τα επόμενα επτά χρόνια.
During the day Dalim was lifeless.
Κατά τη διάρκεια της ημέρας ο Νταλίμ ήταν άψυχος.
But at night he came to life.
Αλλά τη νύχτα ζωντάνεψε.
And their life was quite usual.
Και η ζωή τους ήταν αρκετά συνηθισμένη.
The princess gave her husband two lovely boys.
Η πριγκίπισσα χάρισε στον άντρα της δύο υπέροχα αγόρια.
They were the exact image of their father.
Ήταν η ακριβής εικόνα του πατέρα τους.
Of course the king and Queens did not know.
Φυσικά, ο βασιλιάς και οι βασίλισσες δεν το γνώριζαν.
They did not know they were grandparents.
Δεν ήξεραν ότι ήταν παππούδες και γιαγιάδες.
And they did not know Dalim was alive.
Και δεν ήξεραν ότι ο Νταλίμ ήταν ζωντανός.
To be precise I should say he was alive at night.
Για την ακρίβεια, θα έλεγα ότι ήταν ζωντανός τη νύχτα.
They all thought he had long been dead.
Όλοι νόμιζαν ότι είχε πεθάνει από καιρό.
They assumed his corpse would now be gone.
Υπέθεσαν ότι το πτώμα του θα είχε πλέον εξαφανιστεί.
But the heart of Dalim s wife was yearning.
Αλλά η καρδιά της γυναίκας του Νταλίμ λαχταρούσε.
She wanted nothing more than her mother-in-law.
Δεν ήθελε τίποτα περισσότερο από την πεθερά της.
Over the years she had come up with a plan.
Με τα χρόνια είχε καταστρώσει ένα σχέδιο.
Perhaps she could see her mother-in-law.

Ίσως θα μπορούσε να δει την πεθερά της.

Maybe they could get hold of the necklace.

Ίσως θα μπορούσαν να βρουν το κολιέ.

She asked for the consent of her husband.

Ζήτησε τη συγκατάθεση του συζύγου της.

And he allowed her to disguise herself.

Και της επέτρεψε να μεταμφιεστεί.

She took on the appearance of a female barber.

Πήρε την εμφάνιση μιας γυναίκας κουρέα.

Like every female barber, she needed equipment.

Όπως κάθε γυναίκα κουρέας, χρειαζόταν εξοπλισμό.

She took the following tools;

Πήρε τα ακόλουθα εργαλεία:

An iron instrument for preparing finger nails.

Σιδερένιο εργαλείο για την προετοιμασία των νυχιών των χεριών.

Another iron instrument for scraping the feet.

Ένα άλλο σιδερένιο εργαλείο για το ξύσιμο των ποδιών.

A piece of burnt jhama brick.

Ένα κομμάτι καμένου τούβλου jhama.

For rubbing the soles of the feet.

Για το τρίψιμο των πελμάτων των ποδιών.

And paint for the edges of the feet.

Και βάψτε για τις άκρες των ποδιών.

She took all her tools with her.

Πήρε μαζί της όλα τα εργαλεία της.

And she stood at the gate of the King's palace.

Και στάθηκε στην πύλη του παλατιού του βασιλιά.

I forgot something else she brought.

Ξέχασα κάτι άλλο που έφερε.

She had come with her two sons.

Είχε έρθει με τους δύο γιους της.

She spoke with the guards.

Μίλησε με τους φρουρούς.

"I work as a barber"

«Εργάζομαι ως κουρέας»

"I have come to offer my services"

«Ήρθα να προσφέρω τις υπηρεσίες μου»
"I desire to see Queen Suo"
«Επιθυμώ να δω τη Βασίλισσα Σούο»
Queen Suo quickly gave her an interview.
Η Βασίλισσα Σούο της έδωσε γρήγορα μια συνέντευξη.
The queen was quite fond of the two little boys.
Η βασίλισσα αγαπούσε πολύ τα δύο μικρά αγόρια.
They strangely reminded her of her own son.
Της θύμιζαν παράξενα τον δικό της γιο.
And she remembered her lost treasure.
Και θυμήθηκε τον χαμένο της θησαυρό.
Tears fell profusely from her eyes.
Δάκρυα έτρεχαν καταρρακτωδώς από τα μάτια της.
She had not the remotest idea who they were.
Δεν είχε την παραμικρή ιδέα ποιοι ήταν.
Of course we know who they are.
Φυσικά και ξέρουμε ποιοι είναι.
The two little boys are her grandsons.
Τα δύο μικρά αγόρια είναι τα εγγόνια της.
She spoke to the barber.
Μίλησε στον κουρέα.
"My son died when he was young"
«Ο γιος μου πέθανε όταν ήταν μικρός»
"I have given up these vanities"
«Έχω εγκαταλείψει αυτές τις ματαιοδοξίες»
"I stopped having my feet ceremoniously dyed"
«Σταμάτησα να βάφω τα πόδια μου με τελετή»
"But I would be glad to see your two fine boys"
«Αλλά θα χαιρόμουν πολύ να δω τα δύο υπέροχα αγόρια
σου»
The barber agreed to let Queen Suo see her boys.
Ο κουρέας συμφώνησε να επιτρέψει στη βασίλισσα Σούο
να δει τα αγόρια της.
But she had one question before she went.
Αλλά είχε μια ερώτηση πριν φύγει.
"Are there other ladies in the palace?
«Υπάρχουν άλλες κυρίες στο παλάτι;»

"Someone else I could provide my service to"
«Κάποιος άλλος στον οποίο θα μπορούσα να παρέχω τις υπηρεσίες μου»
She was told there was another queen.
Της είπαν ότι υπήρχε άλλη μια βασίλισσα.
And she was also allowed to go to that queen.
Και της επετράπη επίσης να πάει σε εκείνη τη βασίλισσα.
Queen Duo allowed her to prepare her nails.
Η Queen Duo της επέτρεψε να προετοιμάσει τα νύχια της.
And she was allowed to scrape her feet.
Και της επιτράπηκε να ξύσει τα πόδια της.
She painted her feet with alakta.
Έβαψε τα πόδια της με αλάκτα.
And the queen was very pleased with her skill.
Και η βασίλισσα ήταν πολύ ευχαριστημένη με την ικανότητά της.
She also enjoyed the sweetness of her disposition.
Απολάμβανε επίσης τη γλυκύτητα της διάθεσής της.
So she booked to have more of her services.
Έτσι, έκανε κράτηση για να έχει περισσότερες από τις υπηρεσίες της.
The female barber had come for something else.
Η κουρέας είχε έρθει για κάτι άλλο.
And she quickly noticed the necklace.
Και γρήγορα πρόσεξε το κολιέ.
The necklace was around the Queen's neck.
Το κολιέ ήταν γύρω από το λαιμό της Βασίλισσας.

The day of her second visit had come.
Η μέρα της δεύτερης επίσκεψής της είχε φτάσει.
She gave her eldest son the instructions.
Έδωσε τις οδηγίες στον μεγαλύτερο γιο της.
"We are going into the palace again"
«Πάμε ξανά στο παλάτι»
"When in the palace you have to cry"
«Όταν είσαι στο παλάτι πρέπει να κλαις»
"Say you would like the queen's necklace"

«Πες ότι θα ήθελες το κολιέ της βασίλισσας»

"Don't stop crying until you have her necklace"

«Μην σταματήσεις να κλαις μέχρι να πάρεις το κολιέ της»

The female barber went to queen Duo's apartment.

Η κουρέας πήγε στο διαμέρισμα της βασίλισσας Ντούο.

Soon the elder boy started to cry.

Σύντομα το μεγαλύτερο αγόρι άρχισε να κλαίει.

The boy acted his role well.

Το αγόρι έπαιξε άψογα τον ρόλο του.

Nothing would console the boy.

Τίποτα δεν θα παρηγορούσε το αγόρι.

"What is wrong?" Queen Duo asked.

«Τι συμβαίνει ;» ρώτησε η Βασίλισσα Ντούο.

They boy could hardly speak.

Το αγόρι μετά βίας μπορούσε να μιλήσει.

"Your necklace is so beautiful"

«Το κολιέ σου είναι τόσο όμορφο»

And he continued to sob.

Και συνέχισε να κλαίει με λυγμούς.

"Can I please hold the necklace?"

«Μπορώ να κρατήσω το κολιέ, παρακαλώ;»

Queen Duo did not want to let him.

Η Βασίλισσα Ντούο δεν ήθελε να τον αφήσει.

"I cannot part with my necklace"

«Δεν μπορώ να αποχωριστώ το κολιέ μου»

"It is my most valuable jewel"

«Είναι το πιο πολύτιμο κόσμημα μου»

But the boy did not stop crying.

Αλλά το αγόρι δεν σταμάτησε να κλαίει.

So she took the necklace off her neck.

Έτσι έβγαλε το κολιέ από τον λαιμό της.

And she put the necklace into the boy's hand.

Και έβαλε το κολιέ στο χέρι του αγοριού.

The boy quickly stopped crying.

Το αγόρι σταμάτησε γρήγορα να κλαίει.

And he held the necklace in his hand.

Και κρατούσε το κολιέ στο χέρι του.

The female barber had finished her work.
Η κουρέας είχε τελειώσει τη δουλειά της.
She was packing up her tools.
Μάζευε τα εργαλεία της.
And she was about to leave the palace.
Και επρόκειτο να φύγει από το παλάτι.
So the queen wanted the necklace back.
Έτσι η βασίλισσα ήθελε πίσω το κολιέ.
But the boy would not let her have the necklace.
Αλλά το αγόρι δεν την άφησε να πάρει το κολιέ.
His mother attempted to snatch the necklace from him.
Η μητέρα του προσπάθησε να του αρπάξει το κολιέ.
But he wept bitterly when she tried.
Αλλά έκλαιγε πικρά όταν εκείνη το προσπάθησε.
And he cried as if his heart would break.
Και έκλαιγε σαν να επρόκειτο να σπάσει η καρδιά του.
The female barber politely asked the queen;
Η κουρέας ρώτησε ευγενικά τη βασίλισσα.
"Please let the boy take the necklace home"
«Σε παρακαλώ, άσε το αγόρι να πάρει το κολιέ σπίτι»
"He will fall asleep after drinking his milk"
«Θα κοιμηθεί αφού πιει το γάλα του»
"And then I will bring your necklace back"
«Και μετά θα σου φέρω πίσω το κολιέ σου»
She could see she had no choice.
Μπορούσε να δει ότι δεν είχε άλλη επιλογή.
The boy would not allow her to take the necklace.
Το αγόρι δεν της επέτρεπε να πάρει το κολιέ.
So she agreed to the proposal.
Έτσι, συμφώνησε με την πρόταση.
"Dalim must now be long dead," she thought.
«Ο Νταλίμ πρέπει να έχει πεθάνει προ πολλού», σκέφτηκε.
And she had nothing to worry about.
Και δεν είχε τίποτα να ανησυχεί.

The princess had the prized necklace.
Η πριγκίπισσα είχε το πολύτιμο κολιέ.

The treasure bound to her husband's life.

Ο θησαυρός που ήταν συνδεδεμένος με τη ζωή του συζύγου της.

She rushed back to the garden-house.

Έτρεξε πίσω στο σπιτάκι του κήπου.

And she gave the necklace to Dalim.

Και έδωσε το κολιέ στον Νταλίμ.

Dalim had been alive all morning.

Ο Νταλίμ ήταν ζωντανός όλο το πρωί.

It was the first time he saw the sun again.

Ήταν η πρώτη φορά που έβλεπε ξανά τον ήλιο.

Their joy of his life knew no bounds.

Η χαρά τους για τη ζωή του δεν είχε όρια.

Their friend advised them to go to the palace.

Ο φίλος τους τούς συμβούλεψε να πάνε στο παλάτι.

"Go to the palace tomorrow"

«Πήγαινε στο παλάτι αύριο»

"Present yourselves to the King and Queen"

«Παρουσιαστείτε στον Βασιλιά και τη Βασίλισσα»

"Let them know you're alive and well"

«Ενημερώστε τους ότι είστε ζωντανοί και καλά»

The couple accepted their friend's advice.

Το ζευγάρι δέχτηκε τη συμβουλή του φίλου του.

And they prepared everything for their arrival.

Και ετοίμασαν τα πάντα για την άφιξή τους.

An elephant was brought for the prince.

Ένας ελέφαντας φέρθηκε για τον πρίγκιπα.

A pair of ponies were brought for the boys.

Ένα ζευγάρι πόνυ φέρθηκε για τα αγόρια.

And there was a grand chaturdala.

Και υπήρξε μια μεγάλη τσατουρντάλα.

It was furnished with curtains of gold lace.

Ήταν επιπλωμένο με κουρτίνες από χρυσή δαντέλα.

Word was sent to the king and Queen Suo.

Στάλθηκε μήνυμα στον βασιλιά και τη βασίλισσα Σούο.

"Prince Dalim Kumar is alive and well"

«Ο πρίγκιπας Νταλίμ Κουμάρ είναι ζωντανός και καλά στην υγεία του»
"And he is coming to visit you"
«Και έρχεται να σε επισκεφτεί»
"Now he has a wife and two sons"
«Τώρα έχει γυναίκα και δύο γιους »
The King and Queen Suo could hardly believe it.
Ο Βασιλιάς και η Βασίλισσα Σούο δύσκολα μπορούσαν να το πιστέψουν.
But they were assured that it was all true.
Αλλά ήταν βέβαιοι ότι όλα ήταν αλήθεια.
Queen Duo quickly realized her predicament.
Η Βασίλισσα Ντούο συνειδητοποίησε γρήγορα τη δύσκολη θέση της.
And she became overwhelmed with grief.
Και την κατέκλυσε η θλίψη.
A band of musicians followed the prince.
Μια ομάδα μουσικών ακολούθησε τον πρίγκιπα.
Prince Dalim Kumar approached the palace-gate.
Ο πρίγκιπας Νταλίμ Κουμάρ πλησίασε την πύλη του παλατιού.
The King and Queen Suo went to the gates.
Ο Βασιλιάς και η Βασίλισσα Σούο πήγαν στις πύλες.
And they welcomed their long-lost son.
Και καλωσόρισαν τον χαμένο τους γιο.
You can imagine how happy they were.
Μπορείτε να φανταστείτε πόσο χαρούμενοι ήταν.
Dalim told his parents of his death.
Ο Νταλίμ είπε στους γονείς του για τον θάνατό του.
He told them of the pond by the palace.
Τους μίλησε για τη λίμνη δίπλα στο παλάτι.
And he told them of the fish in the pond.
Και τους είπε για τα ψάρια στη λίμνη.
He told them of the wooden box in the fish.
Τους είπε για το ξύλινο κουτί μέσα στο ψάρι.
He told them of the necklace in the wooden box.
Τους είπε για το κολιέ στο ξύλινο κουτί.

And he told them the secret of his life.

Και τους αποκάλυψε το μυστικό της ζωής του.

He told them how he died each night.

Τους έλεγε πώς πέθαινε κάθε βράδυ.

Of course he also mentioned his new wife.

Φυσικά, ανέφερε και τη νέα του σύζυγο.

The king was inflamed with rage at the news.

Ο βασιλιάς έξαλλος από οργή ακούγοντας τα νέα.

He ordered Queen Duo into his presence.

Διέταξε την Βασίλισσα Ντούο να έρθει στην παρουσία του.

A large hole was dug in the ground.

Μια μεγάλη τρύπα σκάφτηκε στο έδαφος.

The hole was as deep as the height of a man.

Η τρύπα ήταν βαθιά όσο το ύψος ενός ανθρώπου.

Queen Duo was made to stand in the hole.

Η Βασίλισσα Ντούο αναγκάστηκε να σταθεί στην τρύπα.

Prickly thorns were heaped around her.

Αγκαθωτά αγκάθια ήταν στοιβαγμένα γύρω της.

The thorns went up to the crown of her head.

Τα αγκάθια έφταναν μέχρι την κορυφή του κεφαλιού της.

And in this manner she was buried alive.

Και με αυτόν τον τρόπο την έθαψαν ζωντανή.

Phakir Chand
Φακίρ Τσαντ

There was once a king, who had a son.
Ήταν κάποτε ένας βασιλιάς, που είχε έναν γιο.
The king's minister also had a son.
Ο υπουργός του βασιλιά είχε κι αυτός έναν γιο.
The two sons loved each other dearly.
Οι δύο γιοι αγαπούσαν ο ένας τον άλλον πολύ.
And they did everything together.
Και έκαναν τα πάντα μαζί.
The two sons sat and stood up together.
Οι δύο γιοι κάθισαν και σηκώθηκαν μαζί.
They walked together to the same places.
Περπάτησαν μαζί στα ίδια μέρη.
They ate their meals together.
Έφαγαν τα γεύματά τους μαζί.
They slept and got up together.
Κοιμήθηκαν και σηκώθηκαν μαζί.
They spent years in each other's company.
Πέρασαν χρόνια ο ένας στην παρέα του άλλου.
One day they both felt a new desire.
Μια μέρα ένιωσαν και οι δύο μια νέα επιθυμία.
They wanted to see foreign lands.
Ήθελαν να δουν ξένες χώρες.
And so they set out on their journey.
Και έτσι ξεκίνησαν το ταξίδι τους.
One of them was the son of a king.
Ένας από αυτούς ήταν γιος ενός βασιλιά.
One of them was the son of his chief minister.
Ένας από αυτούς ήταν ο γιος του πρωθυπουργού του.
So of course they were both quite rich.
Οπότε φυσικά και οι δύο ήταν αρκετά πλούσιοι.
But they did not take any servants with them.
Αλλά δεν πήραν μαζί τους κανέναν υπηρέτη.
They went by themselves, on horseback.
Πήγαν μόνοι τους, με άλογα.

The horses were beautiful to look at.

Τα άλογα ήταν όμορφα στην όψη.

They were Pakshirajes horses.

Ήταν άλογα Pakshiraje.

Such horses are known as the kings of birds.

Τέτοια άλογα είναι γνωστά ως οι βασιλιάδες των πουλιών.

The two sons rode together for many days.

Οι δύο γιοι ταξίδεψαν μαζί για πολλές μέρες.

They passed through extensive plains.

Πέρασαν μέσα από εκτεταμένες πεδιάδες.

And the plains were covered with paddy.

Και οι πεδιάδες ήταν καλυμμένες με ρύζι.

And they passed through strange cities.

Και πέρασαν μέσα από παράξενες πόλεις.

And they passed through towns, and villages.

Και πέρασαν μέσα από πόλεις και χωριά.

They passed through treeless deserts.

Πέρασαν μέσα από άδενδρες ερήμους.

And they passed through forests.

Και πέρασαν μέσα από δάση.

And the forests were dense with trees.

Και τα δάση ήταν πυκνά από δέντρα.

These forests were the abode of the tiger.

Αυτά τα δάση ήταν η κατοικία της τίγρης.

And the bear also lived in these forests.

Και η αρκούδα ζούσε επίσης σε αυτά τα δάση.

One evening they were overtaken by the night.

Ένα βράδυ τους πρόλαβε η νύχτα.

They had not seen any human habitations.

Δεν είχαν δει καμία ανθρώπινη κατοικία.

But it was getting darker and darker.

Αλλά γινόταν όλο και πιο σκοτεινό.

So they dismounted beneath a lofty tree.

Έτσι κατέβηκαν κάτω από ένα ψηλό δέντρο.

They tied their horses to the tree.

Έδεσαν τα άλογά τους στο δέντρο.

And then they climbed up the tree.

Και μετά ανέβηκαν στο δέντρο.
They covered the branches with thick foliage.
Κάλυψαν τα κλαδιά με πυκνό φύλλωμα.
So that they could sit on the branches.
Για να μπορούν να κάθονται στα κλαδιά.
The tree had grown near a large body of water.
Το δέντρο είχε μεγαλώσει κοντά σε μια μεγάλη υδάτινη μάζα.
The water was as clear as the eye of a crow.
Το νερό ήταν τόσο καθαρό όσο το μάτι ενός κορακιού.
The two friends made themselves comfortable.
Οι δύο φίλοι βολεύτηκαν.
Of course it wasn't very comfortable in a tree.
Φυσικά και δεν ήταν πολύ άνετο σε ένα δέντρο.
But it wasn't uncomfortable in the tree either.
Αλλά δεν ήταν άβολο ούτε στο δέντρο.
They had decided to spend the night there.
Είχαν αποφασίσει να περάσουν τη νύχτα εκεί.
They sometimes chatted together in whispers.
Μερικές φορές κουβέντιαζαν ψιθυριστά μεταξύ τους.
They felt whispering was better than talking.
Ένιωθαν ότι το ψίθυρο ήταν καλύτερο από το να μιλάνε.
Because the region seemed very strange to them.
Επειδή η περιοχή τους φαινόταν πολύ παράξενη.
And soon they were falling into a doze.
Και σύντομα έπεφταν σε νύστα.
But their attention was suddenly jolted.
Αλλά η προσοχή τους ξαφνικά κεντρίστηκε.
From the water they heard a noise.
Από το νερό άκουσαν έναν θόρυβο.
It sounded like the rushing of water.
Ακουγόταν σαν το ορμητικό νερό.
In front of them was a terrible sight!
Μπροστά τους απλωνόταν ένα φρικτό θέαμα!
A huge serpent came from under the water.
Ένα τεράστιο φίδι βγήκε από κάτω από το νερό.
The snake swam ashore and slithered around.

Το φίδι κολύμπησε μέχρι την ακτή και γλίστρησε τριγύρω.
But something else attracted their attention.
Αλλά κάτι άλλο τράβηξε την προσοχή τους.
The crested hood of the serpent was shining.
Η κουκούλα με την κορυφή του φιδιού έλαμπε.
The snake had a brilliant manikya embedded.
Το φίδι είχε ενσωματωμένο ένα λαμπρό μανίκια.
The jewel shone like a thousand diamonds.
Το κόσμημα έλαμπε σαν χίλια διαμάντια.
The crystal lit up the water in the tank.
Ο κρύσταλλος φώτισε το νερό στη δεξαμενή.
The embankments and trees were irradiated.
Τα αναχώματα και τα δέντρα ακτινοβολήθηκαν.
The serpent doffed the jewel from its crest.
Το φίδι έβγαλε το πετράδι από το λοφίο του.
And the serpent threw the jewel on the ground.
Και το φίδι πέταξε το πετράδι στο έδαφος.
And then the serpent went in search of food.
Και τότε το φίδι πήγε να ψάξει για τροφή.
They could not believe what they had seen.
Δεν μπορούσαν να πιστέψουν αυτό που είχαν δει.
They stayed in the safety of the tree.
Έμειναν στην ασφάλεια του δέντρου.
But they greatly admired the jewel.
Αλλά θαύμασαν πολύ το κόσμημα.
The ruby shed an ineffable luster.
Το ρουμπίνι έριχνε μια ανείπωτη λάμψη.
Everything had a magical glow around it.
Όλα γύρω τους έλαμπαν μαγικά.
They had never seen anything like it.
Δεν είχαν ξαναδεί κάτι παρόμοιο.
Although, they had heard of this treasure.
Αν και είχαν ακούσει για αυτόν τον θησαυρό.
The jewel equaled the treasures of seven kings.
Το κόσμημα ήταν ίσο με τους θησαυρούς επτά βασιλιάδων.
But their admiration soon changed to fear.
Αλλά ο θαυμασμός τους σύντομα μετατράπηκε σε φόβο.

The serpent came to the foot of their tree.

Το φίδι έφτασε στους πρόποδες του δέντρου τους.

The serpent had found their horses!

Το φίδι είχε βρει τα άλογά τους!

The poor horses had been tied to the tree.

Τα καημένα τα άλογα ήταν δεμένα στο δέντρο.

The animals had no way of escaping.

Τα ζώα δεν είχαν τρόπο να ξεφύγουν.

One by one the serpent ate their horses.

Ένα προς ένα το φίδι έτρωγε τα άλογά τους.

But the serpent's appetite did not seem satisfied.

Αλλά η όρεξη του φιδιού δεν φαινόταν να ικανοποιείται.

They feared they would be the next victims.

Φοβόντουσαν ότι θα ήταν τα επόμενα θύματα.

But their fears were soon relieved.

Αλλά οι φόβοι τους σύντομα διαψεύστηκαν.

The gigantic cobra had not seen them.

Η γιγάντια κόμπρα δεν τους είχε δει.

And eventually the snake left again.

Και τελικά το φίδι έφυγε ξανά.

The minister's son saw an opportunity.

Ο γιος του υπουργού είδε μια ευκαιρία.

This was his chance to take the gem.

Αυτή ήταν η ευκαιρία του να πάρει το πετράδι.

But there was one problem they had.

Αλλά υπήρχε ένα πρόβλημα που είχαν.

The jewel shone incredibly bright.

Το κόσμημα έλαμπε απίστευτα έντονα.

The serpent would know what had happened.

Το φίδι θα καταλάβαινε τι είχε συμβεί.

But there was a way to overcome this problem.

Υπήρχε όμως ένας τρόπος να ξεπεραστεί αυτό το πρόβλημα.

And the minister's son knew the solution.

Και ο γιος του υπουργού ήξερε τη λύση.

He had to cover the stone with horse-dung.

Έπρεπε να καλύψει την πέτρα με κοπριά αλόγου.

And there was some horse-dung by the tree.
Και υπήρχαν λίγη κοπριά αλόγου δίπλα στο δέντρο.
He quietly came down from the tree.
Κατέβηκε αθόρυβα από το δέντρο.
He picked up the horse-dung off the floor.
Μάζεψε την κοπριά των αλόγων από το πάτωμα.
And he threw the dung upon the precious stone.
Και έριξε την κοπριά πάνω στην πολύτιμη πέτρα.
And then he climbed up into the tree again.
Και μετά ανέβηκε ξανά στο δέντρο.
The serpent noticed something had happened.
Το φίδι παρατήρησε ότι κάτι είχε συμβεί.
The light of the jewel had vanished.
Το φως του πετραδιού είχε εξαφανιστεί.
The serpent rushed back with great fury.
Το φίδι όρμησε πίσω με μεγάλη οργή.
The serpent returned to where it had left the stone.
Το φίδι επέστρεψε εκεί που είχε αφήσει την πέτρα.
The serpent let out a frightful hiss at the night.
Το φίδι έβγαλε ένα τρομακτικό σφύριγμα τη νύχτα.
The snake's groans and convulsions were terrible.
Τα βογκητά και οι σπασμοί του φιδιού ήταν τρομερά.
The snake went round and round the jewel.
Το φίδι γύριζε γύρω από το κόσμημα.
But the stone was covered with horse-dung.
Αλλά η πέτρα ήταν καλυμμένη με κοπριά αλόγου.
This way the serpent could not see its treasure.
Με αυτόν τον τρόπο το φίδι δεν μπορούσε να δει τον
θησαυρό του.
Finally, the serpent breathed its last breath.
Τελικά, το φίδι άφησε την τελευταία του πνοή.

The two friends did not sleep much that night.
Οι δύο φίλοι δεν κοιμήθηκαν πολύ εκείνο το βράδυ.
In the morning they came down from the tree.
Το πρωί κατέβηκαν από το δέντρο.
They went to where the crest-jewel was.

Πήγαν εκεί που ήταν το οικόσημο-κόσμημα.
The mighty serpent was still laying there.
Το πανίσχυρο φίδι ήταν ακόμα ξαπλωμένο εκεί.
But now the snake's body was perfectly lifeless.
Αλλά τώρα το σώμα του φιδιού ήταν εντελώς άψυχο.
The friend of the prince stepped over the dead snake.
Ο φίλος του πρίγκιπα πάτησε πάνω από το νεκρό φίδι.
And he picked up the dung covered jewel.
Και μάζεψε το στολίδι που ήταν καλυμμένο με κοπριά.
Both of them went to the bank of the water.
Και οι δύο πήγαν στην όχθη του νερού.
And they washed the precious stone.
Και έπλυναν την πολύτιμη πέτρα.
Finally, all the dung had been washed off.
Τελικά, όλη η κοπριά είχε ξεπλυθεί.
And the jewel shone as brilliantly as before.
Και το κόσμημα έλαμπε τόσο λαμπρά όσο και πριν.
The jewel lit up the entire bed of the tank of water.
Το κόσμημα φώτιζε ολόκληρη την κοίτη της δεξαμενής με το νερό.
Now they could see the innumerable fishes.
Τώρα μπορούσαν να δουν τα αμέτρητα ψάρια.
But the light also revealed something else.
Αλλά το φως αποκάλυψε και κάτι άλλο.
This astonished them more than all the fishes.
Αυτό τους εξέπληξε περισσότερο από όλα τα ψάρια.
In the bottom of the water there was something.
Στον πάτο του νερού υπήρχε κάτι.
They could see there were lofty walls.
Μπορούσαν να δουν ότι υπήρχαν ψηλοί τοίχοι.
The walls were from a magnificent palace.
Τα τείχη προέρχονταν από ένα μεγαλοπρεπές παλάτι.
The prince's friend was feeling venturesome.
Ο φίλος του πρίγκιπα είχε την τάση να είναι τολμηρός.
He convinced the king's son to follow him.
Έπεισε τον γιο του βασιλιά να τον ακολουθήσει.
And then they wanted to swim to the palace below.

Και μετά ήθελαν να κολυμπήσουν μέχρι το παλάτι από κάτω.

The prince's friend took the jewel in his hand.

Ο φίλος του πρίγκιπα πήρε το κόσμημα στο χέρι του.

And they both dived into the waters.

Και βούτηξαν και οι δύο στα νερά.

Soon they stood at the gate of the palace.

Σύντομα στάθηκαν στην πύλη του παλατιού.

To their surprise the gate was open.

Προς έκπληξή τους, η πύλη ήταν ανοιχτή.

They saw no being, human or superhuman.

Δεν έβλεπαν κανένα ον, ανθρώπινο ή υπεράνθρωπο.

So they decided to venture inside the gate.

Έτσι αποφάσισαν να μπουν μέσα από την πύλη.

Inside the walls there was a beautiful garden.

Μέσα στα τείχη υπήρχε ένας όμορφος κήπος.

In the middle of the garden was a house.

Στη μέση του κήπου υπήρχε ένα σπίτι.

No one had ever seen so many flowers.

Κανείς δεν είχε ξαναδεί τόσα πολλά λουλούδια.

There were roses of all imaginable varieties.

Υπήρχαν τριαντάφυλλα από όλες τις πιθανές ποικιλίες.

There were endless numbers of yellow jessamine.

Υπήρχαν ατελείωτες ποσότητες κίτρινου γιασεμιού.

And there were numerous white bell flowers.

Και υπήρχαν πολλά λευκά λουλούδια καμπάνας.

These flowers were the king of smells.

Αυτά τα λουλούδια ήταν ο βασιλιάς των μυρωδιών.

The most scented lily of the valley.

Το πιο αρωματικό κρίνο της κοιλάδας.

There were the flowers from the champaka tree.

Υπήρχαν τα λουλούδια από το δέντρο τσαμπάκα.

And a thousand other sweet-scented flowers.

Και χίλια άλλα λουλούδια με γλυκό άρωμα.

Acres covered with the delicious jessamine.

Στρέμματα καλυμμένα με το νόστιμο γιασεμί.

All the plants were gemmed with flowers.

Όλα τα φυτά ήταν στολισμένα με λουλούδια.
And all the flowers were in full bloom.
Και όλα τα λουλούδια ήταν ανθισμένα.
So the air was loaded with rich perfume.
Έτσι ο αέρας ήταν γεμάτος με πλούσιο άρωμα.
A wilderness of sweet scents everywhere.
Μια άγρια φύση από γλυκές μυρωδιές παντού.
They went through this paradise of perfumery.
Πέρασαν από αυτόν τον παράδεισο της αρωματοποιίας.
And eventually they reached the house.
Και τελικά έφτασαν στο σπίτι.
The house was surrounded by lofty trees.
Το σπίτι ήταν περιτριγυρισμένο από πανύψηλα δέντρα.
Soon they stood at the door of the house.
Σε λίγο στάθηκαν στην πόρτα του σπιτιού.
Now they could see it was a fairy palace.
Τώρα μπορούσαν να δουν ότι ήταν ένα παλάτι νεράιδων.
The walls were of burnished gold.
Οι τοίχοι ήταν από γυαλισμένο χρυσό.
Here and there shone diamonds of dazzling hue.
Εδώ κι εκεί έλαμπαν διαμάντια με εκθαμβωτική απόχρωση.
But they did not see any beings.
Αλλά δεν είδαν κανένα ον.
So they went inside the palace.
Έτσι μπήκαν μέσα στο παλάτι.
The palace was richly furnished.
Το παλάτι ήταν πλούσια επιπλωμένο.
They went from room to room.
Πήγαν από δωμάτιο σε δωμάτιο.
But they did not see anyone.
Αλλά δεν είδαν κανέναν.
It seemed to be a deserted house.
Φαινόταν σαν ένα έρημο σπίτι.
At last, however, they found a special room.
Τελικά, ωστόσο, βρήκαν ένα ειδικό δωμάτιο.
In this room there was a young lady.

Σε αυτό το δωμάτιο υπήρχε μια νεαρή κυρία.
She was sleeping on a golden bed.
Κοιμόταν σε ένα χρυσό κρεβάτι.
The young lady was of exquisite beauty.
Η νεαρή κοπέλα ήταν εξαιρετικής ομορφιάς.
Her complexion was a mixture of red and white.
Η επιδερμίδα της ήταν ένα μείγμα κόκκινου και λευκού.
She seemed to be about sixteen years of age.
Φαινόταν να είναι περίπου δεκαέξι ετών.
The two friends gazed upon her.
Οι δύο φίλοι την κοίταξαν επίμονα.
They were enchanted by her beauty.
Μαγεύτηκαν από την ομορφιά της.
But they could not admire her for long.
Αλλά δεν μπορούσαν να τη θαυμάσουν για πολύ.
Because the young lady opened her eyes.
Επειδή η νεαρή κυρία άνοιξε τα μάτια της.
Her eyes seemed like the eyes of a gazelle.
Τα μάτια της έμοιαζαν με μάτια γαζέλας.
On seeing the strangers she said;
Βλέποντας τους ξένους, είπε:
"How have you come here, ye unfortunate men?"
«Πώς ήρθατε εδώ, άτυχοι άνθρωποι;»
"Be gone, be gone! I beg of you two"
«Φύγε, φύγε! Σας ικετεύω και τους δύο»
"This is the abode of a mighty serpent"
«Αυτή είναι η κατοικία ενός ισχυρού φιδιού »
"The serpent which has devoured my parents"
«Το φίδι που καταβρόχθισε τους γονείς μου»
"And my brothers, and all my relatives"
«Και τα αδέρφια μου, και όλοι οι συγγενείς μου»
"I am the only one that he has spared"
«Είμαι ο μόνος που έχει σώσει»
"Flee for your lives while you still can"
«Φύγετε για να σώσετε τη ζωή σας όσο ακόμα μπορείτε»
"Or else the serpent will eat you both"
«Αλλιώς το φίδι θα σας φάει και τους δύο»

The prince's friend told her what had happened.
Η φίλη του πρίγκιπα τής είπε τι είχε συμβεί.
"The serpent has breathed his last breath"
«Το φίδι άφησε την τελευταία του πνοή»
"The snake's body lies lifeless on the floor"
«Το σώμα του φιδιού κείτεται άψυχο στο πάτωμα»
"We took the head-jewel of the serpent"
«Πήραμε το κόσμημα-κεφαλή του φιδιού»
"The jewel's light showed us to the palace.
«Το φως του πετραδιού μας έδειξε το παλάτι.»
She thanked the strangers for their bravery.
Ευχαρίστησε τους ξένους για το θάρρος τους.
"You have freed me from the infernal serpent"
«Με ελευθέρωσες από το καταχθόνιο φίδι»
"Please live with me in my palace"
«Σε παρακαλώ, ζήσε μαζί μου στο παλάτι μου»
"But please promise never to desert me"
«Αλλά σε παρακαλώ υπόσχεσέ με να μην με εγκαταλείψεις ποτέ»
They gladly accepted the invitation.
Δέχτηκαν με χαρά την πρόσκληση.
The king's son was smitten with the princess.
Ο γιος του βασιλιά ήταν ερωτευμένος με την πριγκίπισσα.
He adored the charms of the peerless princess.
Λάτρευε τη γοητεία της απαράμιλλης πριγκίπισσας.
And he married her after a short time.
Και την παντρεύτηκε μετά από λίγο καιρό.
There was no priest at the palace.
Δεν υπήρχε ιερέας στο παλάτι.
So the hymeneal knot was tied by other means.
Έτσι, ο υμενικός κόμπος δέθηκε με άλλα μέσα.
A simple exchange of garlands of flowers.
Μια απλή ανταλλαγή γιρλαντών από λουλούδια.
The king's son became inexpressibly happy.
Ο γιος του βασιλιά έγινε απερίγραπτα χαρούμενος.
He delighted in the company of the princess.
Χάρηκε πολύ η παρέα της πριγκίπισσας.

The prince's friend also had a wife.

Ο φίλος του πρίγκιπα είχε κι αυτός γυναίκα.

Of course she was living in the upper world.

Φυσικά και ζούσε στον ανώτερο κόσμο.

But he participated in his friend's happiness.

Αλλά συμμετείχε στην ευτυχία του φίλου του.

The time they spent together passed merrily.

Ο χρόνος που περνούσαν μαζί περνούσε χαρούμενα.

But they could not live here forever.

Αλλά δεν μπορούσαν να ζήσουν εδώ για πάντα.

The prince had to return to his kingdom.

Ο πρίγκιπας έπρεπε να επιστρέψει στο βασίλειό του.

But he knew the return would require some planning.

Αλλά ήξερε ότι η επιστροφή θα απαιτούσε κάποιο σχεδιασμό.

The occasion would come with a lot of pomp.

Η περίσταση θα ερχόταν με πολλή μεγαλοπρέπεια.

There were going to be many ceremonies.

Επρόκειτο να γίνουν πολλές τελετές.

Because there was a lot to be celebrated.

Επειδή υπήρχαν πολλά να γιορταστούν.

First the prince's friend was going to go.

Πρώτα επρόκειτο να φύγει ο φίλος του πρίγκιπα.

And then he was going to return with the attendants.

Και μετά επρόκειτο να επιστρέψει με τους υπηρέτες.

Horses, and elephants for the happy pair.

Άλογα και ελέφαντες για το ευτυχισμένο ζευγάρι.

The prince accompanied his friend.

Ο πρίγκιπας συνόδευσε τον φίλο του.

Together they went back to the surface.

Μαζί επέστρεψαν στην επιφάνεια.

And they saw the upper world again.

Και είδαν ξανά τον πάνω κόσμο.

The two friends bid each other adieu.

Οι δύο φίλοι αποχαιρετίστηκαν.

The prince returned to his lovely wife.

Ο πρίγκιπας επέστρεψε στην αξιαγάπητη σύζυγό του.

Before leaving everything had been organized.
Πριν φύγουν όλα είχαν οργανωθεί.
The prince's friend arranged his return.
Ο φίλος του πρίγκιπα κανόνισε την επιστροφή του.
He said when he was going to go to the embankment.
Είπε πότε επρόκειτο να πάει στο ανάχωμα.
He was going to have the horses that they needed.
Θα είχε τα άλογα που χρειάζονταν.
Elephants were going to be there too, and attendants.
Ελέφαντες θα ήταν επίσης εκεί, και οι συνοδοί.
They were going to wait upon the prince and princess.
Επρόκειτο να περιμένουν τον πρίγκιπα και την
πριγκίπισσα.
The snake-jewel gave them the rights to this.
Το φίδι-κόσμημα τους έδινε τα δικαιώματα σε αυτό.
The prince's friend went back to his country.
Ο φίλος του πρίγκιπα επέστρεψε στη χώρα του.
To prepare for the return of his friend.
Για να προετοιμαστεί για την επιστροφή του φίλου του.

One day the prince was sleeping.
Μια μέρα ο πρίγκιπας κοιμόταν.
He had just had his midday meal.
Μόλις είχε φάει το μεσημεριανό του γεύμα.
The princess had never seen the upper regions.
Η πριγκίπισσα δεν είχε δει ποτέ τις ανώτερες περιοχές.
She felt the desire to see the upper world.
Ένιωσε την επιθυμία να δει τον πάνω κόσμο.
For this she needed the snake-jewel.
Γι' αυτό χρειαζόταν το κόσμημα-φίδι.
Only this could help her through the water.
Μόνο αυτό θα μπορούσε να τη βοηθήσει να περάσει το
νερό.
The jewel was shining its bright light in the room.
Το κόσμημα έλαμπε με το έντονο φως του στο δωμάτιο.
She took the snake-jewel into her hand.
Πήρε το κόσμημα-φίδι στο χέρι της.

And then she left the palace and the garden.
Και μετά έφυγε από το παλάτι και τον κήπο.
She successfully swam to the upper world.
Κολύμπησε με επιτυχία στον πάνω κόσμο.
No mortal had caught sight of her.
Κανένας θνητός δεν την είχε δει.
At the edge of the water were some steps.
Στην άκρη του νερού υπήρχαν μερικά σκαλοπάτια.
The steps were for the convenience of bathers.
Τα σκαλιά ήταν για την διευκόλυνση των λουόμενων.
And this is also where she sat.
Και εδώ ήταν επίσης το μέρος που καθόταν.
She scrubbed her body with the sand.
Έτριψε το σώμα της με την άμμο.
She washed her hair with the fresh water.
Έπλυνε τα μαλλιά της με φρέσκο νερό.
And she played with the water for fun.
Και έπαιζε με το νερό για πλάκα.
She walked about on the water's edge.
Περπατούσε στην άκρη του νερού.
And she admired all the scenery around.
Και θαύμαζε όλα τα τοπία τριγύρω.
But finally she returned back to her palace.
Αλλά τελικά επέστρεψε στο παλάτι της.
Her husband was still deep in sleep.
Ο άντρας της κοιμόταν ακόμα βαθιά.
But eventually he had slept enough.
Αλλά τελικά είχε κοιμηθεί αρκετά.
She did not tell him about her adventures.
Δεν του είπε για τις περιπέτειές της.
The next day her husband fell asleep again.
Την επόμενη μέρα ο άντρας της ξανακοιμήθηκε.
And again she paid a visit to the upper world.
Και πάλι επισκέφθηκε τον πάνω κόσμο.
And she remained unnoticed by mortal man.
Και παρέμεινε απαρατήρητη από τον θνητό άνθρωπο.
Her success was starting to give her courage.

Η επιτυχία της άρχισε να της δίνει κουράγιο.
So she repeated her adventure a third time.
Έτσι επανέλαβε την περιπέτειά της για τρίτη φορά.
The rajah's son was out hunting that day.
Ο γιος του ράτζα είχε βγει για κυνήγι εκείνη την ημέρα.
He had his tent not far from the water.
Είχε τη σκηνή του όχι μακριά από το νερό.
His attendants were cooking his meal.
Οι υπηρέτες του μαγείρευαν το γεύμα του.
So, he wandered about along the water.
Έτσι, περιπλανήθηκε κατά μήκος του νερού.
Nearby an old woman was gathering sticks.
Κοντά μια ηλικιωμένη γυναίκα μάζευε ξύλα.
She was collecting dried branches of trees.
Μάζευε ξερά κλαδιά δέντρων.
She needed the sticks for kindling wood.
Χρειαζόταν τα ξυλάκια για να ανάψει ξύλα.
This was when the princess came out the water.
Τότε ήταν που η πριγκίπισσα βγήκε από το νερό.
She gazed around and she saw a man.
Κοίταξε γύρω της και είδε έναν άντρα.
And then she saw there was also a woman.
Και τότε είδε ότι υπήρχε και μια γυναίκα.
The princess knew she didn't want to be seen.
Η πριγκίπισσα ήξερε ότι δεν ήθελε να τη δουν.
So she went back down to her palace.
Έτσι επέστρεψε στο παλάτι της.
But the rajah's son had caught a glimpse of her.
Αλλά ο γιος του ράτζα την είχε δει για λίγο.
And the old woman gathering sticks saw her too.
Και η ηλικιωμένη γυναίκα που μάζευε ξύλα την είδε κι
αυτή.
The rajah's son stood gazing on the waters.
Ο γιος του ράτζα στεκόταν κοιτάζοντας τα νερά.
He had never seen such a beautiful woman.
Δεν είχε ξαναδεί τόσο όμορφη γυναίκα.
She seemed to him to be a deva-kanyas Goddess.

Του φαινόταν σαν μια ντεβα-κάνια Θεά.
Heavenly goddesses he had read of in old books.
Ουράνιες θεές για τις οποίες είχε διαβάσει σε παλιά βιβλία.
They are said to visit the upper world.
Λέγεται ότι επισκέπτονται τον άνω κόσμο.
And the upper world is honored to have them.
Και ο ανώτερος κόσμος είναι τιμημένος που τους έχει.
But it is said to happen only rarely.
Αλλά λέγεται ότι συμβαίνει μόνο σπάνια.
The way that angels only visit rarely.
Ο τρόπος που οι άγγελοι σπάνια μας επισκέπτονται.
He had seen the princess' unearthly beauty.
Είχε δει την απόκοσμη ομορφιά της πριγκίπισσας.
She had made a deep impression on his heart.
Είχε αφήσει μια βαθιά εντύπωση στην καρδιά του.
Although he had seen her only for a moment.
Αν και την είχε δει μόνο για μια στιγμή.
But her beauty distracted his mind.
Αλλά η ομορφιά της απέσπασε την προσοχή του.
He stood there like a statue, for hours.
Στάθηκε εκεί σαν άγαλμα, για ώρες.
All he could do was gaze into the waters.
Το μόνο που μπορούσε να κάνει ήταν να κοιτάζει τα νερά.
In the hope of seeing the lovely figure again.
Με την ελπίδα να ξαναδώ την όμορφη φιγούρα.
But all his time was spent in vain.
Αλλά όλος ο χρόνος του ξοδεύτηκε μάταια.
The princess did not appear again.
Η πριγκίπισσα δεν ξαναφάνηκε.
The rajah's son became mad with love.
Ο γιος του ράτζα τρελάθηκε από αγάπη.
He kept muttering, "now here, now gone!"
Συνέχιζε να μουρμουρίζει, «τώρα εδώ, τώρα έφυγε!»
He refused to leave the water's edge.
Αρνήθηκε να φύγει από την άκρη του νερού.
His attendants had to forcibly remove him.
Οι συνοδοί του αναγκάστηκαν να τον απομακρύνουν βίαια.

They took him to his father's palace.

Τον πήγαν στο παλάτι του πατέρα του.

But he was in a state of hopeless insanity.

Αλλά βρισκόταν σε κατάσταση απελπιστικής τρέλας.

He couldn't be made to speak to anyone.

Δεν μπορούσε να τον αναγκάσουν να μιλήσει σε κανέναν.

And he spent his days sobbing heavily.

Και περνούσε τις μέρες του κλαίγοντας βαριά.

No others words came out of his mouth.

Δεν βγήκαν άλλες λέξεις από το στόμα του.

"Now here, now gone!"

«Τώρα εδώ, τώρα έφυγες!»

"Now here, now gone!"

«Τώρα εδώ, τώρα έφυγες!»

You can imagine the rajah's grief.

Μπορείτε να φανταστείτε τη θλίψη του ράτζα.

"What could have deranged my son's mind?"

«Τι θα μπορούσε να έχει διαταράξει το μυαλό του γιου μου;»

"'Now here, now gone,' what does it mean?"

«"Τώρα εδώ, τώρα έφυγε", τι σημαίνει;»

He could not unravel the words' meaning.

Δεν μπορούσε να αποκρυπτογραφήσει το νόημα των λέξεων.

His attendants couldn't decipher the words either.

Ούτε οι συνοδοί του μπορούσαν να αποκρυπτογραφήσουν τις λέξεις.

The land's best physicians were consulted.

Ζητήθηκε η συμβουλή των καλύτερων γιατρών της χώρας.

But their consultation had no effect.

Αλλά η συμβουλευτική τους συνάντηση δεν είχε κανένα αποτέλεσμα.

The sons of æsculapius were not able to help.

Οι γιοι του Αισκυλαπίου δεν μπόρεσαν να βοηθήσουν.

No one could ascertain the cause of the madness.

Κανείς δεν μπορούσε να εξακριβώσει την αιτία της τρέλας.

Without knowing the cause there was no cure.

Χωρίς να γνωρίζουμε την αιτία δεν υπήρχε θεραπεία.
The physicians tried to ask the prince.
Οι γιατροί προσπάθησαν να ρωτήσουν τον πρίγκιπα.
But all he said was, "now here, now gone!"
Αλλά το μόνο που είπε ήταν «τώρα εδώ, τώρα έφυγες!»
The rajah was distracted with grief.
Ο ράτζας ήταν αφηρημένος από τη θλίψη.
Day and night he worried for his son.
Μέρα νύχτα ανησυχούσε για τον γιο του.
He wished for his son's intellects to return.
Ευχόταν να επιστρέψει η διάνοια του γιου του.
A proclamation was made in the capital.
Μια διακήρυξη έγινε στην πρωτεύουσα.
Town criers were sent into the city.
Κηρύκτες της πόλης στάλθηκαν στην πόλη.
And they beat their drums for attention.
Και χτυπούσαν τα τύμπανά τους για να τραβήξουν την προσοχή.
"The rajah's son has lost his mental faculties"
«Ο γιος του ράτζα έχασε τις νοητικές του ικανότητες»
"The rajah seeks a cure for his son"
«Ο ράτζας ψάχνει για θεραπεία για τον γιο του»
"A reward is offered for the cure"
«Προσφέρεται αμοιβή για τη θεραπεία»
"The hand of the rajah's daughter"
«Το χέρι της κόρης του ράτζα»
"Her hand comes with half his kingdom"
«Το χέρι της έρχεται με το μισό του βασίλειο»
The drum was beaten around the city.
Το τύμπανο χτυπούσε σε όλη την πόλη.
But no one felt they could touch the drum.
Αλλά κανείς δεν ένιωθε ότι μπορούσε να αγγίξει το τύμπανο.
No one knew the cause of his madness.
Κανείς δεν ήξερε την αιτία της τρέλας του.
At last an old woman came forward.
Τελικά, μια ηλικιωμένη γυναίκα εμφανίστηκε μπροστά.

And she stepped up to touch the drum.

Και έκανε ένα βήμα για να αγγίξει το τύμπανο.

"I will discover the cause of his madness"

«Θα ανακαλύψω την αιτία της τρέλας του»

"And I will cure him from his disease"

«Και θα τον θεραπεύσω από την ασθένειά του»

She had seen what happened to the boy.

Είχε δει τι συνέβη στο αγόρι.

She was at the water's edge that day.

Εκείνη την ημέρα βρισκόταν στην άκρη του νερού.

It was her who was gathering up sticks.

Αυτή ήταν που μάζευε ξύλα.

This woman had a crack-brained son.

Αυτή η γυναίκα είχε έναν τρελό γιο.

Her son was named of Phakir-Chand.

Ο γιος της ονομάστηκε Φακίρ-Τσαντ.

So she was called Phakir's mother.

Έτσι την έλεγαν μητέρα του Φακίρ.

The woman was brought before the rajah.

Η γυναίκα οδηγήθηκε ενώπιον του ράτζα.

And the following conversation took place.

Και έγινε η εξής συζήτηση.

"You are the woman that touched the drum"

«Είσαι η γυναίκα που άγγιξε το τύμπανο»

"You know the cause of my son's madness?"

«Ξέρεις την αιτία της τρέλας του γιου μου;»

"Yes, oh incarnation of justice!"

«Ναι, ω ενσάρκωση της δικαιοσύνης!»

"I know the cause of your son's madness"

«Ξέρω την αιτία της τρέλας του γιου σας»

"But I will not say the cause of his madness"

«Αλλά δεν θα πω την αιτία της τρέλας του»

"First I will cure your son of his madness"

«Πρώτα θα θεραπεύσω τον γιο σου από την τρέλα του»

"How can I believe you are able to?"

«Πώς μπορώ να πιστέψω ότι είσαι σε θέση;»

"The best physicians of the land have failed"

«Οι καλύτεροι γιατροί της χώρας έχουν αποτύχει»
"You need not now believe, my king"
«Δεν χρειάζεται να πιστεύεις τώρα, βασιλιά μου»
"Wait till I have performed the cure"
«Περίμενε μέχρι να κάνω τη θεραπεία»
"Many an old woman knows many secrets"
«Πολλές ηλικιωμένες γυναίκες γνωρίζουν πολλά μυστικά»
"Secrets wise men are unacquainted with"
«Μυστικά που οι σοφοί δεν γνωρίζουν»
"Very well, let me see what you can do"
«Πολύ καλά, άσε με να δω τι μπορείς να κάνεις»
"In what time will you perform the cure?"
«Σε τι ώρα θα εκτελέσετε τη θεραπεία;»
"It is impossible to fix the time"
«Είναι αδύνατο να οριστεί η ώρα»
"Ff course I will begin work immediately"
«Φυσικά και θα ξεκινήσω αμέσως δουλειά»
"But I need your lordship's assistance"
«Αλλά χρειάζομαι τη βοήθεια της εξοχότητάς σας»
"What help do you require from me?"
«Τι βοήθεια χρειάζεσαι από μένα;»
"Your lordship will please order a hut"
«Η εξοχότητά σας θα σας παρακαλούσε να παραγγείλετε
μια καλύβα»
"Have the hut raised on the embankment of the water"
«Ας ανεγερθεί η καλύβα στο ανάχωμα του νερού»
"Where your son first caught the disease"
«Εκεί που ο γιος σας κόλλησε για πρώτη φορά την
ασθένεια»
"I mean to live in that hut for a few days"
«Σκοπεύω να μείνω σε αυτή την καλύβα για μερικές μέρες»
"And please order some of your servants"
«Και παρακαλώ διατάξτε μερικούς από τους υπηρέτες σας»
"They have to be in attendance at a distance"
«Πρέπει να είναι παρόντες από απόσταση»
"Tell them to be about a hundred yards away"
«Πες τους να είναι περίπου εκατό μέτρα μακριά»

"That way I can call them over when we need them"
«Έτσι θα μπορώ να τους καλώ όταν τους χρειαστούμε»
The king had listened attentively.
Ο βασιλιάς άκουγε προσεκτικά.
"I will order that to be immediately done"
«Θα διατάξω να γίνει αυτό αμέσως»
"Do you want anything else?"
«Θέλεις κάτι άλλο;»
"Those are all the preparations I need"
«Αυτές είναι όλες οι προετοιμασίες που χρειάζομαι»
"But let me remind you of the agreement"
«Αλλά επιτρέψτε μου να σας υπενθυμίσω τη συμφωνία»
"You promised the hand of your daughter"
«Υποσχέθηκες το χέρι της κόρης σου»
"And you promised half your kingdom"
«Και υποσχέθηκες το μισό σου βασίλειο»
"But I can't marry your daughter"
«Αλλά δεν μπορώ να παντρευτώ την κόρη σου»
"Because your daughter has to marry a man"
«Επειδή η κόρη σου πρέπει να παντρευτεί έναν άντρα»
"But I also have a son of marriageable age"
«Αλλά έχω και έναν γιο σε ηλικία γάμου»
"Allow my son to marry your daughter"
«Επιτρέψτε στον γιο μου να παντρευτεί την κόρη σας»
"Allow him to have half of your kingdom"
«Άφησέ του να πάρει το μισό σου βασίλειο»
The king was agreed with the terms.
Ο βασιλιάς συμφώνησε με τους όρους.
"If you find a cure, he marries my daughter"
«Αν βρεις θεραπεία, θα παντρευτεί την κόρη μου»
"And half of my kingdom shall be his"
«Και το μισό του βασιλείου μου θα είναι δικό του»
A temporary hut was quickly erected.
Μια προσωρινή καλύβα στήθηκε γρήγορα.
The hut was built on the embankment of the water.
Η καλύβα χτίστηκε στην όχθη του νερού.
And Phakir's mother took up her abode.

Και η μητέρα του Φακίρ εγκαταστάθηκε εκεί.
An outpost was also erected at some distance.
Ένα φυλάκιο είχε επίσης ανεγερθεί σε κάποια απόσταση.
Because the woman might require some attendance.
Επειδή η γυναίκα μπορεί να χρειάζεται κάποια παρουσία.
Strict orders were given by Phakir's mother.
Η μητέρα του Φακίρ έδωσε αυστηρές διαταγές.
No one was allowed to go near the water.
Κανείς δεν επιτρεπόταν να πλησιάσει το νερό.
Only she was allowed to stay by the water.
Μόνο εκείνη είχε το δικαίωμα να μείνει δίπλα στο νερό.

But let us leave Phakir's mother at the water.
Αλλά ας αφήσουμε τη μητέρα του Φακίρ στο νερό.
Let us hasten down the subterranean palace.
Ας κατεβούμε γρήγορα στο υπόγειο παλάτι.
To see what the prince and the princess are doing.
Για να δουν τι κάνουν ο πρίγκιπας και η πριγκίπισσα.
The princess did want to go up again.
Η πριγκίπισσα ήθελε να ανέβει ξανά.
But she now knew that it would be dangerous.
Αλλά τώρα ήξερε ότι θα ήταν επικίνδυνο.
And she had given up the idea of a fourth visit.
Και είχε εγκαταλείψει την ιδέα μιας τέταρτης επίσκεψης.
But women generally have greater curiosity.
Αλλά οι γυναίκες έχουν γενικά μεγαλύτερη περιέργεια.
And the princess was no exception to the rule.
Και η πριγκίπισσα δεν αποτελούσε εξαίρεση στον κανόνα.
One day her husband was asleep.
Μια μέρα ο άντρας της κοιμόταν.
He always slept after his noonday meal.
Πάντα κοιμόταν μετά το μεσημεριανό του γεύμα.
She took the snake-jewel in her hand.
Πήρε το φίδι-κόσμημα στο χέρι της.
And she rushed out of the palace.
Και έφυγε τρέχοντας από το παλάτι.
And she came up to the upper world.

Και ανέβηκε στον πάνω κόσμο.

There was an upheaval in the waters.

Υπήρχε μια αναταραχή στα νερά.

And Phakir's mother was on high alert.

Και η μητέρα του Φακίρ ήταν σε πλήρη εγρήγορση.

She was hiding in the hut.

Κρυβόταν στην καλύβα.

And she was looking through the chinks.

Και κοίταζε μέσα από τις χαραμάδες.

The princess saw no human being nearby.

Η πριγκίπισσα δεν είδε κανέναν άνθρωπο κοντά.

So she came to the bank of the water.

Έτσι έφτασε στην όχθη του νερού.

Phakir's mother showed herself outside the hut.

Η μητέρα του Φακίρ εμφανίστηκε έξω από την καλύβα.

And she addressed the princess politely.

Και απευθύνθηκε ευγενικά στην πριγκίπισσα.

"Come, my child, thou queen of beauty"

«Έλα, παιδί μου, βασίλισσα της ομορφιάς»

"Come to me, and I will help you to bathe"

«Έλα σε μένα και θα σε βοηθήσω να λουστείς»

So saying, she approached the princess.

Λέγοντας αυτά, πλησίασε την πριγκίπισσα.

The princess saw she was just an old woman.

Η πριγκίπισσα είδε ότι ήταν απλώς μια ηλικιωμένη γυναίκα.

So she made no resistance to her offer.

Έτσι, δεν έφερε καμία αντίσταση στην πρότασή της.

The old woman was washing the princess' hair.

Η ηλικιωμένη γυναίκα έπλενε τα μαλλιά της πριγκίπισσας.

And she noticed the bright jewel in her hand.

Και πρόσεξε το λαμπερό κόσμημα στο χέρι της.

"Out the jewel here till you are bathed"

«Βγάλε το κόσμημα εδώ μέχρι να λουστείς»

Now the jewel was in the hands of Phakir's mother.

Τώρα το κόσμημα ήταν στα χέρια της μητέρας του Φακίρ.

She wrapped the jewel up in a cloth.

Τύλιξε το κόσμημα σε ένα ύφασμα.
And she wrapped the cloth around her waist.
Και τύλιξε το ύφασμα γύρω από τη μέση της.
Now the princess was unable to escape.
Τώρα η πριγκίπισσα δεν μπορούσε να ξεφύγει.
And Phakir's mother gave the signal.
Και η μητέρα του Φακίρ έδωσε το σύνθημα.
The attendants rushed to the water.
Οι υπάλληλοι έσπευσαν στο νερό.
And they took the princess captive.
Και πήραν την πριγκίπισσα αιχμάλωτη.
The news soon reached the city.
Τα νέα δεν άργησαν να φτάσουν στην πόλη.
"Phakir's mother had captured a water-nymph"
«Η μητέρα του Φακίρ είχε αιχμαλωτίσει μια νύμφη του νερού»
And the people rejoiced at the news.
Και ο λαός χάρηκε με τα νέα.
All came to see the "daughter of the immortals"
Όλοι ήρθαν να δουν την «κόρη των αθανάτων»
She was brought to the palace.
Την έφεραν στο παλάτι.
And she was brought to the rajah's son.
Και την έφεραν στον γιο του ράτζα.
The rajah's son was still of impaired intellect.
Ο γιος του ράτζα είχε ακόμη μειωμένη νοητική υστέρηση.
But that cloud on his brain soon dissipated.
Αλλά αυτό το σύννεφο στο μυαλό του σύντομα διαλύθηκε.
"I have found you! I have found you!"
«Σε βρήκα! Σε βρήκα!»
His eyes had been vacant and lusterless.
Τα μάτια του ήταν άδεια και άτονα.
But now his eyes had the fire of intelligence.
Αλλά τώρα τα μάτια του είχαν τη φωτιά της νοημοσύνης.
He had almost lost the use of his tongue.
Είχε σχεδόν χάσει τη χρήση της γλώσσας του.
"Now here, now gone!" was all he had been able to say.

«Ορίστε, έφυγες!» ήταν το μόνο που είχε καταφέρει να πει.
But this sense too was restored.
Αλλά και αυτή η αίσθηση αποκαταστάθηκε.
The joy of the rajah knew no bounds.
Η χαρά του ράτζα δεν είχε όρια.
There was great festivity in the city.
Υπήρχε μεγάλη γιορτή στην πόλη.
The people praised Phakir-Chand's mother.
Ο λαός επαίνεσε τη μητέρα του Φακίρ-Τσαντ.
And everyone soon expected the marriage.
Και όλοι σύντομα περίμεναν τον γάμο.
The rajah's son was to wed the water-nymph.
Ο γιος του ράτζα επρόκειτο να παντρευτεί τη νύμφη του νερού.
The princess, however, had made a promise.
Η πριγκίπισσα, ωστόσο, είχε δώσει μια υπόσχεση.
She told Phakir's mother of her promise.
Είπε στη μητέρα του Φακίρ για την υπόσχεσή της.
"I won't as much as look at another man"
«Δεν θα κοιτάξω ούτε έναν άλλο άντρα»
"For one year my vows shall last"
«Για ένα χρόνο θα διαρκέσουν οι όρκοί μου»
"The marriage cannot happen in that time"
«Ο γάμος δεν μπορεί να γίνει σε αυτό το διάστημα»
The rajah's son was somewhat disappointed.
Ο γιος του ράτζα ήταν κάπως απογοητευμένος.
But he readily agreed to the delay.
Αλλά συμφώνησε πρόθυμα με την καθυστέρηση.
"Delay enhances the sweetness of the pleasure"
«Η καθυστέρηση ενισχύει τη γλυκύτητα της απόλαυσης»
Of course the princess spent her time in sorrow.
Φυσικά η πριγκίπισσα περνούσε τον χρόνο της μέσα στη θλίψη.
She spent her days and nights sighing.
Περνούσε τις μέρες και τις νύχτες της αναστενάζοντας.
And she lamented her idle curiosity.
Και θρηνούσε την άσκοπη περιέργειά της.

The curiosity that led her to the upper world.

Η περιέργεια που την οδήγησε στον πάνω κόσμο.

The curiosity that separated her from her husband.

Η περιέργεια που την χώριζε από τον άντρα της.

She thought of her unfortunate husband.

Σκέφτηκε τον άτυχο άντρα της.

She had left him all alone below the waters.

Τον είχε αφήσει ολομόναχο κάτω από το νερό.

And she wept bitter tears each day.

Και έκλαιγε με πικρά δάκρυα κάθε μέρα.

She wished that she could run away.

Ευχήθηκε να μπορούσε να φύγει τρέχοντας.

But that would have been impossible.

Αλλά αυτό θα ήταν αδύνατο.

Because she was immured within walls.

Επειδή ήταν περιφραγμένη μέσα σε τοίχους.

And there were walls within the walls.

Και υπήρχαν τοίχοι μέσα στα τείχη.

And what use was getting out the palace?

Και τι νόημα είχε να φύγω από το παλάτι;

She couldn't get to her husband anyway.

Δεν μπορούσε να φτάσει στον άντρα της ούτως ή άλλως.

She didn't have the serpent jewel.

Δεν είχε το κόσμημα-φίδι.

The ladies of the palace tried to comfort her.

Οι κυρίες του παλατιού προσπάθησαν να την παρηγορήσουν.

And Phakir's mother tried to divert her mind.

Και η μητέρα του Φακίρ προσπάθησε να την αποσπάσει από το μυαλό.

But their efforts were in vain.

Αλλά οι προσπάθειές τους ήταν μάταιες.

She took pleasure in nothing.

Δεν έβρισκε ευχαρίστηση σε τίποτα.

She hardly spoke to anyone.

Δεν μιλούσε σχεδόν σε κανέναν.

She wept throughout the day.

Έκλαιγε όλη μέρα.
And she wept through the night.
Και έκλαιγε όλη νύχτα.

The year of her vow was drawing to a close.
Η χρονιά του όρκου της πλησίαζε στο τέλος της.
But she was still disconsolate.
Αλλά ήταν ακόμα απαρηγόρητη.
The marriage, however, had to be celebrated.
Ο γάμος, ωστόσο, έπρεπε να γιορταστεί.
The rajah consulted the astrologers.
Ο ράτζας συμβουλεύτηκε τους αστρολόγους.
The day and the hour had been decided.
Η μέρα και η ώρα είχαν αποφασιστεί.
The nuptial knot was to be tied.
Ο γαμήλιος κόμπος έπρεπε να δεθεί.
Great preparations were made.
Έγιναν σπουδαίες προετοιμασίες.
The confectioners were busy day and night.
Οι ζαχαροπλάστες ήταν απασχολημένοι μέρα νύχτα.
They prepared all sorts of sweetmeats.
Ετοίμαζαν κάθε είδους γλυκά.
Milkmen supplied the palace with tanks of curds.
Οι γαλατάδες προμήθευαν το παλάτι με δεξαμενές με
τυρόπηγμα.
Great quantities of gunpowder were manufactured.
Παρασκευάστηκαν μεγάλες ποσότητες πυρίτιδας.
There were going to be grand fireworks.
Επρόκειτο να υπάρξουν μεγάλα πυροτεχνήματα.
Stages were erected everywhere.
Σκηνές είχαν στηθεί παντού.
And musicians were selected to play music.
Και επιλέχθηκαν μουσικοί για να παίξουν μουσική.
All the city assumed an air of mirth.
Όλη η πόλη πήρε μια ατμόσφαιρα ευθυμίας.
All looked forward to the festivities.
Όλοι περίμεναν με ανυπομονησία τις γιορτές.

We must return our attention to the minister's son.
Πρέπει να στρέψουμε την προσοχή μας στον γιο του
υπουργού.
He had left his friend in the subterranean palace.
Είχε αφήσει τον φίλο του στο υπόγειο παλάτι.
And he had gone to his country.
Και είχε πάει στη χώρα του.
He was bringing horses and elephants.
Έφερνε άλογα και ελέφαντες.
And he had with him many attendants.
Και είχε μαζί του πολλούς υπηρέτες.
For the return of the king's son.
Για την επιστροφή του γιου του βασιλιά.
And for the return of his lovely princess.
Και για την επιστροφή της υπέροχης πριγκίπισσάς του.
So that the ceremony had due pomp.
Έτσι ώστε η τελετή να έχει την πρέπουσα μεγαλοπρέπεια.
The preparations took him many months.
Οι προετοιμασίες του κράτησαν πολλούς μήνες.
But eventually all was prepared.
Αλλά τελικά όλα ήταν έτοιμα.
And the minister's son started on his journey.
Και ο γιος του υπουργού ξεκίνησε το ταξίδι του.
He was accompanied by a long train of elephants.
Τον συνόδευε μια μακριά ακολουθία ελεφάντων.
And behind the elephants were horses.
Και πίσω από τους ελέφαντες ήταν άλογα.
And all the horses had their own attendants.
Και όλα τα άλογα είχαν τους δικούς τους συνοδούς.
He reached the water ahead of schedule.
Έφτασε στο νερό νωρίτερα από το χρονοδιάγραμμα.
So he had two or three days to spare.
Έτσι είχε δύο ή τρεις μέρες στη διάθεσή του.
Tents were pitched in the mango slopes.
Σκηνές ήταν στημένες στις πλαγιές με τα μάνγκο.
So the men and cattle had accommodation.

Έτσι, οι άνδρες και τα ζώα είχαν κατάλυμα.
The minister's son kept his eyes on the water.
Ο γιος του υπουργού κρατούσε τα μάτια του καρφωμένα στο νερό.
The sun of the appointed day sank below the horizon.
Ο ήλιος της καθορισμένης ημέρας έδυε κάτω από τον ορίζοντα.
But there was no sign of the prince.
Αλλά δεν υπήρχε κανένα σημάδι του πρίγκιπα.
Nor did the princess come to the surface.
Ούτε η πριγκίπισσα βγήκε στην επιφάνεια.
He waited two or three days longer.
Περίμενε δύο ή τρεις μέρες ακόμα.
Still the prince did not make his appearance.
Παρόλα αυτά, ο πρίγκιπας δεν εμφανίστηκε.
What could have happened to his friend?
Τι θα μπορούσε να είχε συμβεί στον φίλο του;
And where was his beautiful wife?
Και πού ήταν η όμορφη γυναίκα του;
Had another serpent beaten them to death?
Μήπως κάποιο άλλο φίδι τους είχε χτυπήσει μέχρι θανάτου;
Possibly the mate of the one that had died.
Πιθανώς ο σύντροφος αυτού που είχε πεθάνει.
Had they somehow lost the serpent-jewel?
Μήπως είχαν χάσει με κάποιο τρόπο το κόσμημα-φίδι;
Or had they perhaps visited the upper world?
Ή μήπως είχαν επισκεφτεί τον ανώτερο κόσμο;
And had they been captured in the upper world?
Και είχαν συλληφθεί στον ανώτερο κόσμο;
Such were the reflections of the prince's friend.
Τέτοιες ήταν οι σκέψεις του φίλου του πρίγκιπα.
The prince's friend was overwhelmed with grief.
Ο φίλος του πρίγκιπα ήταν κατακλυσμένος από θλίψη.
The waters were quite close to the city.
Τα νερά ήταν αρκετά κοντά στην πόλη.
And often the sound of music could be heard.

Και συχνά ακουγόταν ο ήχος της μουσικής.
He asked passers-by what that music meant.
Ρώτησε τους περαστικούς τι σήμαινε αυτή η μουσική.
He was told about the rajah's son.
Του είπαν για τον γιο του ράτζα.
And he was told of a wonderful young lady.
Και του μίλησαν για μια υπέροχη νεαρή κοπέλα.
And he was told they were going to marry.
Και του είπαν ότι επρόκειτο να παντρευτούν.
And he was told more about the wonderful lady.
Και του είπαν περισσότερα για την υπέροχη κυρία.
She had come out of the waters he was waiting by.
Είχε βγει από τα νερά όπου την περίμενε.
The marriage ceremony was in two days.
Η γαμήλια τελετή έγινε σε δύο ημέρες.
The minister's son made the connection.
Ο γιος του υπουργού έκανε τη σύνδεση.
The wonderful young lady was the wife of his friend.
Η υπέροχη νεαρή κοπέλα ήταν η σύζυγος του φίλου του.
He resolved, therefore, to go into the city.
Αποφάσισε, λοιπόν, να πάει στην πόλη.
And he was going to find out all he could.
Και επρόκειτο να ανακαλύψει ό,τι μπορούσε.
If he could, he would rescue the princess.
Αν μπορούσε, θα έσωζε την πριγκίπισσα.
He told the attendants to go home.
Είπε στους υπηρέτες να πάνε σπίτι.
And he told them to take the elephants.
Και τους είπε να πάρουν τους ελέφαντες.
And he told them to take the horses.
Και τους είπε να πάρουν τα άλογα.
And he himself went to the city.
Και ο ίδιος πήγε στην πόλη.
And he took up his abode in the house of a Brahman.
Και εγκαταστάθηκε στο σπίτι ενός Βραχμάνου.
First, he rested from his journey.
Πρώτα, ξεκουράστηκε από το ταξίδι του.

Then the prince's friend had his dinner.
Έπειτα ο φίλος του πρίγκιπα έφαγε το δείπνο του.
And then he spoke to the Brahman.
Και μετά μίλησε στον Βράχμαν.
"Throughout the city there are musicians and bands"
«Σε όλη την πόλη υπάρχουν μουσικοί και συγκροτήματα»
"What is the cause of all the celebrations?
«Ποια είναι η αιτία όλων αυτών των εορτασμών;»
The Brahman was rather surprised.
Ο Βραχμάνος έμεινε μάλλον έκπληκτος.
"From what part of the world have you come?"
«Από ποιο μέρος του κόσμου έρχεσαι;»
"What rock have you been living under?"
«Κάτω από ποιο βράχο ζούσες;»
"Have you not heard the wonderful news?"
«Δεν έχεις ακούσει τα υπέροχα νέα;»
"A young lady of heavenly beauty"
«Μια νεαρή κυρία με παραδεισένια ομορφιά»
"She rose out of the waters"
«Ανέβηκε από τα νερά»
"And she is going to the son of our rajah"
«Και πηγαίνει στον γιο του ράτζα μας»
The prince's friend wanted to know more.
Ο φίλος του πρίγκιπα ήθελε να μάθει περισσότερα.
The information could be useful.
Οι πληροφορίες θα μπορούσαν να είναι χρήσιμες.
"I have not heard of this news"
«Δεν έχω ακούσει για αυτά τα νέα»
"I have come from a distant country"
«Ήρθα από μια μακρινή χώρα»
"The story has not reached us yet"
«Η ιστορία δεν μας έχει φτάσει ακόμα»
"Will you kindly tell me the particulars?"
«Μπορείτε να μου πείτε τις λεπτομέρειες;»
The Brahman was happy to relay the story.
Ο Βραχμάνος χάρηκε που διηγήθηκε την ιστορία.
"The rajah's son went out hunting"

«Ο γιος του ράτζα πήγε για κυνήγι»
"It must have been about this time last year"
«Πρέπει να ήταν περίπου τέτοια εποχή πέρυσι»
"They pitched their tents by the waters in the suburbs"
«Έστησαν τις σκηνές τους δίπλα στα νερά στα προάστια»
"One day, the rajah's son was walking near the water"
«Μια μέρα, ο γιος του ράτζα περπατούσε κοντά στο νερό»
"On this day, he saw a young woman"
«Εκείνη την ημέρα, είδε μια νεαρή γυναίκα»
"I have to mention she was of uncommon beauty"
«Πρέπει να αναφέρω ότι ήταν ασυνήθιστης ομορφιάς»
"She had risen from the depth of the waters"
«Είχε αναδυθεί από τα βάθη των νερών»
"She gazed about for a minute or two"
«Κοίταξε για ένα ή δύο λεπτά περίπου»
"And then the beautiful lady disappeared"
«Και μετά η όμορφη κυρία εξαφανίστηκε»
"The rajah's son, however, had seen her"
«Ο γιος του ράτζα, ωστόσο, την είχε δει»
"He had been struck by her heavenly beauty"
«Είχε εντυπωσιαστεί από την παραδεισένια ομορφιά της»
"And so he became desperately enamored by her"
«Και έτσι την ερωτεύτηκε απεγνωσμένα»
"Indeed, she had affected him greatly"
«Πράγματι, τον είχε επηρεάσει πολύ»
"And his mental faculties gave way to passion"
«Και οι νοητικές του ικανότητες έδωσαν τη θέση τους στο πάθος»
"He was carried home as a mad man"
«Μεταφέρθηκε σπίτι ως τρελός»
"He spoke no words except a few"
«Δεν είπε τίποτα άλλο εκτός από λίγα»
"'now here, now gone!' was all he said"
«"Τώρα εδώ, τώρα έφυγες!" ήταν το μόνο που είπε»
"The rajah sent for all the best physicians"
«Ο ράτζας έστειλε να καλέσουν όλους τους καλύτερους γιατρούς»

"They tried to restore his son to reason"
«Προσπάθησαν να επαναφέρουν τον γιο του στη λογική»
"But the physicians were powerless"
«Αλλά οι γιατροί ήταν ανίσχυροι»
"At last the rajah made a proclamation"
«Επιτέλους ο ράτζας έκανε μια διακήρυξη»
"And he had the drum beat around the kingdom"
«Και έβαλε το τύμπανο να χτυπάει σε όλο το βασίλειο»
"There was a reward for anyone who cured his son"
«Υπήρχε αμοιβή για όποιον θεράπευε τον γιο του»
"They would become the rajah's son-in-law"
«Θα γίνονταν οι γαμπροί του ράτζα»
"And they would get half the kingdom"
« Και θα έπαιρναν το μισό βασίλειο»
"An old woman answered the call of the drum"
«Μια ηλικιωμένη γυναίκα απάντησε στο κάλεσμα του
τυμπάνου»
"All knew her as Phakir's mother"
«Όλοι την ήξεραν ως μητέρα του Φακίρ»
"She said she could cure the rajah's son"
«Είπε ότι μπορούσε να θεραπεύσει τον γιο του ράτζα»
"She had a hut built outside the town"
«Έφτιαξε μια καλύβα έξω από την πόλη»
"In the suburbs, next to the waters"
«Στα προάστια, δίπλα στα νερά»
"An in the hut she took her abode"
«Και στην καλύβα βρήκε την κατοικία της»
"She also had some huts erected close by"
«Είχε επίσης στήσει μερικές καλύβες κοντά»
"And in those huts attendants waited"
«Και σε εκείνες τις καλύβες περίμεναν οι υπηρέτες»
"In case she might need their help"
«Σε περίπτωση που χρειαστεί τη βοήθειά τους»
"It seems the goddess rose from the waters"
«Φαίνεται ότι η θεά αναδύθηκε από τα νερά»
"Phakir's mother and the attendants seized her"
«Η μητέρα του Φακίρ και οι υπηρέτες την άρπαξαν»

"And they carried her in a palki to the palace"
«Και την μετέφεραν με ένα παλκί στο παλάτι»
"The rajah's son saw the water-nymph"
«Ο γιος του ράτζα είδε τη νύμφη του νερού»
"And he was soon restored to his senses"
«Και σύντομα συνήλθε»
"They would have married there and then"
«Θα είχαν παντρευτεί εκεί και τότε»
"But the water goddess had made a vow"
«Αλλά η θεά του νερού είχε δώσει έναν όρκο»
"She wouldn't look at a man for one year"
«Δεν θα κοίταζε άντρα για ένα χρόνο»
"The year of the vow is now over"
«Το έτος του όρκου έχει πλέον τελειώσει»
"The music is from the rajah's palace"
«Η μουσική είναι από το παλάτι του ράτζα»
"This, in brief, is the story"
«Αυτή, εν συντομία, είναι η ιστορία»
The prince's friend could put the story together.
Ο φίλος του πρίγκιπα θα μπορούσε να συνθέσει την
ιστορία.
"a truly wonderful story!"
«Μια πραγματικά υπέροχη ιστορία!»
"So where is Phakir's mother?"
«Λοιπόν, πού είναι η μητέρα του Φακίρ;»
"And where is Phakir-Chand himself?"
«Και πού είναι ο ίδιος ο Φακίρ-Τσαντ;»
"Has he received the hand of the rajah's daughter?"
«Έχει λάβει το χέρι της κόρης του ράτζα;»
"And has he received half the kingdom?"
«Και έχει λάβει το μισό βασίλειο;»
The Brahman could also answer these questions.
Ο Βράχμαν θα μπορούσε επίσης να απαντήσει σε αυτά τα
ερωτήματα.
"No, they have not married yet"
«Όχι, δεν έχουν παντρευτεί ακόμα»
"And he doesn't yet have half the kingdom"

«Και δεν έχει ακόμα το μισό βασίλειο»
"And, I should say, he is a dimwitted lad"
«Και, θα έλεγα, είναι ένα χαζό παλικάρι»
"In fact, no one knows where the lad is"
«Στην πραγματικότητα, κανείς δεν ξέρει πού είναι το αγόρι»
"He has been away from home for more than a year"
«Λείπει από το σπίτι του για περισσότερο από ένα χρόνο»
"That is his manner," he explained.
«Αυτός είναι ο τρόπος του», εξήγησε.
"He stays away for a long time"
«Μένει μακριά για πολύ καιρό»
"And then suddenly he comes home"
«Και ξαφνικά έρχεται σπίτι»
"And then suddenly he leaves again"
«Και ξαφνικά φεύγει ξανά»
"I believe his mother expects him to come soon"
«Πιστεύω ότι η μητέρα του περιμένει να έρθει σύντομα»
This was very useful information.
Αυτή ήταν πολύ χρήσιμη πληροφορία.
"What is he like?" he asked.
«Πώς είναι;» ρώτησε.
"And what does he do when he returns home?"
«Και τι κάνει όταν επιστρέφει σπίτι;»
These questions the Brahman could also answer.
Σε αυτά τα ερωτήματα μπορούσε επίσης να απαντήσει ο Βράχμαν.
"Well, he is about your height"
«Λοιπόν, έχει περίπου το ύψος σου»
"Though he is somewhat younger than you"
«Αν και είναι κάπως νεότερος από εσένα»
"He wears a small piece of cloth round his waist"
«Φοράει ένα μικρό κομμάτι ύφασμα γύρω από τη μέση του»
"And he rubs his body with ashes"
«Και τρίβει το σώμα του με στάχτη»
"He carries the branch of a tree in his hand"
«Κρατάει στο χέρι του το κλαδί ενός δέντρου»

"And there is a tune to which he dances"
«Και υπάρχει μια μελωδία στην οποία χορεύει»
"He comes to the door of the hut of his mother"
«Έρχεται στην πόρτα της καλύβας της μητέρας του»
"And he sings 'dhoop! dhoop! dhoop!'"
"Και τραγουδάει "ντουπ!
"His articulation is very indistinct"
«Η άρθρωσή του είναι πολύ ασαφής»
"'Come, stay with your mother,' she says"
« Έλα, μείνε με τη μητέρα σου», λέει.
"And he always gives the same answer"
«Και πάντα δίνει την ίδια απάντηση»
"'No, I won't remain,' he says unintelligibly"
«Όχι, δεν θα μείνω», λέει ακατανόητα.»
"You should hear him when he wants to say yes"
«Πρέπει να τον ακούς όταν θέλει να πει ναι»
"To answer in the affirmative he says 'hoom'"
«Για να απαντήσει καταφατικά, λέει «χουμ»»
A flood of light entered the prince's friend.
Μια πλημμύρα φωτός εισέβαλε στον φίλο του πρίγκιπα.
He now saw very well how matters stood.
Τώρα έβλεπε πολύ καλά πώς είχαν τα πράγματα.
The princess must have taken the snake-jewel.
Η πριγκίπισσα πρέπει να πήρε το κόσμημα-φίδι.
And she must have left the palace alone.
Και πρέπει να έφυγε από το παλάτι ήσυχη.
And she was captured without the king's son.
Και συνελήφθη χωρίς τον γιο του βασιλιά.
Phakir's mother must have the snake-jewel.
Η μητέρα του Φακίρ πρέπει να έχει το κόσμημα-φίδι.
His friend was still below the water.
Ο φίλος του ήταν ακόμα κάτω από το νερό.
The prince had no means of escape.
Ο πρίγκιπας δεν είχε τρόπο διαφυγής.
He could imagine his friends desolate state.
Μπορούσε να φανταστεί τους φίλους του σε έρημη
κατάσταση.

And he could imagine how hopeless he must be.
Και μπορούσε να φανταστεί πόσο απελπισμένος πρέπει να είναι.
The prince's friend was filled with grief.
Ο φίλος του πρίγκιπα ήταν γεμάτος θλίψη.
But that was not cause to give up hope.
Αλλά αυτό δεν ήταν λόγος να εγκαταλείψουν την ελπίδα.
Perhaps he could rescue his friend.
Ίσως θα μπορούσε να σώσει τον φίλο του.
"I must get the jewel from the old woman"
«Πρέπει να πάρω το κόσμημα από την ηλικιωμένη γυναίκα»
"Can I not do it by personating Phakir-Chand?"
«Δεν μπορώ να το κάνω προσωποποιώντας τον Φακίρ-Τσαντ;»
"His mother is expecting him soon"
«Η μητέρα του τον περιμένει σύντομα»
"Maybe I can rescue the princess the same way"
«Ίσως μπορώ να σώσω την πριγκίπισσα με τον ίδιο τρόπο»

He resolved to act the role of Phakir-Chand.
Αποφάσισε να παίξει τον ρόλο του Φακίρ-Τσαντ.
In the morning he left the Brahman's house.
Το πρωί έφυγε από το σπίτι του Βραχμάνου.
And he went to the outskirts of the city.
Και πήγε στα περίχωρα της πόλης.
He divested himself of his usual clothing.
Έβγαλε τα συνηθισμένα του ρούχα.
Around his waist he put a narrow piece of cloth.
Γύρω από τη μέση του έβαλε ένα στενό κομμάτι ύφασμα.
The cloth scarcely reached his knees.
Το ύφασμα μόλις που έφτανε στα γόνατά του.
And he rubbed his body well with ashes.
Και έτριψε καλά το σώμα του με στάχτη.
And finally he broke some twigs off a tree.
Και τελικά έσπασε μερικά κλαδιά από ένα δέντρο.
And thus he was ready to play his role.

Και έτσι ήταν έτοιμος να παίξει τον ρόλο του.
He went to the door of the hut of Phakir's mother.
Πήγε στην πόρτα της καλύβας της μητέρας του Φακίρ.
And he commenced the operation by dancing.
Και ξεκίνησε την επέμβαση χορεύοντας.
He danced in a most violent manner.
Χόρεψε με τον πιο βίαιο τρόπο.
And he sung to the tune of "dhoop! dhoop! dhoop!"
Και τραγούδησε με τη μελωδία του "dhoop! dhoop! dhoop!"
The dancing attracted the notice of the old woman.
Ο χορός τράβηξε την προσοχή της ηλικιωμένης γυναίκας.
The critical moment had come.
Η κρίσιμη στιγμή είχε φτάσει.
The old woman looked to her door.
Η ηλικιωμένη γυναίκα κοίταξε προς την πόρτα της.
"Phakir-Chand, my son, have you come?"
«Φακίρ-Τσαντ, γιε μου, ήρθες;»
"My darling; the gods have become propitious to us"
«Αγαπητέ μου, οι θεοί έχουν γίνει ευνοϊκοί μαζί μας»
Her supposed son uttered the monosyllable, "hoom"
Ο υποτιθέμενος γιος της πρόφερε το μονοσύλλαβο «χουμ»
And he danced more violently than before.
Και χόρευε πιο βίαια από πριν.
And he waved the twig in his hand.
Και κούνησε το κλαδάκι στο χέρι του.
"This time you must not go away"
«Αυτή τη φορά δεν πρέπει να φύγεις»
"You must remain with me"
«Πρέπει να μείνεις μαζί μου»
"No, I won't remain," said the prince's friend.
«Όχι, δεν θα μείνω», είπε ο φίλος του πρίγκιπα.
"Remain with me," the mother tried again.
«Μείνε μαζί μου», προσπάθησε ξανά η μητέρα.
"I'll get you married to the rajah's daughter"
«Θα σε παντρέψω με την κόρη του ράτζα»
"Will you marry, Phakir-Chand?"
«Θα παντρευτείς, Φακίρ-Τσαντ;»

The minister's son replied—"hoom, hoom"

Ο γιος του υπουργού απάντησε— «χουμ, χουμ»

And he danced even more like a madman.

Και χόρευε ακόμα περισσότερο σαν τρελός.

"Will you come with me to the rajah's house?"

«Θα έρθεις μαζί μου στο σπίτι του ράτζα;»

"I'll show you a princess of uncommon beauty"

«Θα σου δείξω μια πριγκίπισσα ασυνήθιστης ομορφιάς»

"She rose from the waters"

«Ανέβηκε από τα νερά»

"Hoom, hoom," was the answer from his lips.

«Χουμ, χουμ», ήταν η απάντηση από τα χείλη του.

And his feet stomped violently to "dhoop! dhoop!"

Και τα πόδια του χτυπούσαν βίαια σε «ντουπ! ντουπ!»

"Do you wish to see a jewel, Phakir?"

«Θέλεις να δεις ένα κόσμημα, Φακίρ;»

"The crest jewel of the serpent"

«Το κόσμημα της κορυφής του φιδιού»

"The treasure of seven kings"

«Ο θησαυρός των επτά βασιλιάδων»

"Hoom, hoom," was the reply.

«Χουμ, χουμ», ήταν η απάντηση.

The old woman went back into the hut.

Η ηλικιωμένη γυναίκα γύρισε στην καλύβα.

And she brought out the snake-jewel.

Και έβγαλε το κόσμημα-φίδι.

She put the jewel into the hand of her supposed son.

Έβαλε το κόσμημα στο χέρι του υποτιθέμενου γιου της.

The minister's son took the snake-jewel.

Ο γιος του υπουργού πήρε το φίδι-κόσμημα.

He wrapped the jewel up in the piece of cloth.

Τύλιξε το κόσμημα στο κομμάτι ύφασμα.

And he wrapped the cloth around his waist.

Και τύλιξε το ύφασμα γύρω από τη μέση του.

Phakir's mother was delighted beyond measure.

Η μητέρα του Φακίρ χάρηκε αφάνταστα.

Her son had come at just the right time.

Ο γιος της είχε έρθει ακριβώς την κατάλληλη στιγμή.
She went to the rajah's house.
Πήγε στο σπίτι του ράτζα.
She announced the news of Phakir's appearance.
Ανήγγειλε τα νέα της εμφάνισης του Φακίρ.
And also in order to show Phakir the princess.
Και επίσης για να δείξουν στον Φακίρ την πριγκίπισσα.
They were given access to the rajah's palace.
Τους δόθηκε πρόσβαση στο παλάτι του ράτζα.
And all parts of the palace were open to them.
Και όλα τα μέρη του παλατιού ήταν ανοιχτά γι' αυτούς.
The old woman had saved the rajah's son.
Η ηλικιωμένη γυναίκα είχε σώσει τον γιο του ράτζα.
So she was the most important person in the kingdom.
Έτσι ήταν το πιο σημαντικό πρόσωπο στο βασίλειο.
She took her supposed son around the palace.
Πήρε τον υποτιθέμενο γιο της σε όλο το παλάτι.
And she took him to the princess' room.
Και τον πήγε στο δωμάτιο της πριγκίπισσας.
Phakir's mother introduced her son to the princess.
Η μητέρα του Φακίρ σύστησε τον γιο της στην πριγκίπισσα.
You can imagine the princess was not best impressed.
Μπορείτε να φανταστείτε ότι η πριγκίπισσα δεν
εντυπωσιάστηκε και πολύ.
She did not appreciate the company of a madman.
Δεν εκτιμούσε την παρέα ενός τρελού.
A madman, half naked, and covered in ash.
Ένας τρελός, ημίγυμνος και καλυμμένος με στάχτη.
And he kept dancing in a wild manner.
Και συνέχιζε να χορεύει με ξέφρενο τρόπο.

The three had spent the day together.
Οι τρεις τους είχαν περάσει την ημέρα μαζί.
It was soon going to be sunset.
Σε λίγο θα έδυε ο ήλιος.
The woman asked her son to come with her.
Η γυναίκα ζήτησε από τον γιο της να έρθει μαζί της.

But the supposed Phakir-Chand refused to comply.

Αλλά ο υποτιθέμενος Φακίρ-Τσαντ αρνήθηκε να συμμορφωθεί.

He said he would stay there that night.

Είπε ότι θα έμενε εκεί εκείνο το βράδυ.

His mother tried to persuade him to come with her.

Η μητέρα του προσπάθησε να τον πείσει να έρθει μαζί της.

But he persisted in his determination.

Αλλά επέμεινε στην αποφασιστικότητά του.

He said he would remain with the princess.

Είπε ότι θα έμενε με την πριγκίπισσα.

Phakir's mother went home without him.

Η μητέρα του Φακίρ πήγε σπίτι χωρίς αυτόν.

And she told the guards to look after her son.

Και είπε στους φρουρούς να προσέχουν τον γιο της.

Eventually all the palace retired to rest.

Τελικά όλο το παλάτι αποσύρθηκε για να ξεκουραστεί.

The supposed Phakir spoke to the princess again.

Ο υποτιθέμενος Φακίρ μίλησε ξανά στην πριγκίπισσα.

But this time he spoke in his own voice.

Αλλά αυτή τη φορά μίλησε με τη δική του φωνή.

"Princess! do you not recognize me?"

«Πριγκίπισσα! Δεν με αναγνωρίζεις;»

"I am the prince's friend"

«Είμαι φίλος του πρίγκιπα»

"I am the friend of your princely husband"

«Είμαι φίλος του πριγκιπικού συζύγου σας»

The princess was astonished for a moment.

Η πριγκίπισσα έμεινε έκπληκτη για μια στιγμή.

"Who? the prince's friend?"

«Ποιος; Ο φίλος του πρίγκιπα;»

"Oh, my husband's best friend"

« Ω, ο καλύτερος φίλος του άντρα μου»

"Please rescue me from this terrible captivity"

«Σε παρακαλώ, σώσε με από αυτή την τρομερή αιχμαλωσία»

"This is worse than death"

«Αυτό είναι χειρότερο από τον θάνατο»

"All of this is my own fault"

«Όλα αυτά είναι δικό μου λάθος»

"Rescue me, oh please, thou best of friends!"

«Σώσε με, ω, σε παρακαλώ, εσύ ο καλύτερος των φίλων!»

She then burst into tears.

Τότε ξέσπασε σε κλάματα.

The prince's friend spoke again.

Ο φίλος του πρίγκιπα μίλησε ξανά.

"Do not be disconsolate"

«Μην απαρηγορείσαι»

"I will try my best to rescue you"

«Θα κάνω ό,τι καλύτερο μπορώ για να σε σώσω»

"I will try to have you out of here tonight"

«Θα προσπαθήσω να σε βγάλω από εδώ απόψε»

"But you must do whatever I tell you"

«Αλλά πρέπει να κάνεις ό,τι σου πω»

The princess trusted the prince's friend.

Η πριγκίπισσα εμπιστευόταν τον φίλο του πρίγκιπα.

"I will do anything you tell me"

«Θα κάνω ό,τι μου πεις»

After this the supposed Phakir left the room.

Μετά από αυτό, ο υποτιθέμενος Φακίρ έφυγε από το δωμάτιο.

He passed through the courtyard of the palace.

Πέρασε από την αυλή του παλατιού.

Some of the guards challenged him.

Μερικοί από τους φρουρούς τον αμφισβήτησαν.

"Hoom hoom!" he replied.

«Χουμ χουμ!» απάντησε.

"I'm just going out for a minute"

«Βγαίνω έξω για ένα λεπτό»

"And then I will come back again"

«Και μετά θα ξανάρθω»

They understood that it was the madcap Phakir.

Κατάλαβαν ότι ήταν ο τρελός Φακίρ.

True to his word he did come back shortly.

Πιστός στον λόγο του, επέστρεψε σύντομα.

And again he went to the princess.

Και πάλι πήγε στην πριγκίπισσα.

An hour afterwards he again went out.

Μια ώρα αργότερα βγήκε ξανά έξω.

And again he was challenged by the guards.

Και πάλι τον αμφισβήτησαν οι φρουροί.

He made the same reply as at the first time.

Έδωσε την ίδια απάντηση όπως και την πρώτη φορά.

The guards began to talk among themselves.

Οι φρουροί άρχισαν να μιλάνε μεταξύ τους.

"This Phakir surely has no sense"

«Αυτός ο Φακίρ σίγουρα δεν έχει νόημα»

"He will go out and come in all night"

«Θα βγαίνει και θα μπαίνει όλη νύχτα»

"Let us leave him to do what he likes"

«Ας τον αφήσουμε να κάνει ό,τι θέλει»

"There's no use guarding him all night"

«Δεν έχει νόημα να τον φυλάς όλη νύχτα»

The minister's son had worn down the guards.

Ο γιος του υπουργού είχε εξαντλήσει τους φρουρούς.

And he was looking for a way to escape.

Και έψαχνε τρόπο να ξεφύγει.

He kept going in and out until three at night.

Συνέχιζε να μπαινοβγαίνει μέχρι τις τρεις το βράδυ.

This time there were no guards there.

Αυτή τη φορά δεν υπήρχαν φρουροί εκεί.

Because all the guards had fallen asleep.

Επειδή όλοι οι φρουροί είχαν αποκοιμηθεί.

He was overjoyed at the auspicious circumstance.

Ήταν απίστευτα χαρούμενος με την ευοίωνη συγκυρία.

Then he went back to the princess.

Έπειτα γύρισε πίσω στην πριγκίπισσα.

"Now, princess, is the time for escape"

«Τώρα, πριγκίπισσα, είναι η ώρα για απόδραση»

"The guards are all asleep"

«Οι φρουροί κοιμούνται όλοι»

"You must mount on my back"
«Πρέπει να ανέβεις στην πλάτη μου»
"Tie the locks of your hair round my neck"
«Δέσε τις τούφες των μαλλιών σου γύρω από το λαιμό μου»
"And keep tight hold of me"
«Και κράτα με σφιχτά»
The princess did what she was asked of.
Η πριγκίπισσα έκανε αυτό που της ζητήθηκε.
He passed unchallenged through the courtyard.
Πέρασε αδιάκοπα μέσα από την αυλή.
And he had a lovely burden on his back.
Και είχε ένα υπέροχο βάρος στην πλάτη του.
Eventually he got to the gate of the palace.
Τελικά έφτασε στην πύλη του παλατιού.
And he went through without being challenged.
Και το κατάφερε χωρίς να αμφισβητηθεί.
Then they went to the outskirts of the city.
Έπειτα πήγαν στα περίχωρα της πόλης.
Eventually he reached the outer suburbs.
Τελικά έφτασε στα προάστια.
They reached the water from which the princess had risen.
Έφτασαν στο νερό από το οποίο είχε αναδυθεί η
πριγκίπισσα.
The princess rejoiced at her escape.
Η πριγκίπισσα χάρηκε για τη διαφυγή της.
But she was still trembling with fear.
Αλλά εξακολουθούσε να τρέμει από φόβο.
The prince's friend untied the snake-jewel.
Ο φίλος του πρίγκιπα έλυσε το φίδι-κόσμημα.
And together they ascended into the water.
Και μαζί ανέβηκαν στο νερό.
And soon they found back to the subterranean palace.
Και σύντομα επέστρεψαν στο υπόγειο παλάτι.
You can imagine how happy the prince was.
Μπορείτε να φανταστείτε πόσο χαρούμενος ήταν ο
πρίγκιπας.
He had nearly died of grief.

Είχε σχεδόν πεθάνει από τη θλίψη.
And you can imagine the princess' happiness too.
Και μπορείτε να φανταστείτε και την ευτυχία της πριγκίπισσας.
All the three of them were mad with joy.
Και οι τρεις τους ήταν τρελοί από χαρά.
For three days they remained in the palace.
Για τρεις μέρες έμειναν στο παλάτι.
And they retold the prince the whole story.
Και διηγήθηκαν ξανά στον πρίγκιπα όλη την ιστορία.
They told of how the princess was seized.
Είπαν πώς απήχθη η πριγκίπισσα.
They told him of her captivity in the palace.
Του είπαν για την αιχμαλωσία της στο παλάτι.
They described the marriage that was planned.
Περιέγραψαν τον γάμο που είχαν σχεδιάσει.
They told him of the old woman.
Του είπαν για την ηλικιωμένη γυναίκα.
And they told him all about her Phakir-Chand.
Και του είπαν τα πάντα για το Φακίρ-Τσαντ της.
They told him how he had impersonated him.
Του είπαν πώς τον είχε υποδυθεί.
And they told him how he freed the princess.
Και του είπαν πώς απελευθέρωσε την πριγκίπισσα.
I don't need to tell you how grateful they were.
Δεν χρειάζεται να σας πω πόσο ευγνώμονες ήταν.
The prince's friend truly was a good friend.
Ο φίλος του πρίγκιπα ήταν πραγματικά καλός φίλος.
They thanked him in the warmest terms.
Τον ευχαρίστησαν με τα πιο θερμά λόγια.
And they vowed to always follow his counsel.
Και ορκίστηκαν να ακολουθούν πάντα τις συμβουλές του.

They were all resolved to return home.
Ήταν όλοι αποφασισμένοι να επιστρέψουν σπίτι.
They wanted to return to their native country.
Ήθελαν να επιστρέψουν στην πατρίδα τους.

The king's son, the minister's son, and the princess.
Ο γιος του βασιλιά, ο γιος του υπουργού και η πριγκίπισσα.
They left the subterranean palace together.
Έφυγαν μαζί από το υπόγειο παλάτι.
They lighted the passage with the snake-jewel.
Φώτισαν το πέρασμα με το κόσμημα-φίδι.
And they made their way to the upper world.
Και κατευθύνθηκαν προς τον πάνω κόσμο.
They had neither elephants nor horses waiting for them.
Δεν είχαν ούτε ελέφαντες ούτε άλογα να τους περιμένουν.
So they had no choice but to travel on foot.
Έτσι, δεν είχαν άλλη επιλογή από το να ταξιδέψουν με τα
πόδια.
The two friends had been bred in the lap of luxury.
Οι δύο φίλοι είχαν μεγαλώσει στην αγκαλιά της
πολυτέλειας.
Both of them found walking troublesome.
Και οι δύο δυσκολεύονταν στο περπάτημα.
But the princess found it infinitely more troublesome.
Αλλά η πριγκίπισσα το βρήκε απείρως πιο δύσκολο.
She was used to even finer treatment.
Ήταν συνηθισμένη σε ακόμη πιο λεπτή μεταχείριση.
The stones of the road were too rough for her.
Οι πέτρες του δρόμου ήταν πολύ τραχιές γι' αυτήν.
And the rough stones wounded her tender feet.
Και οι τραχιές πέτρες τραυμάτισαν τα τρυφερά της πόδια.
Eventually her feet became very sore.
Τελικά τα πόδια της πονούσαν πολύ.
At times the king's son carried her on his shoulders.
Κατά καιρούς ο γιος του βασιλιά την κουβαλούσε στους
ώμους του.
The load he was carrying was of course lovely.
Το φορτίο που κουβαλούσε ήταν φυσικά υπέροχο.
But although lovely, she was heavy to carry.
Αλλά αν και όμορφη, ήταν βαριά στη μεταφορά.
And she could not be carried a great distance.
Και δεν μπορούσε να μεταφερθεί σε μεγάλη απόσταση.

And therefore she too had to walk often.

Και γι' αυτό έπρεπε κι αυτή να περπατάει συχνά.

One evening they arrived beneath a tree.

Ένα βράδυ έφτασαν κάτω από ένα δέντρο.

There were no visible signs of human habitations.

Δεν υπήρχαν ορατά σημάδια ανθρώπινων κατοικιών.

So they decided to make the tree their sleeping place.

Έτσι αποφάσισαν να κάνουν το δέντρο τον χώρο ύπνου τους.

The prince's friend offered to keep guard.

Ο φίλος του πρίγκιπα προσφέρθηκε να κρατήσει φρουρά.

"Both of you can go to sleep"

«Και οι δύο μπορείτε να πάτε για ύπνο»

"I will keep watch over you both tonight"

«Θα σας προσέχω και τους δύο απόψε»

"In order to prevent any danger"

«Για να αποτραπεί κάθε κίνδυνος»

The royal couple soon dozed off.

Το βασιλικό ζεύγος σύντομα αποκοιμήθηκε.

And they were locked in the arms of sleep.

Και ήταν κλειδωμένοι στην αγκαλιά του ύπνου.

The faithful friend of the prince did not sleep.

Ο πιστός φίλος του πρίγκιπα δεν κοιμήθηκε.

He stayed awake and watched for danger.

Έμεινε ξύπνιος και παρακολουθούσε για κινδύνους.

It so happened they camped under a special tree.

Έτυχε να κατασκηνώσουν κάτω από ένα ιδιαίτερο δέντρο.

In the tree swung the nest of two birds.

Στο δέντρο κουνούσε η φωλιά δύο πουλιών.

The immortal birds Bihangama and Bihangami.

Τα αθάνατα πουλιά Bihangama και Bihangami.

These birds were endowed with human speech.

Αυτά τα πουλιά ήταν προικισμένα με ανθρώπινη ομιλία.

And they could also see into the future.

Και μπορούσαν επίσης να δουν το μέλλον.

The minister's son listened to the bird's conversation.

Ο γιος του υπουργού άκουσε την συζήτηση του πουλιού.

He was more than a little astonished at what he heard!
Έμεινε κάτι παραπάνω από έκπληκτος με αυτά που άκουσε!
Bihangama: "The prince's friend risked his own life"
Μπιχανγκάμα: «Ο φίλος του πρίγκιπα ρίσκαρε τη ζωή του»
"He did everything for the safety of his friend"
«Έκανε τα πάντα για την ασφάλεια του φίλου του»
"But more dangers will befall the king's son"
«Αλλά περισσότεροι κίνδυνοι θα βρουν τον γιο του βασιλιά»
"And he will find it difficult to save the prince"
«Και θα δυσκολευτεί να σώσει τον πρίγκιπα»
Bihangami: "Why is that?"
Μπιχανγκάμι: «Γιατί συμβαίνει αυτό;»
Bihangama: "Many dangers await the king's son"
Μπιχανγκάμα: «Πολλοί κίνδυνοι περιμένουν τον γιο του βασιλιά»
"The prince's father will hear of his son's approach"
«Ο πατέρας του πρίγκιπα θα ακούσει για την άφιξη του γιου του»
"He will send for him an elephant and some horses"
«Θα στείλει να τον πάρει έναν ελέφαντα και μερικά άλογα»
"And he will arrange attendants to meet him"
«Και θα κανονίσει να τον υποδεχτούν υπηρέτες»
"The king's son will ride the elephant"
«Ο γιος του βασιλιά θα καβαλήσει τον ελέφαντα»
"But he will fall from the back of the elephant"
«Αλλά θα πέσει από την πλάτη του ελέφαντα»
"And he will die from his fall from the elephant"
«Και θα πεθάνει από την πτώση του από τον ελέφαντα»
Bihangami: "But suppose someone prevented this?"
Μπιχανγκάμι: «Αλλά ας υποθέσουμε ότι κάποιος το εμπόδισε αυτό;»
"Suppose the king's son is not going to ride on the elephant"

«Ας υποθέσουμε ότι ο γιος του βασιλιά δεν πρόκειται να καβαλήσει τον ελέφαντα»

"What might happen if he rides on a horse instead?"

«Τι μπορεί να συμβεί αν καβαλήσει άλογο;»

"Will he not in that case be saved?"

«Δεν θα σωθεί σε αυτή την περίπτωση;»

Bihangama: "Yes, in that case he would escape that fate"

Μπιχανγκάμα: «Ναι, σε αυτή την περίπτωση θα γλίτωνε αυτή τη μοίρα»

"But then a fresh danger would await him"

«Αλλά τότε θα τον περίμενε ένας νέος κίνδυνος»

"When the king's son is in sight of his father's palace"

«Όταν ο γιος του βασιλιά βρίσκεται στο οπτικό πεδίο του παλατιού του πατέρα του»

"When he is in the act of passing through the lion-gate"

«Όταν περνάει από την πύλη των λιονταριών»

"In that moment the lion-gate will fall upon him"

«Εκείνη τη στιγμή η πύλη των λιονταριών θα πέσει πάνω του»

"And the stones will crush him to death"

«Και οι πέτρες θα τον συντρίψουν μέχρι θανάτου»

Bihangami: "But suppose someone gets there first"

Μπιχανγκάμι: «Αλλά ας υποθέσουμε ότι κάποιος φτάνει πρώτος εκεί»

"Suppose someone destroys the lion-gate"

«Ας υποθέσουμε ότι κάποιος καταστρέφει την πύλη των λιονταριών»

"If that happens the king's son couldn't go through the lion-gate"

«Αν συμβεί αυτό, ο γιος του βασιλιά δεν θα μπορεί να περάσει από την πύλη των λιονταριών»

"Will not the king's son in that case be saved?"

«Δεν θα σωθεί ο γιος του βασιλιά σε αυτή την περίπτωση;»

Bihangama: "Yes, in that case he would escape his fate"

Μπιχανγκάμα: «Ναι, σε αυτή την περίπτωση θα ξέφευγε από τη μοίρα του»

"But then a fresh danger would await him"

«Αλλά τότε θα τον περίμενε ένας νέος κίνδυνος»
"When the king's son reaches the palace"
«Όταν ο γιος του βασιλιά φτάνει στο παλάτι»
"When he sits at a feast prepared for him"
«Όταν κάθεται σε ένα γεύμα που του έχει ετοιμαστεί»
"The head of a fish will be cooked for him"
«Θα του ψηθεί το κεφάλι ενός ψαριού»
"He will put into his mouth the head of the fish"
«Θα βάλει στο στόμα του το κεφάλι του ψαριού»
"But the head of the fish will stick in his throat"
«Αλλά το κεφάλι του ψαριού θα κολλήσει στο λαιμό του»
"And he will choke to death on the head of the fish"
«Και θα πνιγεί μέχρι θανάτου στο κεφάλι του ψαριού»
Bihangami: "But suppose someone snatches the fish"
Μπιχανγκάμι: «Αλλά ας υποθέσουμε ότι κάποιος αρπάζει
το ψάρι»
"Suppose someone takes the head of the fish from his plate"
«Ας υποθέσουμε ότι κάποιος παίρνει το κεφάλι του ψαριού
από το πιάτο του»
"Suppose he can't put the fish's head in his mouth"
«Ας υποθέσουμε ότι δεν μπορεί να βάλει το κεφάλι του
ψαριού στο στόμα του»
"Will not the king's son in that case be saved?"
«Δεν θα σωθεί ο γιος του βασιλιά σε αυτή την περίπτωση;»
Bihangama: "Yes, in that case he will escape his fate"
Μπιχανγκάμα: «Ναι, σε αυτή την περίπτωση θα ξεφύγει
από τη μοίρα του»
"But a fresh danger would await him"
«Αλλά ένας νέος κίνδυνος θα τον περίμενε»
"When the prince and princess retire after dinner"
«Όταν ο πρίγκιπας και η πριγκίπισσα αποσύρονται μετά το
δείπνο»
"When they go into their sleeping apartment"
«Όταν μπαίνουν στο διαμέρισμά τους»
"They will lie together in bed"
«Θα ξαπλώσουν μαζί στο κρεβάτι »
"A terrible cobra will come into the room"

«Μια τρομερή κόμπρα θα μπει στο δωμάτιο»
"And the cobra will bite the king's son to death"
«Και η κόμπρα θα δαγκώσει τον γιο του βασιλιά μέχρι θανάτου»
Bihangami: "But suppose someone was in the room"
Μπιχανγκάμι: «Αλλά ας υποθέσουμε ότι κάποιος ήταν στο δωμάτιο»
"Suppose this person was waiting for the snake"
«Ας υποθέσουμε ότι αυτό το άτομο περίμενε το φίδι»
"And suppose that this person cuts the snake into pieces"
«Και ας υποθέσουμε ότι αυτό το άτομο κόβει το φίδι σε κομμάτια»
"Will not the king's son in that case be saved?"
«Δεν θα σωθεί ο γιος του βασιλιά σε αυτή την περίπτωση;»
Bihangama: "Yes, in that case he will escape his fate"
Μπιχανγκάμα: «Ναι, σε αυτή την περίπτωση θα ξεφύγει από τη μοίρα του»
"In that case the life of the king's son will be saved"
«Σε αυτή την περίπτωση, η ζωή του γιου του βασιλιά θα σωθεί»
"But he who saves him can't repeat these words"
«Αλλά αυτός που τον σώζει δεν μπορεί να επαναλάβει αυτά τα λόγια»
"If he tells his secret he will be turned into marble"
«Αν αποκαλύψει το μυστικό του, θα γίνει μάρμαρο»
Bihangami: "Can the statue be returned to life?"
Μπιχανγκάμι: «Μπορεί το άγαλμα να ξαναζωντανέψει;»
Bihangama: "Yes, the marble statue can be restored to life"
Μπιχανγκάμα: «Ναι, το μαρμάρινο άγαλμα μπορεί να αποκατασταθεί και να ζωντανέψει»
"The princess will give birth to a child"
«Η πριγκίπισσα θα γεννήσει ένα παιδί»
"They must wash the statue with the blood of the infant"
«Πρέπει να πλύνουν το άγαλμα με το αίμα του βρέφους»
The prophetical birds had spoken until that point.
Τα προφητικά πουλιά είχαν μιλήσει μέχρι εκείνο το σημείο.
But then they were interrupted by the craw of crows.

Αλλά τότε τους διέκοψε το ροκάνισμα των κορακιών.
The eastern sky tinted in a reddish hue.
Ο ανατολικός ουρανός βάφτηκε σε μια κοκκινωπή απόχρωση.
And the travelers beneath the tree bestirred themselves.
Και οι ταξιδιώτες κάτω από το δέντρο ξεσηκώθηκαν.
The prophetic conversation came to an end.
Η προφητική συζήτηση έφτασε στο τέλος της.
But the prince's friend had heard everything.
Αλλά ο φίλος του πρίγκιπα τα είχε ακούσει όλα.

The next morning they continued their journey.
Το επόμενο πρωί συνέχισαν το ταξίδι τους.
The prince, the princess, and the prince's friend.
Ο πρίγκιπας, η πριγκίπισσα και ο φίλος του πρίγκιπα.
Soon they met the king's procession.
Σύντομα συνάντησαν την πομπή του βασιλιά.
There was an elephant, a horse, and a palki.
Υπήρχε ένας ελέφαντας, ένα άλογο και ένα παλκί.
And there was a large number of attendants.
Και υπήρχε ένας μεγάλος αριθμός υπηρετών.
These animals and men had been sent by the king.
Αυτά τα ζώα και οι άνθρωποι είχαν σταλεί από τον βασιλιά.
The king heard his son was with his friend.
Ο βασιλιάς άκουσε ότι ο γιος του ήταν με τον φίλο του.
And he had heard that his son had married.
Και είχε ακούσει ότι ο γιος του είχε παντρευτεί.
And he heard they were not far from the capital.
Και άκουσε ότι δεν ήταν μακριά από την πρωτεύουσα.
The elephant had been richly caparisoned.
Ο ελέφαντας είχε τύχει πλούσιας περιποίησης.
The elephant was intended for the prince.
Ο ελέφαντας προοριζόταν για τον πρίγκιπα.
The framework of the palki was of silver.
Το σκελετό του παλκί ήταν από ασήμι.
The palki was meant for the princess.

Το παλκί προοριζόταν για την πριγκίπισσα.
And the horse was for the prince's friend.
Και το άλογο ήταν για τον φίλο του πρίγκιπα .
The prince was about to mount on the elephant.
Ο πρίγκιπας ετοιμαζόταν να ανέβει στον ελέφαντα.
But then his friend spoke to him.
Αλλά τότε ο φίλος του του μίλησε.
"Allow me to ride on the elephant, please"
«Επιτρέψτε μου να καβαλήσω τον ελέφαντα, παρακαλώ»
"And you can ride back on horseback"
«Και μπορείς να επιστρέψεις με άλογο»
The prince was not a little surprised.
Ο πρίγκιπας δεν εξεπλάγη καθόλου.
The proposal had been made in a very cold manner.
Η πρόταση είχε γίνει με πολύ ψυχρό τρόπο.
Maybe his friend felt a little too entitled.
Ίσως ο φίλος του ένιωθε λίγο υπερβολικά δικαιωμένος.
And the king's son was slightly annoyed.
Και ο γιος του βασιλιά ενοχλήθηκε ελαφρώς.
But he remembered what his friend had done for him.
Αλλά θυμόταν τι είχε κάνει ο φίλος του για αυτόν.
And he remembered how he saved the princess.
Και θυμήθηκε πώς έσωσε την πριγκίπισσα.
So he mounted the horse without objecting.
Έτσι ανέβηκε στο άλογο χωρίς να φέρει αντίρρηση.
But his mind became somewhat alienated from him.
Αλλά το μυαλό του απομακρύνθηκε κάπως από αυτόν.
The procession towards the capital started again.
Η πορεία προς την πρωτεύουσα ξεκίνησε ξανά.
After some time they came in sight of the palace.
Μετά από λίγο φάνηκαν στο παλάτι.
The lion-gate had been gaily adorned.
Η πύλη των λιονταριών ήταν χαρούμενα στολισμένη.
There was a grand reception for the prince.
Υπήρξε μια μεγαλοπρεπής δεξίωση για τον πρίγκιπα.
And the princess was equally anticipated.
Και η πριγκίπισσα ήταν εξίσου αναμενόμενη.

But the prince's friend seemed to have an objection.
Αλλά ο φίλος του πρίγκιπα φάνηκε να έχει αντίρρηση.
"I want the lion-gate to be broken down"
«Θέλω να γκρεμιστεί η πύλη των λιονταριών»
The prince was astounded at the proposal.
Ο πρίγκιπας έμεινε έκπληκτος από την πρόταση.
The request was very out of the ordinary.
Το αίτημα ήταν πολύ ασυνήθιστο.
And he had given no reason for his demand.
Και δεν είχε δώσει κανένα λόγο για το αίτημά του.
But he remembered all his friend had done for him.
Αλλά θυμόταν όλα όσα είχε κάνει ο φίλος του για αυτόν.
And he remembered how he saved the princess.
Και θυμήθηκε πώς έσωσε την πριγκίπισσα.
So he complied with the wish of his friend.
Έτσι, υπάκουσε στην επιθυμία του φίλου του.
And the beautiful lion-gate was torn down.
Και η όμορφη πύλη των λιονταριών γκρεμίστηκε.
But his mind became even more estranged from him.
Αλλά το μυαλό του αποξενώθηκε ακόμη περισσότερο από αυτόν.
The procession now went into the palace.
Η πομπή κατευθύνθηκε τώρα προς το παλάτι.
The king gave a warm reception to his son.
Ο βασιλιάς επεφύλαξε θερμή υποδοχή στον γιο του.
He welcomed his daughter-in-law equally warmly.
Υποδέχτηκε εξίσου θερμά και τη νύφη του.
And he was very pleased to see the prince's friend.
Και χάρηκε πολύ που είδε τον φίλο του πρίγκιπα.
The story of their adventures was related.
Η ιστορία των περιπετειών τους ήταν σχετική.
The king expressed great astonishment at the tale.
Ο βασιλιάς εξέφρασε μεγάλη έκπληξη για την ιστορία.
And his courtiers were equally impressed.
Και οι αυλικοί του εντυπωσιάστηκαν εξίσου.
All praised the minister's son's devotion.
Όλοι επαίνεσαν την αφοσίωση του γιου του υπουργού.

And the ladies of the palace praised the princess.
Και οι κυρίες του παλατιού επαίνεσαν την πριγκίπισσα.
The connoisseurs of beauty praised the princess.
Οι γνώστες της ομορφιάς επαίνεσαν την πριγκίπισσα.
Her complexion was a mixture of milk and vermilion.
Η επιδερμίδα της ήταν ένα μείγμα γάλακτος και κόκκινου κόκκινου.
Her neck was like that of a swan.
Ο λαιμός της ήταν σαν κύκνου.
Her eyes were like those of a gazelle.
Τα μάτια της ήταν σαν γαζέλας.
Her lips were as red as the berry bimba.
Τα χείλη της ήταν κόκκινα σαν το μούρο-μπιμπά.
Her cheeks were as lovely as they could be.
Τα μάγουλά της ήταν όσο πιο όμορφα μπορούσαν να είναι.
And her nose was straight and high.
Και η μύτη της ήταν ίσια και ψηλή.
Her hair reached down to her ankles.
Τα μαλλιά της έφταναν μέχρι τους αστραγάλους της.
Her walk was as graceful as that of a young elephant.
Το περπάτημά της ήταν τόσο χαριτωμένο όσο ενός νεαρού ελέφαντα.
The princess whom destiny had brought to them.
Η πριγκίπισσα που τους είχε φέρει η μοίρα.
They sat around her wanting to know everything.
Κάθονταν γύρω της θέλοντας να μάθουν τα πάντα.
And they put to her a thousand questions.
Και της έκαναν χίλιες ερωτήσεις.
They asked her about her parents.
Την ρώτησαν για τους γονείς της.
They asked her about the subterranean palace.
Την ρώτησαν για το υπόγειο παλάτι.
And they asked her all about the serpent.
Και την ρώτησαν τα πάντα για το φίδι.
The serpent which had killed all her relatives.
Το φίδι που είχε σκοτώσει όλους τους συγγενείς της.
Soon it was time for the new arrivals to dine.

Σύντομα ήρθε η ώρα για να δειπνήσουν οι νεοφερμένοι.
The dinner was served up in dishes of gold.
Το δείπνο σερβιρίστηκε σε χρυσά πιάτα.
All sorts of delicacies were on the table.
Στο τραπέζι υπήρχαν κάθε είδους λιχουδιές.
The most conspicuous dish was the head of a rohita fish.
Το πιο εντυπωσιακό πιάτο ήταν το κεφάλι ενός ψαριού ροχίτα.
The large fish's head was placed in a golden cup.
Το κεφάλι του μεγάλου ψαριού τοποθετήθηκε σε ένα χρυσό κύπελλο.
And the cup was placed near the prince's plate.
Και το κύπελλο τοποθετήθηκε κοντά στο πιάτο του πρίγκιπα.
All were eating and retelling the adventure.
Όλοι έτρωγαν και διηγούνταν την περιπέτεια.
And suddenly the prince's friend snatched the head.
Και ξαφνικά ο φίλος του πρίγκιπα άρπαξε το κεφάλι.
He took the fish's head from the prince's plate.
Πήρε το κεφάλι του ψαριού από το πιάτο του πρίγκιπα.
"Let me, prince, eat this rohita's head"
«Άσε με, πρίγκιπα, να φάω το κεφάλι αυτού του ροχίτα»
The king's son was quite indignant.
Ο γιος του βασιλιά ήταν αρκετά αγανακτισμένος.
But he remembered all his friend had done for him.
Αλλά θυμόταν όλα όσα είχε κάνει ο φίλος του για αυτόν.
And he remembered how he saved the princess.
Και θυμήθηκε πώς έσωσε την πριγκίπισσα.
And so he made no objection to the request.
Και έτσι δεν έφερε καμία αντίρρηση στο αίτημα.
But he could not hide his terrible rage.
Αλλά δεν μπορούσε να κρύψει την τρομερή οργή του.
Of course the prince's friend noticed this.
Φυσικά, ο φίλος του πρίγκιπα το πρόσεξε αυτό.
But there was nothing else he could have done.
Αλλά δεν υπήρχε τίποτα άλλο που θα μπορούσε να κάνει.
His conduct, however strange, was necessary.

Η συμπεριφορά του, όσο παράξενη κι αν ήταν, ήταν απαραίτητη.

It was for the safety of his friend's life.

Ήταν για την ασφάλεια της ζωής του φίλου του.

Nor could he tell his friend the reason.

Ούτε μπορούσε να πει στον φίλο του τον λόγο.

Else he would be transformed into a marble statue.

Αλλιώς θα μεταμορφωνόταν σε μαρμάρινο άγαλμα.

Soon the dinner was going to be over.

Σε λίγο το δείπνο επρόκειτο να τελειώσει.

The prince's friend had one more request.

Ο φίλος του πρίγκιπα είχε ένα ακόμα αίτημα.

The two friends had spent every night together.

Οι δύο φίλοι περνούσαν κάθε βράδυ μαζί.

But tonight he wanted to go to his own house.

Αλλά απόψε ήθελε να πάει στο σπίτι του.

The prince was also shocked at his strange conduct.

Ο πρίγκιπας σοκαρίστηκε επίσης από την παράξενη συμπεριφορά του.

But he remembered all his friend had done for him.

Αλλά θυμόταν όλα όσα είχε κάνει ο φίλος του για αυτόν.

And he remembered how he saved the princess.

Και θυμήθηκε πώς έσωσε την πριγκίπισσα.

And he also agreed to this request of his friend.

Και συμφώνησε κι αυτός με αυτό το αίτημα του φίλου του.

The prince's friend, however, had other plans.

Ο φίλος του πρίγκιπα, ωστόσο, είχε άλλα σχέδια.

He had no intentions of going to his own house.

Δεν είχε καμία πρόθεση να πάει στο σπίτι του.

He was resolved to avert the last peril.

Ήταν αποφασισμένος να αποτρέψει τον τελευταίο κίνδυνο.

The last thing to threaten the life of his friend.

Το τελευταίο πράγμα που θα μπορούσε να απειλήσει τη ζωή του φίλου του.

Accordingly, he took a sword into his hand.

Συνεπώς, πήρε ένα σπαθί στο χέρι του.

And he stealthily entered the royal room.

Και μπήκε κρυφά στο βασιλικό δωμάτιο.

The room of the prince and the princess.

Το δωμάτιο του πρίγκιπα και της πριγκίπισσας.

He ensconced himself under the bedstead.

Κρυμμένος κάτω από το κρεβάτι.

The bed was furnished with mattresses of down.

Το κρεβάτι ήταν επιπλωμένο με στρώματα από πούπουλα.

The mosquito curtains were of the richest silk.

Οι κουρτίνες για τα κουνούπια ήταν από το πλουσιότερο μετάξι.

And all the bedding was laced with gold.

Και όλα τα κλινοσκεπάσματα ήταν στολισμένα με χρυσό.

Soon the prince and princess came into the bedroom.

Σύντομα ο πρίγκιπας και η πριγκίπισσα μπήκαν στην κρεβατοκάμαρα.

They undressed themselves and went to bed.

Γδύθηκαν και πήγαν για ύπνο.

And soon the royal couple were asleep.

Και σύντομα το βασιλικό ζεύγος κοιμήθηκε.

At midnight he heard the slithering of a snake.

Τα μεσάνυχτα άκουσε το γλίστρημα ενός φιδιού.

The sound was coming from a water passage.

Ο ήχος προερχόταν από ένα υδάτινο πέρασμα.

A snake of gigantic size entered the room.

Ένα φίδι γιγάντιου μεγέθους μπήκε στο δωμάτιο.

The serpent climbed up the frame of the bed.

Το φίδι σκαρφάλωσε στο πλαίσιο του κρεβατιού.

The minister's son rushed out with the sword.

Ο γιος του υπουργού όρμησε έξω με το σπαθί.

And he killed the serpent with one blow.

Και σκότωσε το φίδι με ένα χτύπημα.

And then he cut the snake into smaller pieces.

Και μετά έκοψε το φίδι σε μικρότερα κομμάτια.

He put the pieces in the dish for holding betel-leaves.

Έβαλε τα κομμάτια στο πιάτο για να φυλάει φύλλα μπετέλ.

But as he did this, he spilled a drop of blood.

Αλλά καθώς το έκανε αυτό, έχυσε μια σταγόνα αίμα.
The drop of blood fell on the breast of the princess.
Η σταγόνα αίματος έπεσε στο στήθος της πριγκίπισσας.
Because the mosquito curtains had not been let down.
Επειδή οι κουρτίνες για τα κουνούπια δεν είχαν κατέβει.
He worried for the health of the princess.
Ανησυχούσε για την υγεία της πριγκίπισσας.
The blood might be of some sort of poison.
Το αίμα μπορεί να περιέχει κάποιο είδος δηλητηρίου.
So he resolved to lick up the blood.
Έτσι αποφάσισε να γλείψει το αίμα.
But he could not look at the naked princess.
Αλλά δεν μπορούσε να κοιτάξει την γυμνή πριγκίπισσα.
It would have been a great sin.
Θα ήταν μεγάλη αμαρτία.
So he blindfolded himself with seven-fold cloth.
Έτσι, έδεσε τα μάτια του με επταπλό ύφασμα.
And he licked off the drop of blood.
Και έγλειψε τη σταγόνα αίματος.
But just at this time the princess awoke.
Αλλά ακριβώς εκείνη τη στιγμή η πριγκίπισσα ξύπνησε.
Her scream roused her husband from his sleep.
Η κραυγή της ξύπνησε τον άντρα της από τον ύπνο του.
And he could not believe what he was seeing.
Και δεν μπορούσε να πιστέψει αυτό που έβλεπε.
The prince fell into a great rage.
Ο πρίγκιπας έπεσε σε μεγάλη οργή.
And he was prepared to kill his friend.
Και ήταν έτοιμος να σκοτώσει τον φίλο του.
But he gave his friend a chance to speak.
Αλλά έδωσε στον φίλο του την ευκαιρία να μιλήσει.
"Please, my friend, restrain your anger"
«Σε παρακαλώ, φίλε μου, συγκράτησε τον θυμό σου»
"I have done this only to save your life"
«Το έκανα αυτό μόνο και μόνο για να σώσω τη ζωή σου»
The prince was more confused than before.
Ο πρίγκιπας ήταν πιο μπερδεμένος από πριν.

"I do not understand what you mean"
«Δεν καταλαβαίνω τι εννοείς»
"From the time we came out of the subterranean palace"
«Από τη στιγμή που βγήκαμε από το υπόγειο παλάτι»
"You have been behaving in a most extraordinary way"
«Συμπεριφέρεσαι με έναν εξαιρετικά ασυνήθιστο τρόπο»
"First, you insisted on riding my elephant"
«Πρώτον, επέμενες να καβαλήσεις τον ελέφαντα μου»
"The elephant my father had sent for me"
«Ο ελέφαντας που μου είχε στείλει ο πατέρας μου»
"I thought it was vain of you to ask"
«Νόμιζα ότι ήταν μάταιο εκ μέρους σου να ρωτήσεις»
"But I remembered what you had done for me"
«Αλλά θυμήθηκα τι είχες κάνει για μένα»
"And I decided to let the matter pass"
«Και αποφάσισα να αφήσω το θέμα να περάσει»
"And instead I rode back on horseback"
«Και αντ' αυτού επέστρεψα καβάλα στο άλογο»
"Secondly, you insisted on destroying the lion-gate"
«Δεύτερον, επιμείνατε να καταστρέψετε την πύλη των
λιονταριών»
"The lion-gate my father had adorned for me"
«Η πύλη με τα λιοντάρια που μου είχε στολίσει ο πατέρας
μου»
"I thought it was strange of you to ask"
«Μου φάνηκε περίεργο που ρώτησες»
"But I remembered what you had done for me"
«Αλλά θυμήθηκα τι είχες κάνει για μένα»
"And I decided to let the matter pass"
«Και αποφάσισα να αφήσω το θέμα να περάσει»
"And I had the lion-gate destroyed"
«Και κατέστρεψα την πύλη των λιονταριών»
"Thirdly, at dinner you behaved most shamefully"
«Τρίτον, στο δείπνο συμπεριφερθήκατε με τον πιο
επαίσχυντο τρόπο»
"You snatched the rohita's head from my plate"
«Άρπαξες το κεφάλι της ροχίτα από το πιάτο μου»

"And you insisted on eating the fish head"
«Και επέμενες να φας το κεφάλι του ψαριού»
"I thought you felt too entitled"
«Νόμιζα ότι ένιωθες υπερβολικά άξιος/η»
"But I remembered what you had done for me"
«Αλλά θυμήθηκα τι είχες κάνει για μένα»
"So I decided to let the matter pass"
«Έτσι αποφάσισα να αφήσω το θέμα να περάσει»
"You then pretended that you were going home"
«Μετά προσποιήθηκες ότι θα γύριζες σπίτι»
"And I was very glad you were going home"
«Και χάρηκα πολύ που γύριζες σπίτι»
"Because you had made yourself very disagreeable"
«Επειδή είχες γίνει πολύ δυσάρεστος»
"And now you are actually in my bedroom"
«Και τώρα είσαι στην πραγματικότητα στην κρεβατοκάμαρά μου»
"You are bending over the naked bosom of my wife"
«Σκύβεις πάνω από το γυμνό στήθος της γυναίκας μου»
"You must have had some evil plan"
«Πρέπει να είχες κάποιο κακόβουλο σχέδιο»
"And now you pretend you are saving my life"
«Και τώρα προσποιείσαι ότι μου σώζεις τη ζωή»
"But I don't believe you want to save my life"
«Αλλά δεν πιστεύω ότι θέλεις να μου σώσεις τη ζωή»
"I believe you want to destroy my wife's chastity"
«Πιστεύω ότι θέλεις να καταστρέψεις την αγνότητα της γυναίκας μου»
The prince's friend knew how things looked.
Ο φίλος του πρίγκιπα ήξερε πώς είχαν τα πράγματα.
"Oh, do not harbor such thoughts in your mind"
«Ω, μην τρέφεις τέτοιες σκέψεις στο μυαλό σου»
"Please do not think badly against me"
«Σε παρακαλώ, μην κάνεις κακές σκέψεις εναντίον μου»
"The gods know what I have done"
«Οι θεοί ξέρουν τι έχω κάνει»
"They know I did it to save your life"

«Ξέρουν ότι το έκανα για να σώσω τη ζωή σου»

"You would see the reasonableness of my conduct"

«Θα βλέπατε τη λογικότητα της συμπεριφοράς μου»

"But I don't have liberty to state my reasons"

«Αλλά δεν έχω την ελευθερία να εκθέσω τους λόγους μου»

The prince asked him to explain himself.

Ο πρίγκιπας του ζήτησε να εξηγήσει.

"And why are you not at liberty?"

«Και γιατί δεν είσαι ελεύθερος;»

"Who has put a seal upon your mouth?"

«Ποιος έβαλε σφραγίδα στο στόμα σου;»

And the prince's friend answered.

Και ο φίλος του πρίγκιπα απάντησε.

"Destiny has put a seal upon my mouth"

«Η μοίρα έβαλε σφραγίδα στο στόμα μου»

"If I told you, I would be transformed into marble"

«Αν σου το έλεγα, θα μεταμορφωνόμουν σε μάρμαρο»

The prince grew angrier with his friend.

Ο πρίγκιπας θύμωσε περισσότερο με τον φίλο του.

"You should be transformed into a marble statue!"

«Θα έπρεπε να μεταμορφωθείς σε μαρμάρινο άγαλμα!»

"You must take me to be a simpleton"

«Πρέπει να με περάσεις για αφελή»

"You can't expect me to believe this nonsense"

«Δεν μπορείς να περιμένεις να πιστέψω αυτές τις ανοησίες
»

The minister's son made one last request.

Ο γιος του υπουργού έκανε μια τελευταία παράκληση.

"Do you wish me then, friend, for me to tell you?

«Θέλεις λοιπόν, φίλε, να σου το πω;»

"You would make your friend turn into stone?"

«Θα έκανες τον φίλο σου να γίνει πέτρα;»

The prince wanted to hear the reason.

Ο πρίγκιπας ήθελε να ακούσει τον λόγο.

He did not care about the consequences.

Δεν τον ένοιαζαν οι συνέπειες.

"Tell me, or else you are a dead man"

«Πες μου, αλλιώς είσαι νεκρός»
The prince's friend wanted to clear his name.
Ο φίλος του πρίγκιπα ήθελε να καθαρίσει το όνομά του.
He wanted no foul accusations brought against him.
Δεν ήθελε να του απαγγελθούν άσεμνες κατηγορίες.
And he deemed it his duty to reveal the secret.
Και θεώρησε καθήκον του να αποκαλύψει το μυστικό.
Even if this would put his life at risk.
Ακόμα κι αν αυτό θα έθετε σε κίνδυνο τη ζωή του.
He again warned the prince not to ask him.
Προειδοποίησε ξανά τον πρίγκιπα να μην τον ρωτήσει.
But the prince remained inexorable.
Αλλά ο πρίγκιπας παρέμεινε αδυσώπητος.
The prince's friend then told him his secret.
Ο φίλος του πρίγκιπα τότε του αποκάλυψε το μυστικό του.
"While sleeping under a lofty tree one night"
«Ενώ κοιμόμουν κάτω από ένα ψηλό δέντρο ένα βράδυ»
"I overheard a conversation between two birds.
«Άκουσα τυχαία μια συζήτηση μεταξύ δύο πουλιών.»
"The prophesizing birds Bihangama and Bihangami"
«Τα πουλιά που προφητεύουν, Μπιχανγκάμα και
Μπιχανγκάμι»
"Bihangama predicted all the dangers in your life"
«Ο Μπιχανγκάμα προέβλεψε όλους τους κινδύνους στη
ζωή σου»
**"First the bird predicted your father would send an
elephant"**
«Πρώτα το πουλί προέβλεψε ότι ο πατέρας σου θα έστελνε
έναν ελέφαντα»
"The bird said you would fall from the elephant"
«Το πουλί είπε ότι θα πέσεις από τον ελέφαντα»
"And the bird said you would die from the fall"
«Και το πουλί είπε ότι θα πεθάνεις από την πτώση»
At this point the minister's son's legs turned to stone.
Σε αυτό το σημείο τα πόδια του γιου του υπουργού έγιναν
πέτρα.
"See? my legs have already turned to stone"

«Βλέπεις; Τα πόδια μου έχουν ήδη γίνει πέτρα»
"Go on with your story," said the prince.
«Συνέχισε την ιστορία σου», είπε ο πρίγκιπας.
And the prince's friend continued the story.
Και ο φίλος του πρίγκιπα συνέχισε την ιστορία.
"The bird said the lion-gate would be gaily decorated"
«Το πουλί είπε ότι η πύλη των λιονταριών θα ήταν
χαρούμενα διακοσμημένη»
"And the bird said the lion-gate would collapse on you"
«Και το πουλί είπε ότι η πύλη των λιονταριών θα κατέρρεε
πάνω σου»
"If the lion-gate had fallen on you, you would have died"
«Αν η πύλη των λιονταριών είχε πέσει πάνω σου, θα είχες
πεθάνει»
At this point the minister's son's torso turned to stone.
Σε αυτό το σημείο ο κορμός του γιου του υπουργού έγινε
πέτρα.
But the prince insisted the minister's son continues.
Αλλά ο πρίγκιπας επέμεινε ότι ο γιος του υπουργού θα
συνεχίσει.
"Go on with your story," said the prince.
«Συνέχισε την ιστορία σου», είπε ο πρίγκιπας.
"The bird said there would be the head of a fish"
«Το πουλί είπε ότι θα υπήρχε το κεφάλι ενός ψαριού»
"And the bird predicted you would choke on the fish"
«Και το πουλί προέβλεψε ότι θα πνιγείς με το ψάρι»
Now his head was the only thing not of stone.
Τώρα το κεφάλι του ήταν το μόνο πράγμα που δεν ήταν
από πέτρα.
"See? my whole body has turned to stone"
«Βλέπεις; Όλο μου το σώμα έχει γίνει πέτρα»
"If I continue, I will become a man of stone"
«Αν συνεχίσω, θα γίνω άνθρωπος από πέτρα»
"Do you wish me to tell the rest"
«Θέλεις να σου πω και τα υπόλοιπα;»
"Go on with your story," said the prince.
«Συνέχισε την ιστορία σου», είπε ο πρίγκιπας.

"Very well, I will go on to the end"
«Πολύ καλά, θα συνεχίσω μέχρι το τέλος»
"But you may repent after I tell you"
«Αλλά μπορείς να μετανοήσεις αφού σου το πω»
"And you may wish to restore me to life"
«Και ίσως θελήσετε να με επαναφέρετε στη ζωή»
"I will tell you how to reverse the spell"
«Θα σου πω πώς να αντιστρέψεις το ξόρκι»
"In a few months the princess will bear a child"
«Σε λίγους μήνες η πριγκίπισσα θα γεννήσει ένα παιδί»
"Wait for the birth of the child"
«Περιμένετε τη γέννηση του παιδιού»
"Besmear my statue with the infant's blood"
«Αλείψτε το άγαλμά μου με το αίμα του βρέφους»
"Only then will I be restored back to life"
«Μόνο τότε θα αναστηθώ»
The last word left his lips, and he turned to stone.
Η τελευταία λέξη έφυγε από τα χείλη του και έγινε πέτρα.
The princess jumped out of bed.
Η πριγκίπισσα πετάχτηκε από το κρεβάτι.
She opened the vessel for betel-leaves and spices.
Άνοιξε το δοχείο για φύλλα μπετέλ και μπαχαρικά.
And she saw the pieces of a serpent.
Και είδε τα κομμάτια ενός φιδιού.
The prince and the princess were now convinced.
Ο πρίγκιπας και η πριγκίπισσα ήταν πλέον πεπεισμένοι.
They saw the good faith of their departed friend.
Είδαν την καλή πίστη του εκλιπόντος φίλου τους.
They saw the benevolence of his actions.
Είδαν την καλοσύνη των πράξεών του.
They went to the marble statue.
Πήγαν στο μαρμάρινο άγαλμα.
But the statue of their friend was lifeless.
Αλλά το άγαλμα του φίλου τους ήταν άψυχο.
They let out a loud cry of lamentation.
Έβγαλαν μια δυνατή κραυγή θρήνου.
But their cries were to no purpose.

Αλλά οι κραυγές τους ήταν μάταιες.

Because the statue was not moved by tears.

Επειδή το άγαλμα δεν συγκινήθηκε από τα δάκρυα.

The prince and princess knew what they had to do.

Ο πρίγκιπας και η πριγκίπισσα ήξεραν τι έπρεπε να κάνουν.

They concealed the marble figure in a safe place.

Έκρυψαν τη μαρμάρινη φιγούρα σε ασφαλές μέρος.

And they waited for the birth of their child.

Και περίμεναν με ανυπομονησία τη γέννηση του παιδιού τους.

In process of time the hour came.

Με την πάροδο του χρόνου έφτασε η ώρα.

The princess's travail had arrived.

Οι πόνοι της πριγκίπισσας είχαν φτάσει.

The princess bore a beautiful boy.

Η πριγκίπισσα γέννησε ένα όμορφο αγόρι.

The child was the perfect image of his mother.

Το παιδί ήταν η τέλεια εικόνα της μητέρας του.

The beauty of their child was striking.

Η ομορφιά του παιδιού τους ήταν εντυπωσιακή.

And they were in awe of him.

Και τον θαύμαζαν.

They would have spared his life.

Θα του είχαν γλιτώσει τη ζωή.

But they remembered their best friend.

Αλλά θυμήθηκαν τον καλύτερό τους φίλο.

They remembered all he had done for them.

Θυμόντουσαν όλα όσα είχε κάνει γι' αυτούς.

But now he was a lifeless stone.

Αλλά τώρα ήταν μια άψυχη πέτρα.

And they remembered the vows they had made.

Και θυμήθηκαν τους όρκους που είχαν δώσει.

And they cut the child into two.

Και έκοψαν το παιδί στα δύο.

They besmeared the statue with the child's blood.

Λέρωσαν το άγαλμα με το αίμα του παιδιού.

And their friend became animated back to life.
Και ο φίλος τους ξαναζωντάνεψε.
They were glad to see him alive again.
Χάρηκαν που τον είδαν ξανά ζωντανό.
But the prince's friend was overwhelmed with grief.
Αλλά ο φίλος του πρίγκιπα ήταν κατακλυσμένος από
θλίψη.
Because he saw the new-born in a pool of blood.
Επειδή είδε το νεογέννητο μέσα σε μια λίμνη αίματος.
So he picked up the dead infant.
Έτσι σήκωσε το νεκρό βρέφος.
He carefully wrapped the child in a towel.
Τύλιξε προσεκτικά το παιδί σε μια πετσέτα.
And he resolved to get the child restored to life.
Και αποφάσισε να επαναφέρει το παιδί στη ζωή.
He consulted all the physicians of the country.
Συμβουλεύτηκε όλους τους γιατρούς της χώρας.
They all told him the same thing.
Όλοι του είπαν το ίδιο πράγμα.
A cure can be found for any illness.
Μπορεί να βρεθεί θεραπεία για οποιαδήποτε ασθένεια.
But life requires the spark of life.
Αλλά η ζωή απαιτεί τη σπίθα της ζωής.
When the spark is gone, it is beyond their jurisdiction.
Όταν η σπίθα σβήσει, είναι πέρα από τη δικαιοδοσία τους.
And so they had to go on with their lives.
Και έτσι έπρεπε να συνεχίσουν τη ζωή τους.

Eventually the prince's friend returned to his wife.
Τελικά ο φίλος του πρίγκιπα επέστρεψε στη γυναίκα του.
She was a devoted worshipper of the goddess kali.
Ήταν αφοσιωμένη λάτρης της θεάς Κάλι.
She was the only one who could return life.
Ήταν η μόνη που μπορούσε να επιστρέψει στη ζωή.
His wife was living in a distant town.
Η γυναίκα του ζούσε σε μια μακρινή πόλη.
So he set out on a journey to the town.

Έτσι ξεκίνησε ένα ταξίδι προς την πόλη.
His wife still lived in her father's house.
Η γυναίκα του εξακολουθούσε να ζει στο σπίτι του πατέρα της.
Adjoining the house there was a garden.
Δίπλα στο σπίτι υπήρχε ένας κήπος.
And in the garden there was a tree.
Και στον κήπο υπήρχε ένα δέντρο.
The child had been stored in that tree.
Το παιδί είχε αποθηκευτεί σε εκείνο το δέντρο.
His wife was overjoyed to see her husband.
Η γυναίκα του χάρηκε πολύ που είδε τον άντρα της.
She had not seen him for a long time.
Δεν τον είχε δει για πολύ καιρό.
But she was surprised when she saw him.
Αλλά εκείνη ξαφνιάστηκε όταν τον είδε.
Her husband was very melancholy that day.
Ο άντρας της ήταν πολύ μελαγχολικός εκείνη την ημέρα.
He spoke very little to his wife.
Μιλούσε πολύ λίγο στη γυναίκα του.
And his wife knew that he was not himself.
Και η γυναίκα του ήξερε ότι δεν ήταν ο εαυτός του.
He was brooding over something in his mind.
Κάτι σκεφτόταν στο μυαλό του.
She asked the reason for his melancholy.
Ρώτησε τον λόγο της μελαγχολίας του.
But he kept quiet, and wouldn't tell her.
Αλλά εκείνος σιώπησε και δεν της το είπε.
One night they were lying together in bed.
Ένα βράδυ ήταν ξαπλωμένοι μαζί στο κρεβάτι.
The wife got up and left the marital bed.
Η σύζυγος σηκώθηκε και έφυγε από το συζυγικό κρεβάτι.
She opened the door and went into the garden.
Άνοιξε την πόρτα και πήγε στον κήπο.
Her husband had not been able to sleep well.
Ο σύζυγός της δεν μπορούσε να κοιμηθεί καλά.
Therefore he awoke from the movement of his wife.

Έτσι ξύπνησε από την κίνηση της γυναίκας του.

He heard her leave in the dead of the night.

Την άκουσε να φεύγει μέσα στη νύχτα.

And he was determined to follow her.

Και ήταν αποφασισμένος να την ακολουθήσει.

But he was also determined not to be noticed.

Αλλά ήταν επίσης αποφασισμένος να μην τον προσέξουν.

She went to a temple of the goddess kali.

Πήγε σε έναν ναό της θεάς Κάλι.

The temple was at no great distance from her house.

Ο ναός δεν βρισκόταν σε μεγάλη απόσταση από το σπίτι της.

She worshipped the goddess with flowers.

Λάτρευε τη θεά με λουλούδια.

And she worshiped the goddess with sandal-wood perfume.

Και λάτρευε τη θεά με άρωμα σανταλόξυλου.

"Oh mother kali! have mercy upon me"

«Ω, μητέρα Κάλι! ελέησέ με»

"Deliver me out of all my troubles"

«Ελευθέρωσέ με από όλα τα προβλήματά μου»

The goddess replied to the woman.

Η θεά απάντησε στη γυναίκα.

"Why, what further grievance have you?

«Μα, ποιο άλλο παράπονο έχεις;»

"You long prayed for the return of your husband"

«Προσευχόσουν πολύ για την επιστροφή του συζύγου σου»

"And your prayers have been answered"

«Και οι προσευχές σου έχουν εισακουστεί»

"Your husband has returned to you"

«Ο άντρας σου επέστρεψε σε εσένα»

"So then, what ails thee now?"

«Λοιπόν, τι σε βασανίζει τώρα;»

The woman answered the goddess.

Η γυναίκα απάντησε στη θεά.

"True, oh mother, my husband has come to me"

«Αλήθεια, ω μητέρα, ο άντρας μου ήρθε σε μένα»

"But he has come to me in a melancholy mood"

«Αλλά ήρθε σε μένα με μελαγχολική διάθεση»
"He hardly speaks to me when I speak to him"
«Μόλις που μου μιλάει, του μιλάω εγώ»
"He takes no delight in me when he is with me"
«Δεν βρίσκει καμία ευχαρίστηση σε μένα όταν είναι μαζί μου»
"All he does is sit melancholy in a corner"
«Το μόνο που κάνει είναι να κάθεται μελαγχολικά σε μια γωνία»
The goddess replied to her devotee.
Η θεά απάντησε στον πιστό της.
"Ask your husband why he feels melancholy"
«Ρώτα τον άντρα σου γιατί νιώθει μελαγχολία»
"When he tells you, let me know the reason"
«Όταν σου το πει, πες μου τον λόγο»
The minister's son overheard the conversation.
Ο γιος του υπουργού άκουσε τυχαία τη συζήτηση.
But he stayed unnoticed by the goddess.
Αλλά έμεινε απαρατήρητος από τη θεά.
And his wife did not notice him either.
Και η γυναίκα του δεν τον πρόσεξε ούτε αυτή.
He quietly slunk away before his wife.
Απομακρύνθηκε αθόρυβα μπροστά από τη γυναίκα του.
And he returned back to bed before her.
Και επέστρεψε στο κρεβάτι μπροστά της.
The following day the wife asked her husband.
Την επόμενη μέρα η γυναίκα ρώτησε τον άντρα της.
"My dear husband, why are you in a melancholy mood?"
«Αγαπητέ μου σύζυγε, γιατί είσαι σε μελαγχολική διάθεση;»
Her husband retold the whole story.
Ο σύζυγός της της ξαναείπε όλη την ιστορία.
He told her about the jewel serpent.
Της είπε για το φίδι-πετράδι.
He told her about the subterranean palace.
Της μίλησε για το υπόγειο παλάτι.
He told her about the princess being captured.

Της είπε για την αιχμαλωσία της πριγκίπισσας.
He told her how he freed the princess.
Της είπε πώς απελευθέρωσε την πριγκίπισσα.
And he told her about Bihangama and Bihangami.
Και της μίλησε για τον Μπιχανγκάμα και την
Μπιχανγκάμι.
He told her how he had turned to stone.
Της είπε πώς είχε γίνει πέτρα.
And he told her how he was returned back to life.
Και της διηγήθηκε πώς επέστρεψε στη ζωή.
So he told her also about the killing of the child.
Έτσι της είπε και για τη δολοφονία του παιδιού.
That night his wife left the bed again.
Εκείνο το βράδυ η γυναίκα του σηκώθηκε ξανά από το
κρεβάτι.
And she returned to the goddess kali's temple.
Και επέστρεψε στον ναό της θεάς Κάλι.
And she told the goddess of her husband's melancholy.
Και είπε στη θεά για τη μελαγχολία του συζύγου της.
The goddess listened intently to what was said.
Η θεά άκουγε προσεκτικά όσα λέγονταν.
"Bring the child here and I will restore it to life"
«Φέρτε εδώ το παιδί και εγώ θα το επαναφέρω στη ζωή»
The next night she left the marital bed again.
Το επόμενο βράδυ έφυγε ξανά από το συζυγικό κρεβάτι.
She went to the tree in the garden.
Πήγε στο δέντρο στον κήπο.
And she took the child from the tree.
Και πήρε το παιδί από το δέντρο.
And she took the child to the goddess kali.
Και πήγε το παιδί στη θεά Κάλι.
And the goddess kali returned the child back to life.
Και η θεά Κάλι επέστρεψε το παιδί πίσω στη ζωή.
The prince's friend was entranced with joy.
Ο φίλος του πρίγκιπα μαγεύτηκε από χαρά.
He picked up the reanimated child.
Πήρε το αναζωογονημένο παιδί.

And he ran as fast as he could to his friend.
Και έτρεξε όσο πιο γρήγορα μπορούσε στον φίλο του.
And he gave him his child, alive and well.
Και του έδωσε το παιδί του, ζωντανό και υγιές.
They all rejoiced with exceedingly great joy.
Όλοι χάρηκαν με υπερβολικά μεγάλη χαρά.
And they lived together happily till the day of their death.
Και έζησαν μαζί ευτυχισμένοι μέχρι την ημέρα του
θανάτου τους.

The Indignant Brahman
Ο Αγανακτισμένος Βράχμαν

There was once a poor Brahman.
Υπήρχε κάποτε ένας φτωχός Βραχμάνος.
This poor Brahman had a wife.
Αυτός ο φτωχός Βραχμάνος είχε μια γυναίκα.
And he also had four children.
Και είχε επίσης τέσσερα παιδιά.
He was a very poor man.
Ήταν ένας πολύ φτωχός άνθρωπος.
And he had no resources in the world.
Και δεν είχε καθόλου πόρους στον κόσμο.
He lived from the charity of others.
Ζούσε από τη φιλανθρωπία των άλλων.
During marriages he earned well.
Κατά τη διάρκεια των γάμων έβγαζε καλά χρήματα.
And he earned well during funerals.
Και έβγαζε καλά χρήματα στις κηδείες.
But his parishioners did not marry daily.
Αλλά οι ενορίτες του δεν παντρεύονταν καθημερινά.
And they did not die every day either.
Και δεν πέθαιναν κάθε μέρα.
It was difficult to make the two ends meet.
Ήταν δύσκολο να τα βγάλουν πέρα.
His wife often rebuked him.
Η γυναίκα του τον επέπληττε συχνά.
"Why can you not support me?"
«Γιατί δεν μπορείς να με στηρίξεις;»
"Our children run around naked"
«Τα παιδιά μας τρέχουν γυμνά»
"And they suffer from hunger"
«Και υποφέρουν από την πείνα»
Though poor, he was a good man.
Αν και φτωχός, ήταν καλός άνθρωπος.
And he was diligent in his devotions.
Και ήταν επιμελής στις προσευχές του.

Every day he said his prayers.

Κάθε μέρα έκανε τις προσευχές του.

He prayed at the same time each day.

Προσευχόταν την ίδια ώρα κάθε μέρα.

His tutelary deity was the Goddess Durga.

Η προστάτιδα θεότητά του ήταν η θεά Ντούργκα.

She is the consort of Shiva.

Είναι η σύζυγος του Σίβα.

She is the creative energy of the universe.

Είναι η δημιουργική ενέργεια του σύμπαντος.

Every day he wrote the name of Durga.

Κάθε μέρα έγραφε το όνομα της Ντούργκα.

He wrote the name in red ink.

Έγραψε το όνομα με κόκκινο μελάνι.

At least one hundred and eight times.

Τουλάχιστον εκατόν οκτώ φορές.

He did not drink or eat till he did this.

Δεν ήπιε ούτε έφαγε μέχρι να το κάνει αυτό.

throughout the day he uttered prayers.

όλη την ημέρα προσευχόταν.

"O Durga! have mercy upon me"

«Ω Ντούργκα! ελέησέ με»

He prayed whenever he felt anxious.

Προσευχόταν όποτε ένιωθε άγχος.

And he often felt anxious.

Και συχνά ένιωθε άγχος.

Because he lived in poverty.

Επειδή ζούσε στη φτώχεια.

He prayed when his worries were too much.

Προσευχόταν όταν οι ανησυχίες του ήταν πάρα πολλές.

And there were many things he worried about.

Και υπήρχαν πολλά πράγματα που τον ανησυχούσαν.

He worried about his wife and children.

Ανησυχούσε για τη γυναίκα του και τα παιδιά του.

And he worried about supporting them.

Και ανησυχούσε για την υποστήριξή τους.

One day he was very sad.

Μια μέρα ήταν πολύ λυπημένος.

On this day he went to a forest.

Αυτή την ημέρα πήγε σε ένα δάσος.

The forest was far outside the village.

Το δάσος ήταν πολύ έξω από το χωριό.

He let out all his grief.

Άφησε να βγει έξω όλη του τη θλίψη.

And he wept bitter tears.

Και έκλαιγε με πικρά δάκρυα.

"O Durga! O Mother Bhagavati!"

"Ω Durga! O Mother Bhagavati!"

"Please put an end to my misery?"

«Σε παρακαλώ, βάλε ένα τέλος στη δυστυχία μου;»

"I wish I were alone in the world"

«Μακάρι να ήμουν μόνος στον κόσμο»

"Then my poverty wouldn't worry me"

«Τότε η φτώχεια μου δεν θα με ανησυχούσε»

"But thou hast given me a wife"

«Αλλά μου έδωσες μια γυναίκα»

"And my wife has given me children"

«Και η γυναίκα μου μού χάρισε παιδιά»

"O Mother, I beg of you"

«Ω Μητέρα, σε ικετεύω»

"Give me the means to support them"

«Δώστε μου τα μέσα να τους στηρίξω»

Shiva and his wife Durga happened to be there.

Ο Σίβα και η σύζυγός του Ντούργκα ήταν τυχαία εκεί.

They were taking their morning walk.

Έκαναν την πρωινή τους βόλτα.

The Goddess Durga saw the Brahman at a distance.

Η Θεά Ντούργκα είδε τον Βράχμαν από απόσταση.

"O Lord of Kailas, do you see that Brahman?"

«Ω, Άρχοντα του Κάιλας, βλέπεις αυτόν τον Βράχμαν;»

"He is always taking my name on his lips"

«Πάντα παίρνει το όνομά μου στα χείλη του»

"He prays I deliver him from his troubles"

«Προσεύχεται να τον ελευθερώσω από τα προβλήματά του»
"Can we not do something for the poor Brahman?"
«Δεν μπορούμε να κάνουμε κάτι για τον καημένο τον Βράχμαν;»
"He is oppressed with many cares"
«Τον καταπιέζουν πολλές έγνοιες»
"And he deeply cares for his growing family"
«Και νοιάζεται βαθιά για την οικογένειά του που μεγαλώνει»
"We should make his life more comfortable"
«Πρέπει να κάνουμε τη ζωή του πιο άνετη»
"Because the poor man never has enough to eat"
«Επειδή ο φτωχός άνθρωπος δεν έχει ποτέ αρκετά να φάει»
"And his family doesn't have enough to eat either"
«Και η οικογένειά του δεν έχει ούτε να φάει»
"Let us give him a pot"
«Ας του δώσουμε μια κατσαρόλα»
"A pot with an infinite supply of murukku"
«Μια κατσαρόλα με άπειρη προμήθεια μουρούκου»
The divine consort was right.
Η θεϊκή σύζυγος είχε δίκιο.
The Lord of Kailas agreed to the proposal.
Ο Άρχοντας του Καϊλάς συμφώνησε με την πρόταση.
On the spot he created a magical pot.
Επί τόπου έφτιαξε ένα μαγικό δοχείο.
Durga went to the poor Brahman.
Η Ντούργκα πήγε στον φτωχό Βράχμαν.
"O Brahman! My loyal devotee"
«Ω, Βράχμαν! Πιστέ μου αφοσιωμένου»
"I have often thought of your pitiable case"
«Έχω σκεφτεί συχνά την αξιολύπητη περίπτωσή σου»
"Your repeated prayers have moved my compassion"
«Οι επαναλαμβανόμενες προσευχές σας έχουν κινητοποιήσει τη συμπόνια μου»
"Here is a pot for you"
«Ορίστε μια κατσαρόλα για εσάς»

"You must turn the pot upside down"
«Πρέπει να γυρίσεις την κατσαρόλα ανάποδα»
"And then you must shake the pot"
«Και μετά πρέπει να κουνήσεις την κατσαρόλα»
"The finest murukku will pour out"
«Θα χυθεί το καλύτερο μουρούκου»
"The murukku will keep pouring out forever"
«Το μουρούκου θα συνεχίζει να ξεχύνεται για πάντα»
"Until you put the pot upright again"
«Μέχρι να ξαναβάλεις την κατσαρόλα όρθια»
"You can eat as much murukku as you like"
«Μπορείς να φας όσο μουρούκου θέλεις»
"Your wife and children will hunger no more"
«Η γυναίκα σου και τα παιδιά σου δεν θα πεινάσουν πια»
"And you can sell the murukku if you like"
«Και μπορείς να πουλήσεις το μουρούκου αν θέλεις»
The Brahman was delighted beyond measure.
Ο Βραχμάνος χάρηκε αφάνταστα.
He had received a truly valuable treasure.
Είχε λάβει έναν πραγματικά πολύτιμο θησαυρό.
He made his deepest obeisance to the goddess.
Έκανε την πιο βαθιά του υπόκλιση στη θεά.
And he expressed his eternal gratefulness.
Και εξέφρασε την αιώνια ευγνωμοσύνη του.

The Brahman had started walking home.
Ο Βραχμάνος είχε αρχίσει να περπατάει για το σπίτι.
But first he had to test his magical pot.
Αλλά πρώτα έπρεπε να δοκιμάσει το μαγικό του δοχείο.
He wanted to see if the pot really worked.
Ήθελε να δει αν η κατσαρόλα όντως λειτουργούσε.
He turned the pot upside down.
Γύρισε την κατσαρόλα ανάποδα.
And he shook the pot, as instructed.
Και κούνησε την κατσαρόλα, όπως του είχε δοθεί η εντολή.
Lo and behold! The pot really did work.
Και να που! Η γλάστρα όντως λειτούργησε.

The finest murukku fell to the ground.

Το καλύτερο μουρούκου έπεσε στο έδαφος.

He tied the sweetmeat in his sheet.

Έδεσε το γλυκό στο σεντόνι του.

And he walked on, towards his village.

Και συνέχισε να περπατάει προς το χωριό του.

By noon the Brahman had gotten hungry.

Μέχρι το μεσημέρι ο Βραχμάνος είχε πεινάσει.

But he could not eat without his ablutions.

Αλλά δεν μπορούσε να φάει χωρίς το λουτρό του.

First, he had to say his prayers.

Πρώτα, έπρεπε να πει τις προσευχές του.

There was an inn on his way.

Υπήρχε ένα πανδοχείο στο δρόμο του.

Close to the inn there was a water tank.

Κοντά στο πανδοχείο υπήρχε μια δεξαμενή νερού.

So, he intended to halt there.

Έτσι, σκόπευε να σταματήσει εκεί.

In order to bathe and say his prayers.

Για να λουστεί και να πει τις προσευχές του.

After this he could eat all the murukku.

Μετά από αυτό μπορούσε να φάει όλο το μουρούκου.

The Brahman sat at the innkeeper's shop.

Ο Βραχμάνος καθόταν στο μαγαζί του πανδοχέα.

The shopkeeper was smoking tobacco.

Ο καταστηματάρχης κάπνιζε καπνό.

He put the pot near the shopkeeper.

Έβαλε την κατσαρόλα κοντά στον καταστηματάρχη.

And he asked him to look after the pot.

Και του ζήτησε να προσέχει την κατσαρόλα.

"Please take special care of this pot"

«Παρακαλώ, προσέξτε ιδιαίτερα αυτή την γλάστρα»

"I must bathe and say my prayers"

«Πρέπει να κάνω μπάνιο και να προσευχηθώ»

"Please look after this pot for me"

«Σε παρακαλώ πρόσεχε αυτή την κατσαρόλα για μένα»

"Make sure nothing happens to this pot"

«Βεβαιώσου ότι δεν θα συμβεί τίποτα σε αυτή την
κατσαρόλα»
He thought it was a strange request.
Το θεώρησε παράξενο αίτημα.
But he agreed to look after the pot.
Αλλά συμφώνησε να φροντίσει την κατσαρόλα.
And the Brahman gave him the pot.
Και ο Βράχμαν του έδωσε την κατσαρόλα.
He besmeared his body with mustard oil.
Άλειψε το σώμα του με λάδι μουστάρδας.
And he went to do his ablutions.
Και πήγε να κάνει το λουτρό του.
The innkeeper grew curious about the pot.
Ο πανδοχέας άρχισε να σκέφτεται την κατσαρόλα.
"This pot must have something valuable in it"
«Αυτή η κατσαρόλα πρέπει να έχει κάτι πολύτιμο μέσα»
"Why else would he be so careful?"
«Γιατί αλλιώς να είναι τόσο προσεκτικός;»
His curiosity had been excited.
Η περιέργειά του είχε εξαντληθεί.
So, he opened the pot.
Έτσι, άνοιξε την κατσαρόλα.
To his surprise the pot was empty.
Προς έκπληξή του, η κατσαρόλα ήταν άδεια.
"What can be the meaning of this?"
«Τι μπορεί να σημαίνει αυτό;»
"Why does he care so much for an empty pot?"
«Γιατί τον νοιάζει τόσο πολύ μια άδεια κατσαρόλα;»
He began to examine the pot more carefully.
Άρχισε να εξετάζει την κατσαρόλα πιο προσεκτικά.
During his inspection he turned the pot upside down.
Κατά την επιθεώρησή του, γύρισε την κατσαρόλα
ανάποδα.
And then the finest murukku fell out from the pot.
Και τότε το καλύτερο μουρούκου έπεσε από την
κατσαρόλα.
And the murukku didn't stop falling out.

Και το μουρούκου δεν σταμάτησε να πέφτει έξω.
The innkeeper called his wife and children.
Ο πανδοχέας φώναξε τη γυναίκα και τα παιδιά του.
He wanted them to witness what had happened.
Ήθελε να γίνουν μάρτυρες του τι είχε συμβεί.
An unexpected stroke of good fortune!
Μια απροσδόκητη τύχη!
The pot gave copious showers of sugared paddy.
Η κατσαρόλα έριχνε άφθονες βροχές από ζαχαρωμένο ορυζώνα.
He filled all his pots and jars.
Γέμισε όλες τις γλάστρες και τα βάζα του.
He knew he had to have this pot.
Ήξερε ότι έπρεπε να έχει αυτή την κατσαρόλα.
So, he replaced the pot with another one.
Έτσι, αντικατέστησε την κατσαρόλα με μια άλλη.
He had a pot of the same size and color.
Είχε μια γλάστρα του ίδιου μεγέθους και χρώματος.

The Brahman had finished his ablutions.
Ο Βραχμάνος είχε τελειώσει το νίψιμό του.
He had performed all of his devotions.
Είχε τελέσει όλες τις προσευχές του.
He came back to the shop in wet clothes.
Επέστρεψε στο μαγαζί με βρεγμένα ρούχα.
He was still reciting holy texts of the Vedas.
Εξακολουθούσε να απαγγέλλει ιερά κείμενα των Βέδων.
He put back on his dry clothes.
Φόρεσε ξανά τα στεγνά του ρούχα.
In red ink he wrote the name of Durga.
Με κόκκινο μελάνι έγραψε το όνομα Ντούργκα.
He wrote her name one hundred and eight times.
Έγραψε το όνομά της εκατόν οκτώ φορές.
After doing this he broke his fast.
Αφού το έκανε αυτό, έσπασε τη νηστεία του.
And he ate the murukku he had in his sheet.
Και έφαγε το μουρούκου που είχε στο σεντόνι του.

He was refreshed from the meal.

Αναζωογονήθηκε από το γεύμα.

Now he could resume his journey home.

Τώρα μπορούσε να συνεχίσει το ταξίδι του για το σπίτι.

So he called to the innkeeper.

Έτσι φώναξε τον πανδοχέα.

"Please could I get my pot back"

«Παρακαλώ, μπορώ να πάρω πίσω την κατσαρόλα μου;»

The innkeeper gave him back his pot.

Ο πανδοχέας του έδωσε πίσω την κατσαρόλα του.

"There, sir, here is your pot"

«Ορίστε, κύριε, ορίστε η κατσαρόλα σας»

"The pot is exactly where you had put it"

«Η κατσαρόλα είναι ακριβώς εκεί που την έβαλες»

"Your pot is just as you left it"

«Η γλάστρα σου είναι ακριβώς όπως την άφησες»

"I made sure no one has touched your pot"

«Βεβαιώθηκα ότι κανείς δεν άγγιξε την κατσαρόλα σου»

The Brahman didn't suspect a thing.

Ο Βραχμάνος δεν υποψιάστηκε τίποτα.

He picked up the pot.

Πήρε την κατσαρόλα.

And he proceeded on his journey home.

Και συνέχισε το ταξίδι του για το σπίτι.

On his journey he had to think.

Στο ταξίδι του έπρεπε να σκέφτεται.

He congratulated his good fortune.

Τον συνεχάρη για την καλή του τύχη.

"My wife will be most pleasantly surprised!"

«Η γυναίκα μου θα εκπλαγεί ευχάριστα!»

"The children will devour the murukku!"

«Τα παιδιά θα καταβροχθίσουν το μουρούκου!»

"I shall soon become rich"

«Σύντομα θα γίνω πλούσιος»

"I will be able to lift my head up high"

«Θα μπορέσω να σηκώσω το κεφάλι μου ψηλά»

The pains of travelling had been reduced.
Οι ταλαιπωρίες του ταξιδιού είχαν μειωθεί.
Now his problems were much more pleasant.
Τώρα τα προβλήματά του ήταν πολύ πιο ευχάριστα.
Only anticipation made the journey difficult.
Μόνο η προσμονή έκανε το ταξίδι δύσκολο.
He finally reached his home again.
Επιτέλους έφτασε ξανά στο σπίτι του.
He called to his wife and children.
Φώναξε τη γυναίκα του και τα παιδιά του.
"Look at what I have brought"
«Κοιτάξτε τι έφερα»
"This pot is an unfailing source of wealth".
«Αυτό το δοχείο είναι μια αδιάκοπη πηγή πλούτου».
"We will never have to struggle again"
«Δεν θα χρειαστεί ποτέ ξανά να παλέψουμε»
"I will turn the pot upside down"
«Θα αναποδογυρίσω την κατσαρόλα»
"And then you will see something.
«Και τότε θα δεις κάτι.»
"Something you've never seen before"
"Κάτι που δεν έχετε ξαναδεί"
"A stream of the finest murukku will flow"
«Ένα ρυάκι από τα καλύτερα μουρούκου θα ρέει»
You can imagine what his wife was thinking.
Μπορείτε να φανταστείτε τι σκεφτόταν η γυναίκα του.
"My husband has gone mad," she thought.
«Ο άντρας μου τρελάθηκε», σκέφτηκε.
She was soon confirmed in her opinion.
Σύντομα επιβεβαιώθηκε η άποψή της.
Nothing fell from the pot, as promised.
Τίποτα δεν έπεσε από την κατσαρόλα, όπως είχε
υποσχεθεί.
He turned the pot upside down again and again.
Γύριζε την κατσαρόλα ανάποδα ξανά και ξανά.
The Brahman was overwhelmed with grief.
Ο Βράχμαν κατακλύστηκε από θλίψη.

He realized that he had been tricked.
Συνειδητοποίησε ότι τον είχαν εξαπατήσει.
The innkeeper must have swapped the pot.
Ο πανδοχέας πρέπει να αντάλλαξε την κατσαρόλα.
He must have stolen Durga's pot.
Πρέπει να έκλεψε την κατσαρόλα της Ντούργκα.
And he must have replaced the pot with a normal one.
Και πρέπει να αντικατέστησε την κατσαρόλα με μια κανονική.
He went back to the innkeeper the next day.
Την επόμενη μέρα επέστρεψε στον πανδοχέα.
And he accused him of having changed his pot.
Και τον κατηγόρησε ότι άλλαξε την κατσαρόλα του.
At first the innkeeper acted surprised.
Στην αρχή ο πανδοχέας φέρθηκε έκπληκτος.
Then he pretended to be angry at the accusation.
Έπειτα προσποιήθηκε ότι ήταν θυμωμένος με την κατηγορία.
Finally, he chased him out of his shop.
Τελικά, τον έδιωξε από το μαγαζί του.

He had no way of getting the pot back.
Δεν είχε κανέναν τρόπο να πάρει πίσω την κατσαρόλα.
The Brahman knew what he had to do.
Ο Βράχμαν ήξερε τι έπρεπε να κάνει.
He went to see the goddess Durga again.
Πήγε να δει ξανά τη θεά Ντούργκα.
Siva and Durga honored him with their presence.
Ο Σίβα και η Ντούργκα τον τίμησαν με την παρουσία τους.
Durga spoke to the poor Brahman.
Η Ντούργκα μίλησε στον καημένο τον Βράχμαν.
"So, you have lost the pot I gave you"
«Λοιπόν, έχασες το δοχείο που σου έδωσα»
"I take pity on your situation"
«Λυπάμαι για την κατάστασή σου»
"Here is another magical pot"
«Εδώ είναι ένα άλλο μαγικό δοχείο»

"Take this pot, and make good use of it"
«Πάρε αυτή την κατσαρόλα και αξιοποίησέ την σωστά»
The Brahman was elated with joy.
Ο Βράχμαν ήταν πανευτυχής από χαρά.
He made obeisance to the divine couple.
Έκανε δοξολογία στο θεϊκό ζευγάρι.
And he took the pot with him.
Και πήρε μαζί του την κατσαρόλα.
Again he had to see if the pot worked.
Έπρεπε πάλι να δει αν η κατσαρόλα λειτουργούσε.
He turned the pot upside down.
Γύρισε την κατσαρόλα ανάποδα.
And he shook the pot as before.
Και κούνησε την κατσαρόλα όπως και πριν.
And he waited for the murukku to fall out.
Και περίμενε να πέσει έξω το μουρούκου.
But no, horror of horrors!
Αλλά όχι, φρίκη των φρικιών!
Murukku did not fall from the pot.
Ο Μουρούκου δεν έπεσε από την κατσαρόλα.
Instead of murukku, demons jumped out.
Αντί για μουρούκου, ξεπήδησαν δαίμονες.
They began to beat the astonished Brahman.
Άρχισαν να χτυπούν τον έκπληκτο Βραχμάνο.
The Brahman received punches and kicks.
Ο Βράχμαν δεχόταν γροθιές και κλωτσιές.
But he kept his presence of mind.
Αλλά διατήρησε την ψυχική του παρουσία.
He turned the pot the right way up.
Γύρισε την κατσαρόλα προς τα πάνω.
And he covered the pot up again.
Και σκέπασε ξανά την κατσαρόλα.
Fortunately his quick thinking worked.
Ευτυχώς, η γρήγορη σκέψη του λειτούργησε.
The demons disappeared as soon as he did this.
Οι δαίμονες εξαφανίστηκαν μόλις το έκανε αυτό.
The Brahman tried to understand what this meant.

Ο Βράχμαν προσπάθησε να καταλάβει τι σήμαινε αυτό.
It must be to punish the innkeeper!
Πρέπει να είναι για να τιμωρηθεί ο πανδοχέας!
So he went to the innkeeper again.
Έτσι πήγε ξανά στον πανδοχέα.
He gave him the new pot.
Του έδωσε την καινούρια κατσαρόλα.
He begged of him to look after the pot.
Τον παρακάλεσε να προσέχει την κατσαρόλα.
Just like he had done before.
Ακριβώς όπως είχε κάνει και πριν.
He went for his ablutions and prayers.
Πήγε για το λουτρό του και τις προσευχές του.
The innkeeper was delighted.
Ο πανδοχέας χάρηκε πολύ.
He had been given a second godsend.
Του είχε δοθεί ένα δεύτερο θεόσταλτο δώρο.
He agreed to take the greatest care of the pot.
Συμφώνησε να φροντίσει όσο το δυνατόν περισσότερο την γλάστρα.
He waited for the Brahman to go.
Περίμενε να φύγει ο Βράχμαν.
And he called his wife and children.
Και κάλεσε τη γυναίκα του και τα παιδιά του.
"This is another pot from the Brahman"
«Αυτό είναι άλλο ένα δοχείο από τον Βράχμαν»
"This time I hope it is not murukku"
«Αυτή τη φορά ελπίζω να μην είναι μουρούκου»
"I hope this pot is full of sandesa"
«Ελπίζω αυτή η γλάστρα να είναι γεμάτη σαντέσα»
"Come, be ready with the baskets"
«Ελάτε, ετοιμαστείτε με τα καλάθια»
"I will turn the pot upside down"
«Θα αναποδογυρίσω την κατσαρόλα»
"And then I will shake the pot"
«Και μετά θα κουνήσω την κατσαρόλα»
And he did what he said he would do.

Και έκανε αυτό που είπε ότι θα έκανε.
But the room did not fill with food.
Αλλά το δωμάτιο δεν γέμιζε με φαγητό.
This time the room filled with demons.
Αυτή τη φορά το δωμάτιο γέμισε δαίμονες.
The demons caught hold of the innkeeper.
Οι δαίμονες έπιασαν τον πανδοχέα.
And the demons also caught his family.
Και οι δαίμονες έπιασαν και την οικογένειά του.
And the demons beat them mercilessly.
Και οι δαίμονες τους χτυπούσαν αλύπητα.
They would have completely destroyed the shop.
Θα είχαν καταστρέψει ολοσχερώς το μαγαζί.
But the victims ran to the Brahman.
Αλλά τα θύματα έτρεξαν στον Βράχμαν.
The Brahman had returned from his ablutions.
Ο Βραχμάνος είχε επιστρέψει από το λουτρό του.
The Brahman showed mercy to them.
Ο Βράχμαν έδειξε έλεος απέναντί τους.
And he accepted their request.
Και δέχτηκε το αίτημά τους.
But there was one condition to his help.
Αλλά υπήρχε ένας όρος για τη βοήθειά του.
"I will only help if I get my pot back"
«Θα βοηθήσω μόνο αν πάρω πίσω την κατσαρόλα μου»
The innkeeper didn't have much choice.
Ο πανδοχέας δεν είχε πολλές επιλογές.
He had to accept the Brahman's conditions.
Έπρεπε να αποδεχτεί τους όρους του Βράχμαν.
The Brahman put the pot upright again.
Ο Βράχμαν έβαλε ξανά την κατσαρόλα όρθια.
And he put the lid on the pot.
Και έβαλε το καπάκι στην κατσαρόλα.
He took his pot back from the innkeeper.
Πήρε πίσω την κατσαρόλα του από τον πανδοχέα.
And he returned back to his village.
Και γύρισε πίσω στο χωριό του.

Now the Brahman had two magical pots.
Τώρα ο Βράχμαν είχε δύο μαγικά δοχεία.
The Brahman shut the door of his house.
Ο Βράχμαν έκλεισε την πόρτα του σπιτιού του.
And he called his family again.
Και τηλεφώνησε ξανά στην οικογένειά του.
He turned the murukku-pot upside down.
Γύρισε την κατσαρόλα μουρούκου ανάποδα.
And he shook the murukku-pot as before.
Και κούνησε την κατσαρόλα μουρούκου όπως πριν.
This time the magic pot worked.
Αυτή τη φορά το μαγικό δοχείο λειτούργησε.
An endless stream of the finest murukku.
Μια ατελείωτη ροή από τα καλύτερα μουρούκου.
The family devoured the sweetmeat.
Η οικογένεια καταβρόχθισε το γλυκό.
They ate to their hearts' content.
Έφαγαν όσο τους έφτανε η καρδιά.
All the pots and pans were filled.
Όλες οι κατσαρόλες και τα τηγάνια ήταν γεμάτες.

The next day the Brahman became confectioner.
Την επόμενη μέρα ο Βράχμαν έγινε ζαχαροπλάστης.
He opened a shop in his house.
Άνοιξε ένα μαγαζί στο σπίτι του.
And he sold the best murukku.
Και πούλησε το καλύτερο μουρούκου.
The whole village came to the Brahman's house.
Όλο το χωριό ήρθε στο σπίτι του Βραχμάνου.
They all wanted to buy the wonderful murukku.
Όλοι ήθελαν να αγοράσουν το υπέροχο μουρούκου.
They had never seen such murukku in their life.
Δεν είχαν ξαναδεί τέτοιο μουρούκου στη ζωή τους.
It was the most delicious murukku they ever had.
Ήταν το πιο νόστιμο μουρούκου που είχαν φάει ποτέ.
No one had ever made anything like this dessert.
Κανείς δεν είχε φτιάξει ποτέ κάτι σαν αυτό το επιδόρπιο.

The reputation of the Brahman's murukku spread.
Η φήμη του μουρούκου του Βράχμαν εξαπλώθηκε.
Soon people from outside the city came.
Σύντομα ήρθαν άνθρωποι από έξω από την πόλη.
Cartloads of the sweetmeat were sold every day.
Κάρα γεμάτα με γλυκά πουλιόντουσαν κάθε μέρα.
The Brahman quickly became very rich.
Ο Βράχμαν γρήγορα έγινε πολύ πλούσιος.
He built a large brick house.
Έχτισε ένα μεγάλο σπίτι από τούβλα.
And he lived like a nobleman of the land.
Και ζούσε σαν ευγενής της γης.
Once, however, his luck almost changed.
Κάποτε, ωστόσο, η τύχη του παραλίγο να αλλάξει.
His children had taken the wrong pot.
Τα παιδιά του είχαν πάρει λάθος κατσαρόλα.
A large number of demons came out.
Ένας μεγάλος αριθμός δαιμόνων βγήκε.
And they caught hold of the Brahman's wife.
Και έπιασαν τη γυναίκα του Βραχμάνου.
And they also caught his children.
Και έπιασαν και τα παιδιά του.
They were striking them mercilessly.
Τους χτυπούσαν ανελέητα.
Fortunately the Brahman came back into the house.
Ευτυχώς, ο Βράχμαν επέστρεψε στο σπίτι.
He turned the pot back to its proper position.
Επέστρεψε την κατσαρόλα στην κανονική της θέση.
He wanted to prevent a similar catastrophe.
Ήθελε να αποτρέψει μια παρόμοια καταστροφή.
So the Brahman had a private room built.
Έτσι, ο Βράχμαν έχτισε ένα ιδιωτικό δωμάτιο.
And he put the pot in a secret place.
Και έβαλε την κατσαρόλα σε ένα κρυφό μέρος.
Mortals, however, do not have the luck of Gods.
Οι θνητοί, ωστόσο, δεν έχουν την τύχη των Θεών.
Uninterrupted prosperity is not their fortune.

Η αδιάλειπτη ευημερία δεν είναι η τύχη τους.
The demon-pot had been put out of the way.
Η δαιμονική χύτρα είχε απομακρυνθεί.
But why might accident not befall the murukku pot?
Αλλά γιατί να μην συμβεί ατύχημα στην κατσαρόλα μουρούκου;
One day the Brahman and his wife were absent.
Μια μέρα ο Βράχμαν και η γυναίκα του απουσίαζαν.
The children decided to shake the pot.
Τα παιδιά αποφάσισαν να κουνήσουν την κατσαρόλα.
Each of them wanted to do the honors.
Ο καθένας τους ήθελε να κάνει τις τιμές.
So there was a fight to get the pot.
Έτσι έγινε μάχη για να πάρουν το ποτ.
In the struggle the pot fell to the ground.
Στην πάλη η κατσαρόλα έπεσε στο έδαφος.
Like any other earthen pot, it broke.
Όπως κάθε άλλο πήλινο δοχείο, έσπασε.
Eventually the Braham came back home again.
Τελικά οι Μπράχαμ επέστρεψαν σπίτι.
You can imagine how the news grieved him.
Μπορείτε να φανταστείτε πόσο τον λύπησαν τα νέα.
Of course the children were well cudgeled.
Φυσικά, τα παιδιά ήταν καλά αγκαλιασμένα.
But anger could not replace the pot.
Αλλά ο θυμός δεν μπορούσε να αντικαταστήσει την κατσαρόλα.
After some days he went to the forest again.
Μετά από μερικές μέρες πήγε ξανά στο δάσος.
He offered many a prayer for Durga's favor.
Προσέφερε πολλές προσευχές για την εύνοια της Ντούργκα.
At last Siva and Durga appeared to him.
Επιτέλους, ο Σίβα και η Ντούργκα εμφανίστηκαν μπροστά του.
They listened to how the pot had been broken.
Άκουσαν πώς είχε σπάσει η κατσαρόλα.

Durga decided to give him another pot.

Η Ντούργκα αποφάσισε να του δώσει άλλη μια κατσαρόλα.

But this pot was accompanied with a caution.

Αλλά αυτό το δοχείο συνοδευόταν από μια προειδοποίηση.

"Brahman, take care of this pot"

«Βράχμαν, φρόντισε αυτή την κατσαρόλα»

"Do not break or lose this pot again"

«Μην σπάσεις ή χάσεις ξανά αυτή την κατσαρόλα»

"Next time I will not give you another pot"

«Την επόμενη φορά δεν θα σου δώσω άλλη κατσαρόλα»

The Brahman made obeisance to the Gods.

Ο Βράχμαν έκανε δοξολογία στους Θεούς.

And he went straight back to his house.

Και γύρισε κατευθείαν στο σπίτι του.

This time he did not halt at the innkeeper's.

Αυτή τη φορά δεν σταμάτησε στο σπίτι του πανδοχέα.

He shut the door of his house.

Έκλεισε την πόρτα του σπιτιού του.

He called his family to him.

Κάλεσε την οικογένειά του κοντά του.

And he turned the pot upside down.

Και γύρισε την κατσαρόλα ανάποδα.

And then he began to shake the pot.

Και μετά άρχισε να κουνάει την κατσαρόλα.

They were only expecting murukku.

Περίμεναν μόνο μουρούκου.

But this time it was not murukku.

Αλλά αυτή τη φορά δεν ήταν μουρούκου.

A stream of beautiful sandesa poured out.

Ένα ρυάκι από όμορφη σαντέσα ξεχύθηκε.

It was the finest sandesa you can imagine.

Ήταν η καλύτερη σαντέσα που μπορείτε να φανταστείτε.

It truly was the food of Gods.

Ήταν πραγματικά η τροφή των Θεών.

The Brahman set up another shop.

Ο Βραχμάνος άνοιξε ένα άλλο μαγαζί.

Now he was selling sandesa.

Τώρα πουλούσε σαντέσα.
The fame of his shop soon drew large crowds.
Η φήμη του μαγαζιού του σύντομα προσέλκυσε μεγάλα πλήθη.
People came from all over the country.
Άνθρωποι έρχονταν από όλη τη χώρα.
At all festivals and marriage feasts.
Σε όλες τις γιορτές και τα γαμήλια γλέντια.
And at all funeral celebrations in the area.
Και σε όλες τις κηδείες στην περιοχή.
No one bought any other sandesa.
Κανείς δεν αγόρασε άλλη σαντέσα.
All day long the pot produced sandesa.
Όλη μέρα η γλάστρα παρήγαγε σαντέσα.
Gigantic jars were filled with sweet.
Γιγαντιαία βάζα ήταν γεμάτα με γλυκά.
And the jars were sent all over the country.
Και τα βάζα στάλθηκαν σε όλη τη χώρα.

The Brahman's wealth made the Zemindar jealous.
Ο πλούτος του Βράχμαν έκανε τους Ζεμιντάρ να ζηλέψουν.
In these days all villages had a Zemindar.
Εκείνες τις μέρες όλα τα χωριά είχαν ένα Ζεμιντάρ.
He had heard strange things about the sandesa.
Είχε ακούσει περίεργα πράγματα για τη σαντέσα.
He heard the dessert came from a magic pot.
Άκουσε ότι το επιδόρπιο προερχόταν από ένα μαγικό δοχείο.
So he devised a plan to get this pot.
Έτσι, κατέστρωσε ένα σχέδιο για να πάρει αυτή την κατσαρόλα.
His son was going to get married.
Ο γιος του επρόκειτο να παντρευτεί.
To celebrate there was a great feast.
Για να γιορτάσουν, υπήρχε ένα μεγάλο γλέντι.
Many hundreds of people were invited.
Προσκλήθηκαν εκατοντάδες άνθρωποι.

Mountain-loads of sandesa were required.

Απαιτούνταν βουνά-φορτία από σαντέσα.

The Zemindar made a proposal to the Brahman.

Ο Ζεμιντάρ έκανε μια πρόταση στον Βράχμαν.

"Bring the magical pot to my house"

«Φέρτε το μαγικό δοχείο στο σπίτι μου»

At first the Brahman refused to bring the pot.

Στην αρχή ο Βράχμαν αρνήθηκε να φέρει την κατσαρόλα.

But the Zemindar insisted.

Αλλά ο Ζεμιντάρ επέμενε.

"I will have hundreds of guests"

«Θα έχω εκατοντάδες καλεσμένους»

"I will need mountains of sandesa"

«Θα χρειαστώ βουνά από σαντέσα»

"More sandesa than you can carry"

"Περισσότερη σαντέσα από όση μπορείς να κουβαλήσεις"

"Bring the vessel to my house"

«Φέρε το δοχείο στο σπίτι μου»

"It will be easier for you and me"

«Θα είναι πιο εύκολο για εσένα και εμένα»

Eventually the Brahman agreed.

Τελικά ο Βραχμάνος συμφώνησε.

Himalayas of sandesa were shaken out.

Τα Ιμαλάια της Σαντέσα τινάχτηκαν έξω.

But the Zemindar got hold of the pot.

Αλλά ο Ζεμιντάρ πήρε την κατοχή της κατσαρόλας.

The Zemindar insulted the Brahman.

Ο Ζεμιντάρ προσέβαλε τον Βράχμαν.

And he chased him out of his house.

Και τον έδιωξε από το σπίτι του.

The Brahman didn't give vent to anger.

Ο Βράχμαν δεν έδωσε διέξοδο στον θυμό του.

Instead, he quietly went back to his house.

Αντ' αυτού, επέστρεψε ήσυχα στο σπίτι του.

He went to the private room.

Πήγε στο ιδιωτικό δωμάτιο.

And he took out the demon-pot.

Και έβγαλε το δαιμονικό δοχείο.
He came back to the Zemindar's house.
Επέστρεψε στο σπίτι των Ζεμιντάρ.
And he went to the door of the Zemindar.
Και πήγε στην πόρτα του Ζεμιντάρ.
He turned the pot upside down.
Γύρισε την κατσαρόλα ανάποδα.
And then shook the magical pot.
Και μετά κούνησε το μαγικό δοχείο.
A hundred demons fell out of the pot.
Εκατό δαίμονες έπεσαν από την κατσαρόλα.
The chaos was impossible to describe.
Το χάος ήταν αδύνατο να περιγραφεί.
The unearthly visitors flooded the party.
Οι απόκοσμοι επισκέπτες κατέκλυσαν το πάρτι.
They caught hundreds of the guests.
Έπιασαν εκατοντάδες από τους καλεσμένους.
And the demons beat them mercilessly.
Και οι δαίμονες τους χτυπούσαν αλύπητα.
The women were dragged by their hair.
Οι γυναίκες σύρονταν από τα μαλλιά τους.
The Zemindar was chased from room to room.
Ο Ζεμιντάρ κυνηγήθηκε από δωμάτιο σε δωμάτιο.
The demons' mischief was getting out of hand.
Η σκανταλιά των δαιμόνων ξέφευγε από τον έλεγχο.
Someone had to put an end to their mischief.
Κάποιος έπρεπε να βάλει ένα τέλος στην αταξία τους.
Else all the men would have been killed.
Αλλιώς όλοι οι άντρες θα είχαν σκοτωθεί.
And the house would have been torn to the ground.
Και το σπίτι θα είχε γκρεμιστεί μέχρι το έδαφος.
The Zemindar fell at the feet of the Brahman.
Ο Ζεμιντάρ έπεσε στα πόδια του Βράχμαν.
And he begged to be shown mercy.
Και παρακάλεσε να του δείξουν έλεος.
The Brahman showed him great mercy.
Ο Βράχμαν του έδειξε μεγάλο έλεος.

And he put the demons back in the pot.

Και έβαλε ξανά τους δαίμονες στην κατσαρόλα.

The Zemindar never disturbed the Brahman again.

Ο Ζεμιντάρ δεν ενόχλησε ποτέ ξανά τον Βράχμαν.

Nor was he disturbed by anyone else.

Ούτε τον ενοχλούσε κανένας άλλος.

And he lived for many happy years.

Και έζησε πολλά ευτυχισμένα χρόνια.

<h3 style="text-align:center">The Story of the Rakshasas</h3>

Η ιστορία των Ρακσάσα

There was once a poor dimwitted Brahman.

Υπήρχε κάποτε ένας φτωχός, χαζός Βραχμάνος.

This dimwitted man had a wife, but no children.

Αυτός ο χαζός άντρας είχε γυναίκα, αλλά όχι παιδιά.

But him not having children was probably for the best.

Αλλά το γεγονός ότι δεν έκανε παιδιά ήταν μάλλον για καλό.

Because he was barely able to meet his own needs.

Επειδή μόλις που μπορούσε να καλύψει τις δικές του ανάγκες.

And he could hardly supply enough for his wife.

Και μετά βίας μπορούσε να προσφέρει αρκετά για τη γυναίκα του.

But his dimwittedness was not even his biggest problem.

Αλλά η ηλιθιότητά του δεν ήταν καν το μεγαλύτερο πρόβλημά του.

This dimwitted man was also a rather lazy man!

Αυτός ο χαζός άντρας ήταν επίσης και μάλλον τεμπέλης!

He was averse to making any long journeys.

Ήταν αντίθετος σε οποιαδήποτε μακρινά ταξίδια.

Had he travelled further he might have had enough.

Αν είχε ταξιδέψει περισσότερο, ίσως να είχε χορτάσει.

He could have got presents from rich men.

Θα μπορούσε να πάρει δώρα από πλούσιους άντρες.

This would have enabled them to live comfortably.

Αυτό θα τους επέτρεπε να ζουν άνετα.

There was a great king in a neighbouring country.

Υπήρχε ένας μεγάλος βασιλιάς σε μια γειτονική χώρα.

The mother of the great king had just died.

Η μητέρα του μεγάλου βασιλιά μόλις είχε πεθάνει.

So this king was celebrating the funeral obsequies.

Έτσι, αυτός ο βασιλιάς γιόρταζε την νεκρώσιμη ακολουθία.

And the funeral was celebrated with great pomp.

Και η κηδεία εορτάστηκε με μεγάλη λαμπρότητα.

Brahmans and beggars were coming from faraway lands.

Βραχμάνοι και ζητιάνοι έρχονταν από μακρινές χώρες.

They all came expecting to receive rich presents.

Όλοι ήρθαν περιμένοντας να λάβουν πλούσια δώρα.

The Brahman's wife requested him to also go.

Η γυναίκα του Βραχμάνου τον παρακάλεσε να πάει κι αυτός.

"Seize this opportunity and get us a little money"

«Αδράξτε αυτή την ευκαιρία και κερδίστε μας λίγα χρήματα»

But his constitutional indolence stood in the way.

Αλλά η συνταγματική του αδράνεια στάθηκε εμπόδιο.

The woman, however, gave her husband no rest.

Η γυναίκα, ωστόσο, δεν άφησε τον άντρα της να ηρεμήσει.

Finally she extorted from him the promise.

Τελικά, του απέσπασε την υπόσχεση.

He promised his wife that he would go.

Υποσχέθηκε στη γυναίκα του ότι θα πήγαινε.

The good woman, accordingly, cut down a plantain tree.

Η καλή γυναίκα, κατά συνέπεια, έκοψε μια πλατάνα.

And she burnt the plantain tree to ashes.

Και έκαψε την πλατάνα σε στάχτη.

With the ashes she cleaned the clothes of her husband.

Με τις στάχτες καθάρισε τα ρούχα του συζύγου της.

And she made his clothes as white as any cleaner could.

Και έκανε τα ρούχα του τόσο άσπρα όσο θα μπορούσε οποιοσδήποτε καθαριστής.

Her husband was going to the palace of a great king.

Ο άντρας της πήγαινε στο παλάτι ενός μεγάλου βασιλιά.

The king could not be approached by men in rags.

Ο βασιλιάς δεν μπορούσε να πλησιαστεί από άντρες με κουρέλια.

Besides, Brahman are bound to appear neat and clean.

Εκτός αυτού, οι Βράχμαν είναι βέβαιο ότι θα φαίνονται τακτοποιημένοι και καθαροί.

At last, one morning the Brahman left his house.

Επιτέλους, ένα πρωί ο Βραχμάνος έφυγε από το σπίτι του.

And he made his way to the palace of the great king.
Και κατευθύνθηκε προς το παλάτι του μεγάλου βασιλιά.
I have already mentioned he was a dimwitted man.
Έχω ήδη αναφέρει ότι ήταν ένας ανόητος άνθρωπος.
He did not inquire which road he should take.
Δεν ρώτησε ποιον δρόμο έπρεπε να πάρει.
Instead, he walked on and on without directions.
Αντ' αυτού, περπατούσε ασταμάτητα χωρίς οδηγίες.
And he followed wherever his nose pointed him.
Και τον ακολουθούσε όπου τον έδειχνε η μύτη του.
I don't need to say he was not on the right road.
Δεν χρειάζεται να πω ότι δεν ήταν στον σωστό δρόμο.
The regions he wandered became less and less inhabited.
Οι περιοχές που περιπλανήθηκε γίνονταν όλο και λιγότερο
κατοικημένες.
Soon he met no human being for many miles.
Σύντομα δεν συνάντησε κανέναν άνθρωπο για πολλά
μίλια.
But there were many other things he saw there.
Αλλά υπήρχαν πολλά άλλα πράγματα που είδε εκεί.
Things he had never seen in all his life.
Πράγματα που δεν είχε ξαναδεί ποτέ στη ζωή του.
He saw hillocks of cowries on the roadside.
Είδε λόφους με καουρές στην άκρη του δρόμου.
Cowries were shells used as money in those times.
Τα κάουρι ήταν όστρακα που χρησιμοποιούνταν ως
χρήματα εκείνη την εποχή.
He kept going and saw hillocks of jewels.
Συνέχισε να προχωράει και είδε λόφους από πετράδια.
Next, he saw hillocks of four-anna pieces.
Στη συνέχεια, είδε λόφους από κομμάτια τεσσάρων άννων.
Further along were hillocks of eight-anna pieces.
Πιο πέρα υπήρχαν λόφοι από κομμάτια οκτώ άννα.
And further yet were hillocks of rupees.
Και ακόμα πιο πέρα υπήρχαν λόφοι από ρουπίες.
But the Brahman's surprise did not end there.
Αλλά η έκπληξη του Βραχμάνου δεν τελείωσε εκεί.

Next there was a hill of burnished gold-mohurs.

Δίπλα υπήρχε ένας λόφος από γυαλισμένα χρυσά μοχούρ.

The burnished gold-mohurs were shining brightly.

Τα γυαλισμένα χρυσά μοχούρ έλαμπαν έντονα.

Because the gold-mohurs had been freshly minted.

Επειδή τα χρυσά μοχούρ είχαν κοπεί πρόσφατα.

Close to the hill of gold-mohurs was a large house.

Κοντά στον λόφο των Χρυσών Μοχούρ υπήρχε ένα μεγάλο σπίτι.

The house looked like the palace of a powerful king.

Το σπίτι έμοιαζε με το παλάτι ενός ισχυρού βασιλιά.

At the door stood a lady of exquisite beauty.

Στην πόρτα στεκόταν μια κυρία εξαιρετικής ομορφιάς.

The lady, seeing the Brahman, said;

Η κυρία, βλέποντας τον Βραχμάνο, είπε:

"Come to me, my beloved husband"

«Έλα σε μένα, αγαπημένε μου σύζυγο»

"You married me when I was young"

«Με παντρεύτηκες όταν ήμουν μικρός»

"But you never came back after our marriage"

«Αλλά δεν γύρισες ποτέ μετά τον γάμο μας»

"Though I have been daily expecting you"

«Αν και σε περίμενα καθημερινά»

"Blessed be this day," said the lady.

«Ευλογημένη να είναι αυτή η μέρα», είπε η κυρία.

"On this day I see the face of my husband"

«Αυτή τη μέρα βλέπω το πρόσωπο του συζύγου μου»

"Come, my sweet, come in," she asked of him.

«Έλα, γλυκιά μου, έλα μέσα», τον ρώτησε.

"You must be fatigued from your long journey"

«Πρέπει να είσαι κουρασμένος από το μακρύ σου ταξίδι»

"Wash your feet and rest, and eat and drink"

«Πλύνε τα πόδια σου και ξεκουράσου, και φάε και πιες»

"And after that we shall make ourselves merry"

«Και μετά από αυτό θα κάνουμε τον εαυτό μας να χαρεί»

The Brahman was astonished beyond measure.

Ο Βραχμάνος έμεινε έκπληκτος αφάνταστα.

He had no recollection marrying twice.

Δεν θυμόταν να έχει παντρευτεί δύο φορές.

He remembered marrying the wife he left at home.

Θυμόταν ότι είχε παντρευτεί τη γυναίκα που άφησε στο σπίτι.

But he did not remember marrying this lady.

Αλλά δεν θυμόταν να έχει παντρευτεί αυτή την κυρία.

But he remembered that he was a Kulin Brahman.

Αλλά θυμόταν ότι ήταν ένας Κούλιν Μπράχμαν.

Perhaps his father got him married as a child.

Ίσως ο πατέρας του τον πάντρεψε όταν ήταν παιδί.

But what he thought did not matter much.

Αλλά αυτό που σκεφτόταν δεν είχε και τόση σημασία.

The woman was certain he was her husband.

Η γυναίκα ήταν σίγουρη ότι ήταν ο σύζυγός της.

And he had no reason to say he was not her husband.

Και δεν είχε κανένα λόγο να πει ότι δεν ήταν άντρας της.

Because her beauty was more than he could fathom.

Επειδή η ομορφιά της ήταν κάτι παραπάνω από όσο μπορούσε να φανταστεί.

As beautiful as the Goddesses of Indra's heaven.

Τόσο όμορφο όσο οι Θεές του ουρανού της Ίντρα.

And he was sure that she was wealthy too.

Και ήταν σίγουρος ότι ήταν κι αυτή πλούσια.

These thoughts went through the Brahman's mind.

Αυτές οι σκέψεις πέρασαν από το μυαλό του Βράχμαν.

But the lady interrupted his flow of thought.

Αλλά η κυρία διέκοψε τη ροή των σκέψεών του.

"Are you doubting whether I am your wife?"

«Αμφιβάλλεις αν είμαι γυναίκα σου;»

"Have you lost all memories of that happy event?

«Έχεις χάσει όλες τις αναμνήσεις από εκείνο το χαρούμενο γεγονός;»

"All the pomp and circumstance of our nuptials"

«Όλη η μεγαλοπρέπεια και οι περιστάσεις του γάμου μας»

"Come in, beloved; this is your house"

«Έλα μέσα, αγαπητέ/αγαπημένη μου, αυτό είναι το σπίτι σου»

"Because whatever is mine is thine also"

«Γιατί ό,τι είναι δικό μου, είναι και δικό σου»

The fair lady easily persuaded the Brahman.

Η όμορφη κυρία έπεισε εύκολα τον Βραχμάνο.

And he succumbed to her loving entreaties.

Και υπέκυψε στις στοργικές της παρακλήσεις.

And he went into the house of the lady.

Και μπήκε στο σπίτι της κυρίας.

The house was not an ordinary one.

Το σπίτι δεν ήταν συνηθισμένο.

The house was in fact a magnificent palace.

Το σπίτι ήταν στην πραγματικότητα ένα μεγαλοπρεπές παλάτι.

All the apartments were large and lofty.

Όλα τα διαμερίσματα ήταν μεγάλα και υπερυψωμένα.

Every room in the palace was richly furnished.

Κάθε δωμάτιο στο παλάτι ήταν πλούσια επιπλωμένο.

But one thing surprised the Brahman very much.

Αλλά ένα πράγμα εξέπληξε πολύ τον Βράχμαν.

There was no other person in all the house.

Δεν υπήρχε κανένας άλλος άνθρωπος σε όλο το σπίτι.

The only one there was the lady herself.

Η μόνη που ήταν εκεί ήταν η ίδια η κυρία.

He could not account for the strange phenomenon.

Δεν μπορούσε να εξηγήσει το παράξενο φαινόμενο.

They meet anyone on their walks either.

Συναντούν οποιονδήποτε στις βόλτες τους.

The fact was that the lady was not a human being.

Η αλήθεια ήταν ότι η κυρία δεν ήταν άνθρωπος.

What the lady really was was a Rakshasi.

Αυτό που πραγματικά ήταν η κυρία ήταν μια Ρακσάσι.

She had eaten up the king and queen.

Είχε φάει τον βασιλιά και τη βασίλισσα.

And she had eaten all the members of the royal family.

Και είχε φάει όλα τα μέλη της βασιλικής οικογένειας.

And gradually she had eaten their servants too.
Και σταδιακά είχε φάει και τους υπηρέτες τους.
This was why there were no humans far and wide.
Αυτός ήταν ο λόγος που δεν υπήρχαν άνθρωποι παντού.
The Rakshasi and the Brahman now lived together.
Ο Ρακσάσι και ο Βράχμαν ζούσαν τώρα μαζί.
After a week the former said to the latter;
Μετά από μια εβδομάδα ο πρώτος είπε στον δεύτερο:
"I am very anxious to see my sister"
«Ανυπομονώ πολύ να δω την αδερφή μου»
"As you know, my sister is your other wife"
«Όπως ξέρεις, η αδερφή μου είναι η άλλη σου γυναίκα »
"You must go and fetch my sister; your other wife"
«Πρέπει να πας να φέρεις την αδερφή μου, την άλλη σου
γυναίκα»
"Then we shall all live together happily"
«Τότε θα ζήσουμε όλοι μαζί ευτυχισμένοι»
"You must go to get her early tomorrow"
«Πρέπει να πας να την πάρεις νωρίς αύριο»
"I will give you clothes and jewels for her"
«Θα σου δώσω ρούχα και κοσμήματα για εκείνη»
Next morning the Brahman set out for his home.
Το επόμενο πρωί ο Βραχμάνος ξεκίνησε για το σπίτι του.
He was furnished with fine clothes.
Ήταν ντυμένος με ωραία ρούχα.
And he wore around his wrists costly ornaments.
Και φορούσε γύρω από τους καρπούς του ακριβά στολίδια.

The poor woman was in great distress.
Η καημένη γυναίκα βρισκόταν σε μεγάλη δυστυχία.
The funeral ceremony of the king's mother was over.
Η τελετή κηδείας της μητέρας του βασιλιά είχε τελειώσει.
All the Brahmans and Pandits had returned.
Όλοι οι Βραχμάνοι και οι Πάντιτ είχαν επιστρέψει.
And they were loaded with donations.
Και ήταν γεμάτα δωρεές.
But her husband had not returned.

Αλλά ο άντρας της δεν είχε επιστρέψει.

No one could give any news of him.

Κανείς δεν μπορούσε να δώσει νέα του.

Because no one had seen him there.

Επειδή κανείς δεν τον είχε δει εκεί.

The woman therefore could only come to one conclusion.

Η γυναίκα, επομένως, μπορούσε να καταλήξει μόνο σε ένα συμπέρασμα.

He must have been murdered on the road by highwaymen.

Πρέπει να δολοφονήθηκε στο δρόμο από ληστές.

She was in this terrible suspense.

Βρισκόταν σε αυτή την τρομερή αγωνία.

But then one day she heard some rumors.

Αλλά μια μέρα άκουσε κάποιες φήμες.

People in her village were talking about her husband.

Οι άνθρωποι στο χωριό της μιλούσαν για τον άντρα της.

They said they saw him coming back.

Είπαν ότι τον είδαν να επιστρέφει.

And they said he was dressed in fine clothes.

Και έλεγαν ότι ήταν ντυμένος με ωραία ρούχα.

And they said he had fine jewels for his wife.

Και έλεγαν ότι είχε ωραία κοσμήματα για τη γυναίκα του.

And sure enough the Brahman soon appeared.

Και όπως ήταν αναμενόμενο, ο Βράχμαν σύντομα εμφανίστηκε.

And he was carrying fine jewels for his wife.

Και κουβαλούσε ωραία κοσμήματα για τη γυναίκα του.

On seeing his wife the Brahman thus accosted her;

Βλέποντας τη γυναίκα του, ο Βραχμάνος την πλησίασε έτσι.

"Come with me, my dearest wife"

«Έλα μαζί μου, αγαπημένη μου γυναίκα»

"I have found my first wife"

«Βρήκα την πρώτη μου γυναίκα»

"She lives in a stately palace"

«Ζει σε ένα μεγαλοπρεπές παλάτι»

"Near her palace are hillocks of rupees"

«Κοντά στο παλάτι της υπάρχουν λόφοι από ρουπίες»
"And there is a large hill of gold-mohurs"
«Και υπάρχει ένας μεγάλος λόφος από χρυσά μουχούρ»
"Why should you pine away in wretchedness?"
«Γιατί να μαραζώνεις μέσα στην αθλιότητα;»
"Why would you stay in this horrible place?"
«Γιατί να μείνεις σε αυτό το απαίσιο μέρος;»
"Come with me to the house of my first wife"
«Έλα μαζί μου στο σπίτι της πρώτης μου γυναίκας»
"There we shall all live together happily"
«Εκεί θα ζήσουμε όλοι μαζί ευτυχισμένοι»
At first, she thought her half-witted man had gone mad.
Στην αρχή, νόμιζε ότι ο ημίψυχος άντρας της είχε τρελαθεί.
She could not imagine the hillocks of rupees.
Δεν μπορούσε να φανταστεί τους λόφους από ρουπίες.
And she could not imagine a hill of gold-mohurs.
Και δεν μπορούσε να φανταστεί έναν λόφο από χρυσά μοχούρ.
But then she saw how he was beautifully dressed.
Αλλά τότε είδε πόσο όμορφα ήταν ντυμένος.
Beautiful clothes of exquisite silks and satins.
Όμορφα ρούχα από εξαιρετικά μετάξια και σατέν.
Ornaments set with diamonds and precious stones.
Στολίδια με διαμάντια και πολύτιμους λίθους.
Clothes fit for the queen of the land.
Ρούχα κατάλληλα για τη βασίλισσα της γης.
Clothes only princesses were in the habit of putting on.
Ρούχα που μόνο οι πριγκίπισσες είχαν τη συνήθεια να φορούν.
She concluded in her mind that something was amiss:
Κατέληξε στο συμπέρασμα ότι κάτι δεν πήγαινε καλά:
Her stupid husband must have been tricked.
Ο ηλίθιος σύζυγός της πρέπει να τον εξαπάτησαν.
He must have fallen into the meshes of a Rakshasi.
Πρέπει να έπεσε στα δίχτυα ενός Ρακσάσι.
The Brahman, however, insisted his wife went with him.

Ο Βραχμάνος, ωστόσο, επέμεινε να πάει μαζί του και η γυναίκα του.

"Feel free to stay here and pine away in poverty"

«Μείνετε ελεύθεροι εδώ και μαραζώνετε στη φτώχεια»

"As for me, I will return to the palace of my first wife"

«Όσο για μένα, θα επιστρέψω στο παλάτι της πρώτης μου γυναίκας»

The good woman did her best to stop her husband.

Η καλή γυναίκα έκανε ό,τι μπορούσε για να σταματήσει τον άντρα της.

But in the end she resolved to go with him.

Αλλά στο τέλος αποφάσισε να πάει μαζί του.

Perhaps she could judge the matter better at the palace.

Ίσως θα μπορούσε να κρίνει το ζήτημα καλύτερα στο παλάτι.

They set out accordingly the next morning.

Ξεκίνησαν αναλόγως το επόμενο πρωί.

They went the same road the Brahman had travelled.

Ακολούθησαν τον ίδιο δρόμο που είχε ακολουθήσει ο Βραχμάνος.

The woman was not a little surprised by what she saw.

Η γυναίκα δεν εξεπλάγη και πολύ από αυτό που είδε.

She saw the hillocks of cowries and of jewels.

Είδε τους λόφους με τα καουρές και τα πετράδια.

And she saw hillocks of eight-anna pieces.

Και είδε λόφους από κομμάτια οκτώ άννα.

And she saw the hillocks of rupees too.

Και είδε επίσης τους λόφους με τις ρουπίες.

And last of all she saw a lofty hill of gold-mohurs.

Και τελευταίο από όλα είδε έναν ψηλό λόφο από χρυσά μοχούρ.

She saw also an exceedingly beautiful lady.

Είδε επίσης μια εξαιρετικά όμορφη κυρία.

The lady of the palace was hastening towards her.

Η κυρία του παλατιού έτρεχε προς το μέρος της.

The lady fell on the neck of the Brahman woman.

Η κυρία έπεσε στον λαιμό της γυναίκας Βραχμάνα.
And she wept tears of joy, and said:
Και έκλαψε με δάκρυα χαράς και είπε:
"Welcome, beloved sister!"
«Καλώς ήρθες, αγαπημένη μου αδερφή!»
"This is the happiest day of my life!"
«Αυτή είναι η πιο ευτυχισμένη μέρα της ζωής μου!»
"I see the face of my dearest sister again!"
«Βλέπω ξανά το πρόσωπο της αγαπημένης μου αδερφής!»
The husband and his two wives entered the palace.
Ο σύζυγος και οι δύο γυναίκες του μπήκαν στο παλάτι.
Now he was lodged in a stately mansion.
Τώρα διέμενε σε μια μεγαλοπρεπή έπαυλη.
The most delectable food appeared, as if by enchantment.
Το πιο λαχταριστό φαγητό εμφανίστηκε, σαν από μαγεία.
He was caressed and endeared by his two wives.
Τον χάιδευαν και τον αγαπούσαν οι δύο γυναίκες του.
Both wives did their best to make him happy.
Και οι δύο σύζυγοι έκαναν ό,τι μπορούσαν για να τον
κάνουν ευτυχισμένο.
Both wives did their best to make him comfortable.
Και οι δύο σύζυγοι έκαναν ό,τι μπορούσαν για να τον
κάνουν να νιώσει άνετα.
His two wives were competing for his love.
Οι δύο γυναίκες του ανταγωνίζονταν για την αγάπη του.
The Brahman had a jolly time of it.
Ο Βράχμαν το πέρασε πολύ καλά.
He was steeped in an ocean of enjoyment.
Ήταν βυθισμένος σε έναν ωκεανό απόλαυσης.
The Brahman lived in this state of Elysian pleasure.
Ο Βράχμαν ζούσε σε αυτή την κατάσταση Ηλυσιακής
απόλαυσης.
Some fifteen or sixteen years he spent this way.
Πέρασε έτσι περίπου δεκαπέντε ή δεκαέξι χρόνια.
**During this time his two wives presented him with two
sons.**

Κατά τη διάρκεια αυτής της περιόδου, οι δύο γυναίκες του
τού χάρισαν δύο γιους.

The Rakshasi's son was the elder.

Ο γιος του Ρακσάσι ήταν ο μεγαλύτερος.

He looked more like a god than a human being.

Έμοιαζε περισσότερο με θεό παρά με άνθρωπο.

He was named Sahasra-Dal.

Ονομάστηκε Σαχάσρα-Νταλ.

His name meant the thousand-branched.

Το όνομά του σήμαινε αυτός με τα χιλιάδες κλαδιά.

The son of the Brahman woman was a year younger.

Ο γιος της γυναίκας Βραχμάνα ήταν ένα χρόνο νεότερος.

He was named Champa-Dal

Ονομάστηκε Τσάμπα-Νταλ

His name meant the branch of a champaka tree.

Το όνομά του σήμαινε το κλαδί ενός δέντρου τσαμπάκα.

The two brothers loved each other dearly.

Τα δύο αδέρφια αγαπούσαν ο ένας τον άλλον πολύ.

They were both sent to the same school.

Και οι δύο στάλθηκαν στο ίδιο σχολείο.

The school was several miles distant from the palace.

Το σχολείο βρισκόταν αρκετά μίλια μακριά από το παλάτι.

Every day they rode their two little ponies to school.

Κάθε μέρα πήγαιναν καβάλα στα δύο μικρά τους πόνυ στο
σχολείο.

The Brahman woman had always been suspicious.

Η γυναίκα Βραχμάνα ήταν πάντα καχύποπτη.

A thousand little circumstances gave her clues.

Χίλιες μικρές περιστάσεις της έδωσαν ενδείξεις.

She knew her sister-in-law was not a human being.

Ήξερε ότι η κουνιάδα της δεν ήταν άνθρωπος.

She was sure her sister-in-law was a Rakshasi.

Ήταν σίγουρη ότι η κουνιάδα της ήταν Ρακσάσι.

But her suspicion had not yet ripened into certainty.

Αλλά η υποψία της δεν είχε ακόμη ωριμάσει και γίνει
βεβαιότητα.

Because the Rakshasi exercised great self-restraint.

Επειδή ο Ρακσάσι επέδειξε μεγάλη αυτοσυγκράτηση.
She never did anything which human beings did not do.
Δεν έκανε ποτέ τίποτα που δεν έκαναν οι άνθρωποι.
But she couldn't hide her demonic nature forever.
Αλλά δεν μπορούσε να κρύψει για πάντα τη δαιμονική της φύση.
Her demonic nature was eventually going to reveal itself.
Η δαιμονική της φύση τελικά επρόκειτο να αποκαλυφθεί.

The Brahman had little to keep him busy.
Ο Βράχμαν δεν είχε πολλά να τον απασχολήσουν.
In order to pass his time he went hunting.
Για να περάσει την ώρα του πήγαινε για κυνήγι.
The first day he returned with an antelope.
Την πρώτη μέρα επέστρεψε με μια αντιλόπη.
The antelope was laid in the courtyard of the palace.
Η αντιλόπη τοποθετήθηκε στην αυλή του παλατιού.
The Rakshasi saw the antelope with great interest.
Ο Ρακσάσι είδε την αντιλόπη με μεγάλο ενδιαφέρον.
At the sight of the raw meat her mouth began to water.
Στη θέα του ωμού κρέατος το στόμα της άρχισε να δάκρυσε.
The antelope was never taken to the kitchen.
Η αντιλόπη δεν μεταφέρθηκε ποτέ στην κουζίνα.
Instead, the Rakshasi took the antelope to another room.
Αντ' αυτού, ο Ρακσάσι πήρε την αντιλόπη σε ένα άλλο δωμάτιο.
In this room she began devouring the antelope.
Σε αυτό το δωμάτιο άρχισε να καταβροχθίζει την αντιλόπη.
The Brahman woman saw everything from a secret room.
Η γυναίκα Βραχμάνα έβλεπε τα πάντα από ένα μυστικό δωμάτιο.
Her Rakshasi sister tore a leg off the antelope.
Η αδερφή της, Ρακσάσι, έσκισε ένα πόδι από την αντιλόπη.
She saw how she opened her tremendous jaw.
Είδε πώς άνοιξε το τεράστιο σαγόνι της.
And in one mouthful she swallowed up the leg.

Και με μια μπουκιά κατάπιε το πόδι.

The other limbs were devoured in the same manner.

Τα άλλα άκρα καταβροχθίστηκαν με τον ίδιο τρόπο.

And opening her jaw even further, she swallowed the body.

Και ανοίγοντας το σαγόνι της ακόμα περισσότερο, κατάπιε το σώμα.

Only a little bit of the meat was kept for the kitchen.

Μόνο ένα μικρό κομμάτι κρέατος κρατήθηκε για την κουζίνα.

On the second day the Brahman caught another antelope.

Τη δεύτερη μέρα ο Βραχμάνος έπιασε άλλη μια αντιλόπη.

On the third day the Brahman caught another antelope.

Την τρίτη μέρα ο Βραχμάνος έπιασε άλλη μια αντιλόπη.

The Rakshasi was unable to restrain her appetite.

Η Ρακσάσι δεν μπόρεσε να συγκρατήσει την όρεξή της.

The raw flesh brought out her demonic nature.

Η ωμή σάρκα έφερε στην επιφάνεια τη δαιμονική της φύση.

And she devoured each antelope like the last.

Και καταβρόχθισε κάθε αντιλόπη όπως την προηγούμενη.

On the third day the Brahman woman expressed her surprise.

Την τρίτη μέρα η γυναίκα Βραχμάνα εξέφρασε την έκπληξή της.

"Nearly three whole antelopes have disappeared"

«Σχεδόν τρεις ολόκληρες αντιλόπες έχουν εξαφανιστεί»

"All that is left is a little bit of meat"

«Το μόνο που έμεινε είναι λίγο κρέας»

The Rakshasi did not appreciate the accusation.

Ο Ρακσάσι δεν εκτίμησε την κατηγορία.

"Do I eat raw flesh?" she asked fiercely.

«Τρώω ωμό κρέας;» ρώτησε έντονα.

"Perhaps you do eat raw flesh," replied the Brahman woman.

«Ίσως τρως ωμή σάρκα», απάντησε η γυναίκα Βραχμάνα.

"I have nothing to prove the contrary"

«Δεν έχω τίποτα να αποδείξω το αντίθετο»

The Rakshasi knew she had been discovered.

Η Ρακσάσι ήξερε ότι την είχαν ανακαλύψει.

Her eyes became even fiercer than before.

Τα μάτια της έγιναν ακόμα πιο άγρια από πριν.

And she vowed to get her revenge.

Και ορκίστηκε να πάρει εκδίκηση.

The Brahman woman concluded her fate was sealed.

Η γυναίκα Βράχμαν κατέληξε στο συμπέρασμα ότι η μοίρα της ήταν σφραγισμένη.

She thought her husband would meet the same fate.

Πίστευε ότι ο άντρας της θα είχε την ίδια μοίρα.

She did not expect her son to be spared either.

Δεν περίμενε ούτε ο γιος της να γλιτώσει.

That night she hardly slept at all.

Εκείνο το βράδυ δεν κοιμήθηκε σχεδόν καθόλου.

The Rakshasi had prevented her from seeing her husband.

Ο Ρακσάσι την είχε εμποδίσει να δει τον άντρα της.

Early next morning Champa-Dal went to school.

Νωρίς το επόμενο πρωί ο Τσάμπα-Νταλ πήγε στο σχολείο.

Before he went to school she gave her son a golden bottle.

Πριν πάει στο σχολείο, έδωσε στον γιο της ένα χρυσό μπουκάλι.

In the golden bottle was her own breast milk.

Στο χρυσό μπιμπερό βρισκόταν το δικό της μητρικό γάλα.

"Carefully watch the colour of the milk"

«Παρακολουθήστε προσεκτικά το χρώμα του γάλακτος»

"If the milk turns red, your father has been killed"

«Αν το γάλα γίνει κόκκινο, ο πατέρας σου σκοτώθηκε»

"If the milk turns redder, then I have been killed"

«Αν το γάλα γίνει πιο κόκκινο, τότε έχω πεθάνει»

"If the milk turns red you must gallop away"

«Αν το γάλα γίνει κόκκινο, πρέπει να φύγεις καλπάζοντας»

"Gallop as fast as your horse can carry you"

«Κάλπασε όσο πιο γρήγορα μπορεί να σε κουβαλήσει το άλογό σου»

"If you do not run away, you will be devoured"

«Αν δεν φύγεις τρέχοντας, θα σε καταβροχθίσουν»
That morning the Rakshasi made a suggestion to her husband.
Εκείνο το πρωί η Ρακσάσι έκανε μια πρόταση στον άντρα της.
"Let us bathe in the river this morning"
«Ας κάνουμε μπάνιο στο ποτάμι σήμερα το πρωί»
She would not take no for an answer.
Δεν θα δεχόταν όχι ως απάντηση.
The river was some distance from the palace.
Το ποτάμι βρισκόταν σε κάποια απόσταση από το παλάτι.
The Brahman followed her as meekly as a lamb.
Ο Βράχμαν την ακολούθησε ταπεινά σαν αρνί.
The Brahman woman saw that her doom was near.
Η γυναίκα Βραχμάνα είδε ότι η καταστροφή της ήταν κοντά.
But it was beyond her power to avert the catastrophe.
Αλλά ήταν πέρα από τις δυνάμεις της να αποτρέψει την καταστροφή.
The Brahman and the Rakshasi did indeed reach the river.
Ο Βράχμαν και ο Ρακσάσι όντως έφτασαν στο ποτάμι.
Soon after the Rakshasi changed into her real dimensions.
Λίγο αργότερα η Ρακσάσι άλλαξε στις πραγματικές της διαστάσεις.
She tore the Brahman limb from limb.
Ξέσκισε το ένα άκρο του Βράχμαν από το άλλο.
She devoured him like she had devoured the antelope.
Τον καταβρόχθισε όπως είχε καταβροχθίσει την αντιλόπη.
Then she ran back to her palace.
Έπειτα έτρεξε πίσω στο παλάτι της.
The wife's fate was the same as the Brahman's.
Η μοίρα της συζύγου ήταν η ίδια με του Βραχμάνου.

Young Champ Dal had done as his mother instructed.
Ο νεαρός Πρωταθλητής Νταλ είχε κάνει ό,τι του είχε πει η μητέρα του.
He was diligently observing the golden bottle.

Παρατηρούσε επιμελώς το χρυσό μπουκάλι.

He paid special attention to the colour of the milk.

Έδωσε ιδιαίτερη προσοχή στο χρώμα του γάλακτος.

He was horror-struck to find the milk redden a little.

Έπαθε τρόμο όταν διαπίστωσε ότι το γάλα είχε κοκκινίσει λίγο.

"My father has been killed," he cried.

«Ο πατέρας μου σκοτώθηκε», φώναξε.

Soon after the milk completely reddened.

Λίγο αργότερα το γάλα κοκκίνισε εντελώς.

"Now my mother has been killed too," he cried.

«Τώρα σκοτώθηκε και η μητέρα μου», φώναξε.

Quickly he rushed to mount his pony.

Γρήγορα έτρεξε να καβαλήσει το πόνι του.

His half-brother, Sahasra-Dal, was surprised.

Ο ετεροθαλής αδελφός του, Σαχάσρα-Νταλ, έμεινε έκπληκτος.

"Where are you going, Champa?"

«Πού πας, Τσάμπα;»

"Why are you crying, brother?"

«Γιατί κλαις, αδερφέ;»

"Let me accompany you to wherever you are going"

«Άσε με να σε συνοδεύσω όπου κι αν πας»

But Champa-Dal now feared his brother.

Αλλά ο Τσάμπα-Νταλ φοβόταν τώρα τον αδερφό του.

"Oh! do not come to me," he objected.

«Ω! μην έρχεσαι σε μένα», διαμαρτυρήθηκε.

"Your mother has devoured my father and mother"

«Η μητέρα σου καταβρόχθισε τον πατέρα και τη μητέρα μου»

"Don't you come and devour me"

«Μην έρθεις να με καταβροχθίσεις»

"I will not devour you," he promised his brother.

«Δεν θα σε καταβροχθίσω», υποσχέθηκε στον αδερφό του.

"I'll save you," he promised his brother.

«Θα σε σώσω», υποσχέθηκε στον αδερφό του.

And he galloped after his brother, Champa-Dal.

Και καλπάζοντας ακολούθησε τον αδελφό του, τον
Τσάμπα-Νταλ.

Soon his mother, the Rakshasi, appeared at a distance.

Σύντομα η μητέρα του, η Ρακσάσι, εμφανίστηκε από
μακριά.

She demanded Champa-Dal to come to her.

Απαίτησε τον Τσάμπα-Νταλ να έρθει σε αυτήν.

But Champa-Dal knew better than to go to the Rakshasi.

Αλλά ο Τσάμπα-Νταλ ήξερε ότι δεν έπρεπε να πάει στο
Ρακσάσι.

"Champa-Dal will not come to you, but I will"

«Ο Τσάμπα-Νταλ δεν θα έρθει σε εσένα, αλλά εγώ θα
έρθω»

And instead, Sahasra-Dal went to his mother.

Και αντ' αυτού, ο Σαχάσρα-Νταλ πήγε στη μητέρα του.

The young prince always carried a sword with him.

Ο νεαρός πρίγκιπας κουβαλούσε πάντα μαζί του ένα
σπαθί.

With his sword he cut off his mother's head.

Με το σπαθί του έκοψε το κεφάλι της μητέρας του.

Champa-Dal had not stayed to witness this.

Ο Τσάμπα-Νταλ δεν είχε μείνει για να το δει αυτό.

He had galloped off as far as his pony could carry him.

Είχε καλπάσει όσο πιο μακριά μπορούσε να τον μεταφέρει
το πόνυ του.

Because he was running for his life.

Επειδή έτρεχε για τη ζωή του.

But Sahasra-Dal soon caught up with his brother.

Αλλά ο Σαχάσρα-Νταλ σύντομα πρόλαβε τον αδερφό του.

And he told him that his mother was no more.

Και του είπε ότι η μητέρα του δεν υπήρχε πια.

This was small consolation to Champa-Dal.

Αυτή ήταν μια μικρή παρηγοριά για τον Τσάμπα-Νταλ.

The Rakshasi had already devoured both his parents.

Ο Ρακσάσι είχε ήδη καταβροχθίσει και τους δύο γονείς του.

But he could still not trust Sahasra-Dal's friendship.

Αλλά ακόμα δεν μπορούσε να εμπιστευτεί τη φιλία της Σαχάσρα-Νταλ.

They both rode as fast as their horses could carry them.

Και οι δύο ίππευαν όσο πιο γρήγορα μπορούσαν να τους μεταφέρουν τα άλογά τους.

And their horses could carry them very far.

Και τα άλογά τους μπορούσαν να τους μεταφέρουν πολύ μακριά.

Because their horses were Pakshirajes horses.

Επειδή τα άλογά τους ήταν άλογα Pakshiraje.

Pakshirajes horses are the kings of birds.

Τα άλογα Pakshiraje είναι οι βασιλιάδες των πουλιών.

On their horses they travelled over hundreds of miles.

Πάνω στα άλογά τους ταξίδεψαν εκατοντάδες μίλια.

An hour or two before sundown they reached a village.

Μία ή δύο ώρες πριν από τη δύση του ηλίου έφτασαν σε ένα χωριό.

Here they became the guests of a respectable family.

Εδώ έγιναν φιλοξενούμενοι μιας αξιοσέβαστης οικογένειας.

But the two brothers saw the family was in gloom.

Αλλά τα δύο αδέρφια είδαν ότι η οικογένεια ήταν καταθλιμμένη.

Something was agitating the family very much.

Κάτι ανησυχούσε πολύ την οικογένεια.

Some of the family held private consultations.

Μερικά μέλη της οικογένειας είχαν ιδιωτικές διαβουλεύσεις.

And others in the family were weeping.

Και άλλοι στην οικογένεια έκλαιγαν.

The mother was the eldest lady in the house.

Η μητέρα ήταν η μεγαλύτερη γυναίκα στο σπίτι.

"I will go, as I am the eldest," she said.

«Θα πάω, επειδή είμαι η μεγαλύτερη», είπε.

"I have lived long enough"

«Έχω ζήσει αρκετά»

"At most my life would be cut short by a year or two"

«Το πολύ-πολύ η ζωή μου θα κοπεί κατά ένα ή δύο χρόνια»
The youngest member of the house was a little girl.
Το νεότερο μέλος του σπιτιού ήταν ένα κοριτσάκι.
"I will go, as I am young," she said.
«Θα πάω, επειδή είμαι νέα», είπε.
"I am useless to the family"
«Είμαι άχρηστος για την οικογένεια»
"If I die, I shall not be missed"
«Αν πεθάνω, δεν θα μας λείψει κανείς»
The head of the house was the son of the old lady.
Ο αρχηγός του σπιτιού ήταν ο γιος της ηλικιωμένης κυρίας.
"I am the representative of the family," he said.
«Είμαι ο εκπρόσωπος της οικογένειας», είπε.
"It is but reasonable that I should give up my life"
«Είναι λογικό να θυσιάσω τη ζωή μου»
He also had a younger brother.
Είχε επίσης έναν μικρότερο αδερφό.
"You are the pillar of the family," he said.
«Είσαι ο πυλώνας της οικογένειας», είπε.
"If you go the whole family is ruined"
«Αν φύγεις, όλη η οικογένεια θα καταστραφεί»
"It is not reasonable that you should go"
«Δεν είναι λογικό να πας»
"I will go, as I shall not be much missed"
«Θα πάω, γιατί δεν θα μας λείψω πολύ»
The two strangers listened to all this conversation.
Οι δύο ξένοι άκουγαν όλη αυτή τη συζήτηση.
You can imagine their curiosity was not little.
Μπορείτε να φανταστείτε ότι η περιέργειά τους δεν ήταν μικρή.
They wondered what the discussion could be about.
Αναρωτήθηκαν για ποιο θέμα θα μπορούσε να γίνει η συζήτηση.
Sahasra-Dal took the risk of being thought meddlesome.
Η Σαχάσρα-Νταλ ρίσκαρε να θεωρηθεί περίεργη.
"What is the subject of your consultations?"
«Ποιο είναι το θέμα των διαβουλεύσεών σας;»

"What is the reason for your deep miserable?"
«Ποιος είναι ο λόγος για τη βαθιά σου δυστυχία;»
"Why are your words full of countenances?"
«Γιατί τα λόγια σου είναι γεμάτα από εκφράσεις προσώπου;»
The head of the house gave the following answer.
Ο αρχηγός του σπιτιού έδωσε την ακόλουθη απάντηση.
"There is something you must know, me worthy guests"
«Υπάρχει κάτι που πρέπει να ξέρετε, άξιοι επισκέπτες μου»
"These lands are infested by a terrible Rakshasi"
«Αυτές οι εκτάσεις είναι μολυσμένες από ένα τρομερό Ρακσάσι»
"This Rakshasi has depopulated all the regions here"
«Αυτός ο Ρακσάσι έχει ερημώσει όλες τις περιοχές εδώ»
"This town, too, would have been depopulated"
«Και αυτή η πόλη θα είχε ερημώσει»
"But that our king became suppliant to the Rakshasi"
«Αλλά ότι ο βασιλιάς μας έγινε ικέτης στον Ρακσάσι»
"He begged her to show mercy to us his people"
«Την παρακάλεσε να δείξει έλεος σε εμάς τον λαό του»
The Rakshasi replied to the king.
Ο Ρακσάσι απάντησε στον βασιλιά.
"I will consent to show mercy to your subjects"
«Θα συμφωνήσω να δείξω έλεος στους υπηκόους σας»
"But there is one condition for my mercy"
«Αλλά υπάρχει ένας όρος για το έλεός μου»
"Every night I demand one human being"
«Κάθε βράδυ απαιτώ έναν άνθρωπο»
"I don't mind if it is a male or a female"
«Δεν με πειράζει αν είναι άντρας ή γυναίκα»
"Put the human being in a temple for me to feast"
«Βάλε τον άνθρωπο σε ναό για να γιορτάσω»
"If I get a human being every night, I will rest satisfied"
«Αν έχω έναν άνθρωπο κάθε βράδυ, θα κοιμάμαι ικανοποιημένος»
"Promise me this and I will commit no further depredations"

«Υπόσχεσέ μου αυτό και δεν θα διαπράξω άλλες λεηλασίες»

"Your subjects will be spared from my ravenous hunger"

«Οι υπήκοοί σας θα γλιτώσουν από την αδηφάγα πείνα μου»

"Our king had no other alternative than to agree"

«Ο βασιλιάς μας δεν είχε άλλη επιλογή από το να συμφωνήσει»

"What human can ever hope to contend against a Rakshasi?"

«Ποιος άνθρωπος μπορεί ποτέ να ελπίζει ότι θα αντιμετωπίσει έναν Ρακσάσι;»

"From that day the king made a new law"

«Από εκείνη την ημέρα ο βασιλιάς θέσπισε έναν νέο νόμο»

"Every family has to send one member to the temple"

«Κάθε οικογένεια πρέπει να στείλει ένα μέλος στον ναό»

"To appease the wrath of the terrible Rakshasi"

«Για να κατευνάσει την οργή του τρομερού Ρακσάσι»

"To satisfy the endless hunger of the Rakshasi"

«Για να ικανοποιήσω την ατελείωτη πείνα του Ρακσάσι»

"All the families in this neighbourhood have had their turn"

«Όλες οι οικογένειες σε αυτή τη γειτονιά είχαν τη σειρά τους»

"This night it is the turn of our family"

«Απόψε είναι η σειρά της οικογένειάς μας»

"One of us is to devote ourself to destruction"

«Ένας από εμάς είναι να αφιερωθεί στην καταστροφή»

"We are therefore discussing who should go to the Rakshasi"

«Συζητάμε, λοιπόν, ποιος πρέπει να πάει στο Ρακσάσι»

"You can now perceive the cause of our distress"

«Τώρα μπορείτε να αντιληφθείτε την αιτία της δυστυχίας μας»

The two friends consulted together for a few minutes.

Οι δύο φίλοι συσκέφθηκαν για λίγα λεπτά.

After this time they concluded their consultation.

Μετά από αυτό το διάστημα ολοκλήρωσαν τη συμβουλευτική τους διαδικασία.

Sahasra-Dal was the spokesman for the brothers.
Ο Σαχάσρα-Νταλ ήταν ο εκπρόσωπος των αδελφών.
"Most worthy host, do not any longer be sad"
«Αξιότατε οικοδεσπότη, μην είσαι πλέον λυπημένος»
"You have been very kind to us"
«Ήσασταν πολύ ευγενικοί μαζί μας»
"We have resolved to requite your hospitality"
«Αποφασίσαμε να ανταποδώσουμε τη φιλοξενία σας»
"We will go to the temple instead of you"
«Θα πάμε εμείς στον ναό αντί για εσάς»
"We shall go as your representatives"
«Θα πάμε ως εκπρόσωποί σας»
"We will become the food of the Rakshasi"
«Θα γίνουμε το φαγητό του Ρακσάσι»
The whole family protested against the proposal.
Όλη η οικογένεια διαμαρτυρήθηκε κατά της πρότασης.
They declared that guests were like gods.
Δήλωσαν ότι οι επισκέπτες ήταν σαν θεοί.
"The host must ensure the comfort of the guests"
«Ο οικοδεσπότης πρέπει να διασφαλίζει την άνεση των
επισκεπτών»
"The guests must not suffer for the host"
«Οι φιλοξενούμενοι δεν πρέπει να υποφέρουν για τον
οικοδεσπότη»
But the two strangers could not be persuaded.
Αλλά οι δύο ξένοι δεν μπορούσαν να πειστούν.
"We will stand as proxies for your family"
«Θα σταθούμε ως πληρεξούσιοι της οικογένειάς σας»
There was a great deal of objection to the proposal.
Υπήρξαν πολλές αντιρρήσεις για την πρόταση.
But eventually the guests persuaded their hosts.
Αλλά τελικά οι φιλοξενούμενοι έπεισαν τους οικοδεσπότες
τους.
Finally the hosts consented to the arrangement.
Τελικά, οι οικοδεσπότες συμφώνησαν με τη διευθέτηση.

Sahasra-Dal and Champa-Dal rode off on their horses.

Οι Σαχάσρα-Νταλ και Τσάμπα-Νταλ έφυγαν καβάλα στα άλογά τους.

Immediately after candle light they reached the temple.

Αμέσως μετά το φως των κεριών έφτασαν στον ναό.

They went into the temple, and shut the door.

Μπήκαν στον ναό και έκλεισαν την πόρτα.

Sahasra told his brother to go to sleep.

Ο Σαχάσρα είπε στον αδερφό του να πάει για ύπνο.

"I will guard over your sleep"

«Θα προσέχω τον ύπνο σου»

"I will watch out for the terrible Rakshasi"

«Θα προσέχω τον απαίσιο Ρακσάσι»

Champa was soon in a fine sleep.

Ο Τσάμπα σύντομα κοιμήθηκε καλά.

Sahasra lay awake, waiting for the Rakshasi.

Ο Σαχάσρα έμεινε ξύπνιος, περιμένοντας τον Ρακσάσι.

Nothing happened during the early hours of the night.

Δεν συνέβη τίποτα τις πρώτες πρωινές ώρες της νύχτας.

But then the gong of the king's bell sounded.

Αλλά τότε ακούστηκε το γκονγκ της καμπάνας του βασιλιά.

It was midnight, the dead hour of the night.

Ήταν μεσάνυχτα, η νεκρή ώρα της νύχτας.

Sahasra heard the sound as of a rushing tempest.

Η Σαχάσρα άκουσε τον ήχο σαν από ορμητική καταιγίδα.

He used the knowledge he had of Rakshasas.

Χρησιμοποίησε τη γνώση που είχε για τους Ρακσάσα.

He concluded the Rakshasi was nigh.

Κατέληξε στο συμπέρασμα ότι το Ρακσάσι ήταν κοντά.

A thundering knock was heard at the door.

Ένα βροντερό χτύπημα ακούστηκε στην πόρτα.

The following words accompanied the knock at the door:

Τα ακόλουθα λόγια συνόδευσαν το χτύπημα στην πόρτα:

"How, mow, khow! A human being I smell"

«Πώς, κόβω, κόβω! Έναν άνθρωπο μυρίζω»

"Who keeps guard inside this temple?"

«Ποιος φυλάει φρουρά μέσα σε αυτόν τον ναό;»

To this question Sahasra-Dal made the following reply:

Σε αυτή την ερώτηση, ο Sahasra-Dal έδωσε την ακόλουθη απάντηση:

"Sahasra-Dal keeps guard inside this temple"

«Η Σαχάσρα-Νταλ φρουρεί μέσα σε αυτόν τον ναό»

"Champa-Dal keeps guard inside this temple"

«Ο Champa-Dal φρουρεί μέσα σε αυτόν τον ναό»

"Two winged horses keep guard inside this temple"

«Δύο φτερωτά άλογα φρουρούν μέσα σε αυτόν τον ναό»

Rakshasa blood flowed through Sahasra-Dal's veins.

Το αίμα του Ρακσάσα κυλούσε στις φλέβες της Σαχάσρα-Νταλ.

The Rakshasi knew Sahasra-Dal was not human.

Οι Ρακσάσι γνώριζαν ότι ο Σαχάσρα-Νταλ δεν ήταν άνθρωπος.

And so the Rakshasi turned away with a groan.

Και έτσι ο Ρακσάσι γύρισε μακριά με ένα βογκητό.

After an hour the Rakshasi returned to the temple.

Μετά από μία ώρα ο Ρακσάσι επέστρεψε στον ναό.

The Rakshasi thundered at the door again.

Ο Ρακσάσι χτύπησε ξανά με βροντή την πόρτα.

"How, mow, khow! A human being I smell"

«Πώς, κόβω, κόβω! Έναν άνθρωπο μυρίζω»

"Who keeps guard inside this temple?"

«Ποιος φυλάει φρουρά μέσα σε αυτόν τον ναό;»

To this question Sahasra-Dal again replied:

Σε αυτή την ερώτηση, η Σαχάσρα-Νταλ απάντησε ξανά:

"Sahasra-Dal keeps guard inside this temple"

«Η Σαχάσρα-Νταλ φρουρεί μέσα σε αυτόν τον ναό»

"Champa-Dal keeps guard inside this temple"

«Ο Champa-Dal φρουρεί μέσα σε αυτόν τον ναό»

"Two winged horses keep guard inside this temple"

«Δύο φτερωτά άλογα φρουρούν μέσα σε αυτόν τον ναό »

The Rakshasi again groaned and went away.

Ο Ρακσάσι γκρίνιαξε ξανά και έφυγε.

At two o'clock the Rakshasi appeared once more.

Στις δύο η ώρα ο Ρακσάσι εμφανίστηκε ξανά.

And at three o'clock the Rakshasi came again.
Και στις τρεις η ώρα ο Ρακσάσι ήρθε ξανά.
Each time the Rakshasi made the same inquiry.
Κάθε φορά ο Ρακσάσι έκανε την ίδια ερώτηση.
And each time the Rakshasi left with a groan.
Και κάθε φορά ο Ρακσάσι έφευγε με ένα στεναγμό.
After three o'clock, however, Sahasra-Dal felt very sleepy.
Μετά τις τρεις, ωστόσο, η Σαχάσρα-Νταλ ένιωθε πολύ νυσταγμένη.
He could not any longer keep awake.
Δεν μπορούσε άλλο να μείνει ξύπνιος.
He therefore roused Champa.
Έτσι, ξεσήκωσε τον Τσάμπα.
And he told him to keep guard over the temple.
Και του είπε να φυλάει τον ναό.
"The Rakshasi will come again in an hour"
«Ο Ρακσάσι θα έρθει ξανά σε μία ώρα»
"The Rakshasi will ask who keeps guard here"
«Ο Ρακσάσι θα ρωτήσει ποιος φυλάει φρουρά εδώ»
"You must mention Sahasra's name first"
«Πρέπει πρώτα να αναφέρεις το όνομα της Σαχάσρα»
Having given these instructions he went to sleep.
Αφού έδωσε αυτές τις οδηγίες, πήγε για ύπνο.
At four o'clock the Rakshasi again made her appearance.
Στις τέσσερις η ώρα η Ρακσάσι έκανε ξανά την εμφάνισή της.
The Rakshasi thundered at the door, and said:
Ο Ρακσάσι βροντοφώναξε στην πόρτα και είπε:
"How, mow, khow! A human being I smell"
«Πώς, κόβω, κόβω! Ένα ανθρώπινο ον μυρίζω»
"Who keeps guard inside this temple?"
«Ποιος φυλάει φρουρά μέσα σε αυτόν τον ναό;»
Champa-Dal was in a terrible fright.
Ο Τσάμπα-Νταλ ήταν σε τρομερό φόβο.
He had forgotten the instructions of his brother.
Είχε ξεχάσει τις οδηγίες του αδερφού του.
"Champa-Dal keeps guard inside this temple"

«Ο Champa-Dal φρουρεί μέσα σε αυτόν τον ναό»
"Sahasra-Dal keeps guard inside this temple"
«Η Σαχάσρα-Νταλ φρουρεί μέσα σε αυτόν τον ναό»
"Two winged horses keep guard inside this temple"
«Δύο φτερωτά άλογα φρουρούν μέσα σε αυτόν τον ναό»
The Rakshasi uttered a shout of exultation.
Ο Ρακσάσι έβγαλε μια κραυγή αγαλλίασης.
And the Rakshasi laughed how only demons can laugh.
Και ο Ρακσάσι γέλασε πώς μόνο οι δαίμονες μπορούν να γελάσουν.
With a dreadful noise the door broke open.
Με έναν τρομερό θόρυβο η πόρτα άνοιξε διάπλατα.
The noise roused Sahasra from his sleep.
Ο θόρυβος ξύπνησε τον Σαχάσρα από τον ύπνο του.
Within a moment he sprung to his feet.
Μέσα σε μια στιγμή πετάχτηκε όρθιος.
He had his sword with him not only by day.
Είχε μαζί του το σπαθί του όχι μόνο την ημέρα.
He had his sword with him by night too.
Είχε μαζί του και το σπαθί του τη νύχτα.
His sword was as supple as a palm-leaf.
Το σπαθί του ήταν τόσο εύκαμπτο όσο ένα φύλλο φοίνικα.
And he cut off the head of the Rakshasi.
Και έκοψε το κεφάλι του Ρακσάσι.
The huge mountain of a body fell to the ground.
Το τεράστιο βουνό από σώμα έπεσε στο έδαφος.
The body made a great noise when it fell.
Το σώμα έκανε έναν δυνατό θόρυβο όταν έπεσε.
And the body covered many surrounding acres.
Και το σώμα κάλυπτε πολλά γύρω στρέμματα.
Sahasra-Dal kept the severed head of the Rakshasi.
Ο Σαχάσρα-Νταλ κράτησε το κομμένο κεφάλι των Ρακσάσι.
And he slept again with the head near him.
Και κοιμήθηκε ξανά με το κεφάλι κοντά του.

Early in the morning some wood-cutters came.

Νωρίς το πρωί ήρθαν μερικοί ξυλοκόποι.
The wood-cutters were passing near the temple.
Οι ξυλοκόποι περνούσαν κοντά από τον ναό.
The wood-cutters saw the huge body on the ground.
Οι ξυλοκόποι είδαν το τεράστιο σώμα στο έδαφος.
So they walked towards the temple.
Έτσι περπάτησαν προς τον ναό.
Soon they saw that it was a carcass.
Σύντομα είδαν ότι ήταν ένα κουφάρι.
The carcass of the terrible Rakshasi.
Το κουφάρι του τρομερού Ρακσάσι.
The Rakshasi that had nearly depopulated the land.
Οι Ρακσάσι που είχαν σχεδόν ερημώσει τη γη.
There had been a bounty for this Rakshasi.
Υπήρχε μια αμοιβή για αυτόν τον Ρακσάσι.
The king offered the hand of his daughter.
Ο βασιλιάς πρόσφερε το χέρι της κόρης του.
And the king had offered half the kingdom.
Και ο βασιλιάς είχε προσφέρει το μισό βασίλειο.
He would trade it all for the head of the Rakshasi.
Θα τα αντάλλαζε όλα με το κεφάλι του Ρακσάσι.
The wood-cutters saw no claimant at hand.
Οι ξυλοκόποι δεν είδαν κανέναν διεκδικητή εκεί κοντά.
So they went to get the reward.
Έτσι πήγαν να πάρουν την ανταμοιβή.
Each wood-cutter cut off a limb from the Rakshasi.
Κάθε ξυλοκόπος έκοψε ένα κλαδί από τον Ρακσάσι.
And each wood-cutter went to the king.
Και κάθε ξυλοκόπος πήγε στον βασιλιά.
And each wood-cutter tried to claim the reward.
Και κάθε ξυλοκόπος προσπαθούσε να διεκδικήσει την ανταμοιβή.
"I am the destroyer of the great man eater"
«Είμαι ο καταστροφέας του μεγάλου ανθρωποφάγου»
"I have come to claim my reward"
«Ήρθα να διεκδικήσω την ανταμοιβή μου»
The king knew there could only be one hero.

Ο βασιλιάς ήξερε ότι μπορούσε να υπάρχει μόνο ένας ήρωας.

So he made an inquiry with his minister.

Έτσι, έκανε μια ερώτηση στον υπουργό του.

"What family's turn was it last night?"

«Ποιας οικογένειας είχε τη σειρά της χθες το βράδυ;»

"And who is the head of that family?"

«Και ποιος είναι ο αρχηγός αυτής της οικογένειας;»

The king's minister set out to find the family.

Ο υπουργός του βασιλιά ξεκίνησε να βρει την οικογένεια.

He brought the head of the family to the king.

Έφερε τον αρχηγό της οικογένειας στον βασιλιά.

And the head of the family told of his guests.

Και ο αρχηγός της οικογένειας μίλησε για τους καλεσμένους του.

"Last night two youthful travelers came to me"

«Χθες βράδυ ήρθαν σε μένα δύο νεαροί ταξιδιώτες»

"We offered to be their hosts for the night"

«Προσφερθήκαμε να τους φιλοξενήσουμε για τη νύχτα»

"Soon they discovered the problem we had"

«Σύντομα ανακάλυψαν το πρόβλημα που είχαμε»

"And they volunteered to take our place"

«Και προσφέρθηκαν εθελοντικά να πάρουν τη θέση μας»

"They went to the temple, instead of one of us"

«Πήγαν αυτοί στον ναό, αντί για έναν από εμάς»

The king took his men to the temple.

Ο βασιλιάς πήρε τους άντρες του στο ναό.

The door of the temple was broken open.

Η πόρτα του ναού ήταν παραβιασμένη.

They found the two brothers sleeping.

Βρήκαν τα δύο αδέρφια να κοιμούνται.

And the horses were safe in the temple too.

Και τα άλογα ήταν ασφαλή και στον ναό.

And the head of the Rakshasi was there too.

Και ο επικεφαλής του Ρακσάσι ήταν επίσης εκεί.

There was no doubt about who had killed the monster.

Δεν υπήρχε καμία αμφιβολία για το ποιος είχε σκοτώσει το τέρας.
The real hero had been discovered.
Ο πραγματικός ήρωας είχε αποκαλυφθεί.
And the king kept true to his word.
Και ο βασιλιάς τήρησε τον λόγο του.
He gave the hand of his daughter to Sahasra-Dal.
Έδωσε το χέρι της κόρης του στη Σαχάσρα-Νταλ.
And he gave him half his kingdom too.
Και του έδωσε και το μισό του βασίλειο.
Champa-Dal remained with his friend.
Ο Τσάμπα-Νταλ παρέμεινε με τον φίλο του.
And he rejoiced in Sahasra-Dal's prosperity.
Και χαιρόταν για την ευημερία του Σαχάσρα-Νταλ.
And they lived together happily for some time.
Και έζησαν ευτυχισμένοι μαζί για κάποιο χρονικό διάστημα.

But one day a misunderstanding arose between them.
Αλλά μια μέρα προέκυψε μια παρεξήγηση μεταξύ τους.
The queen-mother had a certain maid-servant.
Η βασιλομήτωρ είχε μια συγκεκριμένη υπηρέτρια.
This maid-servant was the most useful domestic.
Αυτή η υπηρέτρια ήταν η πιο χρήσιμη υπηρέτρια.
She could turn her hand to any task.
Μπορούσε να στρέψει το χέρι της σε οποιαδήποτε εργασία.
And she had uncommon strength for a woman.
Και είχε ασυνήθιστη δύναμη για γυναίκα.
Her intelligence was not lacking either.
Δεν της έλειπε ούτε η νοημοσύνη.
And she had a remarkable amount of energy.
Και είχε μια αξιοσημείωτη ποσότητα ενέργειας.
She would have been quickly missed in the palace.
Θα την είχαν χάσει γρήγορα στο παλάτι.
The zenana was completely dependent on her.
Η ζενάνα ήταν απόλυτα εξαρτημένη από αυτήν.
Hence her services were highly valued.

Γι' αυτό και οι υπηρεσίες της εκτιμήθηκαν ιδιαίτερα.
The queen-mother appreciated her very much.
Η βασιλομήτωρ την εκτιμούσε ιδιαίτερα.
And the ladies of the palace valued her too.
Και οι κυρίες του παλατιού την εκτιμούσαν κι αυτές.
But this valuable woman was not a woman.
Αλλά αυτή η πολύτιμη γυναίκα δεν ήταν γυναίκα.
What this woman was was a Rakshasi.
Αυτή η γυναίκα ήταν μια Ρακσάσι.
She had put on the appearance of a woman.
Είχε πάρει την όψη γυναίκας.
She had her own nefarious reasons for doing this.
Είχε τους δικούς της ύπουλους λόγους για να το κάνει αυτό.
And then she took service in the royal household.
Και μετά ανέλαβε υπηρεσία στο βασιλικό οίκο.
At night she used to assume her own real form.
Τη νύχτα συνήθιζε να παίρνει την πραγματική της μορφή.
When everyone in the palace was asleep.
Όταν όλοι στο παλάτι κοιμόντουσαν.
And then she went about in search of food.
Και μετά πήγε παντού ψάχνοντας για τροφή.
Because her hunger was not satisfied at the palace.
Επειδή η πείνα της δεν ικανοποιήθηκε στο παλάτι.
A Rakshasi needs much more food than a man or woman.
Ένας Ρακσάσι χρειάζεται πολύ περισσότερο φαγητό από
έναν άνδρα ή μια γυναίκα.
At this time Champa-Dal had no wife.
Εκείνη την εποχή ο Τσάμπα-Νταλ δεν είχε σύζυγο.
So he often slept outside the zenana.
Έτσι κοιμόταν συχνά έξω από τη ζενάνα.
He was not far from the outer gate of the palace.
Δεν ήταν μακριά από την εξωτερική πύλη του παλατιού.
And from there he could observe her.
Και από εκεί μπορούσε να την παρατηρήσει.
He saw her devouring sundry goats and sheep.
Την είδε να καταβροχθίζει διάφορα κατσίκια και πρόβατα.
And he saw her devouring horses and elephants.

Και την είδε να καταβροχθίζει άλογα και ελέφαντες.
This of course was not good for the maid-servant.
Αυτό φυσικά δεν ήταν καλό για την υπηρέτρια.
Champa-Dal was in the way of her supper.
Ο Τσάμπα-Νταλ την εμπόδιζε να φάει το δείπνο της.
So she was determined to get rid of him.
Έτσι ήταν αποφασισμένη να τον ξεφορτωθεί.
One day she went to the queen-mother.
Μια μέρα πήγε στη βασιλομήτορα.
"Queen-mother," she said to her.
«Βασιλομήτορα», της είπε.
"I can no longer work in the palace"
«Δεν μπορώ πλέον να εργάζομαι στο παλάτι»
"Why?" asked the queen-mother.
«Γιατί;» ρώτησε η βασιλομήτορας.
"What is the matter, Dasi" she wanted to know.
«Τι συμβαίνει, Ντάσι;» ήθελε να μάθει.
"How can I go on without you?"
«Πώς μπορώ να συνεχίσω χωρίς εσένα;»
"Tell me your reasons for leaving"
«Πες μου τους λόγους που έφυγες»
The maid-servant explained her situation.
Η υπηρέτρια εξήγησε την κατάστασή της.
"I am but a poor woman in this palace"
«Είμαι απλώς μια φτωχή γυναίκα σε αυτό το παλάτι»
"A woman like me can't preserve her honor here"
«Μια γυναίκα σαν εμένα δεν μπορεί να διαφυλάξει την
τιμή της εδώ»
"Your son-in-law has a friend, Champa-Dal"
«Ο γαμπρός σου έχει έναν φίλο, τον Τσάμπα-Νταλ»
"He always cracks indecent jokes with me"
«Πάντα μου κάνει άσεμνα αστεία»
"I would rather beg for my rice than to lose my honor"
«Προτιμώ να παρακαλέσω για το ρύζι μου παρά να χάσω
την τιμή μου»
"If Champa-Dal remains in the palace I must go away"

«Αν ο Τσάμπα-Νταλ παραμείνει στο παλάτι, πρέπει να φύγω»
The maid-servant was irreplicable in the palace.
Η υπηρέτρια ήταν αναντικατάστατη στό παλάτι.
The queen-mother knew what sacrifice to make.
Η βασιλομήτωρ ήξερε τι θυσία έπρεπε να κάνει.
Champa-Dal was going to have to leave the palace.
Ο Τσάμπα-Νταλ επρόκειτο να φύγει από το παλάτι.
And she told Sahasra-Dal all her reasons.
Και είπε στη Σαχάσρα-Νταλ όλους τους λόγους της.
"Champa-Dal is a bad man"
«Ο Τσάμπα-Νταλ είναι κακός άνθρωπος»
"His character and morals are loose"
«Ο χαρακτήρας και η ηθική του είναι χαλαρά»
"He must leave this palace at once"
«Πρέπει να φύγει αμέσως από αυτό το παλάτι»
Sahasra-Dal did his best to persuade her otherwise.
Ο Σαχάσρα-Νταλ έκανε ό,τι μπορούσε για να την πείσει για το αντίθετο.
He earnestly pleaded on behalf of his friend.
Παρακάλεσε θερμά για λογαριασμό του φίλου του.
But his efforts were in vain.
Αλλά οι προσπάθειές του ήταν μάταιες.
The queen-mother had made up her mind.
Η βασιλομήτωρ είχε πάρει την απόφασή της.
He had to be driven out of the palace.
Έπρεπε να εκδιωχθεί από το παλάτι.
Sahasra-Dal had not the courage to tell his friend.
Ο Σαχάσρα-Νταλ δεν είχε το θάρρος να το πει στον φίλο του.
He therefore wrote a letter to him.
Γι' αυτό του έγραψε μια επιστολή.
In the letter he was vague about the reason.
Στην επιστολή ήταν ασαφής ως προς τον λόγο.
But either way, he was going to have to leave.
Αλλά όπως και να 'χει, θα έπρεπε να φύγει.
Champa-Dal went to have a bath.

Ο Τσάμπα-Νταλ πήγε να κάνει μπάνιο.
And the letter was put in his room.
Και το γράμμα τοποθετήθηκε στο δωμάτιό του.
Champa-Dal was grieved upon reading the letter.
Ο Τσάμπα-Νταλ λυπήθηκε διαβάζοντας την επιστολή.
He mounted his fleet of horses.
Έβαλε τον στόλο των αλόγων του.
And on his horses, he left the palace.
Και πάνω στα άλογά του, έφυγε από το παλάτι.

Champa's horses were uncommonly fleet.
Τα άλογα του Τσάμπα ήταν ασυνήθιστα γρήγορα.
Soon he had traversed thousands of miles.
Σύντομα είχε διανύσει χιλιάδες μίλια.
And eventually he reached a new city.
Και τελικά έφτασε σε μια νέα πόλη.
He stood at the gateway of a magnificent palace.
Στάθηκε στην πύλη ενός μεγαλοπρεπούς παλατιού.
He dismounted from his horse.
Κατέβηκε από το άλογό του.
And he entered the palace.
Και μπήκε στο παλάτι.
But in the palace he met not a single creature.
Αλλά στο παλάτι δεν συνάντησε ούτε ένα πλάσμα.
He went from apartment to apartment.
Πήγαινε από διαμέρισμα σε διαμέρισμα.
All the rooms were richly furnished.
Όλα τα δωμάτια ήταν πλούσια επιπλωμένα.
But none of the rooms were lived in.
Αλλά κανένα από τα δωμάτια δεν κατοικούνταν.
But in the end he came to a different room.
Αλλά στο τέλος έφτασε σε ένα διαφορετικό δωμάτιο.
In this room there was a young lady.
Σε αυτό το δωμάτιο υπήρχε μια νεαρή κυρία.
The young lady was of heavenly beauty.
Η νεαρή κοπέλα είχε παραδεισένια ομορφιά.
And she was lying down on a splendid bedstead.

Και ήταν ξαπλωμένη σε ένα υπέροχο κρεβάτι.

The beautiful young lady was asleep.

Η όμορφη νεαρή κοπέλα κοιμόταν.

Champa-Dal looked upon the sleeping beauty.

Ο Τσάμπα-Νταλ κοίταξε την ωραία κοιμωμένη.

He was captivated by what he was seeing.

Ήταν μαγεμένος από αυτό που έβλεπε.

He had not seen any woman so beautiful.

Δεν είχε ξαναδεί καμία γυναίκα τόσο όμορφη.

Upon the bed there were two sticks.

Πάνω στο κρεβάτι υπήρχαν δύο μπαστούνια.

The two sticks were near the woman's head.

Τα δύο μπαστούνια ήταν κοντά στο κεφάλι της γυναίκας.

One of the sticks was made of silver.

Ένα από τα μπαστούνια ήταν φτιαγμένο από ασήμι.

And the other stick was made of gold.

Και το άλλο ραβδί ήταν φτιαγμένο από χρυσό.

Champa took the silver stick into his hand.

Ο Τσάμπα πήρε το ασημένιο ραβδί στο χέρι του.

And with the stick he touched the body of the lady.

Και με το ραβδί άγγιξε το σώμα της κυρίας.

But no change was perceptible to her sleep.

Αλλά καμία αλλαγή δεν ήταν αισθητή στον ύπνο της.

He then took up the gold stick.

Έπειτα πήρε το χρυσό ραβδί.

And with the stick he touched the body of the lady.

Και με το ραβδί άγγιξε το σώμα της κυρίας.

This time the young lady did awake.

Αυτή τη φορά η νεαρή κοπέλα ξύπνησε.

Eyeing the stranger, she inquired who he was.

Κοιτάζοντας τον ξένο, ρώτησε ποιος ήταν.

"I am Champa-Dal," he told her.

«Είμαι ο Τσάμπα-Νταλ», της είπε.

"There was once a poor dimwitted Brahman"

«Υπήρχε κάποτε ένας φτωχός, χαζός Βραχμάνος»

"This dimwitted man had a wife, but no children"

«Αυτός ο χαζός άντρας είχε γυναίκα, αλλά όχι παιδιά»

"But him not having children was probably for the best"
«Αλλά το γεγονός ότι δεν έκανε παιδιά ήταν μάλλον για καλό»
"Because he was barely able to meet his own needs"
«Επειδή μόλις που μπορούσε να καλύψει τις δικές του ανάγκες»
"And he could hardly supply enough for his wife"
«Και μετά βίας μπορούσε να προσφέρει αρκετά για τη γυναίκα του»
"But his dimwittedness was not even his biggest problem"
«Αλλά η ηλιθιότητά του δεν ήταν καν το μεγαλύτερο πρόβλημά του»
And he continued the story as we have followed it.
Και συνέχισε την ιστορία όπως την παρακολουθήσαμε.
"My mother concluded her fate was sealed"
«Η μητέρα μου κατέληξε στο συμπέρασμα ότι η μοίρα της ήταν σφραγισμένη»
"And she thought my father would meet the same fate"
«Και νόμιζε ότι ο πατέρας μου θα είχε την ίδια μοίρα»
"And she did not expect me to be spared either"
«Και δεν περίμενε ότι ούτε εγώ θα γλιτώνα»
"That night she hardly slept at all"
«Εκείνο το βράδυ δεν κοιμήθηκε σχεδόν καθόλου»
"The Rakshasi had prevented her from seeing my father"
«Ο Ρακσάσι την είχε εμποδίσει να δει τον πατέρα μου»
"Early next morning I went to school"
«Το επόμενο πρωί πήγα σχολείο νωρίς»
"Before I went to school she gave me a golden bottle"
«Πριν πάω σχολείο, μου έδωσε ένα χρυσό μπουκάλι»
"In the golden bottle was her own breast milk"
«Στο χρυσό μπουκάλι ήταν το δικό της μητρικό γάλα»
"I was told to carefully watch the colour of the milk"
«Μου είπαν να προσέχω προσεκτικά το χρώμα του γάλακτος»
And he continued the story as we have followed it.
Και συνέχισε την ιστορία όπως την παρακολουθήσαμε.
"We will stand as proxies for your family"

«Θα σταθούμε ως πληρεξούσιοι της οικογένειάς σας»
"There was a great deal of objection to our proposal"
«Υπήρξαν πολλές αντιρρήσεις για την πρότασή μας»
"But eventually we persuaded our hosts"
«Αλλά τελικά πείσαμε τους οικοδεσπότες μας»
"Finally the hosts consented to the arrangement"
«Τελικά οι οικοδεσπότες συμφώνησαν με τη διευθέτηση»
And he continued the story as we have followed it.
Και συνέχισε την ιστορία όπως την παρακολουθήσαμε.
"So I often slept outside the zenana"
«Έτσι κοιμόμουν συχνά έξω από τη ζενάνα»
"I was not far from the outer gate of the palace"
«Δεν ήμουν μακριά από την εξωτερική πύλη του παλατιού»
"And from there I could observe her"
«Και από εκεί μπορούσα να την παρατηρήσω»
"I saw her devouring sundry goats and sheep"
«Την είδα να καταβροχθίζει διάφορα κατσίκια και πρόβατα
»
"And I saw her devouring horses and elephants"
«Και την είδα να καταβροχθίζει άλογα και ελέφαντες»
And he continued the story as we have followed it.
Και συνέχισε την ιστορία όπως την παρακολουθήσαμε.
"One day a letter was put in my room"
«Μια μέρα έβαλαν ένα γράμμα στο δωμάτιό μου»
"I was grieved upon reading the letter"
«Λυπήθηκα διαβάζοντας την επιστολή»
"I mounted my fleet of horses"
«Έβαλα τον στόλο των αλόγων μου»
"And on my horses he left the palace"
«Και πάνω στα άλογά μου έφυγε από το παλάτι»
"My horse are uncommonly fleet"
«Το άλογό μου είναι ασυνήθιστα γρήγορο»
"Soon I had traversed thousands of miles"
«Σύντομα είχα διανύσει χιλιάδες μίλια»
"And eventually I reached a new city"
«Και τελικά έφτασα σε μια νέα πόλη»
And he continued the story as we have followed it.

Και συνέχισε την ιστορία όπως την παρακολουθήσαμε.

"I took the silver stick into his hand"

«Πήρα το ασημένιο ραβδί στο χέρι του»

"And with the stick I touched your body"

«Και με το ραβδί άγγιξα το σώμα σου»

"But no change was perceptible to your sleep"

«Αλλά καμία αλλαγή δεν ήταν αισθητή στον ύπνο σου»

"I then took up the gold stick"

«Τότε πήρα το χρυσό ραβδί»

And with the stick he touched your body.

Και με το ραβδί άγγιξε το σώμα σου.

"This time you did awake from your sleep"

«Αυτή τη φορά ξύπνησες από τον ύπνο σου»

The young lady had listened to Champa-Dal's story.

Η νεαρή κυρία είχε ακούσει την ιστορία του Τσάμπα-Νταλ.

The young lady was in fact a princess.

Η νεαρή κοπέλα ήταν στην πραγματικότητα μια πριγκίπισσα.

"Unhappy man! why have you come here?"

«Δυστυχισμένος άνθρωπε! Γιατί ήρθες εδώ;»

"This is the country of Rakshasas"

«Αυτή είναι η χώρα των Ρακσάσα»

"No less than seven hundred Rakshasas live here"

«Τουλάχιστον επτακόσιοι Ρακσάσα ζουν εδώ»

"Every morning the Rakshasas leave"

«Κάθε πρωί οι Ρακσάσα φεύγουν»

"They go to the other side of the ocean"

«Πάνε στην άλλη πλευρά του ωκεανού»

"And they search for provisions there"

«Και ψάχνουν για προμήθειες εκεί»

"And before dusk they return again"

«Και πριν το σούρουπο επιστρέφουν ξανά»

"My father was king in these regions"

«Ο πατέρας μου ήταν βασιλιάς σε αυτές τις περιοχές»

"His kingdom had millions of subjects"

«Το βασίλειό του είχε εκατομμύρια υπηκόους»

"They lived in flourishing towns and cities"

«Ζούσαν σε ακμάζουσες πόλεις και κωμοπόλεις»
"But some years ago the Rakshasas invaded"
«Αλλά πριν από μερικά χρόνια οι Ρακσάσα εισέβαλαν»
"And they devoured all the subjects of the kingdom"
«Και καταβρόχθισαν όλους τους υπηκόους του βασιλείου»
"The Rakshasas devoured my father and my mother"
«Οι Ρακσάσα καταβρόχθισαν τον πατέρα μου και τη μητέρα μου»
"The Rakshasas devoured my brothers and sisters"
«Οι Ρακσάσα καταβρόχθισαν τους αδελφούς και τις αδελφές μου»
"And they devoured all the cattle of the country"
«Και καταβρόχθισαν όλα τα ζώα της χώρας»
"There is no living human being in these regions"
«Δεν υπάρχει κανένας ζωντανός άνθρωπος σε αυτές τις περιοχές»
"I am the last human living left"
«Είμαι ο τελευταίος εν ζωή άνθρωπος που έχει απομείνει»
"I too would have been devoured long ago"
«Κι εγώ θα είχα καταβροχθιστεί προ πολλού»
"But an old Rakshasi took a liking to me"
«Αλλά ένας γέρος Ρακσάσι με συμπάθησε»
"She prevents the other Rakshasas from eating me"
«Εμποδίζει τους άλλους Ρακσάσα να με φάνε»
"Do you see those sticks of silver and gold?"
«Βλέπεις αυτά τα ασημένια και χρυσά ραβδιά;»
"Every morning she kills me with the silver stick"
«Κάθε πρωί με σκοτώνει με το ασημένιο ραβδί»
"Every evening she re-animates me with the gold stick"
«Κάθε βράδυ με ζωντανεύει με το χρυσό ραβδί»
"I do not know how to advise you"
«Δεν ξέρω πώς να σε συμβουλεύσω»
"If the Rakshasas see you, you are a dead man"
«Αν σε δουν οι Ρακσάσα, είσαι νεκρός»
Then they talked in a very affectionate manner.
Έπειτα μίλησαν με πολύ τρυφερό τρόπο.
And they laid their heads together.

Και έσφιξαν τα κεφάλια τους.
And they thought to devise a means of escape.
Και σκέφτηκαν να βρουν τρόπο διαφυγής.
Some way to get out of the hands of the Rakshasas.
Κάποιος τρόπος να ξεφύγω από τα χέρια των Ρακσάσα.

The hour of the return of the Rakshasas was coming.
Η ώρα της επιστροφής των Ρακσάσα πλησίαζε.
The seven hundred flesh-eaters were soon returning.
Οι επτακόσιοι σαρκοφάγοι σύντομα επέστρεφαν.
Keshavati called out to Champa-Dal.
Η Κεσαβάτι φώναξε τον Τσάμπα-Νταλ.
(Because that was the name of the princess)
(Επειδή αυτό ήταν το όνομα της πριγκίπισσας)
"Hide yourself in the heaps of the sacred trefoil"
«Κρύψου στους σωρούς του ιερού τριφυλλιού»
But first Champ Dal picked up the silver stick.
Αλλά πρώτα ο Πρωταθλητής Νταλ πήρε το ασημένιο μπαστούνι.
He touched Keshavati with the silver stick.
Άγγιξε την Κεσαβάτι με το ασημένιο ραβδί.
And as soon as he touched her, she died.
Και μόλις την άγγιξε, πέθανε.
Then he went to the center of the temple of Siva.
Έπειτα πήγε στο κέντρο του ναού του Σίβα.
And he hid beneath the heaps of sacred trefoil.
Και κρύφτηκε κάτω από τους σωρούς από ιερό τριφύλλι.
From his hiding place he heard the sound of wind rushing.
Από την κρυψώνα του άκουσε τον ήχο του ανέμου που φυσούσε.
Then he heard terrible noises in the palace.
Τότε άκουσε τρομερούς θορύβους στο παλάτι.
The Rakshasas had come home from their hunt.
Οι Ρακσάσα είχαν επιστρέψει σπίτι από το κυνήγι τους.
They had filled their stomachs with meat.
Είχαν γεμίσει τα στομάχια τους με κρέας.
Sundry goats, sheep, cows, horses, buffaloes.

Διάφορα κατσίκια, πρόβατα, αγελάδες, άλογα, βουβάλια.
And they had devoured elephants too.
Και είχαν καταβροχθίσει και ελέφαντες.
The old Rakshasi returned to the palace too.
Ο γέρος Ρακσάσι επέστρεψε κι αυτός στο παλάτι.
She went to the room of the sleeping princess.
Πήγε στο δωμάτιο της κοιμισμένης πριγκίπισσας.
And she woke her with the stick made of gold.
Και την ξύπνησε με το χρυσό ραβδί.
"Hye, mye, khye! A human being I smell"
«Χάι, μάι, κχάι! Μυρίζω άνθρωπο»
"I am the only human being here," said the princess.
«Είμαι ο μόνος άνθρωπος εδώ», είπε η πριγκίπισσα.
"Eat me if you like," added Keshavati.
«Φάε με αν θέλεις», πρόσθεσε η Κεσαβάτι.
To this the Rakshasi replied:
Σε αυτό ο Ρακσάσι απάντησε:
"Let me eat up your enemies"
«Άσε με να φάω τους εχθρούς σου»
"Why should I eat you?" she asked the princess.
«Γιατί να σε φάω;» ρώτησε την πριγκίπισσα.
She laid herself down on the ground.
Ξάπλωσε στο έδαφος.
She was as long and high as the Vindhya Hills.
Ήταν τόσο μακριά και ψηλή όσο οι λόφοι Βίντια.
And in this position she fell asleep.
Και σε αυτή τη στάση αποκοιμήθηκε.
The other Rakshasas and Rakshasis soon fell asleep too.
Οι άλλοι Ρακσάσα και Ρακσάσι σύντομα αποκοιμήθηκαν κι αυτοί.
Because they were tired from their gigantic labor.
Επειδή ήταν κουρασμένοι από την γιγάντια εργασία τους.
Keshavati also composed herself to sleep.
Η Κεσαβάτι συνήλθε κι αυτή για να κοιμηθεί.
But Champa did not dare to come out from under the leaves.
Αλλά ο Τσάμπα δεν τόλμησε να βγει κάτω από τα φύλλα.
And he tried his best to pray to the god of repose.

Και προσπάθησε όσο καλύτερα μπορούσε να προσευχηθεί στον θεό της ηρεμίας.

At daybreak all seven hundred Rakshasas got up again.
Με την αυγή και οι επτακόσιοι Ρακσάσα σηκώθηκαν ξανά.
They went on their usual predatory excursion.
Συνέχισαν τη συνηθισμένη τους αρπακτική εξόρμηση.
And along with them went the old Rakshasi.
Και μαζί τους πήγε και ο γέρος Ρακσάσι.
But first the old Rakshasi picked up the silver stick.
Αλλά πρώτα ο γέρος Ρακσάσι σήκωσε το ασημένιο ραβδί.
And she touched Keshavati with the silver stick.
Και άγγιξε την Κεσαβάτι με το ασημένιο ραβδί.
Soon the coast was clear for Champa-Dal.
Σύντομα η ακτή ήταν ελεύθερη για το Τσάμπα-Νταλ.
And he dared to come out from under the pile of leaves.
Και τόλμησε να βγει κάτω από το σωρό με τα φύλλα.
He walked back into the room of the princess.
Περπάτησε πίσω στο δωμάτιο της πριγκίπισσας.
And he touched her with the golden stick.
Και την άγγιξε με το χρυσό ραβδί.
And the princess revived from her death again.
Και η πριγκίπισσα συνήλθε ξανά από τον θάνατό της.
They sauntered about in the gardens.
Περιπλανήθηκαν στους κήπους.
They enjoyed the cool breeze of the morning.
Απολάμβαναν το δροσερό αεράκι του πρωινού.
They bathed in a lucid pool of water.
Λούζονταν σε μια διαυγή λίμνη με νερό.
And they ate and drank food in the palace.
Και έτρωγαν και ήπιαν φαγητό στο παλάτι.
And they spent the day in sweet converse.
Και πέρασαν την ημέρα κουβεντιάζοντας γλυκά.
And they concocted a plan for their deliverance.
Και κατέστρωσαν ένα σχέδιο για την απελευθέρωσή τους.
Keshavaity was going to speak to the old Rakshasi.
Ο Κεσαβάτι επρόκειτο να μιλήσει στον γέρο Ρακσάσι.

She was going to ask on what a Rakshasa's life depended.

Επρόκειτο να ρωτήσει από τι εξαρτιόταν η ζωή ενός Ρακσάσα.

And with that secret they were going to act accordingly.

Και με αυτό το μυστικό επρόκειτο να ενεργήσουν αναλόγως.

The hour of the return of the Rakshasas was coming again.

Η ώρα της επιστροφής των Ρακσάσα ερχόταν ξανά.

And events unfolded as they had the evening before.

Και τα γεγονότα εξελίχθηκαν όπως είχαν εξελιχθεί το προηγούμενο βράδυ.

The seven hundred flesh-eaters were returning to the palace.

Οι επτακόσιοι σαρκοφάγοι επέστρεφαν στο παλάτι.

Champ Dal touched Keshavati with the silver stick.

Ο Πρωταθλητής Νταλ άγγιξε την Κεσαβάτι με το ασημένιο ραβδί.

She died like the had died the night before.

Πέθανε όπως είχε πεθάνει το προηγούμενο βράδυ.

Champa-Dal went to the center of the temple of Siva.

Ο Τσάμπα-Νταλ πήγε στο κέντρο του ναού του Σίβα.

He hid beneath the heaps of sacred trefoil again.

Κρύφτηκε ξανά κάτω από τους σωρούς από ιερό τριφύλλι.

He heard the sound of wind rushing.

Άκουσε τον ήχο του ανέμου που φυσούσε.

And he heard terrible noises in the palace.

Και άκουσε τρομερούς θορύβους στο παλάτι.

The Rakshasas had come home from their hunt.

Οι Ρακσάσα είχαν επιστρέψει σπίτι από το κυνήγι τους.

They had filled their stomachs with meat.

Είχαν γεμίσει τα στομάχια τους με κρέας.

Sundry goats, sheep, cows, horses, buffaloes.

Διάφορα κατσίκια, πρόβατα, αγελάδες, άλογα, βουβάλια.

And they had devoured elephants too.

Και είχαν καταβροχθίσει και ελέφαντες.

The old Rakshasi returned to the palace too.

Ο γέρος Ρακσάσι επέστρεψε κι αυτός στο παλάτι.

She went to the room of the sleeping princess.
Πήγε στο δωμάτιο της κοιμισμένης πριγκίπισσας.
And she woke her with the stick made of gold.
Και την ξύπνησε με το χρυσό ραβδί.
"Hye, mye, khye! A human being I smell"
«Χάι, μάι, κι! Μυρίζω έναν άνθρωπο»
"I am the only human being here," said the princess.
«Είμαι ο μόνος άνθρωπος εδώ», είπε η πριγκίπισσα.
"Eat me if you like," added Keshavati.
«Φάε με αν θέλεις», πρόσθεσε η Κεσαβάτι.
To this the Rakshasi replied:
Σε αυτό ο Ρακσάσι απάντησε:
"Let me eat up your enemies"
«Άσε με να φάω τους εχθρούς σου»
"Why should I eat you?" she asked the princess.
«Γιατί να σε φάω;» ρώτησε την πριγκίπισσα.
She laid herself down on the ground.
Ξάπλωσε στο έδαφος.
And she looked like a part of the Himalaya mountains.
Και έμοιαζε με μέρος των Ιμαλαΐων.
Keshavati had a phial of heated mustard oil.
Η Κεσαβάτι είχε ένα φιαλίδιο με ζεστό λάδι μουστάρδας.
And she approached the foot of the Rakshasi.
Και πλησίασε στους πρόποδες του Ρακσάσι.
"Mother, your feet are sore from walking"
«Μαμά, πονάνε τα πόδια σου από το περπάτημα»
"Let me rub your sore feet with oil"
«Άσε με να σου αλείψω τα πονεμένα πόδια με λάδι»
And she began to rub with oil the Rakshasi's feet.
Και άρχισε να τρίβει με λάδι τα πόδια του Ρακσάσι.
Then a few tear-drops fell from the eyes of the princess.
Τότε μερικά δάκρυα έπεσαν από τα μάτια της
πριγκίπισσας.
And the tear-drops landed on the monster's legs.
Και τα δάκρυα έπεσαν στα πόδια του τέρατος.
The Rakshasi tasted the tear-drops with her lips.
Η Ρακσάσι γεύτηκε τα δάκρυα με τα χείλη της.

And she found the tear-drops tasted briny.
Και διαπίστωσε ότι τα δάκρυα είχαν γεύση αλμυρού.
"Why are you weeping, darling?" asked the Rakshasi.
«Γιατί κλαις, αγάπη μου;» ρώτησε ο Ρακσάσι.
"What aileth thee?" she wanted to know.
«Τι σε πειράζει;» ήθελε να μάθει.
The princess tried to stop herself from crying.
Η πριγκίπισσα προσπάθησε να συγκρατηθεί από το
κλάμα.
"Mother, I am weeping because you are old"
«Μαμά, κλαίω επειδή είσαι γριά»
"When you die one of the Rakshasas will devour me"
«Όταν πεθάνεις, ένας από τους Ρακσάσα θα με
καταβροχθίσει»
"When I die?! Don't be foolish, girl"
«Όταν πεθάνω;! Μην είσαι ανόητη, κορίτσι μου»
"Don't you know that Rakshasas never die?"
«Δεν ξέρεις ότι οι Ρακσάσα δεν πεθαίνουν ποτέ;»
"We are not naturally immortal"
«Δεν είμαστε εκ φύσεως αθάνατοι»
"There is a secret to our strength"
«Υπάρχει ένα μυστικό για τη δύναμή μας»
"But no human can unravel this secret"
«Αλλά κανένας άνθρωπος δεν μπορεί να αποκαλύψει αυτό
το μυστικό»
"But let me tell you the secret"
«Αλλά άσε με να σου πω το μυστικό»
"So that you are comforted a little"
«Για να παρηγορηθείς λίγο»
"Do you see the pool of water in the palace?"
«Βλέπεις τη λίμνη με το νερό στο παλάτι;»
"In that pool of water is a Sphatikasthamba"
«Σε αυτή τη λίμνη με νερό υπάρχει ένας Σφατικαστάμπα»
"The Sphatikasthamba is deep in the water"
«Το Σφατικαστάμπα είναι βαθιά μέσα στο νερό»
"And on the Sphatikasthamba are two bees"
«Και στο Σφατικαστάμπα υπάρχουν δύο μέλισσες»

"A human being would have to dive into the water"
«Ένας άνθρωπος θα έπρεπε να βουτήξει στο νερό»
"The human being would have to bring the bees onto dry land"
«Ο άνθρωπος θα έπρεπε να φέρει τις μέλισσες στην ξηρά »
"Then the human being would have to kill the two bees"
«Τότε ο άνθρωπος θα έπρεπε να σκοτώσει τις δύο μέλισσες»
"But not a drop of their blood must touch the ground"
«Αλλά ούτε μια σταγόνα από το αίμα τους δεν πρέπει να αγγίξει τη γη»
"Only then can a human kill a Rakshasa"
«Μόνο τότε μπορεί ένας άνθρωπος να σκοτώσει έναν Ρακσάσα»
"But if the blood touches the ground, a thousand Rakshasas will rise"
«Αλλά αν το αίμα αγγίξει το έδαφος, χίλιοι Ρακσάσα θα εγερθούν»
"But what human will find out this secret?"
«Μα ποιος άνθρωπος θα ανακαλύψει αυτό το μυστικό;»
"And what human can achieve this feat?"
«Και ποιος άνθρωπος μπορεί να πετύχει αυτό το κατόρθωμα;»
"No human knows the secret to the life of a Rakshasa"
«Κανείς άνθρωπος δεν γνωρίζει το μυστικό της ζωής ενός Ρακσάσα»
"And no human can achieve such a feat"
«Και κανένας άνθρωπος δεν μπορεί να πετύχει κάτι τέτοιο»
"So there is no reason to be sad, my darling"
«Δεν υπάρχει λοιπόν λόγος να είσαι λυπημένος, αγάπη μου»
"I am practically immortal," she confirmed.
«Είμαι σχεδόν αθάνατη», επιβεβαίωσε.
Keshavati treasured the secret in her memory.
Η Κεσαβάτι φύλαξε ως θησαυρό το μυστικό στη μνήμη της.
And then she went back to sleep.

Και μετά ξανακοιμήθηκε.

Next morning the Rakshasas, as usual, went away.
Το επόμενο πρωί οι Ρακσάσα, όπως συνήθως, έφυγαν.
Champa came out of his hiding-place.
Ο Τσάμπα βγήκε από την κρυψώνα του.
And he roused Keshavati from her sleep.
Και ξύπνησε την Κεσαβάτι από τον ύπνο της.
The princess told him the secret she had learnt.
Η πριγκίπισσα του αποκάλυψε το μυστικό που είχε μάθει.
Champa-Dal immediately started to prepare himself.
Ο Τσάμπα-Νταλ άρχισε αμέσως να προετοιμάζεται.
He brought to the pool a knife.
Έφερε στην πισίνα ένα μαχαίρι.
And he brought a quantity of ashes.
Και έφερε μια ποσότητα στάχτης.
He took off his heavy clothes.
Έβγαλε τα βαριά του ρούχα.
He put a drop or two of mustard oil into each ear.
Έβαλε μία ή δύο σταγόνες λάδι μουστάρδας σε κάθε αυτί.
To prevent water from entering into his ears.
Για να μην μπει νερό στα αυτιά του.
He swam out into the middle of the water.
Κολύμπησε μέχρι τη μέση του νερού.
And from there he dove down into the pool.
Και από εκεί βούτηξε στην πισίνα.
Soon he reached the top of the crystal pillar.
Σύντομα έφτασε στην κορυφή της κρυστάλλινης κολόνας.
And on Sphatikasthamba were the two bees.
Και στον Σφατικαστάμπα ήταν οι δύο μέλισσες.
He caught hold of the two bees he found there.
Έπιασε τις δύο μέλισσες που βρήκε εκεί.
And he swam up again in a singular breath.
Και κολύμπησε ξανά προς τα πάνω με μια μόνο ανάσα.
He took the knife he had left at the edge of the water.
Πήρε το μαχαίρι που είχε αφήσει στην άκρη του νερού.
And over the ashes he cut up the bees.

Και πάνω στις στάχτες έκοψε τις μέλισσες.
A drop or two of the blood fell from the bees.
Μία ή δύο σταγόνες αίμα έπεσαν από τις μέλισσες.
But their blood did not touch the ground.
Αλλά το αίμα τους δεν άγγιξε τη γη.
Instead, their blood landed on the ashes.
Αντ' αυτού, το αίμα τους προσγειώθηκε στις στάχτες.
A terrible scream was heard at a distance.
Μια τρομερή κραυγή ακούστηκε από μακριά.
The scream was the wailing of the Rakshasas.
Η κραυγή ήταν το θρήνο των Ρακσάσα.
They were all running home as fast as they could.
Όλοι έτρεχαν σπίτι όσο πιο γρήγορα μπορούσαν.
They wanted to prevent the bees from being killed.
Ήθελαν να αποτρέψουν τον θάνατο των μελισσών.
But they could not reach the palace in time.
Αλλά δεν μπόρεσαν να φτάσουν στο παλάτι εγκαίρως.
Because the bees had already perished.
Επειδή οι μέλισσες είχαν ήδη πεθάνει.
The moment the bees were killed, all the Rakshasas died.
Τη στιγμή που σκοτώθηκαν οι μέλισσες, πέθαναν και όλοι
οι Ρακσάσα.
Their carcasses fell on the very spot they were standing.
Τα κουφάρια τους έπεσαν ακριβώς στο σημείο που
στέκονταν.
Their carcasses now blocked the gateway of the palace.
Τα κουφάρια τους τώρα έφραζαν την πύλη του παλατιού.
**In this manner the seven hundred Rakshasas were
destroyed.**
Με αυτόν τον τρόπο οι επτακόσιοι Ρακσάσα
καταστράφηκαν.

Afterwards Champa-Dal and Keshavati got married.
Αργότερα, ο Τσάμπα-Νταλ και η Κεσαβάτι παντρεύτηκαν.
They made the traditional exchange of garlands of flowers.
Έκαναν την παραδοσιακή ανταλλαγή γιρλαντών από
λουλούδια.

The princess had never been out of the house.

Η πριγκίπισσα δεν είχε βγει ποτέ από το σπίτι.

So she naturally expressed a desire to see the outer world.

Έτσι, φυσικά, εξέφρασε την επιθυμία να δει τον έξω κόσμο.

Every morning and evening they went on long walks.

Κάθε πρωί και βράδυ έκαναν μεγάλους περιπάτους.

There was a large river Keshavati wished to bathe in.

Υπήρχε ένα μεγάλο ποτάμι στο οποίο η Κεσαβάτι ήθελε να κάνει μπάνιο.

As she bathed one of Keshavati's hairs came off.

Καθώς έκανε μπάνιο, μια από τις τρίχες της Κεσαβάτι έφυγε.

There was a special custom in those times.

Υπήρχε ένα ιδιαίτερο έθιμο εκείνη την εποχή.

A woman never threw away a hair away by itself.

Μια γυναίκα δεν πέταξε ποτέ ούτε μια τρίχα μόνη της.

A sea-shell was floating in the water.

Ένα κοχύλι επέπλεε στο νερό.

So Keshavati tied the strand of hair to the sea-shell.

Έτσι η Κεσαβάτι έδεσε την τούφα μαλλιών στο κοχύλι.

And then the couple returned to the palace.

Και μετά το ζευγάρι επέστρεψε στο παλάτι.

Meanwhile the sea-shell floated down the stream.

Εν τω μεταξύ, το κοχύλι επέπλεε στο ρέμα.

And in due time the sea-shell reached another bathing spot.

Και τελικά το κοχύλι έφτασε σε ένα άλλο σημείο κολύμβησης.

This was the bathing spot Sahasra-Dal went to.

Αυτό ήταν το μέρος για μπάνιο που πήγαινε η Σαχάσρα-Νταλ.

Here Champa-Dal's brother performed his ablutions.

Εδώ ο αδελφός του Τσάμπα-Νταλ τέλεσε το νίψιμό του.

On this day Sahasra-Dal was in the water.

Εκείνη την ημέρα, ο Σαχάσρα-Νταλ βρισκόταν στο νερό.

He was bathing and swimming with his friends.

Έκανε μπάνιο και κολύμπι με τους φίλους του.

And so the sea-shell floated past the men.

Και έτσι το κοχύλι πέρασε δίπλα από τους άντρες.
The men were in a playful mood that day.
Οι άντρες είχαν παιχνιδιάρικη διάθεση εκείνη την ημέρα.
"Whoever gets to the sea-shell first wins"
«Όποιος φτάσει πρώτος στο κοχύλι κερδίζει»
And so they all swam towards the sea-shell.
Και έτσι όλοι κολύμπησαν προς το κοχύλι.
Sahasra-Dal was the strongest swimmer among his friends.
Ο Σαχάσρα-Νταλ ήταν ο πιο δυνατός κολυμβητής ανάμεσα στους φίλους του.
And so he was the first the reach the sea-shell.
Και έτσι ήταν ο πρώτος που έφτασε στο κοχύλι.
Examining the seashell, he found a hair tied to it.
Εξετάζοντας το κοχύλι, βρήκε μια τρίχα δεμένη πάνω του.
But it was a hair of extraordinary length.
Αλλά ήταν μια τρίχα ασυνήθιστα μακριά.
He had never seen such a long hair.
Δεν είχε ξαναδεί τόσο μακριά μαλλιά.
The strand of hair was exactly seven cubits long.
Η τούφα μαλλιών είχε μήκος ακριβώς επτά πήχεις.
"This strand of hair must belong to a woman"
«Αυτή η τούφα μαλλιών πρέπει να ανήκει σε γυναίκα»
"And this woman must be very remarkable"
«Και αυτή η γυναίκα πρέπει να είναι πολύ αξιοσημείωτη»
"I must see who this remarkable woman is"
«Πρέπει να δω ποια είναι αυτή η αξιοσημείωτη γυναίκα»
Sahasra-Dal was determined to find the remarkable woman.
Η Σαχάσρα-Νταλ ήταν αποφασισμένη να βρει την αξιοσημείωτη γυναίκα.
He went home from the river in a pensive mood.
Γύρισε σπίτι από το ποτάμι σκεπτικός.
And he did not proceed to the zenana for breakfast.
Και δεν προχώρησε στη ζενάνα για πρωινό.
Instead he remained in the outer part of the palace.
Αντίθετα, παρέμεινε στο εξωτερικό μέρος του παλατιού.
The queen-mother heard about Sahasra-Dal's melancholy.

Η βασιλομήτορας άκουσε για τη μελαγχολία της Σαχάσρα-Νταλ.

And she heard he had not come to breakfast.

Και άκουσε ότι δεν είχε έρθει για πρωινό.

So she went to him and asked the reason.

Έτσι πήγε κοντά του και τον ρώτησε τον λόγο.

He showed her the strand of hair he had found.

Της έδειξε την τούφα μαλλιών που είχε βρει.

"I must see the woman who's head this strand of hair adorned"

«Πρέπει να δω τη γυναίκα που έχει το κεφάλι της στολισμένο με αυτή την τούφα μαλλιών»

The queen-mother was happy to help her son-in-law.

Η βασιλομήτωρ χάρηκε που βοήθησε τον γαμπρό της.

"Very well," she said to him.

«Πολύ καλά», του είπε.

"You shall soon have that lady in the palace"

«Σύντομα θα έχετε αυτή την κυρία στο παλάτι»

"I promise you to bring her here"

«Σου υπόσχομαι να την φέρεις εδώ»

The queen mother already had a plan.

Η βασιλομήτωρ είχε ήδη ένα σχέδιο.

Her favourite maid-servant would be good at the job.

Η αγαπημένη της υπηρέτρια θα ήταν καλή στη δουλειά.

Because this maid-servant was very resourceful.

Επειδή αυτή η υπηρέτρια ήταν πολύ πολυμήχανη.

Of course the queen-mother did not really know her maid.

Φυσικά η βασιλομήτορας δεν γνώριζε πραγματικά την υπηρέτριά της.

She did not know her favourite maid was a Rakshasi.

Δεν ήξερε ότι η αγαπημένη της υπηρέτρια ήταν Ρακσάσι.

"Please find the owner of this strand of hair," she asked.

«Παρακαλώ βρείτε τον ιδιοκτήτη αυτής της τούφας μαλλιών», ρώτησε.

And her maid-servant more than politely agreed.

Και η υπηρέτριά της συμφώνησε κάτι παραπάνω από ευγενικά.

"It would my pleasure to find this woman"
«Θα ήταν χαρά μου να βρω αυτή τη γυναίκα»
"I will soon bring her to the palace"
«Σύντομα θα την φέρω στο παλάτι»
"I will need a boat build from Hajol wood"
«Θα χρειαστώ μια βάρκα να κατασκευάσω από ξύλο Χατζόλ»
"The oars of the boat must be made from Mon-Paban wood"
«Τα κουπιά του σκάφους πρέπει να είναι κατασκευασμένα από ξύλο Μον-Παμπάν»
The boat makers soon made the boat.
Οι κατασκευαστές σκαφών σύντομα κατασκεύασαν το σκάφος.
And the boat was launched on the stream.
Και η βάρκα καθελκύστηκε στο ρέμα.
The maid-servant went on board of the boat.
Η υπηρέτρια ανέβηκε στο πλοίο.
With her she took some baskets of wicker.
Μαζί της πήρε μερικά καλάθια με ψάθα.
The baskets of wicker were of curious workmanship.
Τα καλάθια από ψάθα ήταν περίεργης κατασκευής.
She also took with her some sweetmeats.
Πήρε μαζί της και μερικά γλυκά.
Into the sweetmeats some poison had been mixed.
Μέσα στα γλυκά είχε αναμειχθεί λίγο δηλητήριο.
She snapped her fingers thrice.
Έτριξε τα δάχτυλά της τρεις φορές.
And then she uttered the following charm:
Και τότε είπε την ακόλουθη γοητεία:
"Boat of Hajol! Oars of Mon Paban!"
"Βάρκα του Hajol! Κουπιά Mon Paban!"
"Take me to the Ghat,"
«Πήγαινέ με στο Γκατ»,
"The Ghat in which Keshavati bathes"
«Το Γκατ στο οποίο λούζεται η Κεσαβάτι»
The boat heeded to her command.
Το σκάφος υπάκουσε στην εντολή της.

And the boat flew like lightning over the waters.

Και το πλοίο πετούσε σαν αστραπή πάνω από τα νερά.

And the boat left many towns and cities behind.

Και το πλοίο άφησε πίσω του πολλές πόλεις και κωμοπόλεις.

At last the boat stopped at a bathing-place.

Τελικά το σκάφος σταμάτησε σε ένα μέρος για μπάνιο.

The Rakshasi maid-servant had reached her goal.

Η υπηρέτρια Ρακσάσι είχε φτάσει στον στόχο της.

She concluded it was the bathing ghat of Keshavati.

Κατέληξε στο συμπέρασμα ότι ήταν το γκατ για τα λουτρά της Κεσαβάτι.

She landed with the sweetmeats in her hand.

Προσγειώθηκε με τα γλυκά στο χέρι της.

She went to the gate of the palace, and cried aloud:

Πήγε στην πύλη του παλατιού και φώναξε δυνατά:

"Oh Keshavati! Keshavati! I am your aunt"

«Ω, Κεσαβάτι! Κεσαβάτι! Είμαι η θεία σου»

"Oh Keshavati, I am your mother's sister"

«Ω, Κεσαβάτι, είμαι η αδερφή της μητέρας σου»

"I have come to see you, my darling"

«Ήρθα να σε δω, αγάπη μου»

"I have come after so many years"

«Ήρθα μετά από τόσα χρόνια»

"Are you home, Keshavati?" she asked.

«Είσαι σπίτι, Κεσαβάτι;» ρώτησε.

The princess heard the words of the false-aunt.

Η πριγκίπισσα άκουσε τα λόγια της ψεύτικης θείας.

She came out of her room and to the entrance of the palace.

Βγήκε από το δωμάτιό της και κατευθύνθηκε προς την είσοδο του παλατιού.

She had no doubt that it was really her aunt.

Δεν είχε καμία αμφιβολία ότι ήταν όντως η θεία της.

And she embraced and kissed her aunt.

Και αγκάλιασε και φίλησε τη θεία της.

They both wept rivers of joy.

Και οι δύο έκλαιγαν ποτάμια χαράς.

Although you should know the Rakshasi wept first.

Αν και θα έπρεπε να ξέρεις ότι ο Ρακσάσι έκλαψε πρώτος.

Keshavati wept with her out of empathy.

Η Κεσαβάτι έκλαψε μαζί της από συμπόνια.

Champa-Dal also believed the Rakshasi to be her aunt.

Η Τσάμπα-Νταλ πίστευε επίσης ότι η Ρακσάσι ήταν η θεία της.

They all ate and drank and enjoyed the happy occasion.

Όλοι έφαγαν και ήπιαν και απόλαυσαν την ευτυχισμένη περίσταση.

And then they took rest in the middle of the day.

Και μετά ξεκουράστηκαν στη μέση της ημέρας.

And they celebrated again in the evening.

Και γιόρτασαν ξανά το βράδυ.

The next day the celebrations continued at breakfast.

Την επόμενη μέρα οι εορτασμοί συνεχίστηκαν με πρωινό.

Champa-Dal had a habit of sleeping after breakfast.

Ο Τσάμπα-Νταλ είχε τη συνήθεια να κοιμάται μετά το πρωινό.

Towards afternoon, the supposed aunt said to Keshavati:

Προς το απόγευμα, η υποτιθέμενη θεία είπε στην Κεσαβάτι:

"Let us both go to the river and wash ourselves:

«Ας πάμε και οι δύο στο ποτάμι να πλυθούμε:

Keshavati replied, "How can we go now?"

Η Κεσαβάτι απάντησε: «Πώς μπορούμε να πάμε τώρα;»

"My husband is sleeping," she explained.

«Ο άντρας μου κοιμάται», εξήγησε.

"Do not worry about your husband's sleep," said the aunt.

«Μην ανησυχείς για τον ύπνο του συζύγου σου», είπε η θεία.

"Let him sleep as much as he likes"

«Ας κοιμάται όσο θέλει»

"Let me put these sweetmeats near his bedside"

«Άσε με να βάλω αυτά τα γλυκά κοντά στο προσκεφάλι του»

"That way, when he awakes, he has something to eat"
«Έτσι, όταν ξυπνήσει, θα έχει κάτι να φάει»
Then they then went to the river-side.
Έπειτα πήγαν στην όχθη του ποταμού.
They went close to the spot where the boat was.
Πήγαν κοντά στο σημείο όπου βρισκόταν το σκάφος.
From a distance Keshavati saw the baskets of wicker-work.
Από μακριά η Κεσαβάτι είδε τα καλάθια από ψάθα.
"Aunt, what beautiful things are those!"
«Θεία, τι όμορφα πράγματα είναι αυτά!»
"I wish I could get some of those wicker baskets"
«Μακάρι να μπορούσα να πάρω μερικά από αυτά τα ψάθινα καλάθια»
Her aunt happily obliged her.
Η θεία της την υποχρέωσε ευχαρίστως.
"Come, my child, and look at the wicker baskets"
«Έλα, παιδί μου, και δες τα ψάθινα καλάθια»
"You can have as many baskets as you like"
«Μπορείτε να έχετε όσα καλάθια θέλετε»
Keshavati at first refused to go into the boat.
Η Κεσαβάτι αρχικά αρνήθηκε να μπει στη βάρκα.
But her aunt was very persuasive.
Αλλά η θεία της ήταν πολύ πειστική.
And finally she went onto the boat.
Και τελικά μπήκε στο καράβι.
But once on the boat her aunt did a strange thing.
Αλλά μόλις μπήκε στο σκάφος, η θεία της έκανε κάτι παράξενο.
The aunt snapped her fingers thrice and said:
Η θεία χτύπησε τα δάχτυλά της τρεις φορές και είπε:
"Boat of Hajol! Oars of Mon-Paban!"
"Βάρκα του Hajol! Κουπιά Mon-Paban!"
"Take me to the Ghat,"
«Πήγαινέ με στο Γκατ»,
"The Ghat in which Sahasra-Dal bathes"
«Το Γκατ στο οποίο λούζεται ο Σαχάσρα-Νταλ»
And the boat heeded to her command.

Και το πλοίο υπάκουσε στην εντολή της.

And the boat flew like an arrow over the waters.

Και το πλοίο πετούσε σαν βέλος πάνω από τα νερά.

Keshavati was frightened and began to cry.

Η Κεσαβάτι φοβήθηκε και άρχισε να κλαίει.

But the boat went on despite her crying.

Αλλά το σκάφος συνέχισε να κινείται παρά τα κλάματά της.

And the boat left behind many towns and cities.

Και το πλοίο άφησε πίσω του πολλές πόλεις και κωμοπόλεις.

In a trice the boat reached its destination.

Σε μια στιγμή το πλοίο έφτασε στον προορισμό του.

The ghat where Sahasra-Dal was in the habit of bathing.

Το γκατ όπου ο Σαχάσρα-Νταλ συνήθιζε να λούζεται.

Keshavati was taken to the palace.

Η Κεσαβάτι μεταφέρθηκε στο παλάτι.

Sahasra-Dal admired her beauty and the length of her hair.

Η Σαχάσρα-Νταλ θαύμαζε την ομορφιά της και το μήκος των μαλλιών της.

And the ladies of the palace tried their best to comfort her.

Και οι κυρίες του παλατιού προσπάθησαν ό,τι μπορούσαν για να την παρηγορήσουν.

But she set up a loud cry of protest.

Αλλά εκείνη έβγαλε μια δυνατή κραυγή διαμαρτυρίας.

And she wanted to be taken back to her husband.

Και ήθελε να την πάνε πίσω στον άντρα της.

Finally she saw that she had been taken captive.

Τελικά είδε ότι την είχαν πιάσει αιχμάλωτη.

So she spoke to the ladies of the palace.

Έτσι μίλησε στις κυρίες του παλατιού.

"Upon marriage I made a vow to my husband"

«Με τον γάμο έδωσα έναν όρκο στον άντρα μου»

"I promised not to look upon the face of any other man"

«Υποσχέθηκα να μην κοιτάξω κανέναν άλλον άντρα στο πρόσωπο»

"I promised to uphold this vow for six months"

«Υποσχέθηκα να τηρώ αυτόν τον όρκο για έξι μήνες»
She was then lodged away from the others in the palace.
Στη συνέχεια, στεγάστηκε μακριά από τις άλλες στο παλάτι.
And she was given a small house to live in.
Και της έδωσαν ένα μικρό σπίτι για να ζήσει.
The window of the house overlooked the road.
Το παράθυρο του σπιτιού έβλεπε στον δρόμο.
There she spent the livelong day.
Εκεί πέρασε όλη της τη μέρα.
And there she spent the livelong night.
Και εκεί πέρασε την υπόλοιπη νύχτα.
Because she had very little sleep.
Επειδή κοιμόταν πολύ λίγο.
Because her time was spent in sighing and weeping.
Επειδή ο χρόνος της περνούσε στενάζοντας και κλαίγοντας.

In the meantime Champa-Dal awoke from his sleep.
Στο μεταξύ, ο Τσάμπα-Νταλ ξύπνησε από τον ύπνο του.
He was distracted with the grief of not finding his wife.
Ήταν αφηρημένος από τη θλίψη που δεν βρήκε τη γυναίκα του.
His suspicions turned to the aunt of Keshavati.
Οι υποψίες του στράφηκαν στη θεία της Κεσαβάτι.
He knew she was a cheat and an impostor.
Ήξερε ότι ήταν απατεώνας και απατεώνας.
It must have been her who carried away Keshavati.
Πρέπει να ήταν αυτή που παρέσυρε την Κεσαβάτι.
He did not eat the sweetmeats left for him.
Δεν έφαγε τα γλυκά που του είχαν απομείνει.
Because he suspected the sweets to have been poisoned.
Επειδή υποψιαζόταν ότι τα γλυκά είχαν δηλητηριαστεί.
He threw one of the sweets to a crow.
Πέταξε ένα από τα γλυκά σε ένα κοράκι.
The moment the crow ate the sweet, it dropped down dead.
Μόλις το κοράκι έφαγε το γλυκό, έπεσε κάτω νεκρό.

This confirmed his suspicion of the pretend aunt.

Αυτό επιβεβαίωσε την υποψία του για την ψεύτικη θεία.

Maddened with grief, he rushed out of the house.

Τρελός από τη θλίψη, έφυγε τρέχοντας από το σπίτι.

He was determined to go wherever his feet took him.

Ήταν αποφασισμένος να πάει όπου τον πήγαιναν τα πόδια του.

Like a madman he blubbered, "Oh Keshavati! Oh Keshavati!"

Σαν τρελός φώναξε με λυγμούς, «Ω, Κεσαβάτι! Ω, Κεσαβάτι!»

He travelled on foot day after day.

Ταξίδευε με τα πόδια μέρα με τη μέρα.

And he followed whatever way his feet took him.

Και ακολουθούσε όποιο δρόμο τον οδηγούσαν τα πόδια του.

Six months he spent travelling in this wearisome manner.

Έξι μήνες πέρασε ταξιδεύοντας με αυτόν τον κουραστικό τρόπο.

After six month he reached the capital of Sahasra-Dal.

Μετά από έξι μήνες έφτασε στην πρωτεύουσα Σαχάσρα-Νταλ.

He passed by the gate of the palace.

Πέρασε από την πύλη του παλατιού.

And from the road he could see a small house.

Και από τον δρόμο μπορούσε να δει ένα μικρό σπίτι.

And from in the house he could hear sighs.

Και από μέσα στο σπίτι άκουγε αναστεναγμούς.

Champa-Dal instantly recognized his wife.

Ο Τσάμπα-Νταλ αναγνώρισε αμέσως τη γυναίκα του.

And Keshavita instantly recognized her husband.

Και η Κεσάβιτα αναγνώρισε αμέσως τον άντρα της.

Keshavita told her husband everything that had happened.

Η Κεσάβιτα είπε στον άντρα της όλα όσα είχαν συμβεί.

"The woman asked to go bathing after breakfast"

«Η γυναίκα ζήτησε να κάνει μπάνιο μετά το πρωινό»

"At the river there was a boat"

«Στο ποτάμι υπήρχε μια βάρκα»
"The woman persuaded me onto the boat"
«Η γυναίκα με έπεισε να ανέβω στο σκάφος»
"And then the boat took us to this place"
«Και μετά το πλοίο μας πήγε σε αυτό το μέρος»
"I realized that I had been made captive"
«Συνειδητοποίησα ότι είχα γίνει αιχμάλωτος»
"So I told them of my vows to you"
«Έτσι τους είπα για τους όρκους μου προς εσένα»
"But tomorrow will be the end of six month"
«Αλλά αύριο θα είναι το τέλος ενός εξαμήνου»
There was a custom in those days.
Υπήρχε ένα έθιμο εκείνες τις μέρες.
The fulfilments of vows were publicly recited.
Οι εκπληρώσεις των όρκων απαγγέλλονταν δημόσια.
This was normally fulfilled by a learned Brahman.
Αυτό συνήθως εκπληρώνονταν από έναν μορφωμένο
Βράχμαν.
They planned for Champa-Dal to take on this role.
Σχεδίαζαν να αναλάβει αυτόν τον ρόλο ο Champa-Dal.
And so that evening the palace drum was beat.
Και έτσι εκείνο το βράδυ χτυπήθηκε το τύμπανο του
παλατιού.
The king wanted a learned Brahman to make a recitation.
Ο βασιλιάς ήθελε έναν μορφωμένο Βραχμάνο να κάνει μια
απαγγελία.
The story of Keshavati on the fulfilment of her vow.
Η ιστορία της Κεσαβάτι για την εκπλήρωση του όρκου της.
Champa-Dal touched the drum and volunteered.
Ο Τσάμπα-Νταλ άγγιξε το τύμπανο και προσφέρθηκε
εθελοντικά.
"I will make the recitation of Keshavita's vows"
«Θα κάνω την απαγγελία των όρκων της Κεσάβιτα»
The next morning all assembled in the courtyard.
Το επόμενο πρωί όλοι συγκεντρώθηκαν στην αυλή.
The old king and the queen mother.
Ο γέρος βασιλιάς και η βασιλομήτωρ.

Sahasra-Dal and his wife were there.
Ο Σαχάσρα-Νταλ και η σύζυγός του ήταν εκεί.
All the courtiers and the learned Brahmans of the country.
Όλοι οι αυλικοί και οι μορφωμένοι Βραχμάνοι της χώρας.
All royalty was under a huge canopy of silk.
Όλη η βασιλική οικογένεια βρισκόταν κάτω από ένα τεράστιο θόλο από μετάξι.
Keshavati was also there, but behind a veil.
Η Κεσαβάτι ήταν επίσης εκεί, αλλά πίσω από ένα πέπλο.
So that she wouldn't be exposed to the rude gaze of people.
Για να μην εκτίθεται στα αγενή βλέμματα των ανθρώπων.
Champa-Dal, the reciter, sat on a dais.
Ο Τσάμπα-Νταλ, ο απαγγελτής, καθόταν σε μια εξέδρα.
And he began to tell the story of Keshavati.
Και άρχισε να διηγείται την ιστορία της Κεσαβάτι.
"There was once a poor dimwitted Brahman"
«Υπήρχε κάποτε ένας φτωχός, χαζός Βραχμάνος»
"This dimwitted man had a wife, but no children"
«Αυτός ο χαζός άντρας είχε γυναίκα, αλλά όχι παιδιά»
"But him not having children was probably for the best"
«Αλλά το γεγονός ότι δεν έκανε παιδιά ήταν μάλλον για καλό»
"Because he was barely able to meet his own needs"
«Επειδή μόλις που μπορούσε να καλύψει τις δικές του ανάγκες»
"And he could hardly supply enough for his wife"
«Και μετά βίας μπορούσε να προσφέρει αρκετά για τη γυναίκα του»
"But his dimwittedness was not even his biggest problem"
«Αλλά η ηλιθιότητά του δεν ήταν καν το μεγαλύτερο πρόβλημά του»
And he continued the story as we have followed it.
Και συνέχισε την ιστορία όπως την παρακολουθήσαμε.
And sometimes he turned around to Keshavati.
Και μερικές φορές γύριζε προς την Κεσαβάτι.
And he asked her if he was telling the story correctly.
Και τη ρώτησε αν έλεγε σωστά την ιστορία.

And she told him he was telling the story correctly.
Και του είπε ότι έλεγε σωστά την ιστορία.
"The Brahman woman concluded her fate was sealed"
«Η γυναίκα Βραχμάνα κατέληξε στο συμπέρασμα ότι η μοίρα της ήταν σφραγισμένη»
"And she thought her husband would meet the same fate"
«Και νόμιζε ότι ο άντρας της θα είχε την ίδια μοίρα»
"And she did not expect her son to be spared either"
«Και δεν περίμενε ότι ούτε ο γιος της θα γλίτωνε»
"That night she hardly slept at all"
«Εκείνο το βράδυ δεν κοιμήθηκε σχεδόν καθόλου»
"The Rakshasi had prevented her from seeing her husband"
«Ο Ρακσάσι την είχε εμποδίσει να δει τον άντρα της»
"Early next morning Champa-Dal went to school"
«Νωρίς το επόμενο πρωί ο Τσάμπα-Νταλ πήγε στο σχολείο»
"Before he went to school, she gave her son a golden bottle"
«Πριν πάει στο σχολείο, έδωσε στον γιο της ένα χρυσό μπουκάλι»
"In the golden bottle was her own breast milk"
«Στο χρυσό μπουκάλι ήταν το δικό της μητρικό γάλα»
"Carefully watch the colour of the milk"
«Παρακολουθήστε προσεκτικά το χρώμα του γάλακτος »
During the recitation the Rakshasi maid-servant grew pale.
Κατά τη διάρκεια της απαγγελίας, η υπηρέτρια Ρακσάσι χλώμιασε.
She perceived that her real character was going to be discovered.
Κατάλαβε ότι ο πραγματικός της χαρακτήρας θα αποκαλυπτόταν.
And Sahasra-Dal was astonished at the knowledge of the reciter.
Και ο Σαχάσρα-Νταλ έμεινε έκπληκτος από τη γνώση του αφηγητή.
The reciter clearly told the history of the prince's life.
Ο αφηγητής αφηγήθηκε με σαφήνεια την ιστορία της ζωής του πρίγκιπα.

"A drop or two of the blood fell from the bees"
«Μια ή δύο σταγόνες αίμα έπεσαν από τις μέλισσες»
"But their blood did not touch the ground"
«Αλλά το αίμα τους δεν άγγιξε τη γη»
"Instead, their blood landed on the ashes"
«Αντίθετα, το αίμα τους προσγειώθηκε στις στάχτες»
"A terrible scream was heard at a distance"
«Μια τρομερή κραυγή ακούστηκε από μακριά»
"The scream was the wailing of the Rakshasas"
«Η κραυγή ήταν το θρήνο των Ρακσάσα»
"They were all running home as fast as they could"
«Όλοι έτρεχαν σπίτι όσο πιο γρήγορα μπορούσαν»
"They wanted to prevent the bees from being killed"
«Ήθελαν να αποτρέψουν τον θάνατο των μελισσών»
"But they could not reach the palace in time"
«Αλλά δεν μπόρεσαν να φτάσουν στο παλάτι εγκαίρως»
"Because the bees had already been killed"
«Επειδή οι μέλισσες είχαν ήδη σκοτωθεί»
"The moment the bees were killed, all the Rakshasas died"
«Τη στιγμή που σκοτώθηκαν οι μέλισσες, πέθαναν όλοι οι
Ρακσάσα»
"Their carcasses fell on the very spot they were standing"
«Τα κουφάρια τους έπεσαν ακριβώς στο σημείο που
στέκονταν»
"Their carcasses now blocked the gateway of the palace"
«Τα κουφάρια τους τώρα έφραζαν την πύλη του παλατιού»
"In this manner the seven hundred Rakshasas were
destroyed"
«Με αυτόν τον τρόπο καταστράφηκαν οι επτακόσιοι
Ρακσάσα».
All where enthralled by the story of the Rakshasas.
Όλοι μαγεύτηκαν από την ιστορία των Ρακσάσα.
Because the story was being told by a true storyteller.
Επειδή η ιστορία ειπώθηκε από έναν αληθινό αφηγητή.
All enjoyed the story except for the maid-servant.
Όλοι απόλαυσαν την ιστορία εκτός από την υπηρέτρια.
Because her real character was bound to be discovered.

Επειδή ο πραγματικός της χαρακτήρας ήταν αναπόφευκτο να αποκαλυφθεί.

"Champa-Dal touched the drum and volunteered.
«Ο Τσάμπα-Νταλ άγγιξε το τύμπανο και προσφέρθηκε εθελοντικά.»
"I will make the recitation of Keshavita's vows"
«Θα κάνω την απαγγελία των όρκων της Κεσάβιτα»
"The next morning all assembled in the courtyard"
«Το επόμενο πρωί όλοι συγκεντρώθηκαν στην αυλή»
"The old king and the queen mother"
«Ο γέρος βασιλιάς και η βασιλομήτωρ»
"Sahasra-Dal and his wife were there"
«Ο Σαχάσρα-Νταλ και η σύζυγός του ήταν εκεί»
"All the courtiers and the learned Brahmans of the country"
«Όλοι οι αυλικοί και οι μορφωμένοι Βραχμάνοι της χώρας»
"All royalty was under a huge canopy of silk"
«Όλα τα βασιλικά βασίλεια βρίσκονταν κάτω από ένα τεράστιο θόλο από μετάξι»
"Keshavati was also there, but behind a veil"
«Η Κεσαβάτι ήταν επίσης εκεί, αλλά πίσω από ένα πέπλο»
"So that she wouldn't be exposed to the rude gaze of people"
«Για να μην εκτίθεται στο αγενές βλέμμα των ανθρώπων»
"Champa-Dal, the reciter, sat on a dais"
«Ο Τσάμπα-Νταλ, ο απαγγελτής, καθόταν σε μια εξέδρα»
"And he began to tell the story of Keshavati"
«Και άρχισε να διηγείται την ιστορία της Κεσαβάτι»
Sahasra-Dal jumped up from his seat.
Ο Σαχάσρα-Νταλ πετάχτηκε από τη θέση του.
And he embraced the reciter of the story.
Και αγκάλιασε τον αφηγητή της ιστορίας.
"You can be none other than my brother Champa-Dal"
«Δεν μπορείς να είσαι κανένας άλλος από τον αδερφό μου, τον Τσάμπα-Νταλ»
Then the prince was inflamed with rage.
Τότε ο πρίγκιπας άναψε από οργή.
He ordered the maid-servant to come into his presence.
Διέταξε την υπηρέτρια να έρθει μπροστά του.

A hole the height of a man was dug in the ground.

Μια τρύπα στο ύψος ενός ανθρώπου σκάφτηκε στο έδαφος.

And the maid-servant was put into the hole, standing.

Και η υπηρέτρια έπεσε στην τρύπα, όρθια.

Prickly thorns were heaped around her.

Αγκαθωτά αγκάθια ήταν στοιβαγμένα γύρω της.

Up to the crown of her head she was covered in thorns.

Μέχρι την κορυφή του κεφαλιού της ήταν καλυμμένη με αγκάθια.

In this way the maid-servant was buried alive.

Με αυτόν τον τρόπο η υπηρέτρια θάφτηκε ζωντανή.

After this all lived happily together for many years.

Μετά από αυτό, όλοι έζησαν ευτυχισμένοι μαζί για πολλά χρόνια.

Sahasra-Dal and his princess, and Champa-Dal and Keshavati.

Ο Sahasra-Dal και η πριγκίπισσα του, και ο Champa-Dal και ο Keshavati.

The Story of Swet and Bachanta
Η ιστορία του Σουέτ και της Μπατσάντα

There was once upon a time a rich merchant.
Μια φορά κι έναν καιρό ήταν ένας πλούσιος έμπορος.
This rich merchant had only one son.
Αυτός ο πλούσιος έμπορος είχε μόνο έναν γιο.
And he loved his only son very much.
Και αγαπούσε πολύ τον μοναχογιό του.
He gave to his son whatever he wanted.
Έδωσε στον γιο του ό,τι ήθελε.
Of course his son wanted a beautiful house.
Φυσικά, ο γιος του ήθελε ένα όμορφο σπίτι.
And he also wanted to have a large garden.
Και ήθελε επίσης να έχει έναν μεγάλο κήπο.
So a beautiful house was built for him.
Έτσι, χτίστηκε ένα όμορφο σπίτι για αυτόν.
And a fine garden was made for him too.
Και ένας όμορφος κήπος φτιάχτηκε και για αυτόν.
The merchant's son was pleased with the garden.
Ο γιος του εμπόρου ήταν ευχαριστημένος με τον κήπο.
And he enjoyed walking in the garden.
Και απολάμβανε το περπάτημα στον κήπο.
One day a bird's nest caught his attention.
Μια μέρα μια φωλιά πουλιού τράβηξε την προσοχή του.
This bird happens to be called Toontooni.
Αυτό το πουλί τυχαίνει να ονομάζεται Τοοντούνι.
He put his hand into the small bird's nest.
Έβαλε το χέρι του στη φωλιά του μικρού πουλιού.
And in the nest he found an egg.
Και στη φωλιά βρήκε ένα αυγό.
He took the egg out of its nest.
Έβγαλε το αυγό από τη φωλιά του.
There was an almirah in the wall of his house.
Υπήρχε μια αλμιρά στον τοίχο του σπιτιού του.
So he put the egg in the almirah.
Έτσι έβαλε το αυγό στην αλμιρά.

He closed the door of the almirah.
Έκλεισε την πόρτα της αλμιρά.
And then he thought no more of the egg.
Και μετά δεν σκέφτηκε πια το αυγό.
The merchant's son had a house of his own.
Ο γιος του εμπόρου είχε δικό του σπίτι.
But he had a house without a household.
Αλλά είχε ένα σπίτι χωρίς νοικοκυριό.
So in his house there was no cook.
Έτσι, στο σπίτι του δεν υπήρχε μάγειρας.
But he had no need for his own cook.
Αλλά δεν είχε ανάγκη από τον δικό του μάγειρα.
Because his mother regularly sent him food.
Επειδή η μητέρα του τού έστελνε τακτικά φαγητό.
In the morning she sent him breakfast.
Το πρωί του έστειλε πρωινό.
And every day she had dinner sent to him.
Και κάθε μέρα του έστελναν δείπνο.
One day the egg in the almirah burst.
Μια μέρα το αυγό στην αλμιρά έσκασε.
But it was not a bird that came out of the egg.
Αλλά δεν ήταν πουλί αυτό που βγήκε από το αυγό.
Out of the egg came a beautiful infant.
Από το αυγό βγήκε ένα όμορφο βρέφος.
The infant was not a bird, but a human girl.
Το βρέφος δεν ήταν πουλί, αλλά ένα ανθρώπινο κορίτσι.
But the merchant's son knew nothing of the event.
Αλλά ο γιος του εμπόρου δεν γνώριζε τίποτα για το συμβάν.
He had forgotten everything about the egg.
Είχε ξεχάσει τα πάντα για το αυγό.
The door of the wall-almirah had been kept closed.
Η πόρτα του τοίχου-αλμιράχ είχε παραμείνει κλειστή.
However, the merchant's son did not lock the door.
Ωστόσο, ο γιος του εμπόρου δεν κλείδωσε την πόρτα.
The child grew up within the wall-almirah.
Το παιδί μεγάλωσε μέσα στον τοίχο-αλμιράχ.

She had no knowledge of the merchant's son.
Δεν γνώριζε τον γιο του εμπόρου.
Nor did she know of anyone else.
Ούτε γνώριζε κανέναν άλλον.
When the child could walk it grew curious.
Όταν το παιδί μπορούσε να περπατήσει, άρχισε να νιώθει περιέργεια.
And out of curiosity she opened the door.
Και από περιέργεια άνοιξε την πόρτα.
That day, too, the mother had sent breakfast.
Εκείνη την ημέρα, επίσης, η μητέρα είχε στείλει πρωινό.
And the breakfast had been put on the floor.
Και το πρωινό είχε στρωθεί στο πάτωμα.
The child saw the food that was on the floor.
Το παιδί είδε το φαγητό που ήταν στο πάτωμα.
Of course the child ate from the food.
Φυσικά το παιδί έφαγε από το φαγητό.
And then the child returned into the wall.
Και μετά το παιδί επέστρεψε στον τοίχο.
The merchant's mother always made a lot of food.
Η μητέρα του εμπόρου έφτιαχνε πάντα πολύ φαγητό.
It was more food than he could possibly eat.
Ήταν περισσότερο φαγητό από όσο θα μπορούσε να φάει.
So he didn't notice that any food was missing.
Έτσι δεν πρόσεξε ότι έλειπε κάποιο φαγητό.
The girl of the wall-almirah came out every day.
Το κορίτσι του τοίχου-almirah έβγαινε έξω κάθε μέρα.
And every day she ate a part of the food.
Και κάθε μέρα έτρωγε ένα μέρος του φαγητού.
After eating the food she returned to the almirah.
Αφού έφαγε το φαγητό, επέστρεψε στην αλμιρά.
But with time the girl got older and older.
Αλλά με τον καιρό το κορίτσι μεγάλωνε όλο και περισσότερο.
And with age she got bigger and bigger.
Και με την ηλικία μεγάλωνε όλο και περισσότερο.
And the bigger she got the hungrier she got.

Και όσο μεγάλωνε, τόσο πιο πεινούσε.

And she began to eat more of the food each day.

Και άρχισε να τρώει περισσότερο φαγητό κάθε μέρα.

Eventually the merchant's son noticed the missing food.

Τελικά ο γιος του εμπόρου παρατήρησε το χαμένο φαγητό.

But he had no way of knowing where the food went.

Αλλά δεν είχε τρόπο να ξέρει πού πήγε το φαγητό.

The last thing he suspected was a girl from inside the almirah.

Το τελευταίο πράγμα που υποψιάστηκε ήταν ένα κορίτσι από το εσωτερικό της αλμιρά.

And so he came to a very different conclusion.

Και έτσι κατέληξε σε ένα πολύ διαφορετικό συμπέρασμα.

"Why is mother sending such a small quantity of food?".

«Γιατί η μητέρα στέλνει τόσο μικρή ποσότητα φαγητού;»

And he had a message sent to his mother.

Και έστειλε ένα μήνυμα στη μητέρα του.

"Why am I being sent insufficient food?".

«Γιατί δεν μου στέλνουν αρκετά τρόφιμα;»

"And why is the dish served so slovenly?".

«Και γιατί το πιάτο σερβίρεται τόσο ατημέλητα;»

Of course we know why the food was insufficient.

Φυσικά και ξέρουμε γιατί το φαγητό ήταν ανεπαρκές.

And we know why the food was presented slovenly.

Και ξέρουμε γιατί το φαγητό παρουσιάστηκε ατημέλητα.

The girl from in the wall ate from his food.

Το κορίτσι από τον τοίχο έφαγε από το φαγητό του.

And as she ate she fingered the rice and curry.

Και καθώς έτρωγε, άρπαξε το ρύζι και το κάρυ με τα δάχτυλά της.

And she always hurried back into her cell in the wall.

Και πάντα έσπευδε πίσω στο κελί της στον τοίχο.

So that she would not be seen by anyone.

Έτσι ώστε να μην την δει κανείς.

She had no time to put the rice in proper order.

Δεν είχε χρόνο να βάλει το ρύζι στη σωστή σειρά.

The mother was astonished at her son's complaint.

Η μητέρα έμεινε έκπληκτη με το παράπονο του γιου της.
She gave him more than he could eat.
Του έδωσε περισσότερο από όσο μπορούσε να φάει.
The food was served up on a silver plate.
Το φαγητό σερβιριζόταν σε ασημένιο πιάτο.
And she neatly arranged the food herself.
Και τακτοποίησε προσεκτικά το φαγητό η ίδια.
But her son repeated the same complaint again.
Αλλά ο γιος της επανέλαβε το ίδιο παράπονο.
Day after day he complained of the small portions.
Μέρα με τη μέρα παραπονιόταν για τις μικρές μερίδες.
Day after day he complained of the messy food.
Μέρα με τη μέρα παραπονιόταν για το ακατάστατο φαγητό.
And so his mother began to suspect foul play.
Έτσι, η μητέρα του άρχισε να υποψιάζεται ότι επρόκειτο για αθέμιτη ενέργεια.
She told her son to watch over the food.
Είπε στον γιο της να προσέχει το φαγητό.
"See if anyone is eating your food".
«Δείτε αν τρώει κανείς το φαγητό σας».
The next day a servant brought the food.
Την επόμενη μέρα ένας υπηρέτης έφερε το φαγητό.
The servant laid the food in a clean place.
Ο υπηρέτης άφησε το φαγητό σε ένα καθαρό μέρος.
Normally the merchant's son took a bath.
Συνήθως ο γιος του εμπόρου έκανε μπάνιο.
But this day he did not go for a bath.
Αλλά αυτή τη μέρα δεν πήγε για μπάνιο.
Instead, on this day he hid himself nearby.
Αντίθετα, εκείνη την ημέρα κρύφτηκε κοντά.
From his hiding place he could see the food.
Από την κρυψώνα του μπορούσε να δει το φαγητό.
The merchant's son did not have to wait for long.
Ο γιος του εμπόρου δεν χρειάστηκε να περιμένει πολύ.
Soon he saw the wall-almirah open.
Σύντομα είδε τον τοίχο-αλμιράχ ανοιχτό.

And he saw a beautiful damsel step out.

Και είδε μια όμορφη δεσποινίς να βγαίνει έξω.

She could not have been more than sixteen.

Δεν θα μπορούσε να είναι πάνω από δεκαέξι χρονών.

She sat on the carpet by the breakfast.

Κάθισε στο χαλί δίπλα στο πρωινό.

And she began to eat from the food left on the floor.

Και άρχισε να τρώει από το φαγητό που είχε απομείνει στο πάτωμα.

The merchant's son came out of his hiding-place.

Ο γιος του εμπόρου βγήκε από την κρυψώνα του.

And the damsel could not escape from him.

Και η δεσποινίς δεν μπορούσε να ξεφύγει από αυτόν.

"Who are you, beautiful creature?".

«Ποιος είσαι, όμορφο πλάσμα;»

"You do not seem to be earth-born".

«Δεν φαίνεται να έχεις γεννηθεί στη γη».

"Are you one of the daughters of the gods?".

«Είσαι μια από τις κόρες των θεών;»

The girl replied, "I do not know who I am".

Το κορίτσι απάντησε: «Δεν ξέρω ποια είμαι».

"But there is one thing I do know," the girl continued.

«Αλλά υπάρχει ένα πράγμα που ξέρω», συνέχισε το κορίτσι.

"One day I found myself in the almirah in the wall".

«Μια μέρα βρέθηκα στην αλμιρά στον τοίχο».

"And since then I have been living in the wall".

«Και από τότε ζω στον τοίχο».

The merchant's son thought her story was strange.

Ο γιος του εμπόρου βρήκε την ιστορία της παράξενη.

But then he thought a bit more about the story.

Αλλά μετά σκέφτηκε λίγο περισσότερο την ιστορία.

And he remembered what happened sixteen years ago.

Και θυμήθηκε τι είχε συμβεί πριν από δεκαέξι χρόνια.

He remembered the nest of the toontoori bird.

Θυμόταν τη φωλιά του πουλιού τουντούρι.

And he remembered finding an egg in the nest.

Και θυμήθηκε ότι βρήκε ένα αυγό στη φωλιά.

And he remembered putting the egg in the almirah.

Και θυμήθηκε που έβαλε το αυγό στην αλμιρά.

The wall-almirah girl was of uncommon beauty.

Το κορίτσι της τοιχοποιίας είχε ασυνήθιστη ομορφιά.

And the merchant's son was struck by her beauty.

Και ο γιος του εμπόρου εντυπωσιάστηκε από την ομορφιά της.

Her beauty made a deep impression on his mind.

Η ομορφιά της άφησε βαθιά εντύπωση στο μυαλό του.

And he resolved in his mind to marry her.

Και αποφάσισε στο μυαλό του να την παντρευτεί.

From then on the girl didn't stay in the almirah.

Από τότε και στο εξής, το κορίτσι δεν έμεινε στην αλμιρά.

She was given a room in the merchant's son's house.

Της δόθηκε ένα δωμάτιο στο σπίτι του γιου του εμπόρου.

The next day the merchant's son wrote a message.

Την επόμενη μέρα ο γιος του εμπόρου έγραψε ένα μήνυμα.

And he had the message sent to his mother.

Και έστειλε το μήνυμα στη μητέρα του.

You can guess the general theme of the message.

Μπορείτε να μαντέψετε το γενικό θέμα του μηνύματος.

The merchant's son said he would like to get married.

Ο γιος του εμπόρου είπε ότι θα ήθελε να παντρευτεί.

The mother of the merchant's son reproached herself.

Η μητέρα του γιου του εμπόρου μέμφθηκε τον εαυτό της.

She had not tried to find a wife for his son.

Δεν είχε προσπαθήσει να βρει σύζυγο για τον γιο του.

She felt she should have thought of his marriage.

Ένιωθε ότι έπρεπε να είχε σκεφτεί τον γάμο του.

And so she promptly replied to her son's message.

Και έτσι απάντησε αμέσως στο μήνυμα του γιου της.

She and her father were going to send out ghataks.

Αυτή και ο πατέρας της επρόκειτο να στείλουν γκάτακ.

The ghataks were going to go to different countries.

Οι γκάτακ επρόκειτο να πάνε σε διαφορετικές χώρες.

There they were going to look for suitable brides.

Εκεί επρόκειτο να ψάξουν για κατάλληλες νύφες.
But the merchant's son said there would be no need.
Αλλά ο γιος του εμπόρου είπε ότι δεν θα υπήρχε λόγος.
He had secured himself a lovely young lady.
Είχε εξασφαλίσει μια όμορφη νεαρή κοπέλα.
If they had no objection, he would introduce her to them.
Αν δεν είχαν αντίρρηση, θα τους την σύστηνε.
And so the young lady was taken to the merchant's house.
Έτσι, η νεαρή κοπέλα οδηγήθηκε στο σπίτι του εμπόρου.
The merchant and his wife welcomed the stranger.
Ο έμπορος και η γυναίκα του καλωσόρισαν τον ξένο.
And they were also struck by her unmatched beauty.
Και εντυπωσιάστηκαν επίσης από την απαράμιλλη ομορφιά της.
The girl was of perfect loveliness and grace.
Το κορίτσι ήταν απόλυτου κάλλους και χάρης.
The parents made no questions to her birth.
Οι γονείς δεν έθεσαν καμία ερώτηση σχετικά με τη γέννησή της.
And the nuptials were celebrated there and then.
Και ο γάμος γιορτάστηκε εκεί και τότε.

In the course of time the merchant's son had two sons.
Με την πάροδο του χρόνου, ο γιος του εμπόρου απέκτησε δύο γιους.
The elder of the sons he named Swet.
Τον μεγαλύτερο από τους γιους τον ονόμασε Σουέτ.
And the younger son he named Basanta.
Και τον μικρότερο γιο τον ονόμασε Βασάντα.
After the passing of more time the old merchant died.
Αφού πέρασε περισσότερος καιρός, ο γέρος έμπορος πέθανε.
So the merchant's son now became the merchant.
Έτσι, ο γιος του εμπόρου έγινε τώρα ο έμπορος.
And after some time his mother died too.
Και μετά από λίγο καιρό πέθανε και η μητέρα του.
Swet and Basanta grew up to be fine lads.

Ο Σουέτ και ο Μπασάντα μεγάλωσαν και έγιναν καλά παιδιά.

And the elder son was in due time married.

Και ο μεγαλύτερος γιος παντρεύτηκε τελικά.

Sometime after Swet's marriage his mother also died.

Λίγο καιρό μετά τον γάμο του Σουέτ πέθανε και η μητέρα του.

The girl from in the wall was no more.

Το κορίτσι από τον τοίχο δεν υπήρχε πια.

The widower lost no time in marrying again.

Ο χήρος δεν έχασε χρόνο και ξαναπαντρεύτηκε.

And he had a new young and beautiful wife.

Και είχε μια νέα, νεαρή και όμορφη σύζυγο.

Swet's wife was older than his stepmother.

Η γυναίκα του Σουέτ ήταν μεγαλύτερη από τη μητριά του.

So his wife became the mistress of the house.

Έτσι η γυναίκα του έγινε η κυρία του σπιτιού.

The stepmother was like all stepmothers are.

Η μητριά ήταν όπως όλες οι μητριές.

She hated Swet and Basanta with a perfect hatred.

Μισούσε τον Σουέτ και τον Μπασάντα με απόλυτο μίσος.

And the two ladies also couldn't stand each other.

Και οι δύο κυρίες επίσης δεν άντεχαν η μία την άλλη.

It so happened one day that a fisherman came.

Έτυχε μια μέρα να έρθει ένας ψαράς.

The fisherman brought to the merchant a fish.

Ο ψαράς έφερε στον έμπορο ένα ψάρι.

This fish was of singular and remarkable beauty.

Αυτό το ψάρι είχε μοναδική και αξιοσημείωτη ομορφιά.

It was unlike any other fish that had been seen.

Ήταν διαφορετικό από οποιοδήποτε άλλο ψάρι που είχε παρατηρηθεί.

And the fish had other qualities too.

Και τα ψάρια είχαν και άλλες ιδιότητες.

The fisherman explained the wonders of the fish.

Ο ψαράς εξήγησε τα θαύματα των ψαριών.

"Two things will happen if you eat this fish".

«Δύο πράγματα θα συμβούν αν φας αυτό το ψάρι».
"When you laugh maniks will drop from your mouth".
«Όταν γελάς, οι άντρες θα πέφτουν από το στόμα σου».
"And when you weep pearls will drop from your eyes".
«Και όταν κλάψεις, μαργαριτάρια θα πέσουν από τα μάτια σου».
The merchant was astounded by what he had heard.
Ο έμπορος έμεινε έκπληκτος από αυτά που είχε ακούσει.
And he wanted the wonderful properties of the fish.
Και ήθελε τις υπέροχες ιδιότητες του ψαριού.
And so he bought the fish at one thousand rupees.
Και έτσι αγόρασε το ψάρι για χίλιες ρουπίες.
And he put the fish into the hands of Swet's wife.
Και έβαλε το ψάρι στα χέρια της γυναίκας του Σουέτ.
Because Swet's wife was the mistress of the house.
Επειδή η γυναίκα του Σουέτ ήταν η κυρά του σπιτιού.
He strictly instructed her to cook the fish well.
Της έδωσε αυστηρές οδηγίες να μαγειρέψει καλά το ψάρι.
And he told her to give the fish to him alone to eat.
Και της είπε να του δώσει μόνο του το ψάρι να φάει.
The house-mother however knew the fish's secret.
Η νοικοκυρά, ωστόσο, ήξερε το μυστικό του ψαριού.
She had overheard what the fisherman had said.
Είχε ακούσει τυχαία τι είχε πει ο ψαράς.
Secretly she made a different plan in her mind.
Κρυφά έφτιαξε ένα διαφορετικό σχέδιο στο μυαλό της.
She was going to cook the fish for her husband.
Επρόκειτο να μαγειρέψει το ψάρι για τον άντρα της.
And she was going to share the fish with his brother.
Και επρόκειτο να μοιραστεί το ψάρι με τον αδερφό του.
For her father-in-law she was going to prepare a frog.
Για τον πεθερό της επρόκειτο να ετοιμάσει έναν βάτραχο.
Soon she had finished cooking the marvelous fish.
Σύντομα τελείωσε το μαγείρεμα του υπέροχου ψαριού.
And she had finished cooking a frog too.
Και είχε τελειώσει να μαγειρεύει και έναν βάτραχο.
But from the kitchen she could hear a squabble.

Αλλά από την κουζίνα άκουγε έναν καβγά.

She could hear who it was that was arguing.

Μπορούσε να ακούσει ποιος ήταν αυτός που μαλώνει.

Her stepmother-in-law and her husband's brother.

Η θετή πεθερά της και αδερφός του συζύγου της.

And she understood the cause of the argument.

Και κατάλαβε την αιτία του καβγά.

Basanta was still but a young lad.

Ο Μπασάντα ήταν ακόμα ένα νεαρό αγόρι.

But he was passionately fond of his pigeons.

Αλλά αγαπούσε με πάθος τα περιστέρια του.

And he tamed his pigeons very well.

Και εξημέρωσε τα περιστέρια του πολύ καλά.

Nonetheless, one of his pigeons had escaped.

Παρ 'όλα αυτά, ένα από τα περιστέρια του είχε δραπετεύσει.

And the pigeon flew into his stepmother's room.

Και το περιστέρι πέταξε στο δωμάτιο της μητριάς του.

His stepmother hid the pigeon in her clothes.

Η μητριά του έκρυψε το περιστέρι στα ρούχα της.

Basanta rushed after the pigeon into the room.

Ο Μπασάντα όρμησε πίσω από το περιστέρι μέσα στο δωμάτιο.

And he loudly demanded to have the pigeon back.

Και απαίτησε δυνατά να πάρει πίσω το περιστέρι.

His stepmother denied having the pigeon.

Η μητριά του αρνήθηκε ότι είχε το περιστέρι.

Swet, however, did know she had the pigeon.

Η Σουέτ, ωστόσο, ήξερε ότι είχε το περιστέρι.

And the older brother forcibly took the bird.

Και ο μεγαλύτερος αδερφός πήρε με τη βία το πουλί.

And he freed the pigeon from her clothes.

Και ελευθέρωσε το περιστέρι από τα ρούχα του.

And he gave the pigeon back to his brother.

Και έδωσε το περιστέρι πίσω στον αδερφό του.

The stepmother cursed and swore, and added;

Η μητριά καταράστηκε και έβρισε, και πρόσθεσε:

"Wait until the head of the house comes home".

«Περίμενε μέχρι να γυρίσει σπίτι ο αρχηγός του σπιτιού».

"He will get no water till he sheds your blood".

«Δεν θα πιει νερό μέχρι να χύσει το αίμα σου».

Swet's wife called her husband and said to him;

Η γυναίκα του Σουέτ φώναξε τον άντρα της και του είπε:

"My dearest lord, that woman is a most wicked woman".

«Αγαπητέ μου κύριέ μου, αυτή η γυναίκα είναι μια πολύ κακιά γυναίκα».

"And she has boundless influence over my father-in-law".

«Και έχει απεριόριστη επιρροή στον πεθερό μου».

"She will make him do what she has threatened".

«Θα τον κάνει να κάνει αυτό που τον έχει απειλήσει».

"All our lives are in imminent danger".

«Οι ζωές όλων μας βρίσκονται σε άμεσο κίνδυνο».

"But let us first eat a little," she added.

«Αλλά ας φάμε πρώτα λίγο», πρόσθεσε.

"And then let us all three run away from this place".

«Και μετά ας το σκάσουμε και οι τρεις μας από αυτό το μέρος».

Swet forthwith called Basanta to him.

Ο Σουέτ κάλεσε αμέσως τον Μπασάντα κοντά του.

And he told him what he had heard from his wife.

Και του είπε όσα είχε ακούσει από τη γυναίκα του.

They resolved to run away before nightfall.

Αποφάσισαν να φύγουν τρέχοντας πριν νυχτώσει.

The woman placed before her husband the fish.

Η γυναίκα έβαλε μπροστά στον άντρα της το ψάρι.

And her brother-in-law ate of the fish too.

Και ο κουνιάδος της έφαγε κι αυτός από το ψάρι.

And they ate of the fish heartily.

Και έφαγαν από το ψάρι με λαχτάρα.

The woman packed up all her jewels in a box.

Η γυναίκα μάζεψε όλα τα κοσμήματά της σε ένα κουτί.

There was only one horse in the stables.

Υπήρχε μόνο ένα άλογο στους στάβλους.

But the horse was of uncommon fleetness.

Αλλά το άλογο ήταν ασυνήθιστα γρήγορο.
They could all sit on the horse together.
Μπορούσαν να καθίσουν όλοι μαζί στο άλογο.
Swet held the reins of the horse.
Ο Σουέτ κρατούσε τα ηνία του αλόγου.
The woman sat in the middle of the horse.
Η γυναίκα κάθισε στη μέση του αλόγου.
And she had the jewel-box in her lap.
Και είχε το κουτί με τα κοσμήματα στην αγκαλιά της.
And Basanta sat on the rear of the horse.
Και ο Μπασάντα κάθισε στο πίσω μέρος του αλόγου.
The horse galloped with the utmost swiftness.
Το άλογο καλπάζει με τη μεγαλύτερη ταχύτητα.
They passed through many a plain and noted town.
Πέρασαν μέσα από πολλές πεδινές και φημισμένες πόλεις.
After midnight they found themselves in a forest.
Μετά τα μεσάνυχτα βρέθηκαν σε ένα δάσος.
And they were not far from the banks of a river.
Και δεν ήταν μακριά από τις όχθες ενός ποταμού.
Here the most untoward event took place.
Εδώ συνέβη το πιο ατυχές γεγονός.
Swet's wife began to feel the pains of child-birth.
Η γυναίκα του Σουέτ άρχισε να νιώθει τους πόνους της γέννας.
They dismounted from the horse without delay.
Κατέβηκαν από το άλογο χωρίς καθυστέρηση.
And within an hour Swet's wife gave birth to a son.
Και μέσα σε μια ώρα η γυναίκα του Σουέτ γέννησε έναν γιο.
What were the two brothers to do in this forest?
Τι έπρεπε να κάνουν τα δύο αδέρφια σε αυτό το δάσος;
They knew that a fire had to be kindled.
Ήξεραν ότι έπρεπε να ανάψουν φωτιά.
The mother and the new-born baby needed warmth.
Η μητέρα και το νεογέννητο μωρό χρειάζονταν ζεστασιά.
But from where was there fire to be gotten?
Αλλά από πού θα προερχόταν η φωτιά;

There were no human habitations visible.
Δεν υπήρχαν ορατές ανθρώπινες κατοικίες.
Nonetheless, a fire had to be procured.
Παρ 'όλα αυτά, έπρεπε να προμηθεύτηκε μια φωτιά.
And it was the winter month of December.
Και ήταν ο χειμερινός μήνας Δεκέμβριος.
The mother and the baby would certainly perish.
Η μητέρα και το μωρό σίγουρα θα πέθαιναν.
Swet told Basanta to sit beside his wife.
Ο Σουέτ είπε στον Μπασάντα να καθίσει δίπλα στη
γυναίκα του.
And he set out in the darkness of the night.
Και ξεκίνησε στο σκοτάδι της νύχτας.
And he went in search of wood to make a fire.
Και πήγε να βρει ξύλα για να ανάψει φωτιά.
Swet walked many a mile through the darkness.
Ο Σουέτ περπάτησε πολλά μίλια μέσα στο σκοτάδι.
But despite the distance he saw no human habitations.
Αλλά παρά την απόσταση, δεν είδε ανθρώπινες κατοικίες.
But eventually his eyes were given some help.
Αλλά τελικά τα μάτια του βοηθήθηκαν κάπως.
The genial light of Sukra somewhat illumined his path.
Το γλυκό φως του Σούκρα φώτισε κάπως το μονοπάτι του.
And he saw at a distance what seemed a large city.
Και είδε από μακριά κάτι που φαινόταν μεγάλη πόλη.
He was congratulating himself on his journey's end.
Συγχαίρε τον εαυτό του για το τέλος του ταξιδιού του.
And he congratulated himself for finding fire.
Και συνεχάρη τον εαυτό του που βρήκε φωτιά.
The fire that was going to benefit his poor wife.
Η φωτιά που επρόκειτο να ωφελήσει την καημένη τη
γυναίκα του.
His wife that was lying cold in the forest.
Η γυναίκα του που κρύωνε στο δάσος.
The fire that was going to save his new-born child.
Η φωτιά που έμελλε να σώσει το νεογέννητο παιδί του.
The new-born baby born into the coldness.

Το νεογέννητο μωρό γεννήθηκε στο κρύο.
Suddenly an elephant shot across his path.
Ξαφνικά ένας ελέφαντας όρμησε στο μονοπάτι του.
The elephant was gorgeously caparisoned.
Ο ελέφαντας ήταν υπέροχα διακοσμημένος.
And the elephant gently picked him with his trunk.
Και ο ελέφαντας τον μάζεψε απαλά με την προβοσκίδα του.
He placed him on the rich howdah on its back.
Τον τοποθέτησε στην πλούσια άμαξα ανάσκελα.
The elephant then walked rapidly towards the city.
Ο ελέφαντας περπάτησε γρήγορα προς την πόλη.
Swet was quite taken aback by the events.
Ο Σουέτ έμεινε αρκετά έκπληκτος από τα γεγονότα.
He did not understand the elephant's actions.
Δεν καταλάβαινε τις πράξεις του ελέφαντα.
And he wondered what was in store for him.
Και αναρωτιόταν τι τον επιφύλασσε.
A crown is that which was in store for him.
Ένα στέμμα είναι αυτό που του επιφύλασσαν.
He was being taken to the chief city of a kingdom.
Τον μετέφεραν στην κύρια πόλη ενός βασιλείου.
In this kingdom every morning a king was elected.
Σε αυτό το βασίλειο κάθε πρωί εκλέγονταν ένας βασιλιάς.
Because the kings of this city lasted but a day.
Επειδή οι βασιλιάδες αυτής της πόλης άντεξαν μόνο μια μέρα.
Every night the new king joined the queen in her room.
Κάθε βράδυ ο νέος βασιλιάς ερχόταν κοντά στη βασίλισσα στο δωμάτιό της.
And every morning the previous king was found dead.
Και κάθε πρωί ο προηγούμενος βασιλιάς βρισκόταν νεκρός.
No one knew what caused the deaths of the kings.
Κανείς δεν ήξερε τι προκάλεσε τον θάνατο των βασιλιάδων.
Not even the queen knew what caused their death.
Ούτε η βασίλισσα γνώριζε τι προκάλεσε τον θάνατό τους.

So this kingdom had its own king-maker.
Έτσι, αυτό το βασίλειο είχε τον δικό του δημιουργό βασιλιάδων.
The elephant who suddenly took hold of Swet.
Ο ελέφαντας που ξαφνικά άρπαξε τον Σουέτ.
Early in the morning the elephant roamed about.
Νωρίς το πρωί ο ελέφαντας περιφερόταν τριγύρω.
Sometimes the elephant went to distant places.
Μερικές φορές ο ελέφαντας πήγαινε σε μακρινά μέρη.
And every evening the elephant returned with a man.
Και κάθε βράδυ ο ελέφαντας επέστρεφε με έναν άνθρωπο.
The man on the elephant's became their king.
Ο άντρας πάνω στον ελέφαντα έγινε ο βασιλιάς τους.
The elephant majestically marched through the streets.
Ο ελέφαντας βάδιζε μεγαλοπρεπώς στους δρόμους.
A crowd of people welcomed their new king.
Ένα πλήθος ανθρώπων υποδέχτηκε τον νέο βασιλιά τους.
But Swet did not yet understand their cheers.
Αλλά ο Σουέτ δεν είχε καταλάβει ακόμα τις ζητωκραυγές τους.
The elephant entered the kingdom's palace.
Ο ελέφαντας μπήκε στο παλάτι του βασιλείου.
And the elephant placed Swet on the throne.
Και ο ελέφαντας τοποθέτησε τον Σουέτ στο θρόνο.
Amid much rejoicing he was proclaimed king.
Μέσα σε μεγάλη χαρά ανακηρύχθηκε βασιλιάς.
But there were lamentations in the crowd too.
Αλλά υπήρχαν και θρήνοι στο πλήθος.
In the course of the day he heard of the curse.
Κατά τη διάρκεια της ημέρας άκουσε για την κατάρα.
The nightly death of every newly elected king.
Ο νυχτερινός θάνατος κάθε νεοεκλεγμένου βασιλιά.
But Swet was possessed of great discretion.
Αλλά ο Σουέτ διέθετε μεγάλη διακριτικότητα.
And he had the courage not to try an escape.
Και είχε το θάρρος να μην επιχειρήσει απόδραση.
He took every precaution that he could take.

Πήρε κάθε προφύλαξη που μπορούσε.
But he did not know how to avert the catastrophe.
Αλλά δεν ήξερε πώς να αποτρέψει την καταστροφή.
And he knew not what expedients to adopt.
Και δεν ήξερε τι μέτρα να υιοθετήσει.
Because he didn't know the nature of the danger.
Επειδή δεν γνώριζε τη φύση του κινδύνου.
He resolved, however, upon two things;
Αποφάσισε, ωστόσο, σε δύο πράγματα.
He was going to go armed into the bedchamber.
Επρόκειτο να μπει οπλισμένος στην κρεβατοκάμαρα.
And he was going to stay awake the whole night.
Και επρόκειτο να μείνει ξύπνιος όλη νύχτα.
The queen was young and of exquisite beauty.
Η βασίλισσα ήταν νέα και εξαιρετικής ομορφιάς.
Guileless and benevolent was the expression of her face.
Αδίστακτη και καλοπροαίρετη ήταν η έκφραση του προσώπου της.
It was impossible to attribute her any malice.
Ήταν αδύνατο να της αποδώσει κανείς κάποια κακία.
No one believed she caused all the kings' deaths.
Κανείς δεν πίστευε ότι αυτή προκάλεσε τον θάνατο όλων των βασιλιάδων.
In the queen's chamber Swet spent an agreeable evening.
Στο δωμάτιο της βασίλισσας ο Σουέτ πέρασε ένα ευχάριστο βράδυ.
As the night advanced the queen fell asleep.
Καθώς η νύχτα προχωρούσε, η βασίλισσα αποκοιμήθηκε.
But Swet kept awake, and was on the alert.
Αλλά ο Σουέτ παρέμενε ξύπνιος και σε εγρήγορση.
He looked at every creek and corner of the room.
Κοίταξε κάθε ρυάκι και γωνιά του δωματίου.
And he expected every minute to be murdered.
Και περίμενε κάθε λεπτό να δολοφονηθεί.
But the queen did not rise to murder him.
Αλλά η βασίλισσα δεν σηκώθηκε για να τον δολοφονήσει.
And no one entered the room to murder him either.

Και κανείς δεν μπήκε στο δωμάτιο για να τον δολοφονήσει.
Nor did he feel anything other than sleepiness.
Ούτε ένιωθε τίποτα άλλο εκτός από υπνηλία.
But in the dead of night he perceived something.
Αλλά μέσα στη νύχτα αντιλήφθηκε κάτι.
A thread was coming out the queen's nostril.
Μια κλωστή έβγαινε από το ρουθούνι της βασίλισσας.
The thread was so thin that it was almost invisible.
Το νήμα ήταν τόσο λεπτό που ήταν σχεδόν αόρατο.
Slowly the thread reached several yards in length.
Σιγά σιγά το νήμα έφτασε σε μήκος αρκετών μέτρων.
And eventually all the thread came out.
Και τελικά βγήκε όλο το νήμα.
Only then did the thread begin to grow thicker.
Μόνο τότε άρχισε το νήμα να γίνεται πιο παχύ.
Soon the thread took on its real shape.
Σύντομα το νήμα πήρε την πραγματική του μορφή.
The thread was in fact a huge serpent.
Το νήμα ήταν στην πραγματικότητα ένα τεράστιο φίδι.
Immediately Swet cut off the head of the serpent.
Αμέσως ο Σουέτ έκοψε το κεφάλι του φιδιού.
The body of the serpent wriggled violently.
Το σώμα του φιδιού στριφογύριζε βίαια.
He sat quiet in the room, expecting other adventures.
Καθόταν ήσυχος στο δωμάτιο, περιμένοντας άλλες περιπέτειες.
But nothing else happened the rest of the night.
Αλλά δεν συνέβη τίποτα άλλο το υπόλοιπο βράδυ.
The queen slept longer than usual.
Η βασίλισσα κοιμήθηκε περισσότερο από το συνηθισμένο.
Because she had been relieved of the huge snake.
Επειδή είχε απαλλαγεί από το τεράστιο φίδι.
Early next morning the ministers came.
Νωρίς το επόμενο πρωί ήρθαν οι υπουργοί.
They were expecting to hear of the king's death.
Περίμεναν να ακούσουν για τον θάνατο του βασιλιά.
The ladies of the bedchamber knocked at the door.

Οι κυρίες της κρεβατοκάμαρας χτύπησαν την πόρτα.
But to their astonishment Swet come out.
Αλλά προς έκπληξή τους, ο Sweet βγήκε έξω.
The folk learned the mystery of all the kings' deaths.
Ο λαός έμαθε το μυστήριο των θανάτων όλων των
βασιλιάδων.
And now the country rejoiced their permanent king.
Και τώρα η χώρα χαιρόταν τον μόνιμο βασιλιά της.
There is a strange thing you probably noticed.
Υπάρχει κάτι περίεργο που πιθανώς έχετε παρατηρήσει.
Swet did not remember his wife he left behind.
Ο Σουέτ δεν θυμόταν τη γυναίκα του που άφησε πίσω.
It is a strange thing, nevertheless it is true.
Είναι κάτι περίεργο, παρόλα αυτά είναι αλήθεια.
Nor did he remember the defenseless new-born babe.
Ούτε θυμόταν το ανυπεράσπιστο νεογέννητο μωρό.
And he did not remember his brother either.
Και δεν θυμόταν ούτε τον αδερφό του.
He had no time to remember when the elephant came.
Δεν είχε χρόνο να θυμηθεί πότε ήρθε ο ελέφαντας.
On the first night he had to worry for his own life.
Την πρώτη νύχτα έπρεπε να ανησυχεί για τη ζωή του.
And now the crown brought on his forgetfulness.
Και τώρα το στέμμα τον άφησε να ξεχάσει.
But he had entrusted his wife and child to Basanta.
Αλλά είχε εμπιστευτεί τη γυναίκα και το παιδί του στον
Μπασάντα.
And his brother sat waiting for many weary hours.
Και ο αδερφός του κάθισε περιμένοντας πολλές
κουραστικές ώρες.
Every moment he expected to see Swet return with fire.
Κάθε στιγμή περίμενε να δει τον Σουέτ να επιστρέφει με
φωτιά.
But the whole night passed away without his return.
Αλλά όλη η νύχτα πέρασε χωρίς να επιστρέψει.
At sunrise he went to the bank of the river.
Με την ανατολή του ηλίου πήγε στην όχθη του ποταμού.

There he anxiously looked about for his brother.

Εκεί κοίταξε με αγωνία τριγύρω για τον αδερφό του.

But his waiting and searching were all in vain.

Αλλά η αναμονή και η αναζήτησή του ήταν μάταιες.

Distressed beyond measure, he wept at the riverside.

Απέραντη θλίψη, έκλαιγε στην όχθη του ποταμού.

As he was weeping a boat was passing by.

Καθώς έκλαιγε, μια βάρκα περνούσε από εκεί.

In the boat a merchant was returning from business.

Στο πλοίο ένας έμπορος επέστρεφε από δουλειές.

The boat was not far from the shore.

Το σκάφος δεν ήταν μακριά από την ακτή.

So the merchant could see Basanta weeping.

Έτσι ο έμπορος μπορούσε να δει τον Μπασάντα να κλαίει.

Something struck the attention of the merchant.

Κάτι τράβηξε την προσοχή του εμπόρου.

By the weeping man appeared to be a pile of pearls.

Δίπλα στον κλαίγοντα άντρα φάνηκε σαν να υπήρχε ένας σωρός από μαργαριτάρια.

The merchant requested the boatman to halt.

Ο έμπορος ζήτησε από τον βαρκάρη να σταματήσει.

And the merchant went to the weeping man.

Και ο έμπορος πήγε στον κλαίγοντα.

By the weeping man was in fact a pile of pearls.

Δίπλα στον άνθρωπο που έκλαιγε υπήρχε στην πραγματικότητα ένας σωρός από μαργαριτάρια.

And the pearls were of the highest quality.

Και τα μαργαριτάρια ήταν άριστης ποιότητας.

And another thing astonished the merchant.

Και κάτι άλλο άφησε άναυδο τον έμπορο.

The pile of pearls grew larger every second.

Η στοίβα από μαργαριτάρια μεγάλωνε κάθε δευτερόλεπτο.

Because the man was crying, but not tears.

Επειδή ο άντρας έκλαιγε, αλλά όχι δάκρυα.

Because his tears turned to pearls on the ground.

Επειδή τα δάκρυά του έγιναν μαργαριτάρια στο έδαφος.

The merchant stowed away the pearls into his boat.

Ο έμπορος έβαλε τα μαργαριτάρια στη βάρκα του.
Then the merchant got his servants to help him.
Τότε ο έμπορος κάλεσε τους υπηρέτες του να τον βοηθήσουν.
And together they captured the crying man.
Και μαζί έπιασαν τον άντρα που έκλαιγε.
They put him on board of the vessel.
Τον έβαλαν στο πλοίο.
And he tied him to one of the ship's masts.
Και τον έδεσε σε ένα από τα κατάρτια του πλοίου.
Basanta, of course, tried his best to resist.
Ο Μπασάντα, φυσικά, προσπάθησε όσο καλύτερα μπορούσε να αντισταθεί.
But what could he do against so many sailors?
Αλλά τι μπορούσε να κάνει ενάντια σε τόσους ναυτικούς;
He thought of his brother who never returned.
Σκέφτηκε τον αδερφό του που δεν επέστρεψε ποτέ.
He thought of his sister-in-law in the forest.
Σκέφτηκε την κουνιάδα του στο δάσος.
And he thought of his newly born niece.
Και σκέφτηκε τη νεογέννητη ανιψιά του.
And he cried even more bitterly than before.
Και έκλαιγε ακόμα πιο πικρά από πριν.
His weeping mightily pleased the merchant.
Το κλάμα του ικανοποίησε πολύ τον έμπορο.
Because even more pearls were falling to the ground.
Επειδή ακόμα περισσότερα μαργαριτάρια έπεφταν στο έδαφος.
And the merchant became richer and richer.
Και ο έμπορος γινόταν όλο και πιο πλούσιος.
Eventually the merchant reached his native town.
Τελικά ο έμπορος έφτασε στην πόλη καταγωγής του.
When they got there he confined Basanta in a room.
Όταν έφτασαν εκεί, έκλεισε τον Μπασάντα σε ένα δωμάτιο.
At stated hours every day he had him whipped.
Σε καθορισμένες ώρες κάθε μέρα τον μαστίγωνε.

In order to make him shed yet more tears.
Για να τον κάνει να χύσει κι άλλα δάκρυα.
And every tear converted into a bright pearl.
Και κάθε δάκρυ μετατράπηκε σε ένα λαμπερό
μαργαριτάρι.
The merchant one day said to his servants;
Ο έμπορος είπε μια μέρα στους υπηρέτες του:
"The fellow is making me rich by his weeping".
«Αυτός ο τύπος με πλουτίζει με το κλάμα του».
"Let us see what he gives me by laughing".
«Ας δούμε τι μου δίνει γελώντας».
Accordingly, he began to tickle his captive.
Συνεπώς, άρχισε να γαργαλάει τον αιχμάλωτό του.
Upon being tickled Basanta began to laugh.
Μόλις γαργαλήθηκε, ο Μπασάντα άρχισε να γελάει.
Of course he was not laughing out of happiness.
Φυσικά και δεν γελούσε από χαρά.
But none the less maniks dropped from his mouth.
Αλλά παρόλα αυτά, άνοιγαν φωνές από το στόμα του.
After this Basanta was not just whipped anymore.
Μετά από αυτό, ο Μπασάντα δεν μαστιγωνόταν πια
απλώς.
Now he was alternately whipped and tickled.
Τώρα τον μαστίγωναν και τον γαργαλούσαν εναλλάξ.
All day and far into the night he was exploited.
Όλη μέρα και μέχρι αργά τη νύχτα τον εκμεταλλεύονταν.
The merchant's wealth increased day and night.
Ο πλούτος του εμπόρου αυξανόταν μέρα νύχτα.
Soon he became the wealthiest man in the land.
Σύντομα έγινε ο πλουσιότερος άνθρωπος στη χώρα.
But let us return to Basanta's subjugation later.
Ας επιστρέψουμε όμως στην υποδούλωση του Μπασάντα
αργότερα.
Now let us turn our attention to Swet's wife.
Τώρα ας στρέψουμε την προσοχή μας στη σύζυγο του
Σουέτ.

Swet's abandoned wife was still in the forest.

Η εγκαταλελειμμένη γυναίκα του Σουέτ ήταν ακόμα στο δάσος.

She had just given birth to her child.

Μόλις είχε γεννήσει το παιδί της.

But now she was alone in the forest.

Αλλά τώρα ήταν μόνη στο δάσος.

First her husband had abandoned her.

Αρχικά, ο άντρας της την είχε εγκαταλείψει.

And now her brother-in-law abandoned her too.

Και τώρα ο κουνιάδος της την εγκατέλειψε κι αυτός.

Imagine how overwhelmed with grief she felt.

Φανταστείτε πόσο την κατέκλυσε η θλίψη.

Alone, and in a forest, far from civilization.

Μόνος, και σε ένα δάσος, μακριά από τον πολιτισμό.

Her case was indeed deserving of sympathy.

Η περίπτωσή της ήταν πράγματι άξια συμπάθειας.

She wept rivers of sad and lonely tears.

Έκλαιγε ποτάμια από θλιβερά και μοναχικά δάκρυα.

Excessive grief, however, brought her relief.

Η υπερβολική θλίψη, ωστόσο, της έφερε ανακούφιση.

She fell asleep with the new-born in her arms.

Αποκοιμήθηκε με το νεογέννητο στην αγκαλιά της.

While she was deep in sleep another tragedy took place.

Ενώ κοιμόταν βαθιά, συνέβη μια άλλη τραγωδία.

It so happened that the Kotwal was passing by.

Έτυχε να περνάει από εκεί ο Κότβαλ.

He had recently suffered his own misfortune.

Πρόσφατα είχε βιώσει και ο ίδιος την ατυχία του.

But his misfortune was of a different nature.

Αλλά η ατυχία του ήταν διαφορετικής φύσης.

The children his wife bore died shortly after birth.

Τα παιδιά που γέννησε η σύζυγός του πέθαναν λίγο μετά τη γέννησή τους.

And he was now going to bury the last infant.

Και τώρα επρόκειτο να θάψει το τελευταίο βρέφος.

He was heading to the banks of the river.

Κατευθύνονταν προς τις όχθες του ποταμού.
The place where the other infants were buried.
Ο τόπος όπου θάφτηκαν τα άλλα βρέφη.
But then he saw the woman sleeping in the forest.
Αλλά τότε είδε τη γυναίκα να κοιμάται στο δάσος.
And in her arms he saw her holding a baby.
Και στην αγκαλιά της την είδε να κρατάει ένα μωρό.
The infant was a lively and beautiful boy.
Το βρέφος ήταν ένα ζωηρό και όμορφο αγόρι.
His liveliness did not disturb his mother's sleep.
Η ζωντάνια του δεν διατάραξε τον ύπνο της μητέρας του.
The Kotwal wanted the lovely infant very much.
Ο Κότβαλ ήθελε πολύ το υπέροχο βρέφος.
He quietly took the child from his mother.
Πήρε σιωπηλά το παιδί από τη μητέρα του.
And in her arms he placed his own dead child.
Και στην αγκαλιά της έβαλε το δικό του νεκρό παιδί.
Of course this is not what he could tell his wife.
Φυσικά, αυτό δεν ήταν που μπορούσε να πει στη γυναίκα
του.
"We both thought that our son had died".
«Και οι δύο νομίζαμε ότι ο γιος μας είχε πεθάνει».
"And I carried his body to the river bank".
«Και μετέφρασα το σώμα του στην όχθη του ποταμού».
"And that was when a miracle occurred".
«Και τότε συνέβη ένα θαύμα».
"Once more our son opened his young eyes".
«Για άλλη μια φορά ο γιος μας άνοιξε τα νεαρά του μάτια».
"And now we have a beautiful and lively boy".
«Και τώρα έχουμε ένα όμορφο και ζωηρό αγόρι».
But Swet's wife did not know the true events.
Αλλά η σύζυγος του Σουέτ δεν γνώριζε τα αληθινά
γεγονότα.
When she woke she held the dead child in her arms.
Όταν ξύπνησε, κρατούσε στην αγκαλιά της το νεκρό παιδί.
And she thought it was her child that had died.
Και νόμιζε ότι ήταν το παιδί της που είχε πεθάνει.

The distress of her mind may easily be imagined.

Η αγωνία του μυαλού της μπορεί εύκολα να φανταστεί κανείς.

The whole world became dark to her.

Όλος ο κόσμος έγινε σκοτεινός για εκείνη.

She was distracted by the loss of her child.

Την είχε αποσπάσει η προσοχή η απώλεια του παιδιού της.

And in her distraction she formed a resolution.

Και μέσα στην απόσπαση της προσοχής της, διαμόρφωσε μια απόφαση.

She had resolved to take her own life.

Είχε αποφασίσει να αυτοκτονήσει.

The river was not far from where she had slept.

Το ποτάμι δεν ήταν μακριά από το σημείο που είχε κοιμηθεί.

And she determined to drown herself in the river.

Και αποφάσισε να πνιγεί στο ποτάμι.

She took in her hand the bundle of jewels.

Πήρε στο χέρι της τη δέσμη με τα κοσμήματα.

And then she proceeded to the river-side.

Και μετά προχώρησε προς την όχθη του ποταμού.

An old Brahman was at no great distance.

Ένας γέρος Βραχμάνος δεν βρισκόταν σε μεγάλη απόσταση.

The Brahman was performing his morning ablutions.

Ο Βράχμαν έκανε το πρωινό του λουτρό.

He noticed the woman going into the water.

Παρατήρησε τη γυναίκα να μπαίνει στο νερό.

Naturally he thought that she was going to bathe.

Φυσικά, νόμιζε ότι επρόκειτο να κάνει μπάνιο.

But then he saw her going into the deep waters.

Αλλά τότε την είδε να μπαίνει στα βαθιά νερά.

Something akin to suspicion arose in his mind.

Κάτι σαν υποψία γεννήθηκε στο μυαλό του.

The Brahman discontinued his devotions.

Ο Βράχμαν διέκοψε τις λατρείες του.

He too waded out towards the river's depth.

Κι αυτός βάδισε προς τα βάθη του ποταμού.
And he ordered the woman to come to him.
Και διέταξε τη γυναίκα να έρθει κοντά του.
Swet's wife heard the old man calling her.
Η γυναίκα του Σουέτ άκουσε τον γέρο να την φωνάζει.
So she retraced her steps to the old man.
Έτσι, επέστρεψε στον γέρο.
"What were your intentions?" asked the Braham.
«Ποιες ήταν οι προθέσεις σου;» ρώτησε ο Μπραχάμ.
And the woman confirmed his suspicions.
Και η γυναίκα επιβεβαίωσε τις υποψίες του.
"I was going to put an end to my life".
«Είχα σκοπό να βάλω τέλος στη ζωή μου».
And she thanked the Brahman for saving her.
Και ευχαρίστησε τον Βράχμαν που την έσωσε.
"Accept these jewels as a sign of appreciation".
«Δεχτείτε αυτά τα κοσμήματα ως ένδειξη εκτίμησης».
The Brahman accepted the sign of appreciation.
Ο Βράχμαν δέχτηκε το σημάδι της εκτίμησης.
But he was more interested in her story.
Αλλά τον ενδιέφερε περισσότερο η ιστορία της.
And at his request she related her story.
Και κατόπιν αιτήματός του, διηγήθηκε την ιστορία της.
She had escaped from her stepmother in law.
Είχε δραπετεύσει από τη θετή πεθερά της.
In the forest she gave birth to a child.
Στο δάσος γέννησε ένα παιδί.
First her husband went looking for fire.
Πρώτα ο άντρας της πήγε να ψάξει για φωτιά.
But her husband never came back to her.
Αλλά ο άντρας της δεν επέστρεψε ποτέ σε αυτήν.
Then her brother-in-law looked for her husband.
Τότε ο κουνιάδος της αναζήτησε τον άντρα της.
But her brother-in-law did not return either.
Αλλά ούτε ο κουνιάδος της επέστρεψε.
Eventually she fell asleep with her child.
Τελικά αποκοιμήθηκε με το παιδί της.

But when she woke her child was dead.

Αλλά όταν ξύπνησε, το παιδί της ήταν νεκρό.

And that's when she decided to drown herself.

Και τότε ήταν που αποφάσισε να πνιγεί.

She felt the relieve of telling her fate.

Ένιωσε την ανακούφιση που της διηγήθηκε τη μοίρα της.

The Brahman invited the woman to his house.

Ο Βραχμάνος κάλεσε τη γυναίκα στο σπίτι του.

And the woman was accepted into his family.

Και η γυναίκα έγινε δεκτή στην οικογένειά του.

The Brahman's wife treated her like a daughter.

Η γυναίκα του Βραχμάνου της φέρθηκε σαν κόρη.

And she spent years with her new family.

Και πέρασε χρόνια με τη νέα της οικογένεια.

Swet spend those years in his kingdom.

Ο Σουίτ πέρασε αυτά τα χρόνια στο βασίλειό του.

Basanta spent those years being tortured.

Ο Μπασάντα πέρασε αυτά τα χρόνια βασανιζόμενος.

And the adopted son of the Kotwal grew up.

Και ο υιοθετημένος γιος του Κότβαλ μεγάλωσε.

The Brahman's house was not far from the Kotwal's.

Το σπίτι των Βραχμάνων δεν ήταν μακριά από τους Κότβαλ.

So the Kotwal's son met the Brahman's adopted daughter.

Έτσι, ο γιος του Κότβαλ γνώρισε την υιοθετημένη κόρη του Βράχμαν.

And the lad thought he fell in love with her.

Και το αγόρι νόμιζε ότι την ερωτεύτηκε.

He spoke to his father about the woman.

Μίλησε στον πατέρα του για τη γυναίκα.

And the father spoke to the Brahman about the woman.

Και ο πατέρας μίλησε στον Βράχμαν για τη γυναίκα.

The Brahman's rage knew no bounds.

Η οργή του Βράχμαν δεν είχε όρια.

"What is this insolence!" the Brahman protested.

«Τι αυθάδεια είναι αυτή!» διαμαρτυρήθηκε ο Βραχμάνος.

"Your son is the son of an infidel".

«Ο γιος σου είναι γιος ενός άπιστου».
"How can he aspire to the hand of a Brahman's daughter!?".
«Πώς μπορεί να επιδιώκει το χέρι της κόρης ενός
Βραχμάνου;».
"A dwarf may as well aspire to catch hold of the moon!".
«Ένας νάνος μπορεί κάλλιστα να φιλοδοξεί να πιάσει το
φεγγάρι!»
But the Kotwal's son determined to have her by force.
Αλλά ο γιος των Κότβαλ αποφάσισε να την πάρει με τη
βία.
One day he scaled the wall of the Brahman's house.
Μια μέρα σκαρφάλωσε στον τοίχο του σπιτιού του
Βραχμάνου.
He got upon the thatched roof of the cow-house.
Ανέβηκε στην αχυρένια στέγη του βουστάσιου.
And from that lofty position he reconnoitered.
Και από εκείνη την υψηλή θέση έκανε αναγνώριση.
And he saw two young calves below him.
Και είδε δύο νεαρά μοσχάρια από κάτω του.
And he overheard the conversation of two young calves.
Και άκουσε τυχαία τη συζήτηση δύο νεαρών μοσχαριών.
"Men accuse us of brutish ignorance and immorality".
«Οι άντρες μας κατηγορούν για κτηνώδη άγνοια και
ανηθικότητα».
"But in my opinion men are fifty times worse".
«Αλλά κατά τη γνώμη μου, οι άντρες είναι πενήντα φορές
χειρότεροι».
"What makes you say so, brother?" the calf asked.
«Τι σε κάνει να το λες αυτό, αδερφέ;» ρώτησε το μοσχάρι.
"Have you witnessed instances of human depravity?".
«Έχετε δει περιστατικά ανθρώπινης εξαχρείωσης;»
"Who is a greater monster than the Kotwal's son?".
«Ποιος είναι μεγαλύτερο τέρας από τον γιο του Κότβαλ;»
"The same lad standing on the thatched roof".
«Το ίδιο παλικάρι που στέκεται στην αχυρένια στέγη».
"The roof of this hut above our heads".
«Η στέγη αυτής της καλύβας πάνω από τα κεφάλια μας».

"I thought he was just the son of our Kotwal".

«Νόμιζα ότι ήταν απλώς ο γιος του Κότβαλ μας».

"I never heard that he was exceptionally vicious".

«Δεν έχω ακούσει ποτέ ότι ήταν εξαιρετικά άγριος».

"You may have never heard of his wickedness".

«Μπορεί να μην έχετε ακούσει ποτέ για την κακία του».

"But now you will hear of his wickedness from me".

«Τώρα όμως θα ακούσεις από μένα για την ανομία του».

"This wicked lad is now making immoral plans".

«Αυτό το άνομο παλικάρι καταστρώνει τώρα ανήθικα σχέδια».

"He is trying get married to his own mother!".

«Προσπαθεί να παντρευτεί την ίδια του τη μητέρα!»

The First Calf then related the whole story.

Το Πρώτο Μοσχάρι διηγήθηκε στη συνέχεια ολόκληρη την ιστορία.

And the inquisitive Second Calf listened.

Και το περίεργο Δεύτερο Μοσχάρι άκουγε.

And the calf told Swet's and Basanta's story.

Και το μοσχάρι είπε την ιστορία του Σουέτ και του Μπασάντα.

"A merchant built a house for his son"

«Ένας έμπορος έχτισε ένα σπίτι για τον γιο του»

"In the garden of the house was a Toontooni bird"

«Στον κήπο του σπιτιού υπήρχε ένα πουλί Toontooni»

"In the nest of the Toontooni bird was an egg"

«Στη φωλιά του πουλιού Τοοντούνι υπήρχε ένα αυγό»

"The merchant's son put the egg in an almirah"

«Ο γιος του εμπόρου έβαλε το αυγό σε μια αλμιρά»

"Out of the egg came a beautiful girl"

«Από το αυγό βγήκε ένα όμορφο κορίτσι»

"Eventually the merchant's son married this beautiful girl"

«Τελικά ο γιος του εμπόρου παντρεύτηκε αυτή την όμορφη κοπέλα»

"Together they had two children; Swet and Basanta"

«Μαζί απέκτησαν δύο παιδιά, τον Σουέτ και τη Μπασάντα»

"Some time later the grandfather of the children died"

«Λίγο καιρό αργότερα, ο παππούς των παιδιών πέθανε»
"Some time later again their grandmother died too"
«Λίγο καιρό αργότερα πέθανε και η γιαγιά τους»
"At the right time, the oldest son, Swet, got married"
«Την κατάλληλη στιγμή, ο μεγαλύτερος γιος, ο Σουέτ, παντρεύτηκε»
"His mother, the Toontooni woman, died sometime later"
«Η μητέρα του, η γυναίκα Τοοντούνι, πέθανε λίγο αργότερα»
"Soon after their father married a younger woman"
«Λίγο αφότου ο πατέρας τους παντρεύτηκε μια νεότερη γυναίκα»
"But their new stepmother hated her stepsons"
«Αλλά η νέα μητριά τους μισούσε τους θετούς γιους της»
"And she also hated her new stepdaughter-in-law"
«Και μισούσε επίσης την καινούρια θετή νύφη της»
"One day a fisherman happened to visit the merchant"
«Μια μέρα ένας ψαράς επισκέφτηκε τυχαία τον έμπορο»
"The Fisherman had sold the merchant a magical fish"
«Ο ψαράς είχε πουλήσει στον έμπορο ένα μαγικό ψάρι»
"Whoever ate the fish would laugh maniks"
«Όποιος έτρωγε το ψάρι θα γελούσε, μανίκια»
"And whoever ate the fish would weep pearls"
«Και όποιος έτρωγε το ψάρι θα έκλαιγε μαργαριτάρια»
"The same day there was an argument over some pigeons"
«Την ίδια μέρα υπήρξε ένας καβγάς για μερικά περιστέρια»
"The stepmother was terribly vengeful to her stepsons"
«Η μητριά ήταν τρομερά εκδικητική απέναντι στους θετούς γιους της»
"And she swore revenge on her stepsons"
«Και ορκίστηκε εκδίκηση στους θετούς γιους της »
"That day Swet, his wife, and Basanta escaped"
«Εκείνη την ημέρα ο Σουέτ, η γυναίκα του και ο Μπασάντα δραπέτευσαν»
"But before leaving they ate the magical fish"
«Αλλά πριν φύγουν έφαγαν το μαγικό ψάρι»
"On their journey Swet's wife gave birth to a baby boy"

«Στο ταξίδι τους, η σύζυγος του Σουέτ γέννησε ένα αγοράκι»

"Swet went to look for wood to make a fire"

«Ο Σουίτ πήγε να ψάξει για ξύλα για να ανάψει φωτιά»

"But he was carried away by an elephant"

«Αλλά τον παρέσυρε ένας ελέφαντας»

"He was taken to a Queen haunted by a snake"

«Τον πήγαν σε μια βασίλισσα που την στοιχειώνει ένα φίδι »

"But he succeeded in killing the serpent"

«Αλλά κατάφερε να σκοτώσει το φίδι»

"And so he became king of the land"

«Και έτσι έγινε βασιλιάς της χώρας»

"Basanta went looking for his brother"

«Ο Μπασάντα πήγε να βρει τον αδερφό του»

"But he was captured by a merchant"

«Αλλά τον συνέλαβε ένας έμπορος»

"And now he's flogged and tickled daily"

«Και τώρα τον μαστιγώνουν και τον γαργαλούν καθημερινά»

"And he cries pearls and laughs maniks"

«Και κλαίει μαργαριτάρια και γελάει με μανίκια»

"The Kotwal's son had died that night"

«Ο γιος του Κότβαλ είχε πεθάνει εκείνο το βράδυ»

"So the Kotwal exchanged the two babies"

«Έτσι, οι Κότβαλ αντάλλαξαν τα δύο μωρά»

"The mother couldn't bear the loss of her child"

«Η μητέρα δεν άντεξε την απώλεια του παιδιού της»

"So she made the decision to drown herself"

«Έτσι πήρε την απόφαση να πνιγεί μόνη της»

"But there was a Brahman that saved her life"

«Αλλά υπήρχε ένας Βράχμαν που της έσωσε τη ζωή»

"And this Brahman took her into his home"

«Και αυτός ο Βράχμαν την πήρε στο σπίτι του»

"The Kotwal's son grew up a hardy boy"

«Ο γιος του Κότβαλ μεγάλωσε ως σκληραγωγημένο αγόρι»

"And he fell in love with the woman"

«Και ερωτεύτηκε τη γυναίκα»

"And now he stands on the roof"

«Και τώρα στέκεται στην οροφή»

"And he's intent on having the woman"

«Και είναι αποφασισμένος να αποκτήσει τη γυναίκα»

All this the Kotwal's son heard.

Όλα αυτά τα άκουσε ο γιος του Κότβαλ.

And he was struck with horror.

Και τον κατέλαβε φρίκη.

He forthwith got down from the thatch.

Κατέβηκε αμέσως από την καλύβα.

And he went home to his father.

Και πήγε σπίτι στον πατέρα του.

And he said he must speak with the king.

Και είπε ότι έπρεπε να μιλήσει με τον βασιλιά.

The father protested against the request.

Ο πατέρας διαμαρτυρήθηκε για το αίτημα.

But he got an interview with the king.

Αλλά είχε μια συνέντευξη με τον βασιλιά.

He told the king about the two calves.

Είπε στον βασιλιά για τα δύο μοσχάρια.

And he repeated the whole story.

Και επανέλαβε όλη την ιστορία.

The king now remembered his poor wife.

Ο βασιλιάς θυμήθηκε τώρα την καημένη τη γυναίκα του.

So a servant was sent to the Brahman.

Έτσι, ένας υπηρέτης στάλθηκε στον Βράχμαν.

And the Brahman was richly rewarded.

Και ο Βράχμαν ανταμείφθηκε πλουσιοπάροχα.

And his wife was brought back to the palace.

Και η γυναίκα του μεταφέρθηκε πίσω στο παλάτι.

His wife was put in her proper position.

Η γυναίκα του τοποθετήθηκε στη σωστή της θέση.

And she became queen of the kingdom.

Και έγινε βασίλισσα του βασιλείου.

The reputed son of the Kotwal was readopted.

Ο φημισμένος γιος του Κότβαλ επανεξελέγη.

And he was proclaimed heir to the throne.

Και ανακηρύχθηκε κληρονόμος του θρόνου.

Basanta was brought out of the dungeon.

Ο Μπασάντα βγήκε από το μπουντρούμι.

And the wicked merchant was buried alive.

Και ο πονηρός έμπορος θάφτηκε ζωντανός.

And thorns were put in his burying-place.

Και αγκάθια έβαλαν στον τάφο του.

And all lived together happily for many years.

Και έζησαν όλοι μαζί ευτυχισμένοι για πολλά χρόνια.

Swet, his wife and son, and Basantas.

Ο Σουέτ, η σύζυγός του και ο γιος του, και ο Μπασάντας.

The Evil Eye of Sani
Το Κακό Μάτι της Σάνι

Once upon a time Sani and Lakshmi fell out with each other.

Μια φορά κι έναν καιρό η Σάνι και η Λάκσμι τσακώθηκαν μεταξύ τους.

Sani, also known as Saturn, is the God of bad luck.

Ο Σάνι, επίσης γνωστός ως Κρόνος, είναι ο θεός της κακής τύχης.

And Lakshmi is the Goddess of good luck.

Και η Λάκσμι είναι η θεά της καλής τύχης.

And these two Gods fell out with each other in heaven.

Και αυτοί οι δύο Θεοί συγκρούστηκαν στον παράδεισο.

Sani said he was higher in rank than Lakshmi.

Η Σάνι είπε ότι είχε υψηλότερο βαθμό από τη Λάκσμι.

And Lakshmi said she was higher in rank than Sani.

Και η Λάκσμι είπε ότι είχε υψηλότερο βαθμό από τη Σάνι.

But there were just as many Gods as there were Goddesses.

Αλλά υπήρχαν τόσοι Θεοί όσες υπήρχαν και Θεές.

Therefore the dispute could not be settled in heaven.

Επομένως, η διαμάχη δεν μπορούσε να διευθετηθεί στον παράδεισο.

The contending deities agreed to refer the matter to humans.

Οι αντίπαλες θεότητες συμφώνησαν να παραπέμψουν το ζήτημα στους ανθρώπους.

The humans had a name for wisdom and justice.

Οι άνθρωποι είχαν ένα όνομα για τη σοφία και τη δικαιοσύνη.

There lived at that time upon earth a man named Sribatsa.

Εκείνη την εποχή ζούσε στη γη ένας άντρας που ονομαζόταν Σριμπάτσα.

(Sri is another name of Lakshmi).

(Σρι είναι ένα άλλο όνομα της Λάκσμι).

(And "batsa" is another word for child).

(Και «μπάτσα» είναι μια άλλη λέξη για το παιδί).

(so Sribatsa literally means "the child of fortune").

(έτσι, Sribatsa σημαίνει κυριολεκτικά «το παιδί της τύχης»).

Sribatsa had as much wisdom as he had wealth.

Ο Σριμπάτσα είχε τόση σοφία όσο και πλούτο.

And he was as fair as he was rich, too.

Και ήταν τόσο όμορφος όσο και πλούσιος.

He was therefore a good judge for the dispute.

Ήταν επομένως ένας καλός κριτής για τη διαμάχη.

And the God and Goddess agreed he could judge their case.

Και ο Θεός και η Θεά συμφώνησαν ότι μπορούσε να κρίνει την υπόθεσή τους.

One day, accordingly, Sribatsa was contacted.

Κάποια μέρα, λοιπόν, επικοινώνησαν με τον Σριμπάτσα.

He was told that Sani and Lakshmi would come to him.

Του είπαν ότι η Σάνι και η Λάκσμι θα έρχονταν σε αυτόν.

And he was told they wished for him to settle their dispute.

Και του είπαν ότι ήθελαν να διευθετήσει τη διαφορά τους.

This put Sribatsa in a delicate situation.

Αυτό έθεσε τον Σριμπάτσα σε μια λεπτή θέση.

He could say Sani was higher in rank than Lakshmi.

Θα μπορούσε να πει ότι η Σάνι ήταν υψηλότερη σε βαθμό από τη Λάκσμι.

But then she would be angry with him and forsake him.

Αλλά τότε θα θύμωνε μαζί του και θα τον εγκατέλειπε.

He could say Lakshmi was higher in rank than Sani.

Θα μπορούσε να πει ότι η Λάκσμι ήταν υψηλότερη σε βαθμό από τη Σάνι.

But then Sani would cast his evil eye upon him.

Αλλά τότε η Σάνι θα έριχνε το κακό της μάτι πάνω του.

He made up his mind not to say anything directly.

Αποφάσισε να μην πει τίποτα ευθέως.

The god and the goddess had to observe his actions.

Ο θεός και η θεά έπρεπε να παρατηρούν τις πράξεις του.

And from his actions they could gather their opinions.

Και από τις πράξεις του μπορούσαν να συναγάγουν τις απόψεις τους.

Sribatsa ordered two chairs to be made.

Ο Σριμπάτσα παρήγγειλε να κατασκευαστούν δύο καρέκλες.

One of the chairs was made from gold.

Μία από τις καρέκλες ήταν φτιαγμένη από χρυσό.

And the other chair was made from silver.

Και η άλλη καρέκλα ήταν φτιαγμένη από ασήμι.

And he placed the two chairs beside himself.

Και έβαλε τις δύο καρέκλες δίπλα του.

The day came when Sani and Lakshmi visited Sribatsa.

Έφτασε η μέρα που η Σάνι και η Λάκσμι επισκέφθηκαν τη Σριμπάτσα.

He told Sani to sit upon the silver chair.

Είπε στη Σάνι να καθίσει στην ασημένια καρέκλα.

And he told Lakshmi to sit upon the gold chair.

Και είπε στη Λάκσμι να καθίσει στην χρυσή καρέκλα.

Sani became mad with rage, and spoke angrily;

Η Σάνι θύμωσε από οργή και μίλησε θυμωμένα.

"You consider me lower in rank than Lakshmi"

«Με θεωρείς κατώτερο σε βαθμό από τη Λάκσμι»

"I will cast my eye on you for three years"

«Θα σε κοιτάζω για τρία χρόνια»

"We shall see how you fare at the end of that period"

«Θα δούμε πώς θα τα πας στο τέλος αυτής της περιόδου»

The god then went away in great anger.

Ο θεός τότε έφυγε με μεγάλο θυμό.

Lakshmi, before she went away, said to Sribatsa;

Η Λάκσμι, πριν φύγει, είπε στον Σριμπάτσα:

"My child, do not fear. I'll befriend you"

«Παιδί μου, μη φοβάσai. Θα γίνω φίλος σου».

The god and the goddess then went away.

Ο θεός και η θεά έφυγαν τότε.

Sribatsa spoke to his wife, Chantamani;

Ο Σριμπάτσα μίλησε στη σύζυγό του, Τσανταμάνι.

"Dearest, the evil eye of Sani will be upon me"

«Αγαπημένη μου, το κακό μάτι της Σάνι θα είναι πάνω μου»

"I had better go away from the house"

«Καλύτερα να φύγω από το σπίτι»

"If I stay evil will befall you and me"

«Αν μείνω, το κακό θα σε βρει εσένα και εμένα»
"But if I go, evil will overtake me only"
«Αλλά αν φύγω, το κακό θα με καταφέρει μόνο»
Chintamani said, "it cannot be that way"
Ο Τσινταμάνι είπε «δεν μπορεί να είναι έτσι»
"Wherever you go, I will go with you"
«Όπου κι αν πας, θα έρθω μαζί σου»
"Your good luck shall be my good luck"
«Η καλή σου τύχη θα είναι και δική μου τύχη»
"And your bad luck shall be my bad luck"
«Και η κακή σου τύχη θα είναι και δική μου κακή τύχη»
The husband tried hard to persuade his wife to stay.
Ο σύζυγος προσπάθησε σκληρά να πείσει τη γυναίκα του
να μείνει.
But all his efforts were of no use.
Αλλά όλες οι προσπάθειές του ήταν μάταιες.
She refused to abandon her husband.
Αρνήθηκε να εγκαταλείψει τον άντρα της.
Sribatsa told his wife to make an opening in their mattress.
Ο Σριμπάτσα είπε στη γυναίκα του να κάνει ένα άνοιγμα
στο στρώμα τους.
And he told her to stow away all their money and jewels.
Και της είπε να φυλάξει όλα τα χρήματα και τα κοσμήματά
τους.
**On the eve of leaving their house, Sribatsa invoked
Lakshmi.**
Την παραμονή της αναχώρησης από το σπίτι τους, η
Σριμπάτσα επικαλέστηκε τη Λάκσμι.
Upon being invoked, Lakshmi forthwith appeared.
Μόλις επικλήθηκε, η Λάκσμι εμφανίστηκε αμέσως.
"Mother Lakshmi, the evil eye of Sani is upon us"
«Μητέρα Λάκσμι, το κακό μάτι της Σάνι είναι πάνω μας»
"We are going away into exile"
«Φεύγουμε στην εξορία»
"Please befriend us, and take care of our property"
«Σε παρακαλώ, γίνε φίλος μας και φρόντισε την περιουσία
μας»

The goddess of good luck answered.

Η θεά της καλής τύχης απάντησε.

"Do not fear; I'll befriend you"

«Μη φοβάσαι· θα γίνω φίλος σου»

"In the end all will be right"

«Στο τέλος όλα θα πάνε καλά»

They then set out on their journey.

Στη συνέχεια ξεκίνησαν το ταξίδι τους.

Sribatsa rolled up the mattress and put it on his head.

Ο Σριμπάτσα τύλιξε το στρώμα και το έβαλε στο κεφάλι του.

They had not gone many miles when they saw a river.

Δεν είχαν διανύσει πολλά μίλια όταν είδαν ένα ποτάμι.

There was a canoe with a man sitting in it.

Υπήρχε ένα κανό με έναν άντρα να κάθεται μέσα.

The travelers requested the ferryman to take them across.

Οι ταξιδιώτες ζήτησαν από τον περαματιστή να τους περάσει απέναντι.

The ferryman said he could only take one at a time.

Ο πορθμέας είπε ότι μπορούσε να πάρει μόνο ένα κάθε φορά.

"Tere are three of you," he objected.

«Είστε τρεις», διαμαρτυρήθηκε.

"There is you, your wife, and your mattress"

«Εσύ είσαι, η γυναίκα σου και το στρώμα σου»

Sribatsa proposed in what order they should ferry over the river.

Ο Σριμπάτσα πρότεινε με ποια σειρά θα έπρεπε να περάσουν με το πλοίο πάνω από τον ποταμό.

"First my wife should be taken across the river"

«Πρώτα θα έπρεπε να περάσει η γυναίκα μου απέναντι από το ποτάμι»

"After my wife, take the mattress across the river"

«Μετά τη γυναίκα μου, πάρε το στρώμα απέναντι από το ποτάμι»

"And then you can take me across the river"

«Και μετά μπορείς να με πας απέναντι από το ποτάμι»

But the ferryman would not hear of it.

Αλλά ο περαματιστής δεν ήθελε να το ακούσει.

"Only one at a time," he repeated.

«Μόνο ένα κάθε φορά», επανέλαβε.

"First let me take across the mattress"

«Πρώτα άσε με να περάσω το στρώμα απέναντι»

Sribatsa saw no reason to object to the proposal.

Ο Σριμπάτσα δεν έβλεπε κανένα λόγο να αντιταχθεί στην πρόταση.

The ferryman started taking the mattress across the river.

Ο περαματιστής άρχισε να μεταφέρει το στρώμα στην άλλη άκρη του ποταμού.

He had reached halfway across the river.

Είχε φτάσει στη μέση της διαδρομής του ποταμού.

But then, from nowhere, a fierce gale arose.

Αλλά τότε, από το πουθενά, ξεσπά ένας σφοδρός ανεμοστρόβιλος.

The ferryman lost control of his canoe.

Ο πορθμέας έχασε τον έλεγχο του κανό του.

The mattress was blown into the river.

Το στρώμα παρασύρθηκε από τον άνεμο στο ποτάμι.

The river carried everything away with it.

Το ποτάμι παρέσυρε τα πάντα μαζί του.

And the ferrymen, canoe, and mattress were never seen again.

Και οι περατζήδες, το κανό και το στρώμα δεν ξαναείδαν ποτέ.

But that was not even the strangest events.

Αλλά αυτά δεν ήταν καν τα πιο παράξενα γεγονότα.

Because the river also disappeared into thin air.

Επειδή και το ποτάμι εξαφανίστηκε στον αέρα.

Where there was water there was now dry ground.

Όπου υπήρχε νερό, τώρα υπήρχε ξερή γη.

Sribatsa knew the evil eye of Sani had been watching.

Ο Σριμπάτσα ήξερε ότι το κακό μάτι της Σάνι τον παρακολουθούσε.

Sribatsa and his wife had not a pice in their pockets.

Ο Σριμπάτσα και η γυναίκα του δεν είχαν ούτε μια μπαγκέτα στις τσέπες τους.

Together, impoverished, they went to a nearby village.

Μαζί, φτωχοί, πήγαν σε ένα κοντινό χωριό.

The village was dwelt in mostly by wood-cutters.

Το χωριό κατοικούνταν κυρίως από ξυλοκόπους.

At sunrise the woodcutters went to cut wood.

Με την ανατολή του ηλίου οι ξυλοκόποι πήγαν να κόψουν ξύλα.

And the wood they cut they sold in a faraway town.

Και τα ξύλα που έκοβαν τα πουλούσαν σε μια μακρινή πόλη.

Sribatsa asked to work with the wood-cutters.

Ο Σριμπάτσα ζήτησε να συνεργαστεί με τους ξυλοκόπους.

And the wood-cutters agreed to let him cut wood.

Και οι ξυλοκόποι συμφώνησαν να τον αφήσουν να κόψει ξύλα.

He could fell trees as well as the best of them.

Μπορούσε να κόβει δέντρα, όπως και τα καλύτερα από αυτά.

But Sribatsa was different from the wood-cutters.

Αλλά ο Σριμπάτσα ήταν διαφορετικός από τους ξυλοκόπους.

The wood-cutters cut any and every sort of wood.

Οι ξυλοκόποι κόβουν κάθε είδους ξύλο.

But Sribatsa cut only the precious types of wood.

Αλλά ο Σριμπάτσα έκοβε μόνο τα πολύτιμα είδη ξύλου.

His efforts were focused on cutting down sandal-wood.

Οι προσπάθειές του επικεντρώθηκαν στην κοπή του σανταλόξυλου.

The wood-cutters brought to market large loads of common wood.

Οι ξυλοκόποι έφερναν στην αγορά μεγάλα φορτία κοινής ξυλείας.

Sribatsa brought only a few pieces of sandal-wood to the market.

Ο Σριμπάτσα έφερε στην αγορά μόνο λίγα κομμάτια σανταλόξυλου.
He was paid a great deal more money than the others.
Πληρώθηκε πολύ περισσότερα χρήματα από τους άλλους.
Things went on this way for some days.
Τα πράγματα συνέχισαν έτσι για μερικές μέρες.
And the wood-cutters became jealous of Sribatsa.
Και οι ξυλοκόποι ζήλεψαν τον Σριμπάτσα.
In their jealousy they plotted against Sribatsa.
Μέσα στη ζήλια τους, συνωμότησαν εναντίον του Σριμπάτσα.
And finally they drove Sribatsa and his wife from the village.
Και τελικά έδιωξαν τον Σριμπάτσα και τη γυναίκα του από το χωριό.

Sribatsa and his wife made their way to another village.
Ο Σριμπάτσα και η σύζυγός του κατευθύνθηκαν προς ένα άλλο χωριό.
In this village there were many women that weaved.
Σε αυτό το χωριό υπήρχαν πολλές γυναίκες που ύφαιναν.
Here Chintamani made herself useful by spinning cotton.
Εδώ η Τσινταμάνι έγινε χρήσιμη γνέθοντας βαμβάκι.
Chintamani was an intelligent and skillful woman.
Η Τσινταμάνι ήταν μια έξυπνη και επιδέξια γυναίκα.
So she spun finer thread than the other women.
Έτσι έπνεε λεπτότερο νήμα από τις άλλες γυναίκες.
And she got paid more money than the other women.
Και πληρωνόταν περισσότερα χρήματα από τις άλλες γυναίκες.
This roused the envy of the native women of the village.
Αυτό προκάλεσε τον φθόνο των ιθαγενών γυναικών του χωριού.
But the envy of the other women was not all.
Αλλά ο φθόνος των άλλων γυναικών δεν ήταν μόνος.
Sribatsa wanted to gain the good grace of the weavers.
Ο Σριμπάτσα ήθελε να κερδίσει την εύνοια των υφαντών.

So he invited the women that spun cotton to a feast.
Έτσι κάλεσε τις γυναίκες που έγνεφαν βαμβάκι σε ένα γλέντι.
The dishes of the feat were all cooked by his wife.
Τα πιάτα του κατορθώματος μαγειρέψανε όλα η σύζυγός του.
Chintamani was a good weaver, and an excellent in cook.
Ο Τσιντμάνι ήταν καλός υφαντής και εξαιρετικός μάγειρας.
She placed the delicacies before the women.
Έβαλε τις λιχουδιές μπροστά στις γυναίκες.
And the barbarous weavers were quite charmed.
Και οι βάρβαροι υφάντρες ήταν πολύ γοητευμένοι.
The men went to their homes with their bellies full.
Οι άντρες πήγαν στα σπίτια τους με τις κοιλιές τους γεμάτες.
But when they got home, they reproached their wives.
Αλλά όταν γύρισαν σπίτι, μάλωσαν τις γυναίκες τους.
"Why do you not cook like the wife of Sribatsa"
«Γιατί δεν μαγειρεύεις σαν τη γυναίκα του Σριμπάτσα;»
And the men called their wives good-for-nothing women.
Και οι άντρες αποκαλούσαν τις γυναίκες τους άχρηστες γυναίκες.
This made the women hate Chintamani the more.
Αυτό έκανε τις γυναίκες να μισούν περισσότερο τον Τσιντμάνι.

One day Chintamani went to the river-side.
Μια μέρα ο Τσιντμάνι πήγε στην όχθη του ποταμού.
She wanted to bathe along with the other women of the village.
Ήθελε να κάνει μπάνιο μαζί με τις άλλες γυναίκες του χωριού.
A boat had been lying on the bank, stranded on the sand.
Μια βάρκα ήταν ξαπλωμένη στην όχθη, ακινητοποιημένη στην άμμο.
The boat had been stranded there for many days.

Το πλοίο είχε μείνει ακινητοποιημένο εκεί για πολλές μέρες.
They had tried to move the boat, but in vain.
Προσπάθησαν να μετακινήσουν το σκάφος, αλλά μάταια.
It so happened that Chintamani touched the boat.
Έτυχε ο Τσινταμάνι να αγγίξει τη βάρκα.
It was an accident, for she did not mean to touch the boat.
Ήταν ατύχημα, γιατί δεν είχε σκοπό να αγγίξει τη βάρκα.
But whether she meant to or not, the boat moved.
Αλλά είτε το ήθελε είτε όχι, η βάρκα κινήθηκε.
And soon the boat was heading off to the river.
Και σύντομα το πλοίο κατευθυνόταν προς το ποτάμι.
The boatmen were astonished by what they had seen.
Οι βαρκάρηδες έμειναν έκπληκτοι από αυτό που είχαν δει.
They thought that the woman had uncommon power.
Πίστευαν ότι η γυναίκα είχε ασυνήθιστη δύναμη.
And so they thought she might be useful in future.
Έτσι σκέφτηκαν ότι θα μπορούσε να τους φανεί χρήσιμη στο μέλλον.
They therefore caught hold of her, against her will.
Έτσι, την έπιασαν, παρά τη θέλησή της.
And they put her in the boat, and rowed off.
Και την έβαλαν στη βάρκα και κωπηλάτησαν.
The women of the village were present for this kidnapping.
Οι γυναίκες του χωριού ήταν παρούσες σε αυτή την απαγωγή.
But they did not offer Chintamani any assistance.
Αλλά δεν πρόσφεραν καμία βοήθεια στον Τσινταμάνι.
Because Chintamani had put them in a bad light.
Επειδή ο Τσινταμάνι τους είχε βάλει σε άσχημη θέση.

Sribatsa heard how his wife had been carried away by boatmen.
Ο Σριμπάτσα άκουσε πώς η γυναίκα του είχε παρασυρθεί από βαρκάρηδες.
I will let you imagine how he became mad with grief.

Θα σας αφήσω να φανταστείτε πώς τρελάθηκε από τη θλίψη.

He left the village and went to the river-side.

Έφυγε από το χωριό και πήγε στην όχθη του ποταμού.

And he resolved to follow the course of the stream.

Και αποφάσισε να ακολουθήσει την πορεία του ρυακιού.

Along the stream he was sure to meet the kidnappers' boat.

Κατά μήκος του ρέματος ήταν σίγουρο ότι θα συναντούσε τη βάρκα των απαγωγέων.

He travelled on and on, along the side of the river.

Ταξίδευε ασταμάτητα, κατά μήκος της όχθης του ποταμού.

And he travelled till it eventually became dark.

Και ταξίδεψε μέχρι που τελικά νύχτωσε.

Where he was there were no huts to be seen.

Εκεί που βρισκόταν δεν υπήρχαν καλύβες.

So he climbed into a tree to sleep for the night.

Έτσι σκαρφάλωσε σε ένα δέντρο για να κοιμηθεί τη νύχτα.

In the next morning he got down from the tree.

Το επόμενο πρωί κατέβηκε από το δέντρο.

At the foot of the tree he saw a Kapila-cow.

Στους πρόποδες του δέντρου είδε μια αγελάδα Καπίλα.

A Kapila-cow never has any calves of her own.

Μια αγελάδα Kapila δεν έχει ποτέ δικά της μοσχάρια.

But she can be milked at all hours of the day.

Αλλά μπορεί να αρμέγει όλες τις ώρες της ημέρας.

Sribatsa milked the cow without her objecting.

Η Σριμπάτσα άρμεξε την αγελάδα χωρίς εκείνη να φέρει αντίρρηση.

And he drank the milk to his heart's content.

Και ήπιε το γάλα όσο ήθελε.

And then he noticed something else about the cow.

Και μετά παρατήρησε κάτι άλλο στην αγελάδα.

The dung of the cow was of a bright yellow color.

Η κοπριά της αγελάδας είχε έντονο κίτρινο χρώμα.

In fact, the dung of the cow was made of pure gold.

Στην πραγματικότητα, η κοπριά της αγελάδας ήταν φτιαγμένη από καθαρό χρυσό.

The golden cow dung was still in a soft state.
Η χρυσή κοπριά αγελάδας ήταν ακόμα σε μαλακή κατάσταση.
So he was able to write his name in the golden dung.
Έτσι μπόρεσε να γράψει το όνομά του στην χρυσή κοπριά.
During the course of the day the dung hardened.
Κατά τη διάρκεια της ημέρας η κοπριά σκλήρυνε.
And finally the dung looked like a brick of gold.
Και τελικά η κοπριά έμοιαζε με χρυσάφι.
The tree he had slept in grew on the river-side.
Το δέντρο στο οποίο είχε κοιμηθεί φύτρωνε στην όχθη του ποταμού.
And the Kapila-cow supplied him with milk all day.
Και η αγελάδα Καπίλα τον προμήθευε με γάλα όλη μέρα.
So Sribatsa decided to wait there for the boat.
Έτσι ο Σριμπάτσα αποφάσισε να περιμένει εκεί το σκάφος.
In the morning the cow deposited the precious article.
Το πρωί η αγελάδα άφησε το πολύτιμο αντικείμενο.
And at night the cow deposited the precious article.
Και τη νύχτα η αγελάδα άφησε το πολύτιμο αντικείμενο.
So the gold bricks increased every day.
Έτσι, τα χρυσά τούβλα αυξάνονταν κάθε μέρα.
And on each golden brick he had engraved his name.
Και σε κάθε χρυσό τούβλο είχε χαράξει το όνομά του.
He stacked the bricks on top of each other.
Στοίβαξε τα τούβλα το ένα πάνω στο άλλο.
From a distance it looked like a hillock of gold.
Από μακριά έμοιαζε με χρυσαφένιο λόφο.

But now we must leave Sribatsa to stack his gold.
Αλλά τώρα πρέπει να αφήσουμε τον Σριμπάτσα να συσσωρεύσει τον χρυσό του.
And we must turn our attention to Chintamani.
Και πρέπει να στρέψουμε την προσοχή μας στον Τσινταμάνι.
Chintamani was a graceful woman of great beauty.

Η Τσινταμάνι ήταν μια χαριτωμένη γυναίκα μεγάλης ομορφιάς.

She had worried her beauty might be her ruin.

Ανησυχούσε ότι η ομορφιά της μπορεί να την κατέστρεφε.

So she offered a prayer as she was being kidnapped.

Έτσι, προσευχήθηκε καθώς την απήγαγαν.

"Lakshmi, O Mother Lakshmi! have pity upon me"

«Λάκσμι, ω Μητέρα Λάκσμι! Λυπήσου με!»

"Thou hast made me beautiful, you have"

«Με έκανες όμορφη, εσύ με έκανες»

"But now my beauty will undoubtedly be my ruin"

«Αλλά τώρα η ομορφιά μου αναμφίβολα θα είναι η καταστροφή μου»

"I am bound to loss my honor and my chastity"

«Είμαι καταδικασμένος να χάσω την τιμή και την αγνότητά μου»

"I therefore beseech thee, gracious Mother;"

«Σε παρακαλώ, λοιπόν, ευσπλαχνική Μητέρα».

"Take my beauty from me, and make me ugly"

«Πάρε μου την ομορφιά μου και κάνε με άσχημο»

"Cover my body with some loathsome disease"

«Κάλυψε το σώμα μου με κάποια αηδιαστική ασθένεια»

"That way the boatmen might not touch me"

«Έτσι, οι βαρκάρηδες μπορεί να μην με αγγίξουν»

Chintamani was in the arms of the boatmen.

Ο Τσινταμάνι ήταν στην αγκαλιά των βαρκάρηδων.

But the Goddess of good fortune heard her prayer.

Αλλά η Θεά της καλής τύχης άκουσε την προσευχή της.

In the twinkling of an eye her form changed.

Σε ένα ριπή οφθαλμού η μορφή της άλλαξε.

Her naturally beautiful form faded away.

Η φυσικά όμορφη μορφή της ξεθώριασε.

And she was turned into a vile carcass.

Και μετατράπηκε σε ένα άθλιο κουφάρι.

The boatmen were putting her down in the boat.

Οι βαρκάρηδες την έβαζαν κάτω στη βάρκα.

They found her body was covered with loathsome sores.

Διαπίστωσαν ότι το σώμα της ήταν καλυμμένο με απαίσιες πληγές.

And the sores were giving out a disgusting stench.

Και οι πληγές ανέδιδαν μια αηδιαστική δυσοσμία.

They therefore threw her into the hold of the boat.

Έτσι λοιπόν την πέταξαν στο αμπάρι της βάρκας.

And they left her amongst the cargo of the ship.

Και την άφησαν ανάμεσα στο φορτίο του πλοίου.

Morning and evening they sent her some food.

Πρωί και βράδυ της έστελναν φαγητό.

A little boiled rice, and some water to drink.

Λίγο βρασμένο ρύζι και λίγο νερό για να πιούμε.

Chintamani was miserable in the hull of the ship.

Ο Τσινταμάνι ήταν άθλιος μέσα στο κύτος του πλοίου.

But she greatly preferred misery to the alternative.

Αλλά προτιμούσε σε μεγάλο βαθμό τη δυστυχία από την εναλλακτική λύση.

She would rather be miserable than loss her chastity.

Θα προτιμούσε να είναι δυστυχισμένη παρά να χάσει την αγνότητά της.

The boatmen had gone to some port to sell cargo.

Οι βαρκάρηδες είχαν πάει σε κάποιο λιμάνι για να πουλήσουν φορτίο.

While sailing back they caught sight something.

Ενώ έπλεαν πίσω, είδαν κάτι.

By the river-side there seemed to be a hillock of gold.

Στην όχθη του ποταμού φαινόταν να υπάρχει ένας λόφος από χρυσάφι.

Sribatsa had been keeping watch by the river.

Ο Σριμπάτσα φρουρούσε δίπλα στο ποτάμι.

So he was delighted to see a boat approach him.

Έτσι χάρηκε πολύ που είδε μια βάρκα να τον πλησιάζει.

Because he fondly imagined his wife might be on board.

Επειδή φανταζόταν με αγάπη ότι η γυναίκα του μπορεί να ήταν μαζί του.

The boatmen went greedily to the hillock of gold.

Οι βαρκάρηδες πήγαν λαίμαργα στον λόφο με το χρυσό.
Of course Sribatsa told them the gold was his.
Φυσικά ο Σριμπάτσα τους είπε ότι ο χρυσός ήταν δικός του.
But that didn't help Sribatsa very much.
Αλλά αυτό δεν βοήθησε και πολύ τον Σριμπάτσα.
The sailors took him prisoner on the boat.
Οι ναύτες τον πήραν αιχμάλωτο στο πλοίο.
And they loaded the gold onto their vessel.
Και φόρτωσαν τον χρυσό στο πλοίο τους.
They happened to imprison him close to the ugly woman.
Τυχαίνει να τον φυλακίσουν κοντά στην άσχημη γυναίκα.
Of course the husband and wife recognized each other.
Φυσικά, ο σύζυγος και η σύζυγος αναγνώρισαν ο ένας τον άλλον.
In spite of the change Chintamani had undergone.
Παρά την αλλαγή που είχε υποστεί ο Τσινταμάνι.
And despite their excitement they kept their composure.
Και παρά τον ενθουσιασμό τους, διατήρησαν την ψυχραιμία τους.
And they thought it prudent not to speak to each other.
Και θεώρησαν φρόνιμο να μην μιλούν μεταξύ τους.
Instead they communicated their ideas through gestures.
Αντίθετα, μετέφεραν τις ιδέες τους μέσω χειρονομιών.
There is something you should know about the boatmen.
Υπάρχει κάτι που πρέπει να ξέρεις για τους βαρκάρηδες.
These boatmen were very fond of playing at dice.
Αυτοί οι βαρκάρηδες αγαπούσαν πολύ να παίζουν ζάρια.
Sribatsa appeared to them to be a respectable man.
Ο Σριμπάτσα τους φαινόταν αξιοσέβαστος άνθρωπος.
So they always asked him to join in the game.
Έτσι, του ζητούσαν πάντα να συμμετάσχει στο παιχνίδι.
Sribatsa happened to be an expert dice player.
Ο Σριμπάτσα τυχαίνει να ήταν έμπειρος παίκτης ζαριών.
Despite their efforts he won almost every game.
Παρά τις προσπάθειές τους, κέρδισε σχεδόν κάθε παιχνίδι.
You can imagine how the sailors felt about losing.

Μπορείτε να φανταστείτε πώς ένιωθαν οι ναύτες που έχασαν.

And in jealousy the boatmen threw him overboard.

Και από ζήλια οι βαρκάρηδες τον πέταξαν στη θάλασσα.

Chintamani saw the men throw her husband overboard.

Η Τσινταμάνι είδε τους άντρες να πετάνε τον άντρα της στη θάλασσα.

Fortunately for Sribatsa, his wife had great presence of mind.

Ευτυχώς για τον Σριμπάτσα, η σύζυγός του είχε μεγάλη ψυχική ηρεμία.

The boatmen had allowed her a pillow to rest her head.

Οι βαρκάρηδες της είχαν επιτρέψει ένα μαξιλάρι για να ακουμπάει το κεφάλι της.

And she simultaneously threw this pillow into the water.

Και ταυτόχρονα πέταξε αυτό το μαξιλάρι στο νερό.

Sribatsa was able to grab hold of the pillow.

Ο Σριμπάτσα κατάφερε να πιάσει το μαξιλάρι.

And the pillow helped him float down the stream.

Και το μαξιλάρι τον βοήθησε να επιπλεύσει στο ρέμα.

Up until nightfall the river carried him downstream.

Μέχρι που νύχτωσε το ποτάμι τον παρέσυρε κατάντη του ποταμού.

At nightfall he arrived at what seemed to be a garden.

Όταν νύχτωσε έφτασε σε κάτι που φαινόταν να είναι κήπος.

Because it was dark there was nothing he could do.

Επειδή ήταν σκοτεινά, δεν μπορούσε να κάνει τίποτα.

So all night he stayed in the garden, cold and wet.

Έτσι έμεινε όλη νύχτα στον κήπο, κρύος και βρεγμένος.

I should tell you who this garden belonged to.

Θα έπρεπε να σου πω σε ποιον ανήκε αυτός ο κήπος.

This was the garden of an old widowed woman.

Αυτός ήταν ο κήπος μιας ηλικιωμένης χήρας γυναίκας.

This woman used to supply flowers for the king.

Αυτή η γυναίκα συνήθιζε να προμηθεύει λουλούδια στον βασιλιά.

But one day some blight had come over her garden.

Αλλά μια μέρα μια αρρώστια είχε πλήξει τον κήπο της.

Almost all the trees and plants ceased flowering.

Σχεδόν όλα τα δέντρα και τα φυτά σταμάτησαν να ανθίζουν.

She had therefore given up the business she had.

Έτσι, είχε εγκαταλείψει την επιχείρηση που είχε.

And she was no longer the royal flower supplier.

Και δεν ήταν πλέον η βασιλική προμηθεύτρια λουλουδιών.

However, Sribatsa's arrival had rejuvenated her garden.

Ωστόσο, η άφιξη της Σριμπάτσα είχε αναζωογονήσει τον κήπο της.

She could scarcely believe her eyes in the morning.

Δύσκολα πίστευε στα μάτια της το πρωί.

The whole garden was ablaze with flowers again.

Όλος ο κήπος γέμιζε ξανά με λουλούδια.

There was no plant that was not in bloom.

Δεν υπήρχε φυτό που να μην ανθίζει.

And every tree she had was begemmed with flowers.

Και κάθε δέντρο που είχε ήταν στολισμένο με λουλούδια.

She had no way of knowing the cause of the miracle.

Δεν είχε κανέναν τρόπο να μάθει την αιτία του θαύματος.

And so she took a walk through the garden.

Και έτσι έκανε μια βόλτα στον κήπο.

But she soon found the cause of all the flowers.

Αλλά σύντομα βρήκε την αιτία όλων των λουλουδιών.

At the edge of her garden was a cold, wet man.

Στην άκρη του κήπου της βρισκόταν ένας κρύος, βρεγμένος άντρας.

He was shivering and almost dead from hypothermia.

Έτρεμε και ήταν σχεδόν νεκρός από υποθερμία.

She immediately brought the man into to her cottage.

Αμέσως οδήγησε τον άντρα στο εξοχικό της.

And she lighted a fire to give him some warmth.

Και άναψε φωτιά για να τον ζεστάνει.

She nursed him and showed him every attention.

Τον φρόντιζε και του έδειχνε κάθε προσοχή.

And she ascribed the miracle to his presence.
Και απέδωσε το θαύμα στην παρουσία του.
She made him as comfortable as she could.
Τον έκανε να νιώσει όσο πιο άνετα μπορούσε.
And then she ran to the king's palace.
Και μετά έτρεξε στο παλάτι του βασιλιά.
She asked to speak to the king's chief servant.
Ζήτησε να μιλήσει στον αρχιυπηρέτη του βασιλιά.
And she told him the good fortune she had had.
Και του είπε την καλή τύχη που είχε.
"I can again supply the palace with flowers"
«Μπορώ ξανά να εφοδιάσω το παλάτι με λουλούδια»
Her flowers had been very much missed at the palace.
Τα λουλούδια της είχαν λείψει πολύ στο παλάτι.
So she was immediately restored to her former position.
Έτσι, αμέσως επανήλθε στην προηγούμενη θέση της.
She was again the flower-woman of the royal household.
Ήταν και πάλι η γυναίκα-λουλούδι του βασιλικού οίκου.

Sribatsa spent a few more days recovering his health.
Ο Σριμπάτσα πέρασε μερικές ακόμη μέρες προσπαθώντας
να αναρρώσει.
And eventually he had all his vitality back.
Και τελικά ανέκτησε όλη του τη ζωτικότητα.
He asked the woman if he could speak with a minister.
Ρώτησε τη γυναίκα αν μπορούσε να μιλήσει με έναν ιερέα.
So the woman took him to the palace with her.
Έτσι η γυναίκα τον πήρε μαζί της στο παλάτι.
One of the king's ministers gave him an appointment.
Ένας από τους υπουργούς του βασιλιά του έδωσε
ραντεβού.
And he was at once found to be a man of intelligence.
Και αμέσως αποδείχθηκε ότι ήταν άνθρωπος με έξυπνη
προσωπικότητα.
So was offered a position in the king's service.
Έτσι του προσφέρθηκε μια θέση στην υπηρεσία του
βασιλιά.

In fact, he was allowed to choose what job he wanted.

Στην πραγματικότητα, του επιτράπηκε να επιλέξει ποια δουλειά ήθελε.

He asked to be collector of tolls on the river.

Ζήτησε να γίνει εισπράκτορας διοδίων στο ποτάμι.

The minister was happy to give Sribatsa the job.

Ο υπουργός χάρηκε που έδωσε τη θέση στον Σριμπάτσα.

The kingdom needed someone to collect river-tolls.

Το βασίλειο χρειαζόταν κάποιον να εισπράττει τα διόδια των ποταμών.

And Sribatsa immediately started his new job.

Και ο Σριμπάτσα ξεκίνησε αμέσως τη νέα του δουλειά.

It wasn't long before his plan came to fruition.

Δεν άργησε να υλοποιηθεί το σχέδιό του.

The boat his wife was on was coming down the river.

Η βάρκα στην οποία επέβαινε η γυναίκα του κατέβαινε το ποτάμι.

Under the king's authority he detained the boat.

Υπό την εξουσία του βασιλιά, έθεσε υπό κράτηση το πλοίο.

And he charged the boatmen with the theft of gold-bricks.

Και κατηγόρησε τους βαρκάρηδες για την κλοπή χρυσών τούβλων.

The king liked the sound of a boat full of gold.

Στον βασιλιά άρεσε ο ήχος μιας βάρκας γεμάτης χρυσάφι.

So the king himself came to the river-side.

Έτσι ο ίδιος ο βασιλιάς έφτασε στην όχθη του ποταμού.

Even he was amazed by the quantity of gold they had.

Ακόμα και αυτός έμεινε έκπληκτος από την ποσότητα χρυσού που είχαν.

And every gold brick had Sribatsa's inscription.

Και κάθε χρυσό τούβλο είχε την επιγραφή του Σριμπάτσα.

At the same time he rescued his wife from the boatmen.

Ταυτόχρονα έσωσε τη γυναίκα του από τους βαρκάρηδες.

Back on dry land she returned to her previous beauty.

Πίσω στην στεριά, επέστρεψε στην προηγούμενη ομορφιά της.

He told the king the story of their misfortune.

Είπε στον βασιλιά την ιστορία της ατυχίας τους.

And the king had them as a guest in his palace.

Και ο βασιλιάς τους είχε φιλοξενήσει στο παλάτι του.

The king gave them presents of horses and elephants.

Ο βασιλιάς τους έδωσε δώρα με άλογα και ελέφαντες.

And on the horses and elephants they rode to their country.

Και πάνω στα άλογα και τους ελέφαντες έφυγαν για τη χώρα τους.

The evil eye of Sani was now turned away from Sribatsa.

Το κακό μάτι της Σάνι είχε πλέον αποστραφεί από τον Σριμπάτσα.

And he again became what he formerly was.

Και έγινε ξανά αυτό που ήταν πριν.

He was again Sribatsa; the Child of Fortune.

Ήταν και πάλι ο Σριμπάτσα· το Παιδί της Τύχης.

The Boy whom Seven Mothers Suckled
Το αγόρι που θήλασαν επτά μητέρες

Once on a time there reigned a king who had seven queens.
Μια φορά κι έναν καιρό βασίλευε ένας βασιλιάς που είχε εφτά βασίλισσες.
He was very sad, for the seven queens were all barren.
Ήταν πολύ λυπημένος, γιατί οι επτά βασίλισσες ήταν όλες στείρες.
One day, however, he met a holy mendicant.
Μια μέρα, ωστόσο, συνάντησε έναν άγιο ζητιάνο.
The holy mendicant told the king about a certain forest.
Ο άγιος ζητιάνος είπε στον βασιλιά για ένα συγκεκριμένο δάσος.
In this forest there grew a special kind of tree.
Σε αυτό το δάσος φύτρωνε ένα ιδιαίτερο είδος δέντρου.
On a branch of this tree hung seven mangoes.
Σε ένα κλαδί αυτού του δέντρου κρέμονταν επτά μάνγκο.
These mangos could restore the fertilities of his queens.
Αυτά τα μάνγκο θα μπορούσαν να αποκαταστήσουν τη γονιμότητα των βασιλισσών του.
But the king had to pluck the mangoes himself.
Αλλά ο βασιλιάς έπρεπε να μαζέψει ο ίδιος τα μάνγκο.
The king followed the advice of the mendicant.
Ο βασιλιάς ακολούθησε τη συμβουλή του ζητιάνου.
And he set off to go to the forest with the mango tree.
Και ξεκίνησε να πάει στο δάσος με το μάνγκο.
Soon he had found the tree the mendicant spoke of.
Σύντομα βρήκε το δέντρο για το οποίο μιλούσε ο ζητιάνος.
And he plucked the seven mangoes that grew upon one branch.
Και μάζεψε τα επτά μάνγκο που φύτρωναν σε ένα κλαδί.
He gave a mango to each of the queens to eat.
Έδωσε από ένα μάνγκο σε κάθε μία από τις βασίλισσες να φάνε.
In a short time the king's heart was filled with joy.
Σε λίγο καιρό η καρδιά του βασιλιά γέμισε χαρά.

He was told that the seven queens were all with child.
Του είπαν ότι οι επτά βασίλισσες ήταν όλες έγκυες.

One day the king was out hunting.
Μια μέρα ο βασιλιάς είχε βγει για κυνήγι.
On his path he saw a young lady of peerless beauty.
Στο μονοπάτι του είδε μια νεαρή κοπέλα απαράμιλλης ομορφιάς.
He instantly fell in love with the beautiful woman.
Αμέσως ερωτεύτηκε την όμορφη γυναίκα.
And he brought her to his palace, and married her.
Και την έφερε στο παλάτι του και την παντρεύτηκε.
This lady was, however, not a human being.
Αυτή η κυρία, ωστόσο, δεν ήταν άνθρωπος.
But what this woman was was a Rakshasi.
Αλλά αυτό που ήταν αυτή η γυναίκα ήταν μια Ρακσάσι.
But the king of course did not know this.
Αλλά ο βασιλιάς φυσικά δεν το γνώριζε αυτό.
The king became dotingly fond of her.
Ο βασιλιάς την αγάπησε με πάθος.
And he did whatever she told him to do.
Και έκανε ό,τι του έλεγε εκείνη.
One day she made a very particular request of the king.
Μια μέρα έκανε ένα πολύ συγκεκριμένο αίτημα στον βασιλιά.
"You say that you love me more than anyone else"
«Λες ότι με αγαπάς περισσότερο από οποιονδήποτε άλλον»
"Let me see whether you really love me as much as you say"
«Άσε να δω αν με αγαπάς τόσο πολύ όσο λες»
"If you love me, make your seven other queens blind"
«Αν με αγαπάς, κάνε τις άλλες επτά βασίλισσές σου τυφλές»
"And once they are blind, let them be killed"
«Και μόλις τυφλωθούν, ας θανατωθούν»
The king became very sad at the terrible request.
Ο βασιλιάς λυπήθηκε πολύ με το τρομερό αίτημα.
He was especially sad because the queens were all pregnant.

Ήταν ιδιαίτερα λυπημένος επειδή οι βασίλισσες ήταν όλες έγκυες.

But he had no choice but to comply with her request.

Αλλά δεν είχε άλλη επιλογή από το να συμμορφωθεί με το αίτημά της.

The eyes of the queens were plucked out of their sockets.

Τα μάτια των βασιλισσών βγήκαν από τις κόγχες τους.

And the queens were delivered up to the chief minister.

Και οι βασίλισσες παραδόθηκαν στον πρωθυπουργό.

It was up to the chief minister to destroy the queens.

Ήταν ευθύνη του πρωθυπουργού να καταστρέψει τις βασίλισσες.

But the chief minister was a merciful man.

Αλλά ο πρωθυπουργός ήταν ένας ελεήμων άνθρωπος.

In the side of the hill there was secret a cave.

Στην πλαγιά του λόφου υπήρχε μια μυστική σπηλιά.

Instead of killing the queens, the minister hid them.

Αντί να σκοτώσει τις βασίλισσες, ο υπουργός τις έκρυψε.

In course of time the eldest of the seven queens gave birth.

Με τον καιρό, η μεγαλύτερη από τις επτά βασίλισσες γέννησε.

"What shall I do with the child," said she.

«Τι θα κάνω με το παιδί;» είπε.

"We are blind and are dying for want of food."

«Είμαστε τυφλοί και πεθαίνουμε από έλλειψη τροφής.»

"Let me kill the child," she proposed.

«Άσε με να σκοτώσω το παιδί», πρότεινε.

"Let us all eat of the child's flesh," she added.

«Ας φάμε όλοι από τη σάρκα του παιδιού», πρόσθεσε.

Just as she said she would, she killed the infant.

Ακριβώς όπως είπε ότι θα έκανε, σκότωσε το βρέφος.

She gave to each of her sister-queens a part of the child.

Έδωσε σε κάθε μία από τις αδελφές-βασίλισσες της ένα μέρος του παιδιού.

And the sister queens ate their part of the child.

Και οι αδελφές βασίλισσες έφαγαν το μερίδιό τους από το
παιδί.
But the youngest queen did not eat her share.
Αλλά η νεότερη βασίλισσα δεν έφαγε το μερίδιό της.
Instead, she laid her part of the child beside her.
Αντ' αυτού, έβαλε το μέρος του παιδιού που της
αναλογούσε δίπλα της.
In a few days the second queen also was delivered of a child.
Σε λίγες μέρες η δεύτερη βασίλισσα γέννησε κι αυτή ένα
παιδί.
**She did with her child as her eldest sister had done with
hers.**
Έκανε με το παιδί της ό,τι είχε κάνει η μεγαλύτερη αδερφή
της με το δικό της.
So did the third, the fourth, the fifth, and the sixth queen.
Έτσι έκανε η τρίτη, η τέταρτη, η πέμπτη και η έκτη
βασίλισσα.
Eventually the seventh queen gave birth to a son.
Τελικά η έβδομη βασίλισσα γέννησε έναν γιο.
But she did not follow the example of her sister-queens.
Αλλά δεν ακολούθησε το παράδειγμα των αδελφών-
βασιλισσών της.
Instead, she resolved to raise the child.
Αντ' αυτού, αποφάσισε να μεγαλώσει το παιδί.
**The other queens demanded their portions of the newly-
born.**
Οι άλλες βασίλισσες απαίτησαν τα μερίδιά τους από το
νεογέννητο.
But she still had the portions she had not eaten.
Αλλά εξακολουθούσε να τρώει τις μερίδες που δεν είχε
φάει.
And she gave her sister-queens back their children's parts.
Και έδωσε στις αδελφές-βασίλισσες της πίσω τα μέρη των
παιδιών τους.
**The other queens at once perceived that their portions were
dry.**

Οι άλλες βασίλισσες αμέσως αντιλήφθηκαν ότι οι μερίδες τους ήταν στεγνές.

Therefore the parts could not be of the newly born child.

Επομένως, τα μέλη δεν θα μπορούσαν να είναι του νεογέννητου παιδιού.

"I have decided not to kill me child," she explained.

«Αποφάσισα να μην σκοτώσω το παιδί μου», εξήγησε.

"I will not eat him, but try to raise him instead"

«Δεν θα τον φάω, αλλά θα προσπαθήσω να τον μεγαλώσω»

The others were glad to hear this news.

Οι υπόλοιποι χάρηκαν που άκουσαν αυτά τα νέα.

They all said that they would help her in nursing the child.

Όλοι είπαν ότι θα τη βοηθούσαν στο θηλασμό του παιδιού.

And so the child was suckled by seven mothers.

Και έτσι το παιδί θήλασε από επτά μητέρες.

And the child became the hardiest and strongest boy that ever lived.

Και το παιδί έγινε το πιο σκληραγωγημένο και δυνατό αγόρι που έζησε ποτέ.

In the meantime the Rakshasi-queen was doing infinite mischief.

Εν τω μεταξύ, η βασίλισσα Ρακσάσι έκανε άπειρες σκανταλιές.

And she got the royal household into all sorts of trouble.

Και έβαλε το βασιλικό οίκο σε κάθε είδους μπελάδες.

What she ate at the royal table did not fill her capacious stomach.

Αυτά που έτρωγε στο βασιλικό τραπέζι δεν γέμιζαν το ευρύχωρο στομάχι της.

She therefore, in the darkness of night, went hunting.

Έτσι, στο σκοτάδι της νύχτας, πήγε για κυνήγι.

Gradually she ate up all the members of the royal family.

Σταδιακά έφαγε όλα τα μέλη της βασιλικής οικογένειας.

She ate all the king's servants, and his attendants.

Έφαγε όλους τους υπηρέτες του βασιλιά και τους υπηρέτες του.

She ate all his horses, elephants, and cattle.

Έφαγε όλα τα άλογά του, τους ελέφαντες και τα βοοειδή του.

And eventually only her royal consort and the king were left.

Και τελικά έμειναν μόνο η βασιλική σύζυγός της και ο βασιλιάς.

After that she used to go out in the evenings into the city.

Μετά από αυτό συνήθιζε να βγαίνει τα βράδια στην πόλη.

And she ate up stray human beings wherever she found any.

Και έτρωγε αδέσποτα ανθρώπινα όντα όπου έβρισκε.

The king was left without any servants.

Ο βασιλιάς έμεινε χωρίς κανέναν υπηρέτη.

There was no person left to cook for him.

Δεν είχε μείνει κανείς να μαγειρέψει για αυτόν.

Because no one would accept this job.

Γιατί κανείς δεν θα δεχόταν αυτή τη δουλειά.

But at last someone volunteered their services.

Αλλά επιτέλους κάποιος προσέφερε εθελοντικά τις υπηρεσίες του.

The boy who had been suckled by seven mothers.

Το αγόρι που είχε θηλάσει επτά μητέρες.

He had now grown up to be a stalwart youth.

Τώρα είχε μεγαλώσει και είχε γίνει ένας ακλόνητος νέος.

He attended on the king and prepared his food.

Αυτός παρακολούθησε τον βασιλιά και ετοίμασε το φαγητό του.

But he took every care while with the queen.

Αλλά έδειχνε κάθε δυνατή προσοχή όσο ήταν με τη βασίλισσα.

And he made sure that she did not swallow him up.

Και φρόντισε να μην τον καταπιεί.

The Rakshasi-queen seized her victims only at night.

Η βασίλισσα Ρακσάσι άρπαζε τα θύματά της μόνο τη νύχτα.

So the boy he went home long before nightfall.
Έτσι το αγόρι γύρισε σπίτι πολύ πριν νυχτώσει.
So she had to find another way to get rid of the boy.
Έτσι έπρεπε να βρει έναν άλλο τρόπο να ξεφορτωθεί το αγόρι.

The boy always boasted that he could do any work.
Το αγόρι πάντα καυχιόταν ότι μπορούσε να κάνει οποιαδήποτε δουλειά.
So the queen invented a disease for herself.
Έτσι η βασίλισσα εφηύρε μια ασθένεια για τον εαυτό της.
She said that there was a cure for her disease.
Είπε ότι υπήρχε θεραπεία για την ασθένειά της.
But she said the cure was not easy to get.
Αλλά είπε ότι η θεραπεία δεν ήταν εύκολη στην εύρεση.
This made the boy even more interested in the task.
Αυτό έκανε το αγόρι να ενδιαφερθεί ακόμη περισσότερο για την εργασία.
She said there was a melon which cured her disease.
Είπε ότι υπήρχε ένα πεπόνι που θεράπευσε την ασθένειά της.
The melon was twelve cubits in length.
Το πεπόνι είχε μήκος δώδεκα πήχεις.
But the stone of the lemon was thirteen cubits long.
Αλλά το κουκούτσι του λεμονιού είχε μήκος δεκατρείς πήχεις.
The fruit could only be gotten from her mother.
Τα φρούτα μπορούσαν να τα πάρει μόνο από τη μητέρα της.
And her mother lived on the other side of the ocean.
Και η μητέρα της ζούσε στην άλλη πλευρά του ωκεανού.
She gave him a letter of introduction to her mother.
Του έδωσε μια συστατική επιστολή προς τη μητέρα της.
But actually the note told her to eat the boy.
Αλλά στην πραγματικότητα το σημείωμα της έλεγε να φάει το αγόρι.
The boy had suspected there was some foul play.

Το αγόρι υποψιαζόταν ότι είχε γίνει κάποια εγκληματική ενέργεια.

So he tore up the letter and proceeded on his journey.

Έτσι έσκισε το γράμμα και συνέχισε το ταξίδι του.

The dauntless youth passed through many lands.

Ο ατρόμητος νέος πέρασε από πολλές χώρες.

After much travel he stood on the shore of the ocean.

Μετά από πολύ ταξίδι, στάθηκε στην όχθη του ωκεανού.

On the other side of the ocean was the country of the Rakshasis.

Στην άλλη πλευρά του ωκεανού βρισκόταν η χώρα των Ρακσάσι.

He then bawled as loud as he could, and said;

Τότε ούρλιαξε όσο πιο δυνατά μπορούσε και είπε:

"Granny! granny! come and save your daughter"

«Γιαγιά! γιαγιά! έλα να σώσεις την κόρη σου»

"Your daughter, my mother, is dangerously ill"

«Η κόρη σας, η μητέρα μου, είναι επικίνδυνα άρρωστη»

On the other side of the ocean an old Rakshasi heard him.

Στην άλλη πλευρά του ωκεανού τον άκουσε ένας ηλικιωμένος Ρακσάσι.

The old Rakshasi crossed the ocean to the boy.

Ο γέρος Ρακσάσι διέσχισε τον ωκεανό προς το αγόρι.

The boy told her the message of the queen.

Το αγόρι της είπε το μήνυμα της βασίλισσας.

And the Rakshasi took the boy on her back.

Και η Ρακσάσι πήρε το αγόρι στην πλάτη της.

She re-crossed the ocean to the land of the Rakshasi.

Διέσχισε ξανά τον ωκεανό προς τη γη των Ρακσάσι.

And the boy was at once given the medicinal melon.

Και στο αγόρι δόθηκε αμέσως το φαρμακευτικό πεπόνι.

The Rakshasi told him to hurry back to her daughter.

Η Ρακσάσι του είπε να γυρίσει γρήγορα στην κόρη της.

But the boy said he was too tired to keep travelling.

Αλλά το αγόρι είπε ότι ήταν πολύ κουρασμένο για να συνεχίσει να ταξιδεύει.

And he begged to be allowed to rest one day.

Και παρακάλεσε να του επιτραπεί να ξεκουραστεί μια μέρα.

The old Rakshasi consented to her grandson's wishes.
Η ηλικιωμένη Ρακσάσι συναίνεσε στις επιθυμίες του εγγονού της.

The boy noticed interesting things in the Rakshasi's room.
Το αγόρι παρατήρησε ενδιαφέροντα πράγματα στο δωμάτιο του Ρακσάσι.
There was a stout club and a rope hanging in the room.
Υπήρχε ένα γερό ρόπαλο και ένα σχοινί κρεμασμένα στο δωμάτιο.
The boy inquired what the stout club and rope were for.
Το αγόρι ρώτησε σε τι χρησίμευαν το χοντρό ρόπαλο και το σχοινί.
"Child, with that club and rope I cross the ocean"
«Παιδί μου, με αυτό το ρόπαλο και το σχοινί διασχίζω τον ωκεανό»
"One just has to take the club and the rope in his hands"
«Απλώς πρέπει να πάρει κανείς το ρόπαλο και το σχοινί στα χέρια του»
"And then you have to say the following magical words:"
«Και μετά πρέπει να πεις τις ακόλουθες μαγικές λέξεις:»
"O stout club! O strong rope!"
«Ω, γερό ρόπαλο! Ω, δυνατό σχοινί!»
"Take me at once to the other side"
«Πήγαινέ με αμέσως στην άλλη πλευρά»
"Then they will take him to the other side of the ocean"
«Τότε θα τον πάνε στην άλλη πλευρά του ωκεανού»
The boy noticed another interesting thing in the room.
Το αγόρι παρατήρησε κάτι άλλο ενδιαφέρον στο δωμάτιο.
There was a bird in a cage in the corner of the room.
Υπήρχε ένα πουλί σε ένα κλουβί στη γωνία του δωματίου.
The boy also wanted to know what this bird was for.
Το αγόρι ήθελε επίσης να μάθει σε τι χρησιμεύει αυτό το πουλί.
"The bird contains a secret, my child"

«Το πουλί κρύβει ένα μυστικό, παιδί μου»
"But that secret must not be disclosed to mortals"
«Αλλά αυτό το μυστικό δεν πρέπει να αποκαλυφθεί στους θνητούς»
"But how can I hide this secret from my own grandchild?"
«Μα πώς μπορώ να κρύψω αυτό το μυστικό από το ίδιο μου το εγγόνι;»
"That bird, child, contains the life of your mother.
«Αυτό το πουλί, παιδί μου, περιέχει τη ζωή της μητέρας σου.»
"If the bird is killed, your mother will at once die"
«Αν το πουλί σκοτωθεί, η μητέρα σου θα πεθάνει αμέσως»
Armed with these secrets, the boy went to bed that night.
Οπλισμένο με αυτά τα μυστικά, το αγόρι πήγε για ύπνο εκείνο το βράδυ.

Next morning the old Rakshasi went to distant countries.
Το επόμενο πρωί ο γέρος Ρακσάσι πήγε σε μακρινές χώρες.
Together with all the other Rakshasis, she went to forage.
Μαζί με όλους τους άλλους Ρακσάσι, πήγε να αναζητήσει τροφή.
The boy took down the bird-cage from the ceiling.
Το αγόρι κατέβασε το κλουβί πουλιών από το ταβάνι.
And the boy took the club and the rope.
Και το αγόρι πήρε το ρόπαλο και το σχοινί.
And then he spoke the magic words to the club and rope.
Και μετά είπε τις μαγικές λέξεις στο μπαστούνι και στο σχοινί.
"O stout club! O strong rope!"
«Ω, γερό ρόπαλο! Ω, δυνατό σχοινί!»
"Take me at once to the other side"
«Πήγαινέ με αμέσως στην άλλη πλευρά»
In the twinkling of an eye the boy was put on this side of the ocean.
Σε μια στιγμή το αγόρι βρέθηκε σε αυτή την πλευρά του ωκεανού.
He then retraced his steps, back to the queen.

Έπειτα γύρισε πίσω, προς τη βασίλισσα.
To her astonishment he really had the medicinal lemon.
Προς έκπληξή της, είχε όντως το φαρμακευτικό λεμόνι.
But the bird in the cage he kept carefully concealed.
Αλλά το πουλί στο κλουβί το κρατούσε προσεκτικά κρυμμένο.

In the course of time the people of the city came to the king.
Με την πάροδο του χρόνου, ο λαός της πόλης ήλθε στον βασιλιά.
And they told the king of their troubles.
Και είπαν στον βασιλιά τα προβλήματά τους.
"A monstrous bird comes from the palace every evening"
«Ένα τερατώδες πουλί έρχεται από το παλάτι κάθε βράδυ»
"The bird seizes the people in the streets"
«Το πουλί αρπάζει τους ανθρώπους στους δρόμους»
"And the bird swallows the people up whole"
«Και το πουλί καταπίνει ολόκληρους τους ανθρώπους»
"This has been going on for a long time"
«Αυτό συμβαίνει εδώ και πολύ καιρό»
"And now the city has become almost desolate"
«Και τώρα η πόλη έχει σχεδόν ερημώσει»
The king did not know what this monstrous bird was.
Ο βασιλιάς δεν ήξερε τι ήταν αυτό το τερατώδες πουλί.
But the king's servant, the boy, said he knew.
Αλλά ο υπηρέτης του βασιλιά, το αγόρι, είπε ότι ήξερε.
"I will kill the monstrous bird," he offered.
«Θα σκοτώσω το τερατώδες πουλί», πρότεινε.
"But the queen has to stand beside us," he added.
«Αλλά η βασίλισσα πρέπει να σταθεί δίπλα μας», πρόσθεσε.
The king saw no reason to object to the proposal.
Ο βασιλιάς δεν έβλεπε κανένα λόγο να αντιταχθεί στην πρόταση.
And so the queen was made to stand beside the king.
Και έτσι η βασίλισσα αναγκάστηκε να σταθεί δίπλα στον βασιλιά.

The boy then took the bird out from its cage.

Το αγόρι έβγαλε έπειτα το πουλί από το κλουβί του.

On seeing the bird she fell into a fainting fit.

Μόλις είδε το πουλί, λιποθύμησε.

Then the boy turned to the king, and spoke.

Τότε το αγόρι γύρισε προς τον βασιλιά και μίλησε.

"King, you will soon perceive who the monstrous bird is"

«Βασιλιά, σύντομα θα καταλάβεις ποιο είναι το τερατώδες πουλί»

"You will see what devours your people every evening"

«Θα δεις τι καταβροχθίζει τον λαό σου κάθε βράδυ»

"I tear off each limb of this bird"

«Κόβω κάθε άκρο αυτού του πουλιού»

"The corresponding limb of the man-eater will fall off"

«Το αντίστοιχο άκρο του ανθρωποφάγου θα πέσει»

The boy then tore off one leg of the bird in his hand.

Το αγόρι τότε έκοψε το ένα πόδι του πουλιού που κρατούσε στο χέρι του.

All assembled were astonished at what happened next.

Όλοι όσοι ήταν συγκεντρωμένοι έμειναν έκπληκτοι με ό,τι ακολούθησε.

One of the legs of the queen fell off.

Ένα από τα πόδια της βασίλισσας έπεσε.

Then the boy squeezed the throat of the bird.

Τότε το αγόρι έσφιξε το λαιμό του πουλιού.

And as he squeezed the bird, the queen gave up the ghost.

Και καθώς έσφιγγε το πουλί, η βασίλισσα παρέδωσε το πνεύμα.

The boy then retold his history to the king.

Το αγόρι έπειτα διηγήθηκε την ιστορία του στον βασιλιά.

"You used to have seven barren wives"

«Είχες εφτά στείρες γυναίκες»

"To treat their barrenness, you gave them each a mango"

«Για να αντιμετωπίσεις την στειρότητά τους, τους έδωσες από ένα μάνγκο στον καθένα»

"And each of your wives fell pregnant with a child"

«Και καθεμία από τις γυναίκες σας έμεινε έγκυος σε ένα παιδί»
"However, you then married an eighth wife"
«Ωστόσο, παντρευτήκατε μια όγδοη σύζυγο»
"This wife ordered you to blind your other wives"
«Αυτή η γυναίκα σε διέταξε να τυφλώσεις τις άλλες συζύγους σου»
"And she ordered you to have your other wives killed"
«Και σε διέταξε να σκοτώσεις τις άλλες γυναίκες σου»
"Your minister blinded your seven wives"
«Ο ιερέας σας τύφλωσε τις επτά συζύγους σας»
"But he was too good hearted to kill your wives"
«Αλλά ήταν πολύ καλόκαρδος για να σκοτώσει τις γυναίκες σου»
"Your seven wives were taken to a hiding place"
«Οι επτά γυναίκες σου οδηγήθηκαν σε κρυψώνα»
"And in this hiding place they each gave birth"
«Και σε αυτό το κρησφύγετο γέννησαν η καθεμία»
"But they were forced to eat their newly born children"
«Αλλά αναγκάστηκαν να φάνε τα νεογέννητα παιδιά τους»
"Only my mother did not let me be eaten"
«Μόνο η μητέρα μου δεν με άφησε να με φάνε»
"Instead, I was suckled by seven mothers"
«Αντίθετα, με θήλασαν επτά μητέρες»
"And I grew up strong and capable"
«Και μεγάλωσα δυνατός και ικανός»
"Eventually I came to work in your palace"
«Τελικά ήρθα να δουλέψω στο παλάτι σου»
"Your wife, my stepmother, sent me on a mission"
«Η γυναίκα σου, η μητριά μου, με έστειλε σε μια αποστολή»
"She sent me to her mother for a medicine"
«Με έστειλε στη μητέρα της για ένα φάρμακο»
"However, her mother was a Rakshasi"
«Ωστόσο, η μητέρα της ήταν Ρακσάσι»
"From her I found the secret of your wife's life"

«Από αυτήν ανακάλυψα το μυστικό της ζωής της γυναίκας σας»
"And so I brought the bird that held your wife's life"
«Και έτσι έφερα το πουλί που κράτησε τη ζωή της γυναίκας σου»
The king had listened to the story his son told him.
Ο βασιλιάς είχε ακούσει την ιστορία που του διηγήθηκε ο γιος του.
The seven queens were brought back to the palace.
Οι επτά βασίλισσες έφεραν πίσω στο παλάτι.
And their eyes were miraculously restored.
Και τα μάτια τους αποκαταστάθηκαν ως εκ θαύματος.
The boy that was suckled by seven mothers was crowned.
Το αγόρι που θήλασαν επτά μητέρες στέφθηκε.
And he was recognized by the king as his rightful heir.
Και αναγνωρίστηκε από τον βασιλιά ως ο νόμιμος κληρονόμος του.
And they lived together happily.
Και έζησαν μαζί ευτυχισμένοι.

The Story of Prince Sobur
Η ιστορία του πρίγκιπα Σομπούρ

Once upon a time there lived a merchant.
Μια φορά κι έναν καιρό ζούσε ένας έμπορος.
This merchant had seven daughters.
Αυτός ο έμπορος είχε επτά κόρες.
One day the merchant asked them a question.
Μια μέρα ο έμπορος τους έκανε μια ερώτηση.
"From whose fortune do you live?"
«Από ποιανού την περιουσία ζεις;»
The eldest daughter answered first.
Η μεγαλύτερη κόρη απάντησε πρώτη.
"Papa, I live from your fortune"
«Μπαμπά, ζω από την περιουσία σου»
The second daughter gave the same answer.
Η δεύτερη κόρη έδωσε την ίδια απάντηση.
The same answer was given by the third daughter.
Την ίδια απάντηση έδωσε και η τρίτη κόρη.
His fourth daughter also lived from his fortune.
Η τέταρτη κόρη του ζούσε επίσης από την περιουσία του.
His fifth daughter was no different.
Η πέμπτη κόρη του δεν ήταν διαφορετική.
And his sixth daughter was like the rest.
Και η έκτη κόρη του ήταν σαν τις υπόλοιπες.
But his youngest daughter surprised him.
Αλλά η μικρότερη κόρη του τον εξέπληξε.
She had a very different answer.
Είχε μια πολύ διαφορετική απάντηση.
"I live from my own fortune"
«Ζω από την περιουσία μου»
He did not like this answer.
Δεν του άρεσε αυτή η απάντηση.
Her answer made the merchant very angry.
Η απάντησή της θύμωσε πολύ τον έμπορο.
"You are very ungrateful," he told her.
«Είσαι πολύ αχάριστη», της είπε.

"See how well you do on your own"

«Δες πόσο καλά τα πας μόνος σου»

"I am kicking you out of my house"

«Σε διώχνω από το σπίτι μου»

"You will not have a rupee in your pocket"

«Δεν θα έχεις ούτε ρουπία στην τσέπη σου»

He called his palanquins to come.

Φώναξε τους παλακάνους του να έρθουν.

And he ordered them to take the girl away.

Και τους διέταξε να πάρουν το κορίτσι μακριά.

"Leave her in the midst of a forest"

«Άφησέ την στη μέση ενός δάσους»

The girl begged to be allowed one thing.

Το κορίτσι παρακάλεσε να της επιτραπεί ένα πράγμα.

"Please let me take my work-box"

«Παρακαλώ, επιτρέψτε μου να πάρω το κουτί εργασίας μου»

"In the box are my needles and threads"

«Στο κουτί είναι οι βελόνες και τα νήματα μου»

Her father allowed her to take her box.

Ο πατέρας της τής επέτρεψε να πάρει το κουτί της.

She got into the seat of the palanquins.

Κάθισε στη θέση των παλακάνων.

And the bearers lifted her up.

Και οι φέροντες την σήκωσαν.

And they put her onto their shoulders.

Και την έβαλαν στους ώμους τους.

As the bearers ran they chanted.

Καθώς οι κομιστές έτρεχαν, έψαλλαν.

"Hoon! Hoon! Hoon! Hoon! Hoon!"

"Χουν! Χουν! Χουν! Χουν! Χουν!"

But they didn't get very far.

Αλλά δεν έφτασαν και πολύ μακριά.

An old woman stood in their way.

Μια ηλικιωμένη γυναίκα στάθηκε εμπόδιο στο δρόμο τους.

She came up to the carriage.

Πλησίασε την άμαξα.

"Where are you taking my daughter?"
«Πού θα πας την κόρη μου;»
She was the maid of the child.
Ήταν η υπηρέτρια του παιδιού.
"We have been given orders by the merchant"
«Μας έχουν δοθεί εντολές από τον έμπορο»
"He told us to take her away"
«Μας είπε να την πάρουμε μακριά»
"We will leave her in a forest"
«Θα την αφήσουμε σε ένα δάσος»
"We are going to do his bidding"
«Θα κάνουμε το θέλημά του»
"I must go with her," said the old woman.
«Πρέπει να πάω μαζί της», είπε η ηλικιωμένη γυναίκα.
But the bearers were not sure.
Αλλά οι κομιστές δεν ήταν σίγουροι.
Bearers run when they carry a sedan chair.
Οι κουβαλητές τρέχουν όταν κουβαλούν μια πολυθρόνα σεντάν.
"How will you be able to keep pace with us?"
«Πώς θα μπορέσεις να συμβαδίσεις μαζί μας;»
The old woman was not deterred.
Η ηλικιωμένη γυναίκα δεν πτοήθηκε.
"It does not matter how I do it"
«Δεν έχει σημασία πώς το κάνω »
"I must go where my daughter goes"
«Πρέπει να πάω εκεί που πάει η κόρη μου»
The youngest daughter begged the bearers.
Η μικρότερη κόρη παρακάλεσε τους κηδεμόνες.
"Please carry my mother with me"
«Σε παρακαλώ, πάρε μαζί μου τη μητέρα μου»
And the bearers gracefully agreed.
Και οι κομιστές συμφώνησαν ευγενικά.
They carried mother and child to the forest.
Μετέφεραν μητέρα και παιδί στο δάσος.
"Hoon! Hoon! Hoon! Hoon! Hoon!"
"Χουν! Χουν! Χουν! Χουν! Χουν!"

In the afternoon they reached a dense forest.

Το απόγευμα έφτασαν σε ένα πυκνό δάσος.

They went deeper and deeper into the forest.

Προχωρούσαν όλο και πιο βαθιά μέσα στο δάσος.

Towards sunset they reached their goal.

Προς τη δύση του ηλίου έφτασαν στον στόχο τους.

They stopped at the foot of an old tree.

Σταμάτησαν στους πρόποδες ενός γέρικού δέντρου.

They lowered the girl and the old woman.

Κατέβασαν το κορίτσι και την ηλικιωμένη γυναίκα.

And they left them in the forest.

Και τα άφησαν στο δάσος.

Then they retraced their steps home.

Έπειτα επέστρεψαν στα βήματά τους για το σπίτι.

The merchant's youngest daughter looked around.

Η μικρότερη κόρη του εμπόρου κοίταξε τριγύρω.

You would not have wanted to be in her shoes.

Δεν θα ήθελες να ήσουν στη θέση της.

Her situation was truly pitiable.

Η κατάστασή της ήταν πραγματικά αξιοθρήνητη.

She was hardly fourteen years old.

Ήταν μόλις δεκατεσσάρων ετών.

She had grown up in luxury.

Είχε μεγαλώσει μέσα στην πολυτέλεια.

But now there was no luxury for her.

Αλλά τώρα δεν υπήρχε καμία πολυτέλεια γι' αυτήν.

She was in the heart of a dark forest.

Βρισκόταν στην καρδιά ενός σκοτεινού δάσους.

She had not a rupee in her pocket.

Δεν είχε ούτε ρουπία στην τσέπη της.

And she had nothing for protection.

Και δεν είχε τίποτα να προστατεύσει.

Nothing except an old, decrepit, woman.

Τίποτα εκτός από μια ηλικιωμένη, εξαθλιωμένη γυναίκα.

Even the trees of the forest pitied her.

Ακόμα και τα δέντρα του δάσους τη λυπήθηκαν.

The young girl and old woman sat together.
Η νεαρή κοπέλα και η ηλικιωμένη γυναίκα κάθονταν μαζί.
They were at the foot of an old tree.
Βρίσκονταν στους πρόποδες ενός γέρικου δέντρου.
And together they cried over their situation.
Και μαζί έκλαψαν για την κατάστασή τους.
I should say this all happened long ago.
Θα έλεγα ότι όλα αυτά συνέβησαν πριν από πολύ καιρό.
In these times the trees could talk.
Εκείνες τις εποχές τα δέντρα μπορούσαν να μιλήσουν.
And the old tree spoke to the girl.
Και το γέρικο δέντρο μίλησε στο κορίτσι.
"Unhappy women, I much pity you"
«Δυστυχισμένες γυναίκες, σας λυπάμαι πολύ»
"There are wild beasts in this forest"
«Υπάρχουν άγρια θηρία σε αυτό το δάσος»
"Soon they will come out of their lairs"
«Σύντομα θα βγουν από τις φωλιές τους»
"They will roam about for prey"
«Θα περιπλανηθούν ψάχνοντας για θήραμα»
"And they are sure to devour you two"
«Και σίγουρα θα σας καταβροχθίσουν και τους δύο»
"But I can help you, if you want"
«Αλλά μπορώ να σε βοηθήσω, αν θέλεις»
"I will make an opening for you"
«Θα σου ανοίξω ένα άνοιγμα»
"When you see the opening, go into it"
«Όταν δεις το άνοιγμα, μπες μέσα»
"And then I will close the opening up"
«Και μετά θα κλείσω το άνοιγμα»
"As long as you are in me you'll be safe"
«Όσο είσαι μέσα μου, θα είσαι ασφαλής»
"This way the wild beasts can't touch you"
«Έτσι τα άγρια θηρία δεν μπορούν να σε αγγίξουν»
And then the tree split itself in two.
Και τότε το δέντρο κόπηκε στα δύο.
The two women went inside the tree.

Οι δύο γυναίκες μπήκαν μέσα στο δέντρο.
And the old tree resumed its natural shape.
Και το γέρικο δέντρο ανέκτησε το φυσικό του σχήμα.

The shade of night darkened the forest.
Η σκιά της νύχτας σκοτείνιασε το δάσος.
Everything the tree had said was true.
Όλα όσα είχε πει το δέντρο ήταν αλήθεια.
The wild beasts came out of their lairs.
Τα άγρια θηρία βγήκαν από τις φωλιές τους.
The fierce tiger came out at night.
Η άγρια τίγρη βγήκε έξω τη νύχτα.
The wild bear left his lair.
Η άγρια αρκούδα έφυγε από τη φωλιά της.
The rhinoceros roamed the forest.
Ο ρινόκερος περιπλανιόταν στο δάσος.
The bushy bear was there that night.
Η θαμνώδης αρκούδα ήταν εκεί εκείνο το βράδυ.
The great elephant could be heard.
Ο μεγάλος ελέφαντας μπορούσε να ακουστεί.
And there was the horned buffalo.
Και υπήρχε ο κερασφόρος βούβαλος.
They all growled as they circled the tree.
Όλοι γρύλισαν καθώς έκαναν κύκλο γύρω από το δέντρο.
They had gotten the scent of human blood.
Είχαν μυρίσει ανθρώπινο αίμα.
They could hear the growls of the beasts.
Μπορούσαν να ακούσουν τα γρυλίσματα των θηρίων.
The beasts came dashing against the tree.
Τα θηρία όρμησαν πάνω στο δέντρο.
They broke the old tree's branches.
Έσπασαν τα κλαδιά του γέρου δέντρου.
Their horns pierced the tree's trunk.
Τα κέρατά τους τρυπούσαν τον κορμό του δέντρου.
They scratched its bark with their claws.
Ξύσανε τον φλοιό του με τα νύχια τους.
But all their efforts were in vain.

Αλλά όλες οι προσπάθειές τους ήταν μάταιες.
The girl and woman were safe in the tree.
Το κορίτσι και η γυναίκα ήταν ασφαλείς στο δέντρο.
Towards dawn the wild beasts went away.
Προς την αυγή τα άγρια θηρία έφυγαν.
After sunrise the good tree spoke again.
Μετά την ανατολή του ηλίου, το καλό δέντρο μίλησε ξανά.
"The wild beasts have gone back"
«Τα άγρια θηρία επέστρεψαν»
"They are in their lairs again"
«Βρίσκονται ξανά στις φωλιές τους»
"But they did their best to torment me"
«Αλλά έκαναν ό,τι μπορούσαν για να με βασανίσουν»
"The sun has risen up again"
«Ο ήλιος ανέτειλε ξανά»
"So you can come out now"
«Οπότε μπορείς να βγεις τώρα»
The tree split itself into two again.
Το δέντρο χωρίστηκε ξανά στα δύο.
The girl and the old woman came out.
Το κορίτσι και η ηλικιωμένη γυναίκα βγήκαν έξω.
They saw the extent of the damage.
Είδαν το μέγεθος της ζημιάς.
The tree's branches had been broken off.
Τα κλαδιά του δέντρου είχαν κοπεί.
The tree's trunk had been pierced.
Ο κορμός του δέντρου ήταν τρυπημένος.
The bark had been stripped off.
Ο φλοιός είχε αφαιρεθεί.
"Good mother, we thank you"
«Καλή μητέρα, σε ευχαριστούμε»
"You have been very kind to us"
«Ήσασταν πολύ ευγενικοί μαζί μας»
"You gave us shelter from the beasts"
«Μας έδωσες καταφύγιο από τα θηρία»
"But it was at a great cost to yourself"
«Αλλά ήταν με μεγάλο κόστος για τον εαυτό σας»

"You have many wounds from the wilds beasts"

«Έχεις πολλές πληγές από τα άγρια θηρία»

"You must be in great pain?"

«Πρέπει να πονάς πολύ;»

Close by there was a flowing river.

Κοντά υπήρχε ένα ποτάμι που έρεε.

The young girl went to the river bank.

Η νεαρή κοπέλα πήγε στην όχθη του ποταμού.

At the bank of the river she found mud.

Στην όχθη του ποταμού βρήκε λάσπη.

She covered the tree with the mud.

Έσκεψε το δέντρο με λάσπη.

She especially covered the damaged parts.

Κάλυψε ιδιαίτερα τα κατεστραμμένα μέρη.

The tree thanked her for the treatment.

Το δέντρο την ευχαρίστησε για την περιποίηση.

"My good girl, I thank you"

«Καλό μου κορίτσι, σε ευχαριστώ»

"I am greatly relieved of my pain"

«Έχω ανακουφιστεί πολύ από τον πόνο μου»

"I am, however, more concerned for you"

«Ωστόσο, ανησυχώ περισσότερο για σένα»

"You must be hungry"

«Πρέπει να πεινάς»

"You have not eaten since yesterday"

«Δεν έχεις φάει από χθες»

"But what can I give you?"

«Αλλά τι μπορώ να σου δώσω;»

"I have no fruit of my own"

«Δεν έχω δικό μου καρπό»

"But I do have some advice"

«Αλλά έχω μερικές συμβουλές»

"Give the old woman whatever money you have"

«Δώσε στην ηλικιωμένη γυναίκα ό,τι λεφτά έχεις»

"Let her go into the city"

«Ας πάει στην πόλη»

"In the city she can buy some food"

«Στην πόλη μπορεί να αγοράσει φαγητό»
They explained their situation to the tree.
Εξήγησαν την κατάστασή τους στο δέντρο.
"We have been sent out with no money"
«Μας έστειλαν έξω χωρίς χρήματα »
But she searched through her work-box anyway.
Αλλά έψαξε παρόλα αυτά στο κουτί της εργασίας της.
And in the box she found five cowries.
Και μέσα στο κουτί βρήκε πέντε κάουρι.
The tree continued to give its advice.
Το δέντρο συνέχισε να δίνει τις συμβουλές του.
"Go with your cowries to the city"
«Πήγαινε με τα καουράκια σου στην πόλη»
"Use the cowries to buy some fried rice"
"Χρησιμοποιήστε τα cowries για να αγοράσετε λίγο
τηγανητό ρύζι"
So the old woman went to the city.
Έτσι η ηλικιωμένη γυναίκα πήγε στην πόλη.
Fortunately the city was not far away.
Ευτυχώς η πόλη δεν ήταν μακριά.
She went to the first shopkeeper she found.
Πήγε στον πρώτο καταστηματάρχη που βρήκε.
"Please give me five cowries worth of rice"
«Σε παρακαλώ, δώσε μου ρύζι αξίας πέντε κάουρι»
The shopkeeper laughed at her.
Ο καταστηματάρχης γέλασε μαζί της.
"Where can rice be had for five cowries?"
«Πού μπορεί να βρει κανείς ρύζι για πέντε κάουρι;»
"Be off, you old hag," he told her.
«Φύγε, γριά», της είπε.
So she tried to barter at another shop.
Έτσι προσπάθησε να κάνει ανταλλαγή σε ένα άλλο
κατάστημα.
This shopkeeper could see her distress.
Αυτός ο καταστηματάρχης μπορούσε να δει την αγωνία
της.
And the shopkeeper took pity on her.

Και ο καταστηματάρχης τη λυπήθηκε.
She gave her a large quantity of rice.
Της έδωσε μια μεγάλη ποσότητα ρυζιού.
The old woman returned with the rice.
Η ηλικιωμένη γυναίκα επέστρεψε με το ρύζι.
And the tree gave further instructions.
Και το δέντρο έδωσε περαιτέρω οδηγίες.
"Eat less than half of the rice"
«Φάτε λιγότερο από το μισό ρύζι»
"Go to the embankments of the river bank"
«Πηγαίνετε στα αναχώματα της όχθης του ποταμού»
"Cast the remaining rice on the river bank"
«Ρίξτε το υπόλοιπο ρύζι στην όχθη του ποταμού»
They did not understand the sense of it.
Δεν κατάλαβαν το νόημα.
"Why sow the riverbank with rice?"
«Γιατί να σπείρεις ρύζι στην όχθη του ποταμού;»
But they did as they were advised.
Αλλά έκαναν όπως τους συμβούλεψαν.
And they threw their rice onto the ground.
Και πέταξαν το ρύζι τους στο έδαφος.

They spent the day lamenting their fate.
Πέρασαν την ημέρα θρηνώντας τη μοίρα τους.
Just as before the beasts came out at night.
Όπως ακριβώς πριν βγουν τα θηρία τη νύχτα.
The tree housed them inside of its trunk again.
Το δέντρο τους φιλοξένησε ξανά μέσα στον κορμό του.
Again they mutilated and tortured the tree.
Και πάλι ακρωτηρίασαν και βασάνισαν το δέντρο.
But that night something else happened.
Αλλά εκείνο το βράδυ συνέβη κάτι άλλο.
The women only saw it the next day.
Οι γυναίκες το είδαν μόνο την επόμενη μέρα.
The rice had attracted hundreds of peacocks.
Το ρύζι είχε προσελκύσει εκατοντάδες παγώνια.
The peacocks competed for the rice.

Τα παγώνια ανταγωνίζονταν για το ρύζι.
And their feathers fell on the floor.
Και τα φτερά τους έπεσαν στο πάτωμα.
The tree had known what would happen.
Το δέντρο ήξερε τι θα συνέβαινε.
And the tree advised them what to do next.
Και το δέντρο τους συμβούλεψε τι να κάνουν στη συνέχεια.
"Go back to the bank of the river"
«Γύρνα πίσω στην όχθη του ποταμού»
"Go to where you cast the rice"
«Πήγαινε εκεί που έριξες το ρύζι»
"There you will see many feathers"
«Εκεί θα δεις πολλά φτερά»
"Collect all the feathers you can find"
«Μάζεψε όλα τα φτερά που μπορείς να βρεις»
"Use the feathers to make a beautiful fan"
«Χρησιμοποιήστε τα φτερά για να φτιάξετε μια όμορφη βεντάλια»
"And take the feather-fan to the city"
«Και πάρε την φτερωτή βεντάλια στην πόλη»
The two women did as they were advised.
Οι δύο γυναίκες έπραξαν όπως τις συμβούλεψαν.
It was good the girl had taken her work-box.
Ήταν καλό που το κορίτσι είχε πάρει το κουτί της εργασίας της.
In her work-box was some string.
Στο κουτί εργασίας της υπήρχε κάποιο σπάγκος.
The tied the feathers together.
Έδεσαν τα φτερά μεταξύ τους.
And she had made a fan from the feathers.
Και είχε φτιάξει μια βεντάλια από τα φτερά.
She took the feather fan to the city.
Πήρε τη φτερωτή βεντάλια στην πόλη.
The son of the king happened to be there.
Ο γιος του βασιλιά έτυχε να βρίσκεται εκεί.
He admired the feathers greatly.
Θαύμαζε πολύ τα φτερά.

He paid a large sum of money for the feathers.
Πλήρωσε ένα μεγάλο χρηματικό ποσό για τα φτερά.
Each morning a quantity of feathers was collected.
Κάθε πρωί μαζεύονταν μια ποσότητα φτερών.
And each day a feather fan was made and sold.
Και κάθε μέρα φτιάχνονταν και πουλιόταν μια φτερωτή βεντάλια.
Within a short time the two women got rich.
Μέσα σε σύντομο χρονικό διάστημα οι δύο γυναίκες πλούτισαν.
The tree then advised them to build a house.
Το δέντρο τότε τους συμβούλεψε να χτίσουν ένα σπίτι.
"Employ men to burn bricks for you"
«Προσλάβετε άντρες να καίνε τούβλα για εσάς»
"Get them to cut beams and rafters"
«Βάλτε τους να κόψουν δοκούς και δοκούς»
"Make them plaster the walls with lime"
«Βάλτε τους να σοβατίσουν τους τοίχους με ασβέστη»
In a few months a stately house was built.
Μέσα σε λίγους μήνες χτίστηκε ένα μεγαλοπρεπές σπίτι.
The tree was pleased for the women.
Το δέντρο χάρηκε για τις γυναίκες.
"You should add a garden to your house"
«Πρέπει να προσθέσεις έναν κήπο στο σπίτι σου»
"And you want to be able to store water"
«Και θέλετε να μπορείτε να αποθηκεύετε νερό»
"Dig a water tank in your garden"
«Σκάψτε μια δεξαμενή νερού στον κήπο σας»

The girl had not had much time.
Το κορίτσι δεν είχε πολύ χρόνο στη διάθεσή του.
So she didn't think of her family.
Έτσι δεν σκεφτόταν την οικογένειά της.
The merchant's luck had taken a turn.
Η τύχη του εμπόρου είχε αλλάξει άρδην.
The goddess of wealth frowned upon him.
Η θεά του πλούτου τον κοίταξε με δυσαρέσκεια.

He was struck by a sudden misfortune.
Τον χτύπησε μια ξαφνική ατυχία.
All at once he lost all of his money.
Ξαφνικά έχασε όλα του τα χρήματα.
He was forced to sell his house.
Αναγκάστηκε να πουλήσει το σπίτι του.
But he made a great loss on the property.
Αλλά υπέστη μεγάλη ζημία στην περιουσία.
He and his family were left penniless.
Αυτός και η οικογένειά του έμειναν άφραγκοι.
So they were forced to live elsewhere.
Έτσι αναγκάστηκαν να ζήσουν αλλού.
They happened to move to a nearby village.
Τυχαίνει να μετακομίσουν σε ένα κοντινό χωριό.
The palace was not far from their new house.
Το παλάτι δεν ήταν μακριά από το νέο τους σπίτι.
But the merchant was not rich anymore.
Αλλά ο έμπορος δεν ήταν πια πλούσιος.
And he still had to support his family.
Και έπρεπε ακόμα να στηρίξει την οικογένειά του.
He had been reduced to doing manual labor.
Είχε αναγκαστεί να κάνει χειρωνακτική εργασία.
He applied for the job at the palace.
Έκανε αίτηση για τη δουλειά στο παλάτι.
He was going to dig the hole for the water.
Επρόκειτο να σκάψει την τρύπα για το νερό.
His wife also offered to work with him.
Η σύζυγός του προσφέρθηκε επίσης να συνεργαστεί μαζί
του.
But they got there too late to work.
Αλλά έφτασαν εκεί πολύ αργά για να δουλέψουν.
The water tank had already been finished.
Η δεξαμενή νερού είχε ήδη ολοκληρωθεί.
And they did not know whose house it was.
Και δεν ήξεραν ποιανού το σπίτι ήταν.
The merchant's daughter was looking out the window.
Η κόρη του εμπόρου κοίταζε έξω από το παράθυρο.

She happened to see her parents in the garden.

Τυχαίνει να είδε τους γονείς της στον κήπο.

She could see the rags they were wearing.

Μπορούσε να δει τα κουρέλια που φορούσαν.

Her eyes filled with tears at the sight.

Τα μάτια της γέμισαν δάκρυα στο θέαμα.

She could not believe what she saw.

Δεν μπορούσε να πιστέψει αυτό που έβλεπε.

Her parents had come to her for work.

Οι γονείς της είχαν έρθει σε αυτήν για δουλειά.

She immediately called her servants.

Αμέσως κάλεσε τους υπηρέτες της.

"Outside in the garden are my parents"

«Έξω στον κήπο είναι οι γονείς μου»

"Please offer them these fine clothes"

«Παρακαλώ προσφέρετέ τους αυτά τα ωραία ρούχα»

"And ask them to come into the palace"

«Και ζητήστε τους να έρθουν στο παλάτι»

Her servants did as they were told.

Οι υπηρέτες της έκαναν όπως τους είπαν.

But her parents were frightened beyond measure.

Αλλά οι γονείς της ήταν αφάνταστα τρομοκρατημένοι.

They had seen that the tank was finished.

Είχαν δει ότι η δεξαμενή είχε τελειώσει.

There used to be a strange tradition.

Υπήρχε μια παράξενη παράδοση κάποτε.

In those days human sacrifices were offered.

Εκείνες τις μέρες προσφέρονταν ανθρωποθυσίες.

One of those occasions was after digging a pool.

Μία από αυτές τις περιπτώσεις ήταν μετά το σκάψιμο μιας πισίνας.

You can imagine her parents' fear.

Μπορείτε να φανταστείτε τον φόβο των γονιών της.

They had come to dig the water tank.

Είχαν έρθει να σκάψουν τη δεξαμενή νερού.

But now servants were calling them.

Αλλά τώρα τους καλούσαν οι υπηρέτες.

They thought they going to be sacrificed.
Νόμιζαν ότι θα θυσιαστούν.
"Throw away your rags" they said.
«Πετάξτε τα κουρέλια σας», είπαν.
"Here, wear these fine clothes"
«Ορίστε, φόρεσε αυτά τα ωραία ρούχα»
And their fears increased even more.
Και οι φόβοι τους αυξήθηκαν ακόμη περισσότερο.
But they did not have to fear for long.
Αλλά δεν χρειάστηκε να φοβούνται για πολύ.
Their rich daughter came out to meet them.
Η πλούσια κόρη τους βγήκε να τους προϋπαντήσει.
She hugged and kissed her parents.
Αγκάλιασε και φίλησε τους γονείς της.
And she told them everything that had happened.
Και τους διηγήθηκε όλα όσα είχαν συμβεί.
The father felt that she had been right.
Ο πατέρας ένιωθε ότι είχε δίκιο.
"You do live from your own fortune"
«Ζεις από την περιουσία σου»
The daughter did not blame her father.
Η κόρη δεν κατηγόρησε τον πατέρα της.
And she gave him a large fortune.
Και του έδωσε μια μεγάλη περιουσία.
With the money he moved back to the city.
Με τα χρήματα επέστρεψε στην πόλη.
Soon he became a merchant again.
Σύντομα έγινε ξανά έμπορος.
And he went to distant countries for trade.
Και πήγε σε μακρινές χώρες για εμπόριο.

One day he got ready for another business venture.
Μια μέρα ετοιμάστηκε για μια άλλη επιχειρηματική
δραστηριότητα.
But that day something strange happened.
Αλλά εκείνη την ημέρα συνέβη κάτι παράξενο.
The ship was ready to leave the port.

Το πλοίο ήταν έτοιμο να αναχωρήσει από το λιμάνι.

But for some reason the ship did not move.

Αλλά για κάποιο λόγο το πλοίο δεν κινήθηκε.

No one could explain what was happening.

Κανείς δεν μπορούσε να εξηγήσει τι συνέβαινε.

But the merchant had an idea.

Αλλά ο έμπορος είχε μια ιδέα.

"Perhaps my daughters would like presents"

«Ίσως οι κόρες μου θα ήθελαν δώρα»

"I need to ask them what they would like"

«Πρέπει να τους ρωτήσω τι θα ήθελαν»

He went to see his daughters.

Πήγε να δει τις κόρες του.

He asked them what they would like.

Τους ρώτησε τι θα ήθελαν.

And he promised to bring them presents.

Και υποσχέθηκε να τους φέρει δώρα.

But the ship would still not move.

Αλλά το πλοίο εξακολουθούσε να μην κινείται.

He had not asked all his daughters.

Δεν είχε ρωτήσει όλες τις κόρες του.

His youngest daughter was not there.

Η μικρότερη κόρη του δεν ήταν εκεί.

She was living in a different city.

Ζούσε σε μια διαφορετική πόλη.

So he ordered his servants go to her palace.

Έτσι διέταξε τους υπηρέτες του να πάνε στο παλάτι της.

The messenger came at the wrong time.

Ο αγγελιοφόρος ήρθε σε λάθος στιγμή.

The young girl was engaged in devotions.

Η νεαρή κοπέλα ασχολούνταν με λατρευτικές λειτουργίες.

But the messenger asked her anyway.

Αλλά ο αγγελιοφόρος τη ρώτησε ούτως ή άλλως.

She just told him "sobur"

Του είπε απλώς «σομπούρ».

The meaning of this was "wait"

Η σημασία αυτού ήταν «περιμένω»

But the messenger didn't know this.

Αλλά ο αγγελιοφόρος δεν το ήξερε αυτό.

He thought she wanted something called "sobur"

Νόμιζε ότι ήθελε κάτι που ονομαζόταν «σομπούρ».

So he went back to the city of the merchant.

Έτσι επέστρεψε στην πόλη του εμπόρου.

And he delivered the message he received.

Και μετέδωσε το μήνυμα που έλαβε.

"Your daughter wants something called 'sobur'"

«Η κόρη σου θέλει κάτι που λέγεται «σομπούρ»»

This time the ship could move again.

Αυτή τη φορά το πλοίο μπορούσε να κινηθεί ξανά.

So the merchant started on his travels.

Έτσι ο έμπορος ξεκίνησε τα ταξίδια του.

He visited many ports on his journey.

Επισκέφθηκε πολλά λιμάνια στο ταξίδι του.

And he made good profits from his trades.

Και είχε καλά κέρδη από τις δουλειές του.

Finding the presents was not difficult.

Η εύρεση των δώρων δεν ήταν δύσκολη.

He found everything his oldest daughters wanted.

Βρήκε όλα όσα ήθελαν οι μεγαλύτερες κόρες του.

But his youngest daughter's wish was difficult.

Αλλά η επιθυμία της μικρότερης κόρης του ήταν δύσκολη.

He could not find the thing called "sobur"

Δεν μπορούσε να βρει αυτό που λέγεται «σομπούρ».

He asked at every port he came to.

Ρωτούσε σε κάθε λιμάνι που ερχόταν.

"Do you have something called 'sobur'?"

«Έχετε κάτι που λέγεται «σομπούρ»;»

But the merchants all shook their heads.

Αλλά όλοι οι έμποροι κούνησαν το κεφάλι τους.

"We've never heard of 'sobur'"

«Δεν έχουμε ακούσει ποτέ για το «σομπούρ»»

His voyage had almost come to its end.

Το ταξίδι του είχε σχεδόν φτάσει στο τέλος του.

He was soon going to head back home.

Σύντομα επρόκειτο να επιστρέψει σπίτι.
But he wanted "sobur" for his daughter.
Αλλά ήθελε «σομπούρ» για την κόρη του.
So he went calling through the streets.
Έτσι πήγε να φωνάξει στους δρόμους.
"Sobur, does anyone have sobur?!"
«Σομπούρ, έχει κανείς σομπούρ;»
The son of the King was in his castle.
Ο γιος του βασιλιά ήταν στο κάστρο του.
He happened to be looking out the window.
Τυχαίνει να κοιτάζει έξω από το παράθυρο.
And the calls attracted his attention.
Και οι κλήσεις τράβηξαν την προσοχή του.
Because his name happened to be Sobur.
Επειδή τυχαίνει να το όνομά του να είναι Σομπούρ.
He came to the merchant to speak with him.
Ήρθε στον έμπορο για να του μιλήσει.
"I have the Sobur that you want"
«Έχω το Σομπούρ που θέλεις»
"Take this box, but be careful with it"
«Πάρε αυτό το κουτί, αλλά πρόσεχε.»
"In the box is a magical feather fan and mirror"
«Μέσα στο κουτί υπάρχει μια μαγική φτερωτή βεντάλια
και ένας καθρέφτης»
"This is the Sobur your daughter wishes for"
«Αυτό είναι το Σομπούρ που επιθυμεί η κόρη σου»
The merchant thanked the prince for the box.
Ο έμπορος ευχαρίστησε τον πρίγκιπα για το κουτί.
And he returned back to his country.
Και επέστρεψε πίσω στην πατρίδα του.

He gave the box to his daughter.
Έδωσε το κουτί στην κόρη του.
But the daughter didn't think about it.
Αλλά η κόρη δεν το σκέφτηκε.
She thought it was just a common box.
Νόμιζε ότι ήταν απλώς ένα κοινό κουτί.

She had forgotten about the messenger.

Είχε ξεχάσει τον αγγελιοφόρο.

But one day she decided to open the box.

Αλλά μια μέρα αποφάσισε να ανοίξει το κουτί.

Inside the box she found a beautiful fan.

Μέσα στο κουτί βρήκε μια όμορφη βεντάλια.

In the feather fan there was a beautiful mirror.

Στη φτερωτή βεντάλια υπήρχε ένας όμορφος καθρέφτης.

She waved the feather fan to cool herself.

Κούνησε τον φτερωτό ανεμιστήρα για να δροσιστεί.

And Prince Sobur appeared before her.

Και ο πρίγκιπας Σομπούρ εμφανίστηκε μπροστά της.

"You called me, so here I am," he said.

«Με κάλεσες, οπότε να 'μαι», είπε.

"What is it you wish for?" he asked.

«Τι εύχεσαι;» ρώτησε.

She was astonished at what she saw.

Έμεινε έκπληκτη με αυτό που είδε.

A handsome prince had suddenly appeared!

Ένας όμορφος πρίγκιπας είχε ξαφνικά εμφανιστεί!

"Who are you?" she asked the prince.

«Ποιος είσαι;» ρώτησε τον πρίγκιπα.

"And how did you suddenly appear?"

«Και πώς εμφανίστηκες ξαφνικά;»

The prince explained what had happened.

Ο πρίγκιπας εξήγησε τι είχε συμβεί.

"Your father was looking for 'sobur'"

«Ο πατέρας σου έψαχνε για «σομπούρ»»

"I am prince Sobur," he explained.

«Είμαι ο πρίγκιπας Σομπούρ», εξήγησε.

"I gave your father a box"

«Έδωσα στον πατέρα σου ένα κουτί»

"In this box there is a feather fan and mirror"

«Σε αυτό το κουτί υπάρχει ένας φτερωτός ανεμιστήρας και ένας καθρέφτης»

"When you shake the feather fan I will appear"

«Όταν κουνήσεις την φτερωτή βεντάλια, θα εμφανιστώ»

She asked the prince to stay as a guest.

Ζήτησε από τον πρίγκιπα να μείνει ως φιλοξενούμενη.

And for two days the prince stayed with her.

Και για δύο μέρες ο πρίγκιπας έμεινε μαζί της.

And she entertained him in her palace.

Και τον φιλοξένησε στο παλάτι της.

During that time the two fell in love.

Εκείνη την περίοδο οι δυο τους ερωτεύτηκαν.

They made their vows to each.

Έδωσαν τους όρκους τους στον καθένα.

And they became husband and wife.

Και έγιναν σύζυγοι.

After this the prince returned to his father.

Μετά από αυτό, ο πρίγκιπας επέστρεψε στον πατέρα του.

He told him that he had selected a wife.

Του είπε ότι είχε διαλέξει σύζυγο.

The day for the wedding was decided.

Η ημέρα του γάμου είχε αποφασιστεί.

All the family was invited.

Όλη η οικογένεια ήταν προσκεκλημένη.

And they had a beautiful wedding.

Και έκαναν έναν όμορφο γάμο.

But there was a death in the marriage bed.

Αλλά υπήρξε ένας θάνατος στο συζυγικό κρεβάτι.

The six daughters of the merchant were envious.

Οι έξι κόρες του εμπόρου ζήλευαν.

They were jealous of their sister's success.

Ζήλευαν την επιτυχία της αδερφής τους.

So they decided to destroy her happiness.

Έτσι αποφάσισαν να καταστρέψουν την ευτυχία της.

They broke several glass bottles.

Έσπασαν αρκετά γυάλινα μπουκάλια.

And they ground the glass into fine powder.

Και άλεσαν το γυαλί σε λεπτή σκόνη.

Then they scattered the powder on the bed.

Έπειτα σκόρπισαν την σκόνη στο κρεβάτι.

The prince suspected no danger.

Ο πρίγκιπας δεν υποψιαζόταν κανέναν κίνδυνο.

He laid himself down in the bed.

Ξάπλωσε στο κρεβάτι.

Soon he felt an acute pain.

Σύντομα ένιωσε έναν οξύ πόνο.

All of his whole body ached.

Όλο του το σώμα πονούσε.

The powder had gone through his skin.

Η σκόνη είχε διαπεράσει το δέρμα του.

The prince became restless through pain.

Ο πρίγκιπας έγινε ανήσυχος από τον πόνο.

And he started to kick and scream.

Και άρχισε να κλωτσάει και να ουρλιάζει.

He was taken away to his own country.

Τον πήραν μακριά στην πατρίδα του.

The king and queen were very worried.

Ο βασιλιάς και η βασίλισσα ήταν πολύ ανήσυχοι.

They consulted all the kingdom's physicians.

Συμβουλεύτηκαν όλους τους γιατρούς του βασιλείου.

But their efforts were in vain.

Αλλά οι προσπάθειές τους ήταν μάταιες.

Day and night the young prince was screaming.

Μέρα νύχτα ο νεαρός πρίγκιπας ούρλιαζε.

No one could ascertain the disease.

Κανείς δεν μπορούσε να διαπιστώσει την ασθένεια.

So they had no way of knowing the remedy.

Έτσι δεν είχαν κανέναν τρόπο να μάθουν τη λύση.

You can imagine the grief of his wife.

Μπορείτε να φανταστείτε τη θλίψη της γυναίκας του.

The marriage knot had only just been tied.

Ο γαμήλιος κόμπος μόλις είχε δεθεί.

She thought a terrible disease had attacked him.

Νόμιζε ότι τον είχε πλήξει μια τρομερή ασθένεια.

Then he was carried hundreds of miles away.

Έπειτα μεταφέρθηκε εκατοντάδες μίλια μακριά.

She had never been to his country.

Δεν είχε πάει ποτέ στη χώρα του.

But she was determined to go there.

Αλλά ήταν αποφασισμένη να πάει εκεί.

And she was determined to nurse him better.

Και ήταν αποφασισμένη να τον φροντίσει καλύτερα.

She put on the garb of a Sannyasi.

Φόρεσε την ενδυμασία ενός Σανυάσι.

And she carried a dagger in her hand.

Και κρατούσε ένα στιλέτο στο χέρι της.

And then she set out on her journey.

Και μετά ξεκίνησε το ταξίδι της.

The princess was still relatively young.

Η πριγκίπισσα ήταν ακόμα σχετικά νέα.

She was unaccustomed to long journeys.

Δεν ήταν συνηθισμένη σε μακρινά ταξίδια.

And she wasn't used to walking so far.

Και δεν είχε συνηθίσει να περπατάει τόσο μακριά.

She soon got weary of walking.

Σύντομα βαρέθηκε να περπατάει.

So she sat under a tree to rest.

Έτσι κάθισε κάτω από ένα δέντρο για να ξεκουραστεί.

On the top of the tree there was a nest.

Στην κορυφή του δέντρου υπήρχε μια φωλιά.

It was the nest of two divine birds.

Ήταν η φωλιά δύο θεϊκών πουλιών.

Bihangami and Bihangama lived here.

Ο Μπιχανγκάμι και ο Μπιχανγκάμα ζούσαν εδώ.

They were not in their nest at the time.

Δεν βρίσκονταν στη φωλιά τους εκείνη την εποχή.

But two of their chicks were in the nest.

Αλλά δύο από τα κοτοπουλάκια τους ήταν στη φωλιά.

Suddenly the chicks gave a scream.

Ξαφνικά τα κοτοπουλάκια έβγαλαν μια κραυγή.

This roused the half-drowsy princess.

Αυτό ξύπνησε την μισονυσταγμένη πριγκίπισσα.

The little birds had seen huge serpent.

Τα μικρά πουλιά είχαν δει ένα τεράστιο φίδι.
The snake was about to climb the tree.
Το φίδι ετοιμαζόταν να σκαρφαλώσει στο δέντρο.
This would have been the end of the birds.
Αυτό θα ήταν το τέλος των πουλιών.
But the Sannyasi took out her dagger.
Αλλά η Σαννυάσι έβγαλε το στιλέτο της.
And she cut the serpent in two.
Και έκοψε το φίδι στα δύο.
Of course even this frightened the young birds.
Φυσικά, ακόμη και αυτό τρόμαξε τα νεαρά πουλιά.
And they flew from the nest screaming.
Και πέταξαν από τη φωλιά ουρλιάζοντας.
Bihangama and Bihangami were on their way back.
Ο Μπιχανγκάμα και η Μπιχανγκάμι επέστρεφαν.
They came sailing through the air.
Ήρθαν πλέοντας στον αέρα.
They thought they already knew what had happened.
Νόμιζαν ότι ήδη ήξεραν τι είχε συμβεί.
"I don't expect to see our children"
«Δεν περιμένω να δω τα παιδιά μας»
"The nest will be empty again"
«Η φωλιά θα είναι πάλι άδεια»
"All our previous children were eaten"
«Όλα τα προηγούμενα παιδιά μας τα φάγαμε»
"They were eaten by our great enemy the serpent"
«Τους έφαγε ο μεγάλος εχθρός μας, το φίδι»
"They will have met the same fate"
«Θα έχουν την ίδια μοίρα»
"I do not hear the cries of my young ones"
«Δεν ακούω τα κλάματα των μικρών μου»
The two birds got to their nest.
Τα δύο πουλιά έφτασαν στη φωλιά τους.
And as predicted, the nest was empty.
Και όπως είχε προβλεφθεί, η φωλιά ήταν άδεια.
This seemed to confirm their suspicions.
Αυτό φάνηκε να επιβεβαιώνει τις υποψίες τους.

But soon the young birds returned.

Αλλά σύντομα τα νεαρά πουλιά επέστρεψαν.

The divine birds were pleasantly surprised.

Τα θεϊκά πουλιά εξεπλάγησαν ευχάριστα.

The young birds told them what had happened.

Τα νεαρά πουλιά τους είπαν τι είχε συμβεί.

"There was a young Sannyasi under the tree"

«Υπήρχε ένας νεαρός Σαννυάσι κάτω από το δέντρο»

"He destroyed the serpent"

«Κατέστρεψε το φίδι»

"He cut the snake in two with his dagger"

«Έκοψε το φίδι στα δύο με το στιλέτο του»

The parents went to foot of the tree.

Οι γονείς πήγαν στους πρόποδες του δέντρου.

Two halves of the snake were still there.

Δύο μισά του φιδιού ήταν ακόμα εκεί.

"The young Sannyasi has saved our offspring"

«Ο νεαρός Σαννυάσι έσωσε τους απογόνους μας»

"I wish we could do him some service in return"

«Μακάρι να μπορούσαμε να του προσφέρουμε κάποια υπηρεσία ως αντάλλαγμα»

The divine bird Bihangama replied.

Το θεϊκό πουλί Μπιχανγκάμα απάντησε.

"We shall do our service to HER"

«Θα της προσφέρουμε τις υπηρεσίες μας»

"The Sannyasi under the tree is not a man"

«Ο Σαννυάσι κάτω από το δέντρο δεν είναι άνθρωπος»

"The Sannyasi under the tree is a woman"

«Ο Σαννυάσι κάτω από το δέντρο είναι μια γυναίκα»

"Last night she got married to Prince Sobur"

«Χθες το βράδυ παντρεύτηκε τον πρίγκιπα Σομπούρ»

"Shortly after their marriage he was poisoned"

«Λίγο μετά τον γάμο τους, δηλητηριάστηκε»

"His skin was pierced with small shards of glass"

«Το δέρμα του ήταν τρυπημένο με μικρά θραύσματα γυαλιού»

"His sisters-in-law envied his wife"

«Οι κουνιάδες του ζήλευαν τη γυναίκα του»

"Her sisters spread the powder over the bed"

«Οι αδερφές της άπλωναν την πούδρα πάνω στο κρεβάτι»

"He is still suffering from his pain"

«Εξακολουθεί να υποφέρει από τον πόνο του»

"But he is in his native land"

«Αλλά είναι στην πατρίδα του»

"And now he is at the point of death"

«Και τώρα βρίσκεται στα πρόθυρα του θανάτου»

"Beneath the tree is his heroic bride"

«Κάτω από το δέντρο είναι η ηρωική νύφη του»

"She is wearing the garb of a Sannyasi"

«Φοράει την ενδυμασία ενός Σαννυάσι»

"And she is going to nurse him"

«Και θα τον φροντίσει»

The Bihangami asked the Bihangama.

Οι Bihangami ρώτησαν το Bihangama.

"Is there no cure for the prince?"

«Δεν υπάρχει θεραπεία για τον πρίγκιπα;»

"Yes, there is a cure" replied the Bihangama.

«Ναι, υπάρχει θεραπεία», απάντησε ο Μπιχανγκάμα.

"There is hardened dung lying on the ground"

«Υπάρχει σκληρυμένη κοπριά πεσμένη στο έδαφος»

"She must take this hardened dung"

«Πρέπει να πάρει αυτή την σκληρυμένη κοπριά»

"Then she must reduce the dung to powder"

«Τότε πρέπει να κάνει την κοπριά σκόνη»

"And then she must bathe the prince"

«Και μετά πρέπει να κάνει μπάνιο τον πρίγκιπα»

"She must bathe him in seven jars of water"

«Πρέπει να τον κάνει μπάνιο σε εφτά πιθάρια με νερό»

"Then she must bathe him in seven jars of milk"

«Τότε πρέπει να τον κάνει μπάνιο σε επτά βάζα γάλα »

"Then she must apply the powder to his body"

«Τότε πρέπει να εφαρμόσει την πούδρα στο σώμα του»

"After this Prince Sobur will get well"

«Μετά από αυτό, ο πρίγκιπας Σομπούρ θα γίνει καλά»

"I have no doubts about this remedy"
«Δεν έχω καμία αμφιβολία για αυτή τη θεραπεία»
The Bihangami saw a problem though.
Οι Μπιχανγκάμι είδαν όμως ένα πρόβλημα.
"The princess is but a young girl"
«Η πριγκίπισσα είναι απλώς ένα νεαρό κορίτσι»
"She cannot walk such a distance"
«Δεν μπορεί να περπατήσει τέτοια απόσταση»
"The journey would take her many days"
«Το ταξίδι θα της έπαιρνε πολλές μέρες»
"By that time the poor prince will have died"
«Μέχρι τότε ο καημένος ο πρίγκιπας θα έχει πεθάνει»
"I can," replied the Bihangama.
«Μπορώ», απάντησε ο Μπιχανγκάμα.
"I will take the young lady on my back"
«Θα πάρω την νεαρή κοπέλα στην πλάτη μου»
"I will fly her to Prince Sobur's city"
«Θα την πετάξω στην πόλη του πρίγκιπα Σόμπουρ»
"If she takes no presents, I will fly her back"
«Αν δεν δεχτεί δώρα, θα την πετάξω πίσω»
The merchant's daughter heard this conversation.
Η κόρη του εμπόρου άκουσε αυτή τη συζήτηση.
She begged the Bihangama to take her on his back.
Παρακάλεσε τον Μπιχανγκάμα να την πάρει στην πλάτη
του.
And of course the bird willingly consented.
Και φυσικά το πουλί συναίνεσε πρόθυμα.
First she gathered some of the bird's dung.
Πρώτα μάζεψε λίγη από την κοπριά του πουλιού.
And then she reduced the dung to fine powder.
Και μετά μετέτρεψε την κοπριά σε λεπτή σκόνη.
She was armed with this potent medicine.
Ήταν οπλισμένη με αυτό το ισχυρό φάρμακο.
And she got on the back of the kind bird.
Και ανέβηκε στην πλάτη του καλοσυνάτου πουλιού.

The Bihangama flew as fast as lightning.

Το Μπιχανγκάμα πέταξε τόσο γρήγορα όσο η αστραπή.
They soon reached Prince Sobur's city.
Σύντομα έφτασαν στην πόλη του πρίγκιπα Σόμπουρ.
The young Sannyasi went up to the palace.
Ο νεαρός Σαννυάσι ανέβηκε στο παλάτι.
And she spoke to the guards at the gate.
Και μίλησε στους φρουρούς στην πύλη.
"Send word to the king that I have a medicine"
«Στείλε μήνυμα στον βασιλιά ότι έχω φάρμακο»
"This medicine will save the prince's life"
«Αυτό το φάρμακο θα σώσει τη ζωή του πρίγκιπα»
"Within hours I will have cured the prince"
«Μέσα σε λίγες ώρες θα έχω θεραπεύσει τον πρίγκιπα»
The king had tried all the best doctors.
Ο βασιλιάς είχε δοκιμάσει όλους τους καλύτερους
γιατρούς.
But no doctor had been able to cure his son.
Αλλά κανένας γιατρός δεν είχε καταφέρει να θεραπεύσει
τον γιο του.
So he didn't believe the Sannyasi's words.
Έτσι δεν πίστευε τα λόγια του Σαννυάσι.
But his councilors advised him otherwise.
Αλλά οι σύμβουλοί του τον συμβούλευσαν διαφορετικά.
The Sannyasi ordered for seven jars of water.
Ο Σαννυάσι παρήγγειλε επτά πιθάρια νερό.
And seven jars of milk were ordered.
Και παραγγέλθηκαν επτά βάζα γάλα.
He poured a jar of water on the prince.
Έριξε ένα βάζο νερό πάνω στον πρίγκιπα.
And he poured a jar of milk on the prince.
Και έριξε ένα βάζο γάλα πάνω στον πρίγκιπα.
He had a feather from the divine bird.
Είχε ένα φτερό από το θεϊκό πουλί.
And he used the feather to apply the powder.
Και χρησιμοποίησε το φτερό για να εφαρμόσει την πούδρα.
All of the prince's body was covered.
Όλο το σώμα του πρίγκιπα ήταν καλυμμένο.

This was repeated another six times.
Αυτό επαναλήφθηκε άλλες έξι φορές.
The last treatment did the magic.
Η τελευταία θεραπεία έκανε το θαύμα.
The prince started to feel well again.
Ο πρίγκιπας άρχισε να αισθάνεται ξανά καλά.
The king was happier than words can describe.
Ο βασιλιάς ήταν πιο χαρούμενος από όσο μπορούν να περιγράψουν οι λέξεις.
"Give the Sannyasi the finest treasures"
«Δώστε στους Σαννυάσι τους καλύτερους θησαυρούς»
But the Sannyasi refused to take presents.
Αλλά οι Σαννυάσι αρνήθηκαν να δεχτούν δώρα.
"Let me have the ring on the prince's finger"
«Άσε με να έχω το δαχτυλίδι στο δάχτυλο του πρίγκιπα»
The king and the prince were happy.
Ο βασιλιάς και ο πρίγκιπας ήταν χαρούμενοι.
And they gave him what he wanted.
Και του έδωσαν αυτό που ήθελε.
The merchant's daughter hastened back.
Η κόρη του εμπόρου γύρισε βιαστικά πίσω.
The Bihangama was waiting at the sea-shore.
Ο Μπιχανγκάμα περίμενε στην ακτή.
They reached the tree of the divine birds.
Έφτασαν στο δέντρο των θεϊκών πουλιών.
The young bride walked back to her palace.
Η νεαρή νύφη περπάτησε πίσω στο παλάτι της.

The following day she shook the magical feather fan.
Την επόμενη μέρα τίναξε τη μαγική φτερωτή βεντάλια.
Just as before, her husband appeared.
Όπως και πριν, εμφανίστηκε ο σύζυγός της.
Of course he was happy to see his wife.
Φυσικά και χάρηκε που είδε τη γυναίκα του.
But he was infinitely surprised.
Αλλά έμεινε άπειρα έκπληκτος.
She had his ring on her finger.

Είχε το δαχτυλίδι του στο δάχτυλό της.

His own wife was his doctor.

Η ίδια του η γυναίκα ήταν η γιατρός του.

It was his wife that had cured him!

Ήταν η γυναίκα του που τον είχε θεραπεύσει!

The prince took his bride to his palace.

Ο πρίγκιπας πήρε τη νύφη του στο παλάτι του.

He forgave his sisters-in-law.

Συγχώρεσε τις κουνιάδες του.

They lived happily for many years.

Έζησαν ευτυχισμένοι για πολλά χρόνια.

And they were blessed with children.

Και ήταν ευλογημένοι με παιδιά.

The Origins of Opium
Η προέλευση του οπίου

Once upon on a time there lived a Rishi.

Μια φορά κι έναν καιρό ζούσε ένας Ρίσι.

He lived on the banks of the holy Ganges.

Έζησε στις όχθες του ιερού Γάγγη.

This Rishi was a very religious man.

Αυτός ο Ρίσι ήταν ένας πολύ θρησκευόμενος άνθρωπος.

He spent his days performing religious rites.

Περνούσε τις μέρες του τελώντας θρησκευτικές τελετές.

From sunrise to sunset he sat on the river bank.

Από την ανατολή μέχρι τη δύση του ηλίου καθόταν στην όχθη του ποταμού.

For the whole time he sat engaged in devotion.

Όλο το διάστημα καθόταν αφοσιωμένος στην ευλάβεια.

At night he took shelter in his hut.

Τη νύχτα βρήκε καταφύγιο στην καλύβα του.

His hut was made from palm-leaves.

Η καλύβα του ήταν φτιαγμένη από φύλλα φοίνικα.

The palms he had grown from saplings.

Οι φοίνικες που είχε φυτρώσει από δενδρύλλια.

There was no one around for miles.

Δεν υπήρχε κανείς τριγύρω για χιλιόμετρα.

However, in the hut there was a mouse.

Ωστόσο, στην καλύβα υπήρχε ένα ποντίκι.

She lived from what the Rishi left for her.

Ζούσε από ό,τι της άφησε ο Ρίσι.

The Rishi was a kind-hearted man.

Ο Ρίσι ήταν ένας καλόκαρδος άνθρωπος.

He would not hurt any living thing.

Δεν θα έβλαπτε κανένα ζωντανό πλάσμα.

So our mouse never ran away from him.

Έτσι το ποντίκι μας δεν έφυγε ποτέ μακριά του.

In fact, our mouse went to him.

Στην πραγματικότητα, το ποντίκι μας πήγε σε αυτόν.

She touched his feet when he was sitting.

Άγγιξε τα πόδια του όταν καθόταν.
And she enjoyed playing with him.
Και της άρεσε να παίζει μαζί του.
The Rishi also liked the little mouse.
Στον Ρίσι άρεσε επίσης το μικρό ποντίκι.
So he wanted to be kind to her.
Έτσι ήθελε να είναι ευγενικός μαζί της.
And he wanted someone to talk to.
Και ήθελε κάποιον να μιλήσει.
So he gave her the power of speech.
Έτσι της έδωσε τη δύναμη της ομιλίας.

One night the mouse stood up.
Ένα βράδυ το ποντίκι σηκώθηκε.
She got onto her hind legs.
Σκαρφάλωσε στα πίσω πόδια της.
And she stood in front of the Rishi.
Και στάθηκε μπροστά στον Ρίσι.
And she put her front paws together.
Και ένωσε τα μπροστινά της πόδια.
"Holy Sage, you have been kind to me"
«Άγιε Σοφέ, ήσουν ευγενικός μαζί μου»
"And you have given me human language"
«Και μου έδωσες ανθρώπινη γλώσσα»
"I hope it doesn't displease your reverence"
«Ελπίζω να μην δυσαρεστήσει την ευλάβειά σας»
"But I have one more boon to ask"
«Αλλά έχω άλλη μια χάρη να ζητήσω»
The Rishi listened to his mouse.
Ο Ρίσι άκουσε το ποντίκι του.
"What is it?" asked the Rishi.
«Τι είναι;» ρώτησε ο Ρίσι.
"Say what you want, little mouse"
«Πες ό,τι θέλεις, ποντικάκι»
The mouse answered the Rishi.
Το ποντίκι απάντησε στον Ρίσι.
"By day your reverence goes to the river"

«Την ημέρα η ευλάβειά σου πηγαίνει στο ποτάμι.»
"And there you practice your devotions"
«Και εκεί εξασκείτε τις ευλαβικές σας πράξεις»
"During this time a cat comes to the hut"
«Κατά τη διάρκεια αυτής της περιόδου, μια γάτα έρχεται στην καλύβα»
"This cat has been trying to catch me"
«Αυτή η γάτα προσπαθούσε να με πιάσει»
"She still has some fear of your reverence"
«Ακόμα φοβάται την ευλάβειά σου»
"Otherwise she would have eaten me long ago"
«Αλλιώς θα με είχε φάει προ πολλού»
"But I fear the cat will eat me someday"
«Αλλά φοβάμαι ότι η γάτα θα με φάει κάποια μέρα»
"So I have one prayer to ask of you"
«Έχω λοιπόν μια προσευχή να σου ζητήσω»
"Please may I be changed into a cat!"
«Παρακαλώ, επιτρέψτε μου να μεταμορφωθώ σε γάτα!»
"Then I would be a match for my foe"
«Τότε θα ήμουν ισάξιος αντίπαλος»
The Rishi understood the mouse's plight.
Οι Ρίσι κατάλαβαν την δεινή θέση του ποντικιού.
He threw some holy water on the mouse.
Έριξε λίγο αγιασμό στο ποντίκι.
And the mouse instantly turned into a cat.
Και το ποντίκι μετατράπηκε αμέσως σε γάτα.

She had lived as a cat for some days.
Έζησε σαν γάτα για μερικές μέρες.
One night she went to the Rishi again.
Ένα βράδυ πήγε ξανά στο Ρίσι.
And the Rishi spoke to his pet.
Και ο Ρίσι μίλησε στο κατοικίδιό του.
"Well, little kitty, how are you!"
«Λοιπόν, γατάκι μου, τι κάνεις;»
"How do you like your present life!"
«Πώς σου φαίνεται η τωρινή σου ζωή;»

The cat thought about what to say.
Η γάτα σκέφτηκε τι να πει.
But she didn't have to say anything.
Αλλά δεν χρειαζόταν να πει τίποτα.
The Rishi could tell by her expression.
Η Ρίσι το κατάλαβε από την έκφρασή της.
"Why don't you like it?" asked the sage.
«Γιατί δεν σου αρέσει;» ρώτησε ο σοφός.
"Are you not as strong as the other cats!"
«Δεν είσαι τόσο δυνατός όσο οι άλλες γάτες;»
"Yes, I am strong enough," answered the cat.
«Ναι, είμαι αρκετά δυνατή», απάντησε η γάτα.
"Your reverence has made me a strong cat"
«Η ευλάβειά σου με έκανε μια δυνατή γάτα»
"As strong as any cat in the world"
«Τόσο δυνατή όσο οποιαδήποτε γάτα στον κόσμο»
"Now I do not fear cats anymore"
«Τώρα δεν φοβάμαι πια τις γάτες»
"But now I have got a new foe"
«Αλλά τώρα έχω έναν νέο εχθρό»
"By day your reverence goes to the river"
«Την ημέρα η ευλάβειά σου πηγαίνει στο ποτάμι»
"During this time dogs come to the hut"
«Κατά τη διάρκεια αυτής της περιόδου, τα σκυλιά έρχονται στην καλύβα»
"These dogs have been barking at me"
«Αυτά τα σκυλιά μου γαβγίζουν»
"And I have been frightened for my life"
«Και φοβάμαι για τη ζωή μου»
"So I have one more prayer to ask of you"
«Έχω λοιπόν μια ακόμη προσευχή να σου ζητήσω»
"Please may I be changed into a dog!"
«Παρακαλώ, επιτρέψτε μου να μεταμορφωθώ σε σκύλο!»
The Rishi understood the cat's plight.
Ο Ρίσι κατάλαβε την δύσκολη θέση της γάτας.
He threw some holy water on the cat.
Έριξε λίγο αγιασμό στη γάτα.

And the cat instantly became a dog.
Και η γάτα έγινε αμέσως σκύλος.

She lived as a dog for some days.
Έζησε σαν σκύλος για μερικές μέρες.
But one night she spoke to the Rishi.
Αλλά ένα βράδυ μίλησε στους Ρίσι.
"I cannot thank your reverence enough"
«Δεν μπορώ να ευχαριστήσω αρκετά την ευγνωμοσύνη σας»
"You have been most kind to me"
«Ήσουν πολύ ευγενικός μαζί μου»
"I was but a poor mouse"
«Ήμουν απλώς ένα φτωχό ποντίκι»
"You not only gave me speech"
«Δεν μου έδωσες μόνο λόγο»
"But you also turned me into a cat"
«Αλλά με μετέτρεψες και σε γάτα»
"And your kindness didn't end there"
«Και η καλοσύνη σου δεν τελείωσε εκεί»
"Then you changed me into a dog"
«Μετά με μετέτρεψες σε σκύλο»
"As a dog, however, I suffer greatly"
«Ως σκύλος, ωστόσο, υποφέρω πολύ»
"I do not get enough to eat"
«Δεν χορταίνω να φάω»
"My only food is what you leave me"
«Το μόνο μου φαγητό είναι αυτό που μου αφήνεις»
"That was fine when I was a mouse"
«Αυτό ήταν ωραίο όταν ήμουν ποντίκι »
"But you have made me much larger"
«Αλλά με έκανες πολύ μεγαλύτερο»
"And it is not enough to fill my mouth"
«Και δεν είναι αρκετό για να γεμίσει το στόμα μου»
"OH your reverence, how I envy those monkeys"
«Ω, σεβασμιότατε, πόσο ζηλεύω αυτές τις μαϊμούδες»
"They jump about from tree to tree"

«Πηδούν από δέντρο σε δέντρο»
"They eat all sorts of delicious fruits!"
«Τρώνε κάθε είδους νόστιμα φρούτα!»
"Please may reverence not get angry"
«Παρακαλώ, ας μην θυμώσει η ευλάβεια»
"I pray to be changed into a monkey"
«Προσεύχομαι να μεταμορφωθώ σε μαϊμού»
The sage was a very understanding man.
Ο σοφός ήταν ένας πολύ κατανοητικός άνθρωπος.
His heart was filled with patience.
Η καρδιά του ήταν γεμάτη υπομονή.
He was happy to grant his pet's wish.
Ήταν χαρούμενος που εκπλήρωσε την ευχή του
κατοικίδιου ζώου του.
He threw some holy water on the dog.
Έριξε λίγο αγιασμό στον σκύλο.
And the dog instantly became a monkey.
Και ο σκύλος έγινε αμέσως μαϊμού.

Our monkey was at first wild with joy.
Η μαϊμού μας στην αρχή τρελάθηκε από χαρά.
She leaped from one tree to another.
Πήδηξε από το ένα δέντρο στο άλλο.
She sucked every luscious fruit.
Ρούφηξε κάθε νόστιμο φρούτο.
But her joy was short-lived again.
Αλλά η χαρά της ήταν και πάλι βραχύβια.
Summer had brought with it its drought.
Το καλοκαίρι είχε φέρει μαζί του την ξηρασία του.
Monkeys find it hard to climb down.
Οι πίθηκοι δυσκολεύονται να κατέβουν.
So she couldn't drink from the river.
Έτσι δεν μπορούσε να πιει νερό από το ποτάμι.
She saw how the wild boars lived.
Είδε πώς ζούσαν τα αγριογούρουνα.
All day they splashed in the water.
Όλη μέρα πλατσουρίζανε στο νερό.

She envied their life now.
Τώρα ζήλευε τη ζωή τους.
"Oh how happy those wild boars are!"
«Ω, πόσο χαρούμενα είναι αυτά τα αγριογούρουνα!»
"All day their bodies are cooled"
«Όλη μέρα τα σώματά τους δροσίζονται»
"All day they are refreshed by water"
«Όλη μέρα δροσίζονται με νερό»
"How I wish I were a wild boar"
«Πόσο θα ήθελα να ήμουν αγριογούρουνο»
That night she went to the Rishi.
Εκείνο το βράδυ πήγε στο Ρίσι.
She recounted her troubles to him.
Του διηγήθηκε τα προβλήματά της.
She told him all about the wild boars.
Του είπε τα πάντα για τους αγριογούρουνους.
"Oh how pleasant their lives must be"
«Ω, πόσο ευχάριστη πρέπει να είναι η ζωή τους»
And she begged to be changed again.
Και παρακάλεσε να αλλάξει ξανά.
"I pray to be changed into a wild boar"
«Προσεύχομαι να μεταμορφωθώ σε αγριογούρουνο»
The sage's kindness knew no bounds.
Η καλοσύνη του σοφού δεν γνώριζε όρια.
and he complied with his pet's request.
και συμμορφώθηκε με το αίτημα του κατοικίδιου ζώου του.
He threw some holy water on the monkey.
Έριξε λίγο αγιασμό πάνω στην μαϊμού.
And the monkey instantly became a wild boar.
Και η μαϊμού έγινε αμέσως αγριογούρουνο.

Our boar was now very content.
Ο αγριογούρουνός μας ήταν τώρα πολύ ευχαριστημένος.
She kept her body soaking wet.
Κρατούσε το σώμα της μούσκεμα.
Every day she went to the river.
Κάθε μέρα πήγαινε στο ποτάμι.

She splashed about in her favorite element.
Πιτσιλούσε στο αγαπημένο της στοιχείο.
But life is not safe for wild boars.
Αλλά η ζωή δεν είναι ασφαλής για τους αγριόχοιρους.
One day the king was out hunting.
Μια μέρα ο βασιλιάς είχε βγει για κυνήγι.
He was riding on an adorned elephant.
Ήταν πάνω σε έναν στολισμένο ελέφαντα.
Only by luck did our wild boar escape.
Μόνο από τύχη ξέφυγε ο αγριογούρουνός μας.
She thought a lot about her experience.
Σκέφτηκε πολύ την εμπειρία της.
She dwelt on the dangers of her life.
Μίλησε έντονα για τους κινδύνους της ζωής της.
And she envied the stately elephant.
Και ζήλευε τον επιβλητικό ελέφαντα.
The elephant was more fortunate than her.
Ο ελέφαντας ήταν πιο τυχερός από αυτήν.
He got to carry the king on his back.
Κατάφερε να κουβαλήσει τον βασιλιά στην πλάτη του.
Now she longed to be an elephant.
Τώρα λαχταρούσε να γίνει ελέφαντας.
And at night she besought the Rishi.
Και τη νύχτα παρακάλεσε τον Ρίσι.

Our elephant was roaming the wilderness.
Ο ελέφαντας μας περιπλανιόταν στην άγρια φύση.
On her adventures she saw the king.
Στις περιπέτειές της είδε τον βασιλιά.
Our elephant went towards the king's suite.
Ο ελέφαντας μας πήγε προς τη σουίτα του βασιλιά.
She had every intention of being caught.
Είχε κάθε πρόθεση να την πιάσουν.
The king saw the elephant from a distance.
Ο βασιλιάς είδε τον ελέφαντα από μακριά.
He couldn't help but admire her beauty.
Δεν μπορούσε παρά να θαυμάσει την ομορφιά της.

He gave his orders to his servants.
Έδωσε τις εντολές του στους υπηρέτες του.
"Catch and tame this elephant"
«Πιάσε και δάμασε αυτόν τον ελέφαντα»
Our elephant was easily caught.
Ο ελέφαντας μας πιάστηκε εύκολα.
She was taken into the royal stables.
Την πήγαν στους βασιλικούς στάβλους.
And she was tamed without any trouble.
Και την εξημέρωσαν χωρίς κανένα πρόβλημα.

One day the queen had a wish.
Μια μέρα η βασίλισσα είχε μια ευχή.
She wished to go to the holy Ganges.
Επιθυμούσε να πάει στον ιερό Γάγγη.
She wished to bathe in the holy waters.
Επιθυμούσε να λουστεί στα αγιασμένα νερά.
The king wanted to accompany his wife.
Ο βασιλιάς ήθελε να συνοδεύσει τη γυναίκα του.
So he made his orders to his servants.
Έτσι έδωσε τις διαταγές του στους υπηρέτες του.
"Bring us the newly caught elephant"
«Φέρτε μας τον πρόσφατα πιασμένο ελέφαντα»
The king and queen mounted on her back.
Ο βασιλιάς και η βασίλισσα κάθισαν ανάσκελα στην πλάτη της.
Our elephant had gotten her wish.
Η ελέφαντας μας είχε πραγματοποιήσει την ευχή της.
Well... she seemed to have gotten her wish.
Λοιπόν... φαινόταν να έχει πραγματοποιήσει την επιθυμία της.
The king had mounted on her back.
Ο βασιλιάς είχε καβαλήσει ανάσκελα.
But no, the elephant didn't get her wish.
Αλλά όχι, η ελέφαντας δεν έλαβε την ευχή της.
She looked upon herself as a lordly beast.
Έβλεπε τον εαυτό της σαν ένα αρχοντικό θηρίο.

She could not a woman riding on her back.
Δεν μπορούσε μια γυναίκα να καβαλάει στην πλάτη της.
It wasn't enough that she was a queen.
Δεν της έφτανε που ήταν βασίλισσα.
She could not bear the idea of it.
Δεν άντεχε στην ιδέα.
She felt she had been degraded.
Ένιωθε ότι την είχαν υποβαθμίσει.
She jumped up as violently as elephants can.
Πήδηξε πάνω όσο πιο βίαια μπορούν οι ελέφαντες.
Both the king and queen fell to the ground.
Τόσο ο βασιλιάς όσο και η βασίλισσα έπεσαν στο έδαφος.
The king carefully picked up the queen.
Ο βασιλιάς σήκωσε προσεκτικά τη βασίλισσα.
He took the queen in his arms.
Πήρε τη βασίλισσα στην αγκαλιά του.
He asked her whether she had been hurt.
Την ρώτησε αν είχε πληγωθεί.
He wiped off the dust from her clothes.
Σκούπισε τη σκόνη από τα ρούχα της.
And he tenderly kissed her a hundred times.
Και τη φίλησε τρυφερά εκατό φορές.
Our elephant witnessed the king's caresses.
Ο ελέφαντας μας είδε τα χάδια του βασιλιά.
And she scampered off to the woods.
Και έτρεξε στο δάσος.
She ran as fast as her legs could carry her.
Έτρεξε όσο πιο γρήγορα μπορούσαν να την κουβαλήσουν
τα πόδια της.
As she ran, she thought within herself;
Καθώς έτρεχε, σκέφτηκε μέσα της:
"I have experienced many different lives"
«Έχω βιώσει πολλές διαφορετικές ζωές»
"And I have experienced different happiness"
«Και έχω βιώσει διαφορετική ευτυχία»
"But those lives cannot be compared"
«Αλλά αυτές οι ζωές δεν μπορούν να συγκριθούν»

"A queen is the happiest creature of all"
«Μια βασίλισσα είναι το πιο ευτυχισμένο πλάσμα από όλα»
"Of what infinite regard is she the object of!"
«Τι άπειρου σεβασμού είναι αυτή!»
"The king lifted her off the ground"
«Ο βασιλιάς την σήκωσε από το έδαφος»
"And he carefully took her in his arms"
«Και την πήρε προσεκτικά στην αγκαλιά του»
"He made many tender inquiries to her"
«Της έκανε πολλές τρυφερές ερωτήσεις»
"And he wiped off the dust from her clothes"
«Και σκούπισε τη σκόνη από τα ρούχα της »
"And he kissed her a hundred times!"
«Και τη φίλησε εκατό φορές!»
"Oh, the happiness of being a queen!"
«Ω, η ευτυχία του να είσαι βασίλισσα!»
"I must ask the Rishi to make me a queen!"
«Πρέπει να ζητήσω από τον Ρίσι να με κάνει βασίλισσα!»

The sun was just about to set.
Ο ήλιος ήταν έτοιμος να δύσει.
Our elephant made it back to the hut.
Ο ελέφαντας μας επέστρεψε στην καλύβα.
The Rishi had just finished his devotions.
Ο Ρίσι μόλις είχε τελειώσει τις προσευχές του.
She fell on the ground at his feet.
Έπεσε στο έδαφος στα πόδια του.
She was still the little mouse.
Ήταν ακόμα το μικρό ποντικάκι.
And he was still the holy sage.
Και ήταν ακόμα ο άγιος σοφός.
"What's the news?" inquired the Rishi.
«Τι νέα υπάρχουν;» ρώτησε ο Ρίσι.
"Why have you left the king's palace!"
«Γιατί έφυγες από το παλάτι του βασιλιά;»
Our elephant thought about her words.

Ο ελέφαντας μας σκέφτηκε τα λόγια της.
"What shall I say to your reverence!"
«Τι να πω στην αξιοπρέπειά σας;»
"You have been very kind to me"
«Ήσουν πολύ ευγενικός μαζί μου»
"You have granted every wish of mine"
«Εκπλήρωσες κάθε μου επιθυμία»
"I was a mouse and you gave me speech"
«Ήμουν ποντίκι και εσύ μου έδινες λόγο»
"But as a mouse my life was in danger"
«Αλλά ως ποντίκι η ζωή μου κινδύνευε»
"You saved me by turning me into a cat"
«Με έσωσες μετατρέποντάς με σε γάτα»
"But as a cat my life was no safer"
«Αλλά ως γάτα η ζωή μου δεν ήταν ασφαλέστερη»
"And you helped me become a dog"
«Και με βοήθησες να γίνω σκύλος»
"But as a dog I had not enough to eat"
«Αλλά ως σκύλος δεν είχα αρκετά να φάω»
"You provided for me again"
«Με πρόσφερες ξανά»
"And you turned my into a monkey"
«Και με μετέτρεψες σε μαϊμού»
"I had all I could wish to eat"
"Είχα ό,τι θα μπορούσα να φάω"
"But I had no way of cooling my body"
«Αλλά δεν είχα τρόπο να δροσίσω το σώμα μου»
"You helped me with this too"
«Με βοήθησες κι εσύ σε αυτό»
"And you turned me into a wild boar"
«Και με μετέτρεψες σε αγριογούρουνο»
"Wild boars have a comfortable life"
«Τα αγριογούρουνα έχουν μια άνετη ζωή»
"But they don't live without danger"
«Αλλά δεν ζουν χωρίς κινδύνους»
"And again you protected me"
«Και πάλι με προστάτευσες»

"And you turned me into an elephant"
«Και με μετέτρεψες σε ελέφαντα»
"Being an elephant has increased my bulk"
«Το ότι είμαι ελέφαντας έχει αυξήσει τον όγκο μου»
"But being an elephant has not increased my happiness"
«Αλλά το να είμαι ελέφαντας δεν έχει αυξήσει την ευτυχία μου»
"I have one more boon to ask of you"
«Έχω άλλη μια χάρη να σου ζητήσω»
"It will be the last boon I ask for"
«Θα είναι η τελευταία ευλογία που θα ζητήσω»
"I see now who the happiest creature is"
«Τώρα βλέπω ποιο είναι το πιο ευτυχισμένο πλάσμα»
"A queen is the happiest in the world"
«Μια βασίλισσα είναι η πιο ευτυχισμένη στον κόσμο»
"Holy father, please make me a queen"
«Άγιε πατέρα, σε παρακαλώ κάνε με βασίλισσα»
"Silly child," answered the Rishi.
«Χαζό παιδί», απάντησε ο Ρίσι.
"How can I make you a queen!"
«Πώς μπορώ να σε κάνω βασίλισσα;»
"Where can I get a kingdom for you!"
«Πού μπορώ να βρω ένα βασίλειο για σένα;»
"Where would I find a royal husband!"
«Πού θα έβρισκα έναν βασιλικό σύζυγο;»
But the Rishi was still patient.
Αλλά ο Ρίσι ήταν ακόμα υπομονετικός.
"There is one thing I can do for you"
«Υπάρχει ένα πράγμα που μπορώ να κάνω για σένα»
"I can change you into a beautiful girl"
«Μπορώ να σε μετατρέψω σε ένα όμορφο κορίτσι»
"You will be as beautiful as a queen"
«Θα είσαι τόσο όμορφη όσο μια βασίλισσα»
"You will possess all the charms you need"
«Θα έχεις όλα τα φυλαχτά που χρειάζεσαι»
"Your charms can captivate a prince's heart"

«Τα φυλαχτά σου μπορούν να αιχμαλωτίσουν την καρδιά ενός πρίγκιπα»

"But you must wait for what the gods decide"

«Αλλά πρέπει να περιμένεις τι θα αποφασίσουν οι θεοί»

"They will grant you an interview"

«Θα σου κάνουν μια συνέντευξη »

"Tou will have your chance with a prince!"

«Θα έχεις την ευκαιρία σου με έναν πρίγκιπα!»

Our elephant agreed to the change.

Ο ελέφαντας μας συμφώνησε με την αλλαγή.

The beast was transformed by the Rishi.

Το θηρίο μεταμορφώθηκε από τον Ρίσι.

And now she was a beautiful young lady.

Και τώρα ήταν μια όμορφη νεαρή κοπέλα.

The holy sage named her Postomani.

Ο άγιος σοφός την ονόμασε Ποστομάνι.

Her name meant 'the poppy-seed lady'.

Το όνομά της σήμαινε «η κυρία με τους σπόρους παπαρούνας».

Postomani lived in the Rishi's hut.

Ο Ποστομάνι ζούσε στην καλύβα των Ρίσι.

She spent her time tending the flowers.

Περνούσε τον χρόνο της φροντίζοντας τα λουλούδια.

And she watered the plants in the garden.

Και πότιζε τα φυτά στον κήπο.

One day she was sitting at the hut.

Μια μέρα καθόταν στην καλύβα.

The Rishi was at the holy Ganges.

Ο Ρίσι βρισκόταν στον ιερό Γάγγη.

A richly dressed man came towards the cottage.

Ένας πλούσια ντυμένος άντρας ήρθε προς το εξοχικό.

She stood up to welcome the man.

Σηκώθηκε όρθια για να καλωσορίσει τον άντρα.

And she asked the stranger who he was.

Και ρώτησε τον ξένο ποιος ήταν.

"What have you come for?" she asked.

«Για τι ήρθες;» ρώτησε.
"I have been on a hunt"
«Έχω πάει για κυνήγι»
"But we chased the deer in vain"
«Αλλά μάταια κυνηγήσαμε τα ελάφια»
"Now I am thirsty from the heat"
«Τώρα διψάω από τη ζέστη»
"I thought that a Rishi lives here"
«Νόμιζα ότι ζει εδώ ένας Ρίσι»
"I had come to ask him for water"
«Ήρθα να του ζητήσω νερό»
"But now I see you live here"
«Αλλά τώρα σε βλέπω να ζεις εδώ»
Postomani answered the stranger.
Ο Ποστομάνι απάντησε στον ξένο.
"Look upon this hut as your own"
«Να θεωρείς αυτή την καλύβα δική σου»
"I am sorry, but we are poor"
«Λυπάμαι, αλλά είμαστε φτωχοί»
"We cannot offer you any entertainment"
«Δεν μπορούμε να σας προσφέρουμε καμία ψυχαγωγία»
"But let me make your visit comfortable"
«Αλλά επιτρέψτε μου να κάνω την επίσκεψή σας άνετη»
"Because, I believe you are a king"
«Επειδή πιστεύω ότι είσαι βασιλιάς»
"If I am not mistaken," she added.
«Αν δεν κάνω λάθος», πρόσθεσε.
The stranger smiled in recognition.
Ο ξένος χαμογέλασε αναγνωρίζοντας.

Postomani then brought a pot of water.
Ο Ποστομάνι έφερε έπειτα μια κατσαρόλα με νερό.
She went to wash her royal guest's feet.
Πήγε να πλύνει τα πόδια του βασιλικού καλεσμένου της.
But the visitor did not let her do this.
Αλλά η επισκέπτρια δεν την άφησε να το κάνει αυτό.
"Holy maid, do not touch my feet"

«Παναγία, μην αγγίζεις τα πόδια μου»
"I am only a Kshatriya," he confessed.
«Είμαι απλώς ένας Κσατρία», ομολόγησε.
"And you are the daughter of a holy sage"
«Και είσαι κόρη ενός αγίου σοφού»
"Noble sir;" Postomani begun to confess.
«Ευγενέστατε κύριε», άρχισε να ομολογεί ο Ποστομάνι.
"I am not the daughter of the Rishi"
«Δεν είμαι η κόρη των Ρίσι»
"And am I not a Brahmani girl either"
«Και δεν είμαι κι εγώ κορίτσι Βραχμάνι;»
"There is no harm in me touching your feet"
«Δεν υπάρχει τίποτα κακό αν αγγίξω τα πόδια σου»
"Besides, you are my guest"
«Εξάλλου, είσαι φιλοξενούμενός μου»
"And I am bound to wash your feet"
«Και είμαι υποχρεωμένος να σου πλύνω τα πόδια»
"Forgive my impertinence," the king wished.
«Συγχωρήστε την αυθάδειά μου», ευχήθηκε ο βασιλιάς.
"What caste do you belong to?" he asked.
«Σε ποια κάστα ανήκετε;» ρώτησε.
"I only know what the sage told me"
«Ξέρω μόνο ό,τι μου είπε ο σοφός»
"I heard my parents were Kshatriyas"
«Άκουσα ότι οι γονείς μου ήταν Κσατρία»
The stranger wanted to know more.
Ο ξένος ήθελε να μάθει περισσότερα.
"May I ask whether your father was a king!"
«Μπορώ να ρωτήσω αν ο πατέρας σας ήταν βασιλιάς;»
"You have an uncommon beauty," he said.
«Έχεις μια ασυνήθιστη ομορφιά», είπε.
"And you possess a stately demeanor"
«Και έχεις μια επιβλητική συμπεριφορά»
"These qualities cannot be worked for"
«Αυτές οι ιδιότητες δεν μπορούν να καλλιεργηθούν»
"It shows that you were born a princess"
«Δείχνει ότι γεννήθηκες πριγκίπισσα»

Postomani avoided answering the question.

Ο Ποστομάνι απέφυγε να απαντήσει στην ερώτηση.

Instead she went inside the hut.

Αντ' αυτού, πήγε μέσα στην καλύβα.

She brought out a tray of delicious fruits.

Έφερε έξω ένα δίσκο με νόστιμα φρούτα.

And she set the fruits before the king.

Και έβαλε τους καρπούς μπροστά στον βασιλιά.

The king, however, did not touch the fruits.

Ο βασιλιάς, ωστόσο, δεν άγγιξε τα φρούτα.

He waited until his question was answered.

Περίμενε μέχρι να απαντηθεί η ερώτησή του.

"I only know what the holy sage says"

«Ξέρω μόνο τι λέει ο άγιος σοφός»

"He says that my father was a king"

«Λέει ότι ο πατέρας μου ήταν βασιλιάς»

"But he was overcome in a battle"

«Αλλά ηττήθηκε σε μια μάχη»

"So he, with my mother, fled into the woods"

«Έτσι, αυτός, με τη μητέρα μου, έφυγε τρέχοντας στο δάσος»

"My poor father was eaten by a tiger"

«Ο καημένος ο πατέρας μου τον έφαγε μια τίγρη»

"My mother closed her eyes as I opened mine"

«Η μητέρα μου έκλεισε τα μάτια της καθώς εγώ άνοιγα τα δικά μου»

"There was a bee-hive on the tree"

«Υπήρχε μια κυψέλη μελισσών στο δέντρο»

"I lay at the foot of that tree"

«Ξάπλωσα στους πρόποδες αυτού του δέντρου»

"Drops of honey fell into my mouth"

«Σταγόνες μέλι έπεσαν στο στόμα μου»

"The honey maintained the spark inside me"

«Το μέλι διατήρησε τη σπίθα μέσα μου»

"And then the kind Rishi found me"

«Και τότε με βρήκε ο ευγενικός Ρίσι»

"The holy sage brought me into his hut"

«Ο άγιος σοφός με έφερε στην καλύβα του»
"This is the simple story of this wretched girl"
«Αυτή είναι η απλή ιστορία αυτού του άθλιου κοριτσιού»
"The girl who now stands before the king"
«Το κορίτσι που τώρα στέκεται ενώπιον του βασιλιά»
"Call not yourself wretched," replied the king.
«Μην αποκαλείς τον εαυτό σου άθλιο», απάντησε ο βασιλιάς.
"You are the most beautiful of women"
«Είσαι η πιο όμορφη γυναίκα»
"And you are the loveliest of women"
«Και είσαι η πιο όμορφη από τις γυναίκες»
"You would adorn the grandest palaces"
«Θα κοσμούσες τα πιο μεγαλοπρεπή παλάτια»

Postomani had gotten her interview.
Η Ποστομάνι είχε πάρει τη συνέντευξή της.
She fell in love with the king.
Ερωτεύτηκε τον βασιλιά.
And the king fell in love with her.
Και ο βασιλιάς την ερωτεύτηκε.
The Rishi joined them in marriage.
Οι Ρίσι τους ένωσαν με γάμο.
Postomani became the king's favourite queen.
Η Ποστομάνι έγινε η αγαπημένη βασίλισσα του βασιλιά.
And the former queen was in disgrace.
Και η πρώην βασίλισσα ήταν σε ντροπή.
But Postomani's happiness was short-lived.
Αλλά η ευτυχία του Ποστομάνι ήταν βραχύβια.
One day as she was standing by a well.
Μια μέρα, καθώς στεκόταν δίπλα σε ένα πηγάδι.
She was overcome by a moment of giddiness.
Την κατέλαβε μια στιγμή ζάλης.
Fortune had her fall into the water.
Η τύχη την έριξε στο νερό.
And she died in the water of the well.
Και πέθανε στο νερό του πηγαδιού.

The Rishi then came to the king.
Ο Ρίσι ήρθε τότε στον βασιλιά.
"O king, grieve not over the past"
«Ω βασιλιά, μην θρηνείς για το παρελθόν»
"What is fixed by fate must come to pass"
«Ό,τι ορίζει η μοίρα, πρέπει να γίνει»
"The queen drowned in your well"
«Η βασίλισσα πνίγηκε στο πηγάδι σου»
"But she was not of royal blood"
«Αλλά δεν είχε βασιλικό αίμα»
"She was born to a family of mice"
«Γεννήθηκε σε μια οικογένεια ποντικών»
"Each evening she came to my hut"
«Κάθε βράδυ ερχόταν στην καλύβα μου»
"And I gave her the power of speech"
«Και της έδωσα τη δύναμη της ομιλίας»
"With speech she could express her wishes"
«Με τον λόγο μπορούσε να εκφράσει τις επιθυμίες της»
"I changed her according to her wishes"
«Την άλλαξα σύμφωνα με τις επιθυμίες της»
"As a mouse she feared the cat"
«Σαν ποντίκι φοβόταν τη γάτα»
"And so I changed her into a cat"
«Και έτσι την μετέτρεψα σε γάτα»
"As a cat she feared the dogs"
«Ως γάτα φοβόταν τα σκυλιά »
"And so I changed her into a dog"
«Και έτσι την μετέτρεψα σε σκύλο»
"As a dog she had not enough to eat"
«Ως σκύλος δεν είχε αρκετά να φάει»
"And so I changed her into a monkey"
«Και έτσι την μετέτρεψα σε μαϊμού»
"As a monkey she couldn't bear the heat"
«Ως μαϊμού δεν άντεχε τη ζέστη»
"And so I changed her into a wild boar"
«Και έτσι την μετέτρεψα σε αγριογούρουνο»
"As a boar her life was not safe"

«Ως αγριογούρουνο, η ζωή της δεν ήταν ασφαλής»
"And so I changed her into an elephant"
«Και έτσι την μετέτρεψα σε ελέφαντα»
"That was the elephant you caught"
«Αυτός ήταν ο ελέφαντας που έπιασες»
"But as an elephant she was not loved"
«Αλλά ως ελέφαντας δεν αγαπήθηκε»
"And so I changed her one last time"
«Και έτσι την άλλαξα για τελευταία φορά»
"I changed her into a beautiful girl"
«Την μετέτρεψα σε ένα όμορφο κορίτσι»
"That is the girl that you married"
«Αυτή είναι η κοπέλα που παντρεύτηκες»
"And that is the girl that drowned"
«Και αυτό είναι το κορίτσι που πνίγηκε»
"Take into favor your former queen"
«Δέξου την εύνοιά σου στην πρώην βασίλισσά σου»
"And don't worry for my daughter"
«Και μην ανησυχείς για την κόρη μου»
"I will make her name immortal"
«Θα κάνω το όνομά της αθάνατο»
"Let her body remain in the well"
«Ας μείνει το σώμα της στο πηγάδι»
"Fill the well up with earth"
«Γέμισε το πηγάδι με χώμα»
"In her flesh there is a seed"
«Στη σάρκα της υπάρχει ένας σπόρος»
"From her bones a tree will grow"
«Από τα κόκαλά της θα φυτρώσει ένα δέντρο»
"We will name this tree after her"
«Θα ονομάσουμε αυτό το δέντρο προς τιμήν της»
"The tree shall be called 'Posto'"
«Το δέντρο θα ονομαστεί «Πόστο»»
"This means 'the Poppy tree'"
«Αυτό σημαίνει «η παπαρούνα»»
"From this tree there will come a drug"
«Από αυτό το δέντρο θα βγει ένα φάρμακο»

"This drug will be called opium"
«Αυτό το ναρκωτικό θα ονομαστεί όπιο»
"Opium will be a powerful drug"
«Το όπιο θα είναι ένα ισχυρό ναρκωτικό»
"People will consume opium in every epoch"
«Οι άνθρωποι θα καταναλώνουν όπιο σε κάθε εποχή»
"Opium will either be swallowed or smoked"
«Το όπιο είτε θα καταποθεί είτε θα καπνιστεί»
"And opium will be a wonderful narcotic"
«Και το όπιο θα είναι ένα θαυμάσιο ναρκωτικό»
"Opium will be used till the end of time"
«Το όπιο θα χρησιμοποιείται μέχρι το τέλος του χρόνου»
"You will recognize the opium smoker"
«Θα αναγνωρίσετε τον καπνιστή οπίου»
"He will have many different qualities"
«Θα έχει πολλά διαφορετικά χαρακτηριστικά»
"One quality for each of the animals"
«Μία ποιότητα για κάθε ζώο»
"The animals which Postomani had lived as"
«Τα ζώα με τα οποία ζούσε ο Ποστομάνι»
"He will be mischievous, like a mouse"
«Θα είναι άτακτος, σαν ποντίκι»
"He will be fond of milk, like a cat"
«Θα λατρέψει το γάλα, σαν γάτα»
"He will be quarrelsome, like a dog"
«Θα είναι καβγατζής, σαν σκύλος»
"He will be filthy, like a monkey"
«Θα είναι βρώμικος, σαν μαϊμού»
"He will be savage, like a boar"
«Θα είναι άγριος, σαν αγριογούρουνο»
"He will be confident, like an elephant"
«Θα έχει αυτοπεποίθηση, σαν ελέφαντας»
"And he will be high-tempered, like a queen"
«Και θα είναι ευέξαπτος, σαν βασίλισσα»

<h1 style="text-align:center">Strike, but Listen First</h1>

Χτύπησε, αλλά Άκουσε Πρώτα

There was once a king who had three sons.

Ήταν κάποτε ένας βασιλιάς που είχε τρεις γιους.

His royal subjects came to him one day and said;

Οι βασιλικοί υπήκοοί του ήρθαν σε αυτόν μια μέρα και του είπαν:

"Oh incarnation of justice! hear our plea"

«Ω ενσάρκωση της δικαιοσύνης! άκουσε την ικεσία μας»

"The kingdom is infested with thieves and robbers"

«Το βασίλειο είναι γεμάτο κλέφτες και ληστές»

"Our property is not safe from their thievery"

«Η περιουσία μας δεν είναι ασφαλής από την κλοπή τους»

"We pray your majesty to catch hold of these thieves"

«Προσευχόμαστε Μεγαλειότατε να πιάσετε αυτούς τους κλέφτες»

"We beg you punish them to the full extent of the law"

«Σας παρακαλούμε να τους τιμωρήσετε με την αυστηρότητα του νόμου»

The king said to his sons, "Oh, my sons, I am old"

Ο βασιλιάς είπε στους γιους του: «Ω, γιοι μου, είμαι γέρος».

"But you are all in the prime of manhood"

«Αλλά είστε όλοι στο ακμή της ανδρικής σας ηλικίας»

"How is it that my kingdom is full of thieves?"

«Πώς γίνεται το βασίλειό μου να είναι γεμάτο κλέφτες;»

"I look to you to catch hold of these thieves"

«Σε προσβλέπω να πιάσεις αυτούς τους κλέφτες»

The three princes then made up their minds.

Οι τρεις πρίγκιπες τότε πήραν την απόφασή τους.

They were going to patrol the city every night.

Θα περιπολούσαν την πόλη κάθε βράδυ.

They set up a watch out in the outskirts of the city.

Έστησαν φρουρά στα περίχωρα της πόλης.

The early part of the night had arrived.

Το πρώτο μέρος της νύχτας είχε φτάσει.

So the eldest prince took on his duties.

Έτσι ο μεγαλύτερος πρίγκιπας ανέλαβε τα καθήκοντά του.
He rode upon his horse through the whole city.
Διέσχισε όλη την πόλη καβάλα στο άλογό του.
But did not see a single thief anywhere he looked.
Αλλά δεν είδε ούτε έναν κλέφτη όπου κι αν κοίταξε.
He came back to the policing station.
Επέστρεψε στο αστυνομικό τμήμα.
The middle part of the night had arrived.
Η μέση της νύχτας είχε φτάσει.
So the second prince took on his duties.
Έτσι ο δεύτερος πρίγκιπας ανέλαβε τα καθήκοντά του.
And he too rode through every part of the city.
Και αυτός επίσης διέσχισε με το άλογό του κάθε γωνιά της πόλης.
But he did not see or hear of a single thief.
Αλλά δεν είδε ούτε άκουσε για ούτε έναν κλέφτη.
He came also back to the policing station.
Επέστρεψε και αυτός στο αστυνομικό τμήμα.
The latter part of the night had arrived.
Το τελευταίο μέρος της νύχτας είχε φτάσει.
So the youngest prince took on his duties.
Έτσι ο νεότερος πρίγκιπας ανέλαβε τα καθήκοντά του.
He went near the gate of his father's palace.
Πήγε κοντά στην πύλη του παλατιού του πατέρα του.
There he saw a beautiful woman leaving the palace.
Εκεί είδε μια όμορφη γυναίκα να φεύγει από το παλάτι.
The prince asked the woman, "who are you?"
Ο πρίγκιπας ρώτησε τη γυναίκα: «Ποια είσαι;»
"Where are you going at this hour of the night?"
«Πού πας τέτοια ώρα της νύχτας;»
The woman answered the young prince.
Η γυναίκα απάντησε στον νεαρό πρίγκιπα.
"I am Rajlakshmi, the guardian deity of this palace"
«Είμαι ο Ρατζλάκσμι, η θεότητα φύλακας αυτού του παλατιού»
"The king will be killed this night"
«Ο βασιλιάς θα σκοτωθεί απόψε»

"I am therefore not needed here"

«Επομένως δεν είμαι απαραίτητος εδώ»

"And that is why I am going away"

«Και γι' αυτό φεύγω»

The prince did not know what to make of this message.

Ο πρίγκιπας δεν ήξερε τι να καταλάβει από αυτό το μήνυμα.

After a moment's reflection he said to the goddess;

Αφού σκέφτηκε για λίγο, είπε στη θεά:

"But, suppose the king is not killed tonight"

«Αλλά, ας υποθέσουμε ότι ο βασιλιάς δεν σκοτώνεται απόψε»

"Have you any objection to return to the palace?"

«Έχετε κάποια αντίρρηση να επιστρέψετε στο παλάτι;»

"I have no objection," replied the goddess.

«Δεν έχω καμία αντίρρηση», απάντησε η θεά.

The prince then begged the goddess to go back.

Ο πρίγκιπας τότε παρακάλεσε τη θεά να γυρίσει πίσω.

And he promised to do his best to protect the king.

Και υποσχέθηκε να κάνει ό,τι καλύτερο μπορούσε για να προστατεύσει τον βασιλιά.

Then the goddess entered the palace again.

Τότε η θεά μπήκε ξανά στο παλάτι.

Within a moment she disappeared into the palace.

Μέσα σε μια στιγμή εξαφανίστηκε μέσα στο παλάτι.

The prince went straight into the palace too.

Ο πρίγκιπας πήγε κι αυτός κατευθείαν στο παλάτι.

And he went into the bedroom of his royal father.

Και πήγε στην κρεβατοκάμαρα του βασιλικού πατέρα του.

There his father lay immersed in deep sleep.

Εκεί ο πατέρας του ήταν βυθισμένος σε βαθύ ύπνο.

The king had a second, younger wife.

Ο βασιλιάς είχε μια δεύτερη, νεότερη σύζυγο.

This woman was the stepmother of our prince.

Αυτή η γυναίκα ήταν η μητριά του πρίγκιπά μας.

She was sleeping in another bed in the room.

Κοιμόταν σε ένα άλλο κρεβάτι στο δωμάτιο.
There was a light that was burning dimly.
Υπήρχε ένα φως που έκαιγε αμυδρά.
But then the prince saw something that surprised him!
Αλλά τότε ο πρίγκιπας είδε κάτι που τον εξέπληξε!
A huge cobra going round and round the golden bedstead.
Μια τεράστια κόμπρα γυρίζει γύρω-γύρω από το χρυσό κρεβάτι.
The bedstead on which his father was sleeping.
Το κρεβάτι στο οποίο κοιμόταν ο πατέρας του.
The prince with his sword cut the serpent in two.
Ο πρίγκιπας με το σπαθί του έκοψε το φίδι στα δύο.
But he was not satisfied with killing the cobra.
Αλλά δεν αρκέστηκε στο να σκοτώσει την κόμπρα.
So he cut the cobra up into a hundred pieces.
Έτσι έκοψε την κόμπρα σε εκατό κομμάτια.
And he put the pieces of the cobra inside a pan.
Και έβαλε τα κομμάτια της κόμπρας μέσα σε ένα τηγάνι.
But while cutting the cobra a misfortune happened.
Αλλά ενώ έκοβαν την κόμπρα συνέβη μια ατυχία.
A drop of blood fell on the breast of his stepmother.
Μια σταγόνα αίμα έπεσε στο στήθος της μητριάς του.
The prince was in great distress by what had happened.
Ο πρίγκιπας ήταν σε μεγάλη αγωνία για ό,τι είχε συμβεί.
"I have saved my father, but killed my stepmother"
«Έσωσα τον πατέρα μου, αλλά σκότωσα τη μητριά μου»
How could he remove the drop of blood from her breast?
Πώς θα μπορούσε να αφαιρέσει τη σταγόνα αίματος από το στήθος της;
He wrapped round his tongue a piece of cloth sevenfold.
Τύλιξε γύρω από τη γλώσσα του ένα κομμάτι ύφασμα επταπλά.
And with the cloth he licked up the drop of blood.
Και με το ύφασμα έγλειψε τη σταγόνα αίματος.
But his stepmother's sleep was not so deep.
Αλλά ο ύπνος της μητριάς του δεν ήταν τόσο βαθύς.
And in his attempt to save her he awoke her.

Και στην προσπάθειά του να τη σώσει την ξύπνησε.
When opening her eyes she saw it was her stepson.
Όταν άνοιξε τα μάτια της είδε ότι ήταν ο θετός γιος της.
The young prince rushed out of the room.
Ο νεαρός πρίγκιπας βγήκε τρέχοντας από το δωμάτιο.
The queen, hated her stepson, the youngest prince.
Η βασίλισσα μισούσε τον θετό γιο της, τον νεότερο πρίγκιπα.
And she had every intention to ruin his reputation.
Και είχε κάθε πρόθεση να καταστρέψει τη φήμη του.
She called out to her husband, "My lord, my lord"
Φώναξε τον άντρα της: «Κύριέ μου, κύριέ μου».
"Are you awake? are you awake? Rouse yourself up"
«Είσαι ξύπνιος; Είσαι ξύπνιος; Ξύπνα!»
"Here is a nice piece of news for you"
«Ορίστε μια ωραία είδηση για εσάς»
The king on awaking inquired what the matter was.
Ο βασιλιάς ξυπνώντας ρώτησε τι συνέβαινε.
"What the matter is, my lord, let me tell you"
«Τι συμβαίνει, κύριέ μου, επιτρέψτε μου να σας πω»
"Your worthy son was just here in this room"
«Ο άξιος γιος σας ήταν μόλις εδώ σε αυτό το δωμάτιο»
"The youngest prince, of whom you speak so highly"
«Ο νεότερος πρίγκιπας, για τον οποίο μιλάς τόσο πολύ»
"I caught him in the act of touching my breast"
«Τον έπιασα την ώρα που αγγίζει το στήθος μου»
"I don't doubt he came with wicked intents"
«Δεν αμφιβάλλω ότι ήρθε με κακές προθέσεις»
The king was horror-struck by what he heard.
Ο βασιλιάς έμεινε άναυδος από αυτά που άκουσε.
The prince went back to where his brothers kept watch.
Ο πρίγκιπας επέστρεψε εκεί που τα αδέρφια του φρουρούσαν.
But he told them nothing of what had happened.
Αλλά δεν τους είπε τίποτα για το τι είχε συμβεί.

Early in the morning the king called his eldest son.

Νωρίς το πρωί ο βασιλιάς κάλεσε τον μεγαλύτερο γιο του.

"I entrust my life and my honor to men"

«Εμπιστεύομαι τη ζωή μου και την τιμή μου στους ανθρώπους»

"But what if one of these men prove faithless?

«Τι θα γίνει όμως αν ένας από αυτούς τους άντρες αποδειχθεί άπιστος;»

"How should such a man be punished?"

«Πώς πρέπει να τιμωρηθεί ένας τέτοιος άνθρωπος;»

The eldest prince replied to his father, the king.

Ο μεγαλύτερος πρίγκιπας απάντησε στον πατέρα του, τον βασιλιά.

"Doubtless such a man's head should be cut off"

«Αναμφίβολα, το κεφάλι ενός τέτοιου ανθρώπου πρέπει να κοπεί»

"But first you should establish the facts"

«Αλλά πρώτα θα πρέπει να εξακριβώσετε τα γεγονότα»

"You must see whether the man is really faithless"

«Πρέπει να δεις αν ο άνθρωπος είναι όντως άπιστος»

"What do you mean?" inquired the king.

«Τι εννοείς;» ρώτησε ο βασιλιάς.

"Let your majesty be pleased to listen"

«Ας χαρεί η Μεγαλειότητά σας να ακούσει»

Once upon on a time there lived a goldsmith.

Μια φορά κι έναν καιρό ζούσε ένας χρυσοχόος.

This goldsmith had a son who had a wife.

Αυτός ο χρυσοχόος είχε έναν γιο που είχε μια γυναίκα.

His wife had the rare faculty of understanding beasts.

Η γυναίκα του είχε τη σπάνια ικανότητα να καταλαβαίνει τα ζώα.

But she never told anyone about her uncommon gift.

Αλλά δεν είπε ποτέ σε κανέναν για το ασυνήθιστο χάρισμά της.

Not even her husband knew she could understand animals.

Ούτε καν ο σύζυγός της ήξερε ότι μπορούσε να καταλάβει τα ζώα.

One night she was lying in bed beside her husband.

Ένα βράδυ ήταν ξαπλωμένη στο κρεβάτι δίπλα στον άντρα της.

From the river by their house she heard a jackal howl.

Από το ποτάμι δίπλα στο σπίτι τους άκουσε ένα τσακάλι να ουρλιάζει.

"There goes a carcass floating on the river"

«Να ένα κουφάρι που επιπλέει στο ποτάμι»

"There's a diamond ring on the dead man's finger"

«Υπάρχει ένα διαμαντένιο δαχτυλίδι στο δάχτυλο του νεκρού»

"Will anyone take the ring and give me the corpse?"

«Θα πάρει κανείς το δαχτυλίδι και θα μου δώσει το πτώμα;»

The woman understood the jackal's language.

Η γυναίκα καταλάβαινε τη γλώσσα του τσακαλιού.

She got up from bed and went to the river-side.

Σηκώθηκε από το κρεβάτι και πήγε στην όχθη του ποταμού.

The husband had not been in deep sleep.

Ο σύζυγος δεν είχε κοιμηθεί βαθιά.

So with his wife's movements he woke up too.

Έτσι με τις κινήσεις της γυναίκας του ξύπνησε κι αυτός.

And he followed his wife to see where she went.

Και ακολούθησε τη γυναίκα του για να δει πού πήγαινε.

But he kept his distance, so that he could observe her.

Αλλά εκείνος κρατούσε αποστάσεις, για να μπορεί να την παρατηρεί.

The woman went into the water next to their house.

Η γυναίκα μπήκε στο νερό δίπλα στο σπίτι τους.

She tugged the floating corpse towards the shore.

Τράβηξε το πτώμα που επέπλεε προς την ακτή.

And she saw the diamond ring on the finger.

Και είδε το διαμαντένιο δαχτυλίδι στο δάχτυλο.

She was unable to loosen the ring with her hand.

Δεν μπορούσε να χαλαρώσει το δαχτυλίδι με το χέρι της.

Because the fingers of the dead body had swelled.

Επειδή τα δάχτυλα του νεκρού είχαν πρηστεί.

So she bit off the finger with her teeth.
Έτσι δάγκωσε το δάχτυλο με τα δόντια της.
And she put the dead body upon land, for the jackal.
Και έβαλε το νεκρό σώμα στη στεριά, για το τσακάλι.
Then she returned to bed, where her husband already was.
Έπειτα επέστρεψε στο κρεβάτι, όπου βρισκόταν ήδη ο
άντρας της.
The young goldsmith lay almost petrified with fear.
Ο νεαρός χρυσοχόος ήταν σχεδόν τρομοκρατημένος από
φόβο.
He was convinced he was lying next to a Rakshasi.
Ήταν πεπεισμένος ότι βρισκόταν ξαπλωμένος δίπλα σε
έναν Ρακσάσι.
He spent the rest of the night tossing in his bed.
Πέρασε το υπόλοιπο της νύχτας στριφογυρίζοντας στο
κρεβάτι του.
And early in the morning spoke to his father.
Και νωρίς το πρωί μίλησε στον πατέρα του.
"The woman thou hast given me is not a real woman"
«Η γυναίκα που μου έδωσες δεν είναι αληθινή γυναίκα»
"The woman thou hast given me to wife is a Rakshasi"
«Η γυναίκα που μου έδωσες για γυναίκα είναι Ρακσάσι»
"Last night I was lying in bed with her"
«Χθες βράδυ ήμουν ξαπλωμένος στο κρεβάτι μαζί της»
"By the river I heard the howl of a jackal"
«Κοντά στο ποτάμι άκουσα το ουρλιαχτό ενός τσακαλιού»
"My wife too, heard the howl of the jackal"
«Κι η γυναίκα μου άκουσε το ουρλιαχτό του τσακαλιού»
"Thinking I was asleep; she went towards the howl"
«Νόμιζε ότι κοιμόμουν· πήγε προς το ουρλιαχτό»
"I was surprised to see her go out of bed alone"
«Έμεινα έκπληκτη που την είδα να σηκώνεται από το
κρεβάτι μόνη της»
"Suspecting some sort of evil, I followed her outside"
«Υποψιαζόμενος κάποιο κακό, την ακολούθησα έξω»
"But she could not see that I had followed her"
«Αλλά δεν μπορούσε να δει ότι την είχα ακολουθήσει»

"What did she do, do you think? O horror of horrors!"

«Τι έκανε, νομίζεις; Ω, φρίκη των φρικαλεοτήτων!»

"From the stream she dragged a dead body out"

«Από το ρυάκι έσυρε έξω ένα πτώμα»

"And what do you think she did with the dead body?"

«Και τι νομίζεις ότι έκανε με το πτώμα;»

"She wasted no time devouring the dead man!"

«Δεν έχασε χρόνο καταβροχθίζοντας τον νεκρό!»

"All this I had the misfortune to see with my own eyes"

«Όλα αυτά είχα την ατυχία να τα δω με τα ίδια μου τα μάτια»

"While she feasted on the carcass I went back to bed"

«Ενώ εκείνη έτρωγε το κουφάρι, εγώ επέστρεψα στο κρεβάτι»

"In a few minutes she also returned to bed"

«Σε λίγα λεπτά επέστρεψε κι αυτή στο κρεβάτι»

"She bolted the door shut, and lay beside me"

«Έκλεισε την πόρτα με μάνταλο και ξάπλωσε δίπλα μου»

"Oh my father, how can I live with a Rakshasi?"

«Ω, πατέρα μου, πώς μπορώ να ζήσω με έναν Ρακσάσι;»

"She will certainly kill me and eat me up one night"

«Σίγουρα θα με σκοτώσει και θα με φάει μια νύχτα»

You can imagine the shock of the old goldsmith.

Μπορείτε να φανταστείτε το σοκ του γέρου χρυσοχόου.

Both father and son agreed about what should be done.

Τόσο ο πατέρας όσο και ο γιος συμφώνησαν για το τι έπρεπε να γίνει.

The woman should be taken deep into the forest.

Η γυναίκα πρέπει να οδηγηθεί βαθιά μέσα στο δάσος.

And she should be left for wild beasts to devoured.

Και θα έπρεπε να αφεθεί να την καταβροχθίσουν άγρια θηρία.

Accordingly, the young goldsmith spoke to his wife.

Συνεπώς, ο νεαρός χρυσοχόος μίλησε στη γυναίκα του.

"My dear love," he said to his wife.

«Αγαπημένη μου αγάπη», είπε στη γυναίκα του.

"You had better not cook much this morning"

«Καλύτερα να μην μαγειρέψεις πολύ σήμερα το πρωί»
"Boil a little rice and burn a brinjal"
«Βράσε λίγο ρύζι και κάψε ένα μπριτζάλι»
"Because today we are going to see your parents"
«Επειδή σήμερα θα δούμε τους γονείς σου»
"Your mother and father are dying to see you"
«Η μητέρα σου και ο πατέρας σου πεθαίνουν να σε δουν»
The woman was full of joy at the unexpected news.
Η γυναίκα ήταν γεμάτη χαρά με τα απροσδόκητα νέα.
She loved returning to her father's house.
Της άρεσε πολύ να επιστρέφει στο σπίτι του πατέρα της.
And she finished the cooking in no time.
Και τελείωσε το μαγείρεμα σε χρόνο μηδέν.
The husband and wife snatched a hasty breakfast.
Ο σύζυγος και η σύζυγος άρπαξαν ένα βιαστικό πρωινό.
And soon after breakfast they started their journey.
Και λίγο μετά το πρωινό ξεκίνησαν το ταξίδι τους.
The way to her father's house was through dense jungle.
Ο δρόμος για το σπίτι του πατέρα της περνούσε μέσα από
πυκνή ζούγκλα.
It was the perfect place to abandon his wife.
Ήταν το ιδανικό μέρος για να εγκαταλείψει τη γυναίκα
του.
She was bound to be eaten up by wild beasts there.
Ήταν καταδικασμένο να την κατασπαράξουν άγρια θηρία
εκεί.
But while they were walking the woman heard a snake.
Αλλά καθώς περπατούσαν, η γυναίκα άκουσε ένα φίδι.
"Oh passer-by, in yonder hole there is a frog"
«Ω, περαστικό, σε εκείνη την τρύπα υπάρχει ένας
βάτραχος»
"How thankful I would be if you caught the frog"
«Πόσο ευγνώμων θα ήμουν αν έπιανες τον βάτραχο»
"And the hole is full of gold and precious stones"
«Και η τρύπα είναι γεμάτη χρυσό και πολύτιμους λίθους»
"Give me the frog, and take the treasure for yourself"

«Δώσε μου τον βάτραχο και πάρε τον θησαυρό για τον εαυτό σου»
The woman forthwith went to the frog's hole.
Η γυναίκα πήγε αμέσως στην τρύπα του βατράχου.
And she began digging the hole with a stick.
Και άρχισε να σκάβει την τρύπα με ένα ξύλο.
The young goldsmith was now quaking with fear.
Ο νεαρός χρυσοχόος έτρεμε τώρα από φόβο.
He thought his Rakshasi-wife was about to kill him.
Νόμιζε ότι η Ρακσάσι-γυναίκα του επρόκειτο να τον σκοτώσει.
And then his wife called for him to help her.
Και τότε η γυναίκα του τον φώναξε να τη βοηθήσει.
"Take all this gold and these precious stones"
«Πάρε όλο αυτό το χρυσάφι και αυτές τις πολύτιμες πέτρες»
The goldsmith did not understand her request.
Ο χρυσοχόος δεν κατάλαβε το αίτημά της.
Timidly he went to where she had dug the hole.
Δειλά δειλά πήγε εκεί που εκείνη είχε σκάψει την τρύπα.
But he was infinitely surprised by what he saw.
Αλλά έμεινε απείρως έκπληκτος από αυτό που είδε.
The hole was full of gold and precious stones.
Η τρύπα ήταν γεμάτη χρυσό και πολύτιμους λίθους.
"How did you know there was a treasure here?"
«Πώς ήξερες ότι υπήρχε θησαυρός εδώ;»
And finally his wife told him of her gift.
Και τελικά η γυναίκα του τού είπε για το δώρο της.
"I can understand all the beasts in the forest"
«Μπορώ να καταλάβω όλα τα ζώα στο δάσος»
"Just over there, there is a snake coiled up"
«Ακριβώς εκεί, υπάρχει ένα φίδι κουλουριασμένο»
"She had told me there was a treasure here"
«Μου είχε πει ότι υπήρχε ένας θησαυρός εδώ»
The husband now felt very blessed with his wife.
Ο σύζυγος ένιωθε τώρα πολύ ευλογημένος με τη σύζυγό του.

"My love, it has gotten very late today"
«Αγάπη μου, σήμερα είναι πολύ αργά»
"I don't think we will reach your father's house"
«Δεν νομίζω ότι θα φτάσουμε στο σπίτι του πατέρα σου»
"Nightfall will catch us before we get there"
«Θα μας προλάβει η νύχτα πριν φτάσουμε εκεί»
"If we stay we might be devoured by wild beasts"
«Αν μείνουμε, μπορεί να μας καταβροχθίσουν άγρια θηρία»
"I propose therefore that we both return home"
«Προτείνω λοιπόν να επιστρέψουμε και οι δύο σπίτι»
You can imagine the wife's disappointment.
Μπορείτε να φανταστείτε την απογοήτευση της συζύγου.
But she agreed with her husband's assessment.
Αλλά συμφώνησε με την εκτίμηση του συζύγου της.
It took them a long time to reach home.
Τους πήρε πολύ χρόνο για να φτάσουν στο σπίτι.
They were laden with a large quantity of gold.
Ήταν φορτωμένοι με μεγάλη ποσότητα χρυσού.
And they were carrying many precious stones.
Και κουβαλούσαν πολλές πολύτιμες πέτρες.
But eventually the got close to their home.
Αλλά τελικά έφτασαν κοντά στο σπίτι τους.
"My dear, go by the back door," said the goldsmith.
«Αγαπητέ μου, πήγαινε από την πίσω πόρτα», είπε ο χρυσοχόος.
"I will go by the front door and see my father"
«Θα περάσω από την μπροστινή πόρτα και θα δω τον πατέρα μου»
"And I will show him all this treasure"
«Και θα του δείξω όλο αυτόν τον θησαυρό»
So she entered the house by the back door.
Έτσι μπήκε στο σπίτι από την πίσω πόρτα.
But the old goldsmith had reason to be there too.
Αλλά και ο γέρος χρυσοχόος είχε λόγο να βρίσκεται εκεί.
He had gone there to collect a hammer.
Είχε πάει εκεί για να παραλάβει ένα σφυρί.

The old goldsmith saw his Rakshasi daughter-in-law.
Ο γέρος χρυσοχόος είδε τη νύφη του, Ρακσάσι.
He concluded she had swallowed up his son.
Κατέληξε στο συμπέρασμα ότι είχε καταπιεί τον γιο του.
And he therefore struck her with the hammer.
Και γι' αυτό τη χτύπησε με το σφυρί.
The blow immediately killed his daughter-in-law.
Το χτύπημα σκότωσε αμέσως τη νύφη του.
At that moment the son came into the house.
Εκείνη τη στιγμή ο γιος μπήκε στο σπίτι.
But it was too late for him to explain.
Αλλά ήταν πολύ αργά για να του εξηγήσει.
And so the eldest prince's story concluded.
Και έτσι τελείωσε η ιστορία του μεγαλύτερου πρίγκιπα.
"You might have to cut a man's head off"
«Ίσως χρειαστεί να κόψεις το κεφάλι ενός άντρα»
"But first you should establish the facts"
«Αλλά πρώτα θα πρέπει να εξακριβώσετε τα γεγονότα»
"You must see whether the man is really faithless"
«Πρέπει να δεις αν ο άνθρωπος είναι όντως άπιστος»

The king then called his second son to him.
Ο βασιλιάς κάλεσε τότε τον δεύτερο γιο του κοντά του.
"I entrust my life and my honor to men"
«Εμπιστεύομαι τη ζωή μου και την τιμή μου στους
ανθρώπους »
"But what if one of these men prove faithless?
«Τι θα γίνει όμως αν ένας από αυτούς τους άντρες
αποδειχθεί άπιστος;»
"How should such a man be punished?"
«Πώς πρέπει να τιμωρηθεί ένας τέτοιος άνθρωπος;»
The second prince replied to his father, the king.
Ο δεύτερος πρίγκιπας απάντησε στον πατέρα του, τον
βασιλιά.
"Doubtless such a man's head should be cut off"
«Αναμφίβολα, το κεφάλι ενός τέτοιου ανθρώπου πρέπει να
κοπεί»

"But first you should establish the facts"
«Αλλά πρώτα θα πρέπει να εξακριβώσετε τα γεγονότα»
"What do you mean?" inquired the king.
«Τι εννοείς;» ρώτησε ο βασιλιάς.
"Let your majesty be pleased to listen"
«Ας χαρεί η Μεγαλειότητά σας να ακούσει»
Once upon a time there reigned a king.
Μια φορά κι έναν καιρό βασίλευε ένας βασιλιάς.
This king was very fond of going out hunting.
Αυτός ο βασιλιάς αγαπούσε πολύ να βγαίνει για κυνήγι.
One day his horse took him into a dense forest.
Μια μέρα το άλογό του τον πήγε σε ένα πυκνό δάσος.
He went far from his followers, deep into the woods.
Πήγε μακριά από τους ακολούθους του, βαθιά μέσα στο δάσος.
He rode on and on through the endless, quiet forest.
Περπατούσε ασταμάτητα μέσα στο απέραντο, ήσυχο δάσος.
He saw neither villages nor towns, only trees.
Δεν έβλεπε ούτε χωριά ούτε πόλεις, μόνο δέντρα.
On the long, lonely journey he became very thirsty.
Στο μακρύ, μοναχικό ταξίδι δίψασε πολύ.
He could see no pond, nor lake, nor stream.
Δεν μπορούσε να δει ούτε λιμνούλα, ούτε λίμνη, ούτε ρυάκι.
But then he saw something dripping from a tree.
Αλλά τότε είδε κάτι να στάζει από ένα δέντρο.
He concluded it was rainwater resting in a cavity.
Κατέληξε στο συμπέρασμα ότι επρόκειτο για νερό της βροχής που αναπαυόταν σε μια κοιλότητα.
He stood on horseback beneath the tree, cup in hand.
Στεκόταν έφιππος κάτω από το δέντρο, με το κύπελλο στο χέρι.
He caught the drops slowly dripping into the small cup.
Έπιασε τις σταγόνες να στάζουν αργά στο μικρό κύπελλο.
The water, however, was not rain from the sky.
Το νερό, ωστόσο, δεν ήταν βροχή από τον ουρανό.

A huge cobra sat on top of the tall tree.

Μια τεράστια κόμπρα καθόταν στην κορυφή του ψηλού δέντρου.

The snake had struck the tree in rage with its sharp fangs.

Το φίδι είχε χτυπήσει το δέντρο από οργή με τα κοφτερά του δόντια.

The snake's poison came out and fell downward in heavy drops.

Το δηλητήριο του φιδιού βγήκε και έπεσε κάτω σε βαριές σταγόνες.

The king thought the falling liquid was simple rainwater.

Ο βασιλιάς νόμιζε ότι το υγρό που έπεφτε ήταν απλό νερό της βροχής.

The horse sensed the danger and tried to warn him.

Το άλογο διαισθάνθηκε τον κίνδυνο και προσπάθησε να τον προειδοποιήσει.

The cup was nearly filled with the deadly snake-poison.

Το κύπελλο ήταν σχεδόν γεμάτο με το θανατηφόρο δηλητήριο φιδιού.

The king raised the cup and prepared to drink.

Ο βασιλιάς σήκωσε το ποτήρι και ετοιμάστηκε να πιει.

But the horse moved wildly, with the king on its back.

Αλλά το άλογο κινούνταν άγρια, με τον βασιλιά ανάσκελα.

The cup fell from his hand, and the poison spilled.

Το κύπελλο έπεσε από το χέρι του και το δηλητήριο χύθηκε.

The king became angry and struck the horse's neck.

Ο βασιλιάς θύμωσε και χτύπησε το λαιμό του αλόγου.

The blow from the sword immediately killed his horse.

Το χτύπημα από το σπαθί σκότωσε αμέσως το άλογό του.

And so the second prince's story concluded.

Και έτσι τελείωσε η ιστορία του δεύτερου πρίγκιπα.

"You might have to cut a man's head off"

«Ίσως χρειαστεί να κόψεις το κεφάλι ενός άντρα»

"But first you should establish the facts"

«Αλλά πρώτα θα πρέπει να εξακριβώσετε τα γεγονότα»

"You must see whether the man is really faithless"

«Πρέπει να δεις αν ο άνθρωπος είναι όντως άπιστος»

The king then called to him his third youngest son.

Ο βασιλιάς τότε κάλεσε κοντά του τον τρίτο νεότερο γιο του.

"I entrust my life and my honor to men"

«Εμπιστεύομαι τη ζωή μου και την τιμή μου στους ανθρώπους»

"But what if one of these men prove faithless?

«Τι θα γίνει όμως αν ένας από αυτούς τους άντρες αποδειχθεί άπιστος;»

"How should such a man be punished?"

«Πώς πρέπει να τιμωρηθεί ένας τέτοιος άνθρωπος;»

"Doubtless such a man's head should be cut off"

«Αναμφίβολα, το κεφάλι ενός τέτοιου ανθρώπου πρέπει να κοπεί»

"But first you should establish the facts"

«Αλλά πρώτα θα πρέπει να εξακριβώσετε τα γεγονότα»

"What do you mean?" inquired the king.

«Τι εννοείς;» ρώτησε ο βασιλιάς.

"Let your majesty be pleased to listen"

«Ας χαρεί η Μεγαλειότητά σας να ακούσει»

Once long ago there reigned a wise and noble king.

Κάποτε, πριν από πολύ καιρό, βασίλευε ένας σοφός και ευγενής βασιλιάς.

In his palace he kept a bird of Suka species.

Στο παλάτι του διατηρούσε ένα πουλί του είδους Σούκα.

One day the bird went out flying into the fields.

Μια μέρα το πουλί βγήκε να πετάξει στα χωράφια.

There he saw his father and mother calling from above.

Εκεί είδε τον πατέρα και τη μητέρα του να φωνάζουν από ψηλά.

They asked him to come visit them in their nest.

Του ζήτησαν να έρθει να τους επισκεφτεί στη φωλιά τους.

The nest was far away in a distant hidden land.

Η φωλιά ήταν μακριά, σε μια μακρινή, κρυφή γη.

The Suka said, "I'll come if I get king's leave"

Ο Σούκα είπε, «Θα έρθω αν πάρω άδεια από τον βασιλιά».

"I'll speak to the king today and return tomorrow"
«Θα μιλήσω στον βασιλιά σήμερα και θα επιστρέψω αύριο»
"Please wait at this same spot in the morning"
«Παρακαλώ περιμένετε στο ίδιο σημείο το πρωί»
That very day, Suka spoke with the gentle, kind king.
Εκείνη την ίδια μέρα, η Σούκα μίλησε με τον ευγενικό, καλοσυνάτο βασιλιά.
The king gave permission for the bird to leave.
Ο βασιλιάς έδωσε άδεια στο πουλί να φύγει.
Although he was sad to part with his bird.
Αν και ήταν λυπημένος που αποχωριζόταν το πουλί του.
The next morning, Suka met his parents again.
Το επόμενο πρωί, ο Σούκα συνάντησε ξανά τους γονείς του.
He flew with them to their nest on a tall tree.
Πέταξε μαζί τους στη φωλιά τους σε ένα ψηλό δέντρο.
The three birds lived together happily in peaceful joy.
Τα τρία πουλιά ζούσαν μαζί ευτυχισμένα, ειρηνικά και χαρούμενα.
They stayed like this for a fortnight of lovely days.
Έμειναν έτσι για δύο εβδομάδες υπέροχες μέρες.
But even those quiet and pleasant days had to end.
Αλλά ακόμη και εκείνες οι ήσυχες και ευχάριστες μέρες έπρεπε να τελειώσουν.
Suka said, "Beloved parents, the king gave me two weeks"
Η Σούκα είπε: «Αγαπητοί γονείς, ο βασιλιάς μου έδωσε δύο εβδομάδες».
"That time is now over, so I must return tomorrow"
«Αυτός ο χρόνος τελείωσε, οπότε πρέπει να επιστρέψω αύριο»
His father and mother agreed and blessed his decision.
Ο πατέρας και η μητέρα του συμφώνησαν και ευλόγησαν την απόφασή του.
They told him to carry a gift for the king.
Του είπαν να κουβαλήσει ένα δώρο για τον βασιλιά.
After some talk, they chose some fruit as a gift.
Αφού συζήτησαν λίγο, επέλεξαν μερικά φρούτα ως δώρο.

The fruit had grown from the Immortality Tree.
Ο καρπός είχε φυτρώσει από το Δέντρο της Αθανασίας.
Early the next morning, Suka went to the tree.
Νωρίς το επόμενο πρωί, η Σούκα πήγε στο δέντρο.
And he plucked a magical glowing fruit.
Και μάζεψε ένα μαγικό λαμπερό φρούτο.
He held the fruit gently in his beak, full of care.
Κρατούσε απαλά το φρούτο στο ράμφος του, γεμάτος
φροντίδα.
The fruit was heavy and slowed his swift flying pace.
Το φρούτο ήταν βαρύ και επιβράδυνε το γρήγορο βήμα του
πέταγμα.
He could not reach the city before night arrived.
Δεν μπορούσε να φτάσει στην πόλη πριν νυχτώσει.
Suka stopped to rest in a tree along the way.
Η Σούκα σταμάτησε για να ξεκουραστεί σε ένα δέντρο
στην πορεία.
He feared the fruit might drop while he slept.
Φοβόταν ότι το φρούτο μπορεί να έπεφτε ενώ κοιμόταν.
If he kept the fruit in his beak, it could fall.
Αν κρατούσε το φρούτο στο ράμφος του, θα μπορούσε να
πέσει.
But he saw a hole in the trunk of the tree.
Αλλά είδε μια τρύπα στον κορμό του δέντρου.
He placed the fruit safely inside the dark tree.
Τοποθέτησε τα φρούτα με ασφάλεια μέσα στο σκοτεινό
δέντρο.
But inside the hole, there lived a poisonous black snake.
Αλλά μέσα στην τρύπα, ζούσε ένα δηλητηριώδες μαύρο
φίδι.
In the night, the snake bit the fruit with venom.
Τη νύχτα, το φίδι δάγκωσε τον καρπό με δηλητήριο.
And the fruit became smeared with deadly poison.
Και ο καρπός αλείφθηκε με θανατηφόρο δηλητήριο.
At dawn Suka took the fruit back in his beak.
Την αυγή ο Σούκα πήρε πίσω τα φρούτα με το ράμφος του.
He flew again on his journey to the king's palace.

Πέταξε ξανά στο ταξίδι του προς το παλάτι του βασιλιά.
As he reached the palace the king was sitting with ministers.
Καθώς έφτασε στο παλάτι, ο βασιλιάς καθόταν με
υπουργούς.
The king was overjoyed to see Suka return once more.
Ο βασιλιάς χάρηκε πολύ που είδε τη Σούκα να επιστρέφει
για άλλη μια φορά.
He greatly admired the beautiful, shining fruit gift.
Θαύμασε πολύ το όμορφο, λαμπερό δώρο φρούτων.
The fruit was lovely to look at and admire.
Τα φρούτα ήταν υπέροχα να τα βλέπεις και να τα
θαυμάζεις.
It was the finest fruit found across the earth.
Ήταν το καλύτερο φρούτο που βρέθηκε σε όλη τη γη.
And anyone who ate the fruit was granted immortality.
Και σε όποιον έτρωγε τον καρπό χορηγούνταν αθανασία.
The king was about to eat the beautiful fruit.
Ο βασιλιάς ετοιμαζόταν να φάει τον όμορφο καρπό.
But his ministers warned him the fruit might be poisoned"
Αλλά οι υπουργοί του τον προειδοποίησαν ότι ο καρπός
μπορεί να ήταν δηλητηριασμένος.
"It would be better to test the fruit before you eat it"
«Θα ήταν καλύτερο να δοκιμάσετε τα φρούτα πριν τα
φάτε»
He threw the fruit to a crow sitting on the wall.
Πέταξε τα φρούτα σε ένα κοράκι που καθόταν στον τοίχο.
The crow ate from the fruit, and dropped dead instantly.
Το κοράκι έφαγε από τον καρπό και έπεσε νεκρό αμέσως.
The king, thinking Suka tried to kill him, grew furious.
Ο βασιλιάς, νομίζοντας ότι ο Σούκα προσπάθησε να τον
σκοτώσει, έγινε έξαλλος.
He seized the bird and killed him with his bare hands.
Άρπαξε το πουλί και το σκότωσε με γυμνά χέρια.
He ordered the seed to be planted outside the city.
Διέταξε να φυτευτεί ο σπόρος έξω από την πόλη.
The seed became a tree with the same glowing fruit.
Ο σπόρος έγινε ένα δέντρο με τον ίδιο λαμπερό καρπό.

The king feared the fruit would bring more death.

Ο βασιλιάς φοβόταν ότι ο καρπός θα έφερνε περισσότερο θάνατο.

So he had the tree fenced off and guarded.

Έτσι, είχε περιφράξει και φρουρήσει το δέντρο.

There lived in that city an old, poor Brahman man.

Σε εκείνη την πόλη ζούσε ένας γέρος, φτωχός Βραχμάνος.

He and his wife survived only on the town's charity.

Αυτός και η σύζυγός του επιβίωναν μόνο με το φιλανθρωπικό ίδρυμα της πόλης.

One day the Brahman mourned his long, miserable, life.

Μια μέρα ο Βράχμαν θρήνησε τη μακρά, άθλια ζωή του.

He said, "Instead of begging, I will eat poison fruit."

Είπε, «Αντί να παρακαλάω, θα φάω δηλητηριασμένα φρούτα».

"I'll end my life beneath that deadly tree in silence."

«Θα τελειώσω τη ζωή μου κάτω από αυτό το θανατηφόρο δέντρο σιωπηλά.»

That very night, he rose quietly and left his home.

Εκείνο το ίδιο βράδυ, σηκώθηκε ήσυχα και έφυγε από το σπίτι του.

His wife suspected and followed behind in silence.

Η γυναίκα του υποψιάστηκε και τον ακολούθησε σιωπηλά.

She had decided to die too, alongside her sad husband.

Είχε αποφασίσει να πεθάνει κι αυτή, δίπλα στον θλιμμένο σύζυγό της.

She loved him deeply and didn't wish to stay behind.

Τον αγαπούσε βαθιά και δεν ήθελε να μείνει πίσω.

The palace guard was asleep that night, unaware of visitors.

Η φρουρά του παλατιού κοιμόταν εκείνο το βράδυ, αγνοώντας τους επισκέπτες.

The Brahman reached the garden and plucked a hanging fruit.

Ο Βραχμάνος έφτασε στον κήπο και έκοψε ένα κρεμασμένο φρούτο.

He looked at it once and ate the entire fruit.

Το κοίταξε μια φορά και έφαγε ολόκληρο το φρούτο.
His wife cried, "If you die, my life becomes nothing"
Η γυναίκα του φώναξε: «Αν πεθάνεις, η ζωή μου δεν θα γίνει τίποτα».
"I will also eat and die here with you now"
«Θα φάω και θα πεθάνω κι εγώ εδώ μαζί σου τώρα»
So saying she plucked a fruit and ate it.
Λέγοντας αυτά, έκοψε ένα φρούτο και το έφαγε.
They thought the poison would act slowly through the night.
Νόμιζαν ότι το δηλητήριο θα δρούσε αργά κατά τη διάρκεια της νύχτας.
So they both went home and quietly lay down in bed.
Έτσι, πήγαν και οι δύο σπίτι και ξάπλωσαν ήσυχα στο κρεβάτι.
They believed they would never again rise from sleep.
Πίστευαν ότι δεν θα ξανασηκωθούν ποτέ από τον ύπνο.
To their surprise, they woke up feeling full of life.
Προς έκπληξή τους, ξύπνησαν γεμάτοι ζωή.
Not only were they alive, but they were young again.
Όχι μόνο ήταν ζωντανοί, αλλά ήταν και πάλι νέοι.
And they were strong and had new found energy.
Και ήταν δυνατοί και είχαν μια νέα ενέργεια.
Neighbors hardly recognized them, so changed they looked.
Οι γείτονες μετά βίας τους αναγνώρισαν, οπότε φαινόντουσαν αλλαγμένοι.
The old Brahman was now handsome and full of youth.
Ο γέρος Βράχμαν ήταν τώρα όμορφος και γεμάτος νεότητα.
His grey hair vanished, and had colour again.
Τα γκρίζα μαλλιά του εξαφανίστηκαν και απέκτησαν ξανά χρώμα.
His wrinkled cheeks turned smooth, and his skin shone.
Τα ζαρωμένα μάγουλά του έγιναν λεία και το δέρμα του έλαμπε.
And as for his wife, she became extremely beautiful.
Και όσο για τη γυναίκα του, αυτή έγινε εξαιρετικά όμορφη.

She looked as beautiful as any lady of the kingdom.
Έδειχνε τόσο όμορφη όσο οποιαδήποτε κυρία του βασιλείου.
The king heard of their miraculous transformation.
Ο βασιλιάς άκουσε για τη θαυματουργή μεταμόρφωσή τους.
He asked his guards to send the Brahman to him.
Ζήτησε από τους φρουρούς του να του στείλουν τον Βράχμαν.
And he asked the Brahman the source of his youth.
Και ρώτησε τον Βράχμαν την πηγή της νεότητάς του.
The Brahman told the king every detail of the story.
Ο Βραχμάνος είπε στον βασιλιά κάθε λεπτομέρεια της ιστορίας.
The king then wept for his poor, loyal pet bird.
Ο βασιλιάς έκλαψε τότε για το φτωχό, πιστό κατοικίδιο πουλί του.
He deeply regretted killing his faithful bird.
Μετάνιωσε βαθιά που σκότωσε το πιστό του πουλί.
And he wished he had known the bird's loyalty.
Και εύχεται να είχε γνωρίσει την αφοσίωση του πουλιού.
And so the second prince's story concluded.
Και έτσι τελείωσε η ιστορία του δεύτερου πρίγκιπα.
"You might have to cut a man's head off"
«Ίσως χρειαστεί να κόψεις το κεφάλι ενός άντρα»
"But first you should establish the facts"
«Αλλά πρώτα θα πρέπει να εξακριβώσετε τα γεγονότα»
"You must see whether the man is really faithless"
«Πρέπει να δεις αν ο άνθρωπος είναι όντως άπιστος»
"I know Your Majesty suspects me of evil last night"
«Ξέρω ότι η Μεγαλειότητά σας με υποψιάζεται για κάτι κακό χθες το βράδυ»
"Please allow me to explain myself before punishing me"
«Παρακαλώ, επιτρέψτε μου να εξηγήσω τι λέω πριν με τιμωρήσετε»
"While making rounds I saw a woman leave the palace"

«Ενώ έκανα γύρους, είδα μια γυναίκα να φεύγει από το παλάτι»

"I stopped her, and she said her name was Rajlakshmi"

«Την σταμάτησα και είπε ότι το όνομά της ήταν Ρατζλακσμί»

"She claimed to be the guardian deity of the palace"

«Ισχυριζόταν ότι ήταν η θεότητα-φύλακας του παλατιού»

"She said she was leaving because death was near"

«Είπε ότι έφευγε επειδή ο θάνατος ήταν κοντά»

"The king," she said, "would be killed later that night"

«Ο βασιλιάς», είπε, «θα σκοτωνόταν αργότερα εκείνο το βράδυ»

"I begged her to go back into the palace"

«Την παρακάλεσα να γυρίσει στο παλάτι»

"And I promised to do my best to protect you."

«Και σου υποσχέθηκα να κάνω ό,τι καλύτερο μπορώ για να σε προστατεύσω.»

"I ran quickly into Your Majesty's chamber without delay."

«Έτρεξα γρήγορα στο δωμάτιο της Μεγαλειότητάς Σας χωρίς καθυστέρηση.»

"There I saw a cobra circling your golden bedstead."

«Εκεί είδα μια κόμπρα να περιβάλλει το χρυσό σου κρεβάτι.»

"I fought the snake and killed it with my blade."

«Πολέμησα το φίδι και το σκότωσα με τη λεπίδα μου.»

"I chopped the body into many exactly one hundred pieces."

«Έκοψα το σώμα σε ακριβώς εκατό κομμάτια.»

"I placed those pieces inside the pan for proof."

«Τοποθέτησα αυτά τα κομμάτια μέσα στο τηγάνι για απόδειξη.»

"But something occurred as I was cutting up the snake."

« Αλλά κάτι συνέβη καθώς έκοβα το φίδι.»

"A drop of blood fell onto the breast of your wife."

«Μια σταγόνα αίμα έπεσε στο στήθος της γυναίκας σου.»

"I feared I had saved my father, but killed my stepmother."

«Φοβόμουν ότι είχα σώσει τον πατέρα μου, αλλά σκότωσα τη μητριά μου.»

"I wrapped my tongue tightly with cloth seven times."
«Τύλιξα τη γλώσσα μου σφιχτά με ύφασμα επτά φορές.»
"Then I licked up the drop of venomous blood."
«Μετά έγλειψα τη σταγόνα από το δηλητηριώδες αίμα.»
"While I was licking the blood, my stepmother awoke."
«Ενώ έγλειφα το αίμα, η μητριά μου ξύπνησε.»
"She saw me and opened her eyes with confusion."
«Με είδε και άνοιξε τα μάτια της με σύγχυση.»
"This is the truth of what I did last night."
«Αυτή είναι η αλήθεια για ό,τι έκανα χθες το βράδυ.»
"If Your Majesty commands, then cut off my head now."
«Αν η Μεγαλειότητά σας διατάξει, κόψτε μου το κεφάλι τώρα.»
The king, full of love and joy, embraced his son.
Ο βασιλιάς, γεμάτος αγάπη και χαρά, αγκάλιασε τον γιο του.
From that moment, he loved him more than ever before.
Από εκείνη τη στιγμή, τον αγάπησε περισσότερο από ποτέ.

www.ingramcontent.com/pod-product-compliance
Lightning Source LLC
Chambersburg PA
CBHW010427170726
48283CB00011B/3088